国家"十一五"高职高专计算机应用型规划教材

ASP.NET 程序设计
基础与项目实训

杨 桦 文 东 主 编

王玉华 郝静静 副主编

李咏琪 刘丽凤

科学出版社

内 容 简 介

本书以通俗易懂的语言、丰富多彩的实例，详细介绍了使用ASP.NET开发Web 2.0程序的方法和技巧。全书共11章，第1～9章通过大量实例介绍了ASP.NET编程的基础知识，主要包括ASP.NET入门、ASP.NET Web窗体页、ASP.NET内置对象、Web服务器控件、ASP.NET页面验证、设计ASP.NET网站、系统环境——Global.asax和Web.config、ASP.NET文件操作、ADO.NET和数据绑定技术等内容，并且每章都安排有大量习题和上机操作题，便于读者巩固所学知识；第10～11章分别给出了1个综合项目实训案例和3个课程设计习题，便于读者掌握企业级实用项目的设计思路、开发流程和解决问题的方法。

书中所有源代码都经过精心调试，能够正常运行。本书为读者提供书中所有源代码、涉及的数据库文件、课程设计参考源码等学习资源（读者可到http://www.ncpress.com.cn网站上自行下载或发送E-mail至bookservice@126.com邮箱索取）。另外，我们还为本书的用书教师提供电子课件、书中重要操作视频和上机操作题的详细解答等教学资源。用书教师请致电（010）64865699转8033或发送E-mail至bookservice@126.com免费索取。

本书叙述严谨，实例丰富，结合实践，既可作为高职高专、大中专院校、成人教育院校以及各类计算机培训学校相关课程的教学用书，也可作为ASP.NET程序设计开发人员的入门与提高教程。

图书在版编目（CIP）数据

ASP.NET 程序设计基础与项目实训/杨桦，文东主编.
—北京：科学出版社，2009

国家"十一五"高职高专计算机应用型规划教材
ISBN 978-7-03-025920-2

Ⅰ．①A… Ⅱ．①杨…②文… Ⅲ．主页制作—程序设计
—高等学校：技术学校—教材 Ⅳ．TP393.092

中国版本图书馆 CIP 数据核字（2009）第 198551 号

责任编辑：桂君莉 / 责任校对：刘雪莲
责任印刷：新世纪书局 / 封面设计：周智博

科学出版社 出版

北京东黄城根北街 16 号
邮政编码：100717
http://www.sciencep.com

中国科学出版集团新世纪书局策划

北京市鑫山源印刷有限公司

中国科学出版集团新世纪书局发行 各地新华书店经销

*

2011 年 4 月 第 一 版 开本：16 开
2011 年 4 月第一次印刷 印张：18.00
印数：1—3 000 字数：438 000

定价：32.00 元

（如有印装质量问题，我社负责调换）

丛 书 序

本套丛书的重点放在"基础与项目实训"上，这里的基础是指相应课程的基础知识和重点知识，以及在实际项目中会应用到的知识，基础为项目服务，项目是基础的综合应用。

我们力争使本套丛书符合精品课程建设的要求，在内容建设、作者队伍和体例架构上强调"精品"意识，力争打造出一套满足现代高等职业教育应用型人才培养教学需求的精品教材。

丛书定位

本丛书面向高等职业院校、大中专院校、成人教育院校、计算机培训学校的学生，以及需要强化工作岗位技能的在职人员。

丛书特色

>> 以项目开发为目标，提升岗位技能

本丛书中的各分册都是在一个或多个项目的实现过程中，融入相关知识点，以便学生快速将所学知识应用到工程项目实践中。这里的"项目"是指基于工作过程的，从典型工作任务中提炼并分析得到的，符合学生认知过程和学习领域要求的，模拟任务且与实际工作岗位要求一致的项目。通过这些项目的实现，可让学生完整地掌握并应用相应课程的实用知识。

>> 力求介绍最新的技术和方法

高职高专的计算机与信息技术专业的教学具有更新快、内容多的特点，本丛书在体例安排和实际讲述过程中都力求介绍最新的技术（或版本）和方法，强调教材的先进性和时代感，并注重拓宽学生的知识面，激发他们的学习热情和创新欲望。

>> 实例丰富，紧贴行业应用

本丛书作者精心组织了与行业应用、岗位需求紧密结合的典型实例，且实例丰富，让教师在授课过程中有更多的演示环节，让学生在学习过程中有更多的动手实践机会，以巩固所学知识，迅速将所学内容应用到实际工作中。

>> 体例新颖，三位一体

根据高职高专的教学特点安排知识体系，体例新颖，依托"基础+项目实践+课程设计"的三位一体教学模式组织内容。

❖ 第1部分：够用的基础知识。在介绍基础知识部分时，列举了大量实例并安排有上机实训，这些实例主要是项目中的某个环节。

❖ 第2部分：完整的综合项目实训。这些项目是从典型工作任务中提炼、分析得到的，符合学生的认知过程和学习领域要求。项目中的大部分实现环节是前面章节已经介绍过的，通过实现这些项目，学生可以完整地应用、掌握这门课的实用知识。

❖ 第 3 部分：典型的课程设计（最后一章）。通常是大的行业综合项目案例，不介绍具体的操作步骤，只给出一些提示，以方便教师布置课程设计。具体操作的视频演示文件在多媒体教学资源包中提供，方便教学。

此外，本丛书还根据高职高专学生的认知特点安排了"光盘拓展知识"、"提示"和"技巧"等小项目，打造了一种全新且轻松的学习环境，让学生在行家提醒中技高一筹，在知识链接中理解更深、视野更广。

丛书组成

本丛书涵盖计算机基础、程序设计、数据库开发、网络技术、多媒体技术、计算机辅助设计及毕业设计和就业指导等诸多课程，具体如下：

- Dreamweaver CS3 网页设计基础与项目实训
- 中文 3ds Max 9 动画制作基础与项目实训
- Photoshop CS3 平面设计基础与项目实训
- Flash CS3 动画设计基础与项目实训
- AutoCAD 2009 中文版建筑设计基础与项目实训
- AutoCAD 2009 中文版机械设计基础与项目实训
- AutoCAD 2009 辅助设计基础与项目实训
- 网页设计三合一基础与项目实训
- Access 2003 数据库应用基础与项目实训
- Visual Basic 程序设计基础与项目实训
- Visual FoxPro 程序设计基础与项目实训
- C 语言程序设计基础与项目实训
- Visual C++程序设计基础与项目实训
- Java 程序设计基础与项目实训
- 多媒体技术基础与项目实训（Premiere Pro CS3）
- 数据库系统开发基础与项目实训——基于 SQL Server 2005
- 计算机专业毕业设计基础与项目实训
- 计算机组装与维护基础与项目实训
- ASP.NET 程序设计基础与项目实训
- Dreamweaver CS5 网页设计基础与项目实训
- 中文 3ds Max 2010 动画制作基础与项目实训
- Photoshop CS5 平面设计基础与项目实训
- Flash CS5 动画设计基础与项目实训

丛书作者

本丛书的作者均系国内一线资深设计师或开发专家、双师技能型教师、国家级或省级精品课教师，有着多年的授课经验与项目开发经验。他们将经过反复研究和实践得出的经验有机地分解开来，并融入字里行间。丛书内容最终由企业专业技术人员和国内职业教育专家、学者进行审读，以保证内容符合企业对应用型人才培养的需求。

多媒体教学资源包

本丛书各个教材分册均为任课教师提供一套精心开发的 DVD（或 CD）多媒体教学资源包，根据具体课程的情况，可能包含以下几种资源。

（1）所有实例的素材文件、最终工程文件（必有）

（2）电子课件和电子教案（必有）

（3）赠送多个相关的大案例，供教师教学使用 （必有）

（4）本书实例的全程讲解的多媒体语音视频教学演示文件

（5）工程项目的语音视频技术教程

（6）拓展文档、参考教学大纲、学时安排

（7）习题库、习题库答案、试卷及答案

用书教师请致电（010）64865699 转 8033 或发送 E-mail 至 bookservice@126.com 免费获取多媒体教学资源包。此外，我们还将在网站（http://www.ncpress.com.cn）上提供更多的服务，希望我们能成为学校倚重的教学伙伴、教师学习工作的亲密朋友。

编者寄语

希望经过我们的努力，能提供更好的教材服务，帮助高等职业院校培养出真正的、熟练掌握岗位技能的应用型人才，让学生在毕业后尽快具备实践于社会、奉献于社会的能力，为我国经济发展做出贡献。

在教材使用中，如有任何意见或建议，请直接与我们联系。

联 系 电 话： （010）64865699 转 8033

电子邮件地址： bookservice@126.com（索取教学资源包）

l-v2008@163.com（内容讨论）

丛书编委会

2010 年 10 月

本书编委会

主　编：杨　桦　文　东

副主编：王玉华　郝静静　李咏琪　刘丽凤

编　委：管新胜　陈雪兆　申永祥

前　言

.NET 平台的出现对于 Web 应用程序的开发具有十分重要的意义，它推动了下一代 Internet 的发展。作为.NET 平台的一部分，ASP.NET 提供了一种编程模型和结构，能更快速、更高效地建立灵活、安全和稳定的 Web 2.0 应用程序。由于使用了众多的服务器控件和.NET Framework 提供的.NET 类，ASP.NET 使程序员可以只编写少量的代码便能够为 Web 2.0 应用程序创建丰富的功能。开发者可以使用任何.NET 兼容的语言（如 C#和 Visual Basic .NET 等）来编写 ASP.NET 应用程序，本书中采用的是 C#。

1．写作背景

编者从 2009 年开始在项目中使用 Visual Studio 2010 测试版。根据 Microsoft 公司官方统计的数据显示：截至 2010 年 1 月底，Visual Studio 2010 Bate2 在中国的下载量已经超过了 10 万人次。这个数据充分说明开发神器——Visual Studio 2010 在中国开发者心中的分量有多重。

Visual Studio 2010 为开发带来了极大的便捷，也是本书所采用的开发工具。目的是向广大读者推荐 Visual Studio 2010，这对读者学习本书知识或进行提高训练非常有帮助。书中的内容以适合初学者使用的 ASP.NET 程序设计的知识和技能为主，也适用于低版本的 Visual Studio 2005 和 Visual Studio 2008。

2．主要内容

本书以通俗易懂的语言、丰富多彩的实例，详细介绍了如何使用 ASP.NET 技术进行 Web 程序的开发。本书所有实例都是编者从工作实践中精心挑选的，绝非语法知识点的人为拼凑，并且大部分实例都附有必要的上机操作步骤和实例说明，使读者真正"在编程实践中学习编程理论"。

本书共 11 章，其中：

第 1～9 章通过大量实例介绍了 ASP.NET 编程的基础知识，主要包括 ASP.NET 入门、ASP.NET Web 窗体页、ASP.NET 内置对象、Web 服务器控件、ASP.NET 页面验证、设计 ASP.NET 网站、系统环境——Global.asax 和 Web.config、ASP.NET 文件操作、ADO.NET 和数据绑定技术等内容。另外，每章都针对性地安排了大量习题，并在全书最后附有参考答案。这些习题是作者从实际工作中的某个模块改编而成的，具有一定的难度和实用性，便于读者巩固知识、学以致用。

第 10 章介绍了一个综合项目实训案例——企业业务管理系统。书中详细剖析了该系统的架构、设计思想、业务分析过程及最后的代码实现。通过这部分的学习，读者可以掌握企业级项目的设计思路、开发流程和解决问题的方法，从而对 ASP.NET 编程有更深层的认识。

第 11 章安排了 3 个课程设计——在线投票系统、网上书店和 BBS 论坛。每个课程设计都给出了必要的系统开发过程，包括系统设计、数据库设计等内容。这些项目和实际工作非常相近，通过这些课程设计的练习，读者可以真正掌握项目开发的过程及项目管理的流程，从而提高编程水平，为今后的职业生涯做好准备。

另外，在附录中提供了习题参考答案，方便读者练习。

3. 主要特点

- 本书以"企业业务管理系统"的实现为主线，全书将"企业业务管理系统"项目拆分成多个知识点和子项目，在前 9 章穿插讲解；然后再通过第 10 章的综合项目实训，将 ASP.NET 技术融会贯通。
- 每一章都给出了各章要解决的问题和主要的学习内容，明确了学习目的；对每一个知识点，首先阐述相关的概念，然后通过实例加以清晰的说明，并给出有针对性的展开思考和上机操作，引导读者逐步加深对知识点的理解。
- 书中实例配有操作步骤和实例说明，引导读者举一反三，在帮助读者掌握实例的同时，也可提高读者分析和解决问题的能力。
- 每章都附有一个上机实训，方便读者巩固和串联本章的知识点，同时能完成项目一部分的应用。
- 通过综合项目实训（第 10 章），综合应用 ASP.NET 技术设计与实现企业业务管理系统。
- 提供了课程设计方面的内容（第 11 章），为教师布置大作业提供参考。

4. 读者对象

本书既可作为高职高专、大中专院校、成人教学院校、各类计算机培训学校相关课程的教学用书，也可作为 ASP.NET 程序设计开发人员的入门与提高教程。

5. 提供教学资源包

书中所有源代码都经过精心调试，能够正常运行。

本书为读者提供书中所有源代码、涉及的数据库文件、课程设计参考源码等学习资源，读者可到 http://www.ncpress.com.cn 网站上自行下载或发送 E-mail 至 bookservice@126.com 索取。

另外，为满足教学需求，本书还为用书教师提供电子课件、电子教案、书中重要操作视频和上机操作题的详细解答等教学资源。用书教师请致电（010）64865699 转 8033 或发送 E-mail 至 bookservice@126.com 免费索取。

6. 编者寄语

在整理的大纲里罗列了满满的技术要点，总觉得有很多东西需要写给初学者。最终如本书编辑所言：定位为适合初学者的教程，那它自然不能成为 ASP.NET 百科全书。因此，很多东西也就搁置了。

在此，我真诚地邀请广大读者和老师来信探讨 ASP.NET（包含但不限于 ASP.NET）的编程之道。由于编者水平有限，书中不足之处在所难免，希望广大读者发送 E-mail 至 l-v2008@163.com 提出宝贵的意见和建议。

编 者

2011 年 2 月

目 录

第1章

ASP.NET 入门

ASP.NET 是目前最流行的动态网页技术之一，是微软公司推出的用于 Web 应用开发的全新框架，是.NET Framework 的组成部分。ASP.NET 是建立在.NET 框架的公共语言运行库上的编程框架，可用于在服务器上生成功能强大的 Web 应用程序。

本章着重介绍 ASP.NET 的基本概念和 ASP.NET 开发的入门知识。

本章知识点

◎ Web 应用程序概述

◎ ASP.NET 概述

◎ Visual Studio 2010 快速入门

◎ 创建第一个 ASP.NET 网站

ASP.NET

1.1 Web 应用程序概述

Web 应用程序是指通过 Web 服务器来完成应用程序的功能，并将运行的结果通过网络（如因特网或局域网）传递给终端用户。终端用户使用瘦客户机（Thin Client，Web 浏览器）来运行 Web 应用程序，客户端知道如何显示和执行从服务器端接收到的数据。

Web 应用程序的定义有广义和狭义之分。

- 广义的 Web 应用程序：一个网站或一个虚拟目录，可以粗略地看作一个 Web 应用程序。网站或虚拟目录中的所有文件构成了 Web 应用程序的主体，它们通过超级链接等技术手段紧密地组合在一起。
- 狭义的 Web 应用程序：通过一定的 Web 服务器或开发技术和 Web 客户机开发技术设计开发出来的一组具有严密数据处理逻辑、强大用户交互能力和友好用户界面的 Web 页面文件及相关文件和数据的整合体，其外在的表现是一个 Web 站点，甚至是一个虚拟目录。

1.1.1 Web 应用程序的特性

当在浏览器中输入 http://www.microsoft.com 时，浏览器将会返回微软公司官网的主页；如果想知道图书馆中有没有《ASP.NET 程序设计基础与项目实训》这本书，只要在图书馆馆藏目录的搜索框中输入书名，然后单击"搜索"按钮，页面将返回所有满足搜索条件的图书信息。

一套标准的 Web 应用程序应该具有以下特性：

- Web 应用程序都有自己独立的配置文件。
- Web 应用程序运行在相对独立的内存空间范围内。
- Web 应用程序内的所有文件共享同一个安全边界。
- Web 应用程序具有自己的用户管理机制。
- Web 应用程序相关数据的输入/输出和存储等处理工作相对独立。

1.1.2 Web 应用程序的开发技术

Web 应用程序的开发技术分为两类：基于客户端和基于服务器端。

（1）基于客户端的开发技术是指开发的代码在客户机上运行。

- 基本开发技术：HTML 语言、CSS 技术。
- 主要开发技术：客户端脚本技术、DHTML 技术、DOM 技术。
- 扩充开发技术：ActiveX 技术、Java Applet 等。

（2）基于服务器端的开发技术是指开发的代码在服务器上运行。

- 基本开发技术：CGI 技术、ISAP/NSAP 技术。
- 主要开发技术：PHP、ASP（VBScript、JavaScript）、ASP.NET 等。
- 扩充开发技术：用于后台数据处理的 Web 应用程序技术。

1.2　认识 ASP.NET

服务器端开发技术随着 Internet 应用技术的飞速发展在不断增多。Microsoft 公司为了适应用户对 Web 应用持续增长的需求，为了提供更完善、更安全和更有效的 Web 服务，于 2002 年正式发布了 .NET Framework 和 Visual Studio .NET 开发环境。该环境是一个支持多语言的、通用的运行平台，并且在其中引入了 ASP.NET 网页开发技术。

1.2.1　ASP.NET 概述

ASP.NET 是建立在 .NET 平台架构上的，它利用公共语言运行时，在服务器后端为用户提供建立强大的企业级 Web 应用服务所需的编程框架。它虽然是在 ASP 的基础上提出的，但它不是 ASP 的简单升级。表 1-1 列举了 ASP 和 ASP.NET 的技术差别。

表1-1　ASP和ASP.NET技术对比

ASP	ASP.NET
程序代码和 HTML 代码混合在一个页面中，无法实现分开管理	程序代码和 HTML 代码可实现完全分开管理
程序员需要严格区分一个页面中客户端脚本程序与服务器端程序，而且客户端程序和服务器端程序很难交互	使用 Web 控件，不再区分客户端和服务器端程序，可以直接进行数据交换
解释执行	第一次请求时自动编译执行，以后再次访问时不需要重新编译
支持 COM 组件	支持 COM 组件、类库和 Web Service 组件
程序很难调试和跟踪	可以方便地调试和跟踪
支持 VBScript、JavaScript 语言	支持 C#、VB.NET、J#等语言
不支持面向对象编程	支持面向对象编程

1.2.2　ASP.NET 的运行原理与机制

只有充分了解 ASP.NET 的运行机制，才能更好地应用 ASP.NET。本小节将从 3 方面对 ASP.NET 的运行机制进行讲解。

1. ASP.NET 的运行原理

ASP.NET 的运行原理如图 1-1 所示。

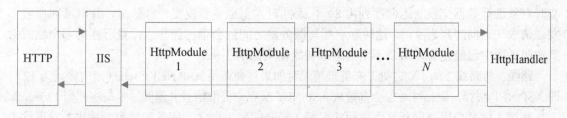

图 1-1　ASP.NET 的运行原理

ASP.NET 运行时首先会通过客户端向 IIS 服务器发送一条 HTTP 请求，此请求被 IIS 服务器接收后，IIS 会确认请求页面的类型，为其加载对应的 DLL 文件，然后在处理的过程中将这条请求发送给可以处理此请求的模块 HttpHandler。当请求在 HttpHandler 模块中处理后，会按照原来的顺序返回给客户端，这样就完成了 ASP.NET 的整个运行过程。

服务器端的 HttpHandler 专门用于处理 ASPX（这是 ASP.NET 应用程序文件的扩展名）文件。IIS 将请求发送给 HttpHandler 模块之前，还需要经过一些 HttpModule（即 HTTP 模块），这些都是系统默认的 Module。这样可以提高安全性、运行效率和增强控制能力。

2．ASP.NET 的运行机制

ASP.NET 的运行机制如图 1-2 所示。

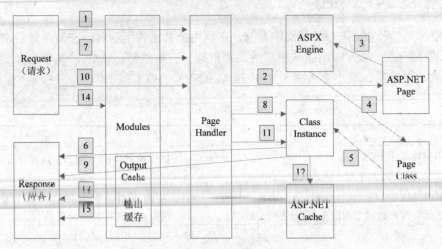

图 1-2　ASP.NET 的运行机制

从图中 HTTP 的运行路线，可以了解到 ASP.NET 的运行机制。图中展示了一个 HTTP 请求可能经过的 4 条路线。路线 1 的走向序列是"1～6"，路线 2 的走向序列是"7～9"，路线 3 的走向序列是"10～13"，路线 4 的走向序列是"14～15"。

在路线 1 中，当 HTTP 请求第一次访问这个页面时，此请求依次经过 HttpModule 和 HttpHandler 的处理（走向序列为 1）。在 HttpHandler 的处理中，服务器会转到真正要访问的页面，通过 ASPX Engine 来找到这个页面所属的类，并实例化为一个临时对象。在此过程中会触发一系列的事件，其中一部分事件需要经过对象中的方法处理（走向序列为 2、3、4、5），服务器会将这个处理后的页面移交给 Response 对象（走向序列为 6），由 Response 对象将这个页面发送到客户端。

在路线 2 中，请求依次经过 HttpModule 和 HttpHandler 的处理（走向序列为 7），直接与临时对象进行数据交换（走向序列为 8），返回时向页面重新提交一些信息，并继续向服务器发送请求（走向序列为 9）。这时客户端与服务器之间的会话已经建立，且所在的那个临时对象在服务器中已经建立，所以不用再进行初始化页面的工作。

路线 3 与路线 2 的不同之处是在处理请求时如果需要调用 ASP.NET Cache（走向序列为 12），即 ASP.NET 缓存，则临时对象会直接从 ASP.NET 缓存中提取信息并返回（走向序列为 13）。

路线 4 就是当用户刷新这个页面的时候（走向序列为 14），服务器接收到请求，发现这个请求之前已经处理过了，并将处理结果存储到由一个默认的 HttpModule 管理的输出缓存中，可以直接从这个缓存中提取信息并返回（走向序列为 15），而无须再加载运行一次。

3. ASP.NET 的优越性

ASP.NET 利用提前绑定、即时编译、本地优化和缓存服务来提高性能。所有这一切，性能远远高于以往写的每一行代码。

在 Visual Studio 2010 的集成开发环境（IDE）中，ASP.NET 框架由丰富的工具箱和设计器组成。所见即所得的（WYSIWYG）编辑方式、拖放服务器控件及自动部署，都仅仅只是这一强大工具所提供的一小部分功能。

ASP.NET 使用一个基于文本的、分层次的配置系统，它简化了服务器端环境和 Web 应用程序的设置。由于配置信息用纯文本格式保存，所以新的设置不需要本地管理工具的支持。这种"零本地支持"的理念也同样应用到了部署 ASP.NET 应用程序。ASP.NET 应用程序部署到服务器，简化为复制必要的文件到服务器。在部署甚至替换正在运行的编译代码的时候，也不需要重新启动服务器。

ASP.NET 提供了一种良好的扩充结构，允许开发者在适当的级别"插入"他们的代码。事实上，使用自己编写的组件可以扩展或者替换 ASP.NET 运行时的任何子组件。ASP.NET 使执行自定义验证或状态服务变得前所未有的容易。

1.3 Visual Studio 2010 快速入门

1.3.1 安装 Visual Studio 2010

Visual Studio 2010 的安装因安装组件组合的不同而异。表 1-2 所示为安装 Visual Studio 2010 的最低系统要求。

表1-2　安装Visual Studio 2010的最低系统要求

硬件	系统要求
处理器	最低要求：600MHz Pentium 处理器 推荐：建议采用 1.6 GHz Pentium 处理器
内存	最低要求：512 MB　推荐：1024 MB
硬盘	● 不安装 MSDN： 　安装驱动器上要有 2GB 可用空间 　系统驱动器上要有 1GB 可用空间 ● 安装 MSDN： 　在完全安装 MSDN 的驱动器上要有 3.8GB 可用空间 　在进行默认 MSDN 安装的驱动器上要有 2.8GB 可用空间 　系统驱动器上要有 1GB 可用空间
操作系统	Windows XP（x86）Service Pack 3（除 Starter Edition 之外的所有版本） Windows Vista（x86 & x64）Service Pack 1（除 Starter Edition 之外的所有版本） Windows 7（x86 & x64） Windows Server 2003（x86 & x64）Service Pack 2 Windows Server 2003 R2（x86 & x64） Windows Server 2008（x86 & x64）Service Pack 2 Windows Server 2008 R2（x64）

（续表）

硬件	系统要求
显示器	最低要求：800×600 像素，256 色
	推荐：1280×1024 像素，增强色 16 位，支持 DirectX 9 的显卡

Visual Studio 2010 安装的起始界面如图 1-3 所示。具体安装过程如下。

Step 01 单击"安装 Microsoft Visual Studio 2010"，安装 Visual Studio 2010 功能和所需的组件。单击后进入 Microsoft Visual Studio 2010 的安装向导界面，如图 1-4 所示。

图 1-3　Visual Studio 2010 安装起始界面　　　图 1-4　Visual Studio 2010 安装向导界面

Step 02 在安装向导界面中单击"下一步"按钮，进入"最终用户许可协议"界面，如图 1-5 所示，选中"我已阅读并接受许可条款"单选按钮，并输入产品密钥（笔者选择安装试用版）。在此界面中，安装程序会把自动检测到的系统已经安装的组件和将要安装的组件按组显示出来。

Step 03 在"最终用户许可协议"界面中单击"下一步"按钮，进入选择安装方式和安装路径界面，如图 1-6 所示。在"选择要安装的功能"选项组中选择安装方式，并设置产品安装路径，这里采用默认的设置。

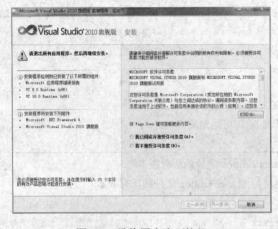

图 1-5　最终用户许可协议　　　　　　　　图 1-6　安装设置

Step 04 单击"安装"按钮，开始安装 Visual Studio 2010。在此界面中会动态显示安装的组件信息，如图 1-7 所示。

Step **05** 待所有组件安装成功后，进入安装完成界面，如图 1-8 所示。

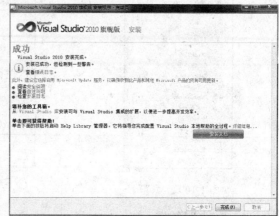

图 1-7　显示安装停息　　　　　　　　　　　　图 1-8　安装完成

Step **06** 单击"完成"按钮，返回安装起始界面。

1.3.2　Visual Studio 2010 集成开发环境

Microsoft Visual Studio v2010 包含了一些新的和增强的功能，其目的在于使 ASP.NET 开发人员的工作比以往更加高效。这些改进能使程序开发人员更快、更准确地编写代码。

1．起始页面

用户可以在起始页面中获得入门、指南和资源及最新新闻等帮助，微软最新的云计算技术的讲解也能在起始页面中找到，如图 1-9 所示。

2．工具箱

现在不管是在 WEBFORM 还是在 WINFORM 中，.NET Framework 都自带了很多控件，再加上一些第三方的控件库，工具箱里的控件和组件越来越多，有时候要想使用某个控件一下子还找不到。

在 Visual Studio 2010 中，可以在工具箱中快速定位控件或组件，在工具箱使用焦点的情况下，输入控件的开始字符，就可以定位到相应的控件，如输入"te"两个字符，焦点就会定位到 TextBox 控件，如图 1-10 所示。

图 1-9　起始页面

3．工程区

工程区由 4 部分组成，左上部分用于编辑代码，左下部分用于代码预览和可视化开发，右上部分用于查看当前项目的资源，右下部分用于对当前选中的控件和组件的属性进行设置，如图 1-11 所示。

图 1-10 工具箱

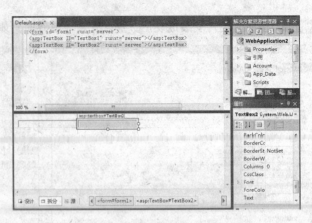

图 1-11 工程区

4. 选项设置

用户可以根据自己的喜好设置 IDE 的显示。在菜单栏中选择"工具"|"选项"命令，在打开的"选项"对话框中可进行 IDE 的相关设置，如图 1-12 所示。

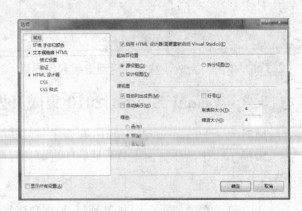

图 1-12 "选项"对话框

1.4 上机实训——创建第一个 ASP.NET 网站

下面通过上机实训熟练掌握使用 Visual Studio 2010 进行编码的相关设置和方法。另外，应重点掌握创建网站的步骤、Visual Studio 2010 窗口的常用功能、调试功能的使用等。

1.4.1 创建网站

下面介绍使用 Visual Studio 2010 文件系统创建网站的方法。

Step 01 选择"文件"|"新建网站"命令，如图 1-13 所示。

Step 02 此时，弹出如图 1-14 所示的"新建网站"对话框。在模板列表框中选择"ASP.NET 网站"，在"Web 位置"下拉列表框中选择"文件系统"，并输入创建网站的位置，在"语言"下拉列表框中选择"Visual C#"，单击"确定"按钮，系统就会自动创建网站。

图 1-13 "新建网站"命令

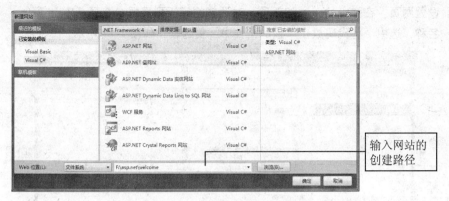

图 1-14 "新建网站"对话框

> **提示**
>
> 创建一个新的网站后，系统会自动在前面指定的文件夹中创建一个网站文件夹，其中包含一个 App_Data 子文件夹，以及一个默认的网页 Default.aspx，如图 1-15 所示。
>
> 在 Visual Studio 2010 中使用"解决方案资源管理器"窗口管理网站有以下两种方式。
>
> - 用鼠标右键单击"解决方案资源管理器"窗口，利用弹出的快捷菜单管理网站。
> - 利用"网站"菜单直接管理网站。

图 1-15 已创建网站的界面

Step 03 添加新页面。在解决方案资源管理器中右击网站文件夹，在弹出的快捷菜单中选择"添加新项"命令，如图 1-16 所示。或者直接按 Ctrl+Shift+Alt 组合键添加新项。

图 1-16 添加新项

Step 04 设置网页。在弹出的"添加新项"对话框的模板列表框中选择"Web 窗体",输入网页名称,选中"将代码放在单独的文件中"复选框,如图 1-17 所示。

图 1-17 网页设置

Step 05 创建 welcome.aspx 网页后,可以在"解决方案资源管理器"中找到新建的 welcome.aspx 网页。双击 welcome.aspx 文件,即可将其打开,如图 1-18 所示。

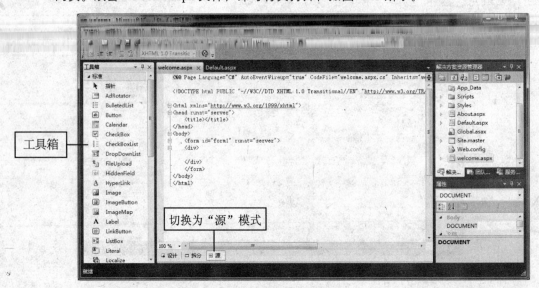

图 1-18 打开的 welcome.aspx 文件

网页文件包含两种模式:"源"模式与"设计"模式。

- "源"模式:可以在"源"模式中编辑 HTML 网页。
- "设计"模式:可以在"设计"模式中以拖曳的方式创建控件。

1.4.2 创建控件与运行网站

下面介绍 welcome.aspx 窗体的设计过程,具体操作步骤如下。

Step 01 拖曳 Label、TextBox、Button 控件到 welcome.aspx 设计窗口,如图 1-19 所示。

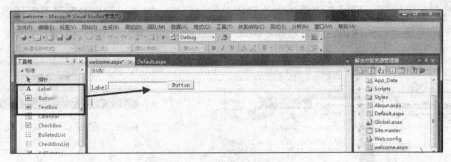

图 1-19 拖曳控件至设计窗口

Step 02 右击控件，在弹出的快捷菜单中选择"属性"命令，如图 1-20 所示。

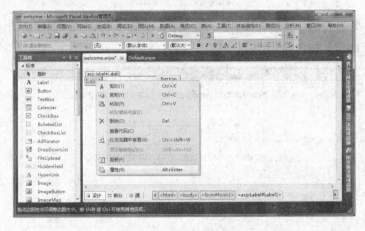

图 1-20 选择"属性"命令

Step 03 在"属性"窗口中可以设置控件的属性。例如，修改 Label1 控件的 Text 属性为"请输入姓名："，如图 1-21 所示；修改 Button1 控件的 Text 属性为"确定"。

Step 04 修改后的 welcome.aspx 窗口如图 1-22 所示，单击 Visual Studio 界面上的"保存"按钮，存储 welcome.aspx。

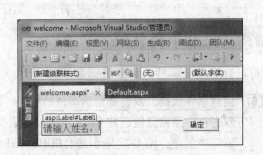

图 1-21 "属性"窗口 　　　图 1-22 保存网页修改内容

Step 05 要运行网页，可以直接单击文件窗口上方的标签，或在"解决方案资源管理器"窗口中单击要运行的网页，然后选择"调试"|"启动调试"命令，或按 F5 键，如图 1-23 所示。

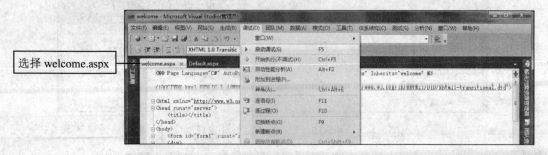

选择 welcome.aspx

图 1-23 启动调试

Step 06 当第一次运行时，系统会询问是否在 Web.config 文件中加入调试功能，如图 1-24 所示，单击"确定"按钮即可。

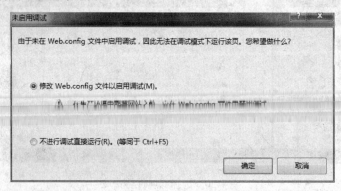

图 1-24 设置调试选项

运行后的结果如图 1-25 所示。

图 1-25 运行后的结果

1.4.3 添加事件代码

可以针对某个事件，为控件添加事件代码。

Step 01 创建事件代码。双击要创建事件的控件，即可创建 Click 事件，如图 1-26 所示。
双击控件通常只能创建 Click 事件，假设要创建其他更多的事件，必须在控件的"属性"窗口中创建。图 1-27 所示是利用 Button1 的"属性"窗口创建事件。

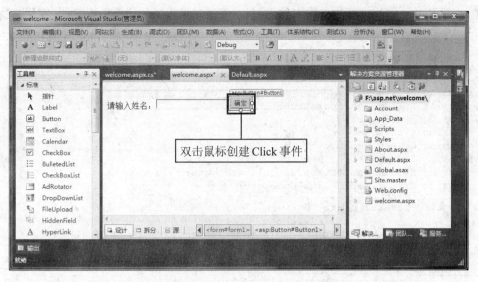

图 1-26　双击创建控件事件

图 1-27　利用"属性"窗口创建事件

图 1-28 所示是创建的 Button1_Click 事件。

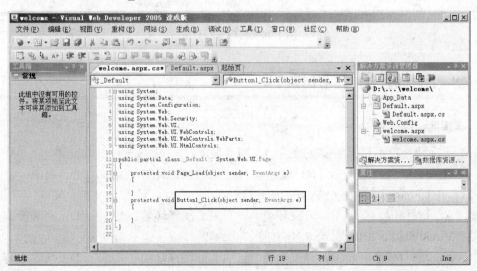

图 1-28　创建的 Button1_Click 事件

Step 02 在 Button1_Click 事件中输入代码，此代码的功能是当用户单击按钮时，在用户输入的文字前加上"欢迎您："，并显示在 Label2 上。代码如下，加粗部分是需要添加的，其余代码是系统自动生成的。

```
using System;
using System.Data;
using System.Configuration;
using System.Web;
using System.Web.Security;
using System.Web.UI;
using System.Web.UI.WebControls;
using System.Web.UI.WebControls.WebParts;
using System.Web.UI.HtmlControls;
public partial class _Default : System.Web.UI.Page
{
    protected void Page_Load(object sender, EventArgs e)
    {

    }
    protected void Button1_Click(object sender, EventArgs e)
    {
        Label2.Text="欢迎您："+TextBox1.Text;
    }
}
```

Step 03 按 F5 键启动调试，运行代码后的窗口如图 1-29 所示。示例中是在 TextBox 中输入姓名后单击"确定"按钮，将显示欢迎文字。

图 1-29　代码运行效果

1.5 习题与上机操作

1. 选择题

（1）下面哪一项不属于当前主流的动态网页技术？ _____

    A．JSP　　　　　　B．HTML　　　　　C．ASP.NET　　　　　D．PHP

（2）.NET Framework 是 ASP.NET 的_____。

    A．运行环境　　　　B．开发环境　　　　C．编译环境　　　　D．两者没有关系

（3）Visual Studio 2010 是 ASP.NET 的_____。

    A．运行环境　　　　B．开发环境　　　　C．编译环境　　　　D．两者没有关系

（4）下面哪一项不属于 ASP.NET 的开发和运行环境？＿＿＿＿＿＿

    A．IIS   B．SQL Server

    C．.NET Framework SDK   D．Visual Studio 2010

（5）关于 ASP.NET，下面几种说法中不正确的是＿＿＿＿＿＿。

    A．ASP.NET 可以实现程序代码和 HTML 代码完全分开管理

    B．不支持面向对象编程

    C．第一次请求时自动编译执行，以后再次访问时不需要重新编译

    D．支持 COM 组件、类库和 Web Service 组件

2．填空题

（1）B/S 的全称是＿＿＿＿＿＿，C/S 的全称是＿＿＿＿＿＿。

（2）动态网页技术具有的 3 个特点分别是＿＿＿＿＿＿、＿＿＿＿＿＿和＿＿＿＿＿＿。

（3）Visual Studio 2010 是一套完整的＿＿＿＿＿＿，可以用于生成 ASP.NET Web 应用程序。

（4）.NET Framework SDK 是一个完整的开发工具包，它包括＿＿＿＿＿＿、＿＿＿＿＿＿和＿＿＿＿＿＿。

（5）ASP.NET 支持的编程语言有＿＿＿＿＿＿、＿＿＿＿＿＿、＿＿＿＿＿＿等。

3．上机操作题

（1）为自己的计算机安装.NET Framework SDK。

（2）在自己的计算机上安装 Visual Studio 2010（中文版）。

（3）参考 1.4 节的内容，创建"Hello World！"站点，并通过浏览器访问，页面运行效果如图 1-30 所示。

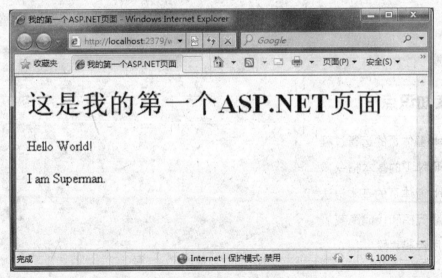

图 1-30   "Hello World！"页面运行效果

第2章

ASP.NET Web 窗体页

Web 窗体是一项 ASP.NET 功能，可以用它为 Web 应用程序创建用户界面。Web 窗体页为程序员提供了一种强大而直接的编程模型，该模型使用开发人员熟悉的快速应用程序开发（RAD）技术来生成基于 Web 的复杂用户界面。

掌握 ASP.NET Web 窗体页的常用指令和语法，对分析和编写 ASP.NET 应用程序意义非凡。通过本章的学习，可以掌握 Web 窗体页的组成和运行机制，熟悉基本指令和语法，掌握内联代码和代码隐藏。在本章的末尾，通过一个上机实训掌握 ASP.NET 中代码片段的应用，为快速开发应用程序打下基础。

本章知识点

- ◎ Web 窗体页的运行过程
- ◎ ASP.NET 的基本指令
- ◎ Web 窗体页的基本语法
- ◎ 内联代码和代码隐藏
- ◎ 活用代码片段

ASP.NET

2.1 Web 窗体页的运行过程

在 Web 窗体页中,用户界面编程分为两个不同的部分:可视组件和逻辑。视觉元素称作 Web 窗体"页"(page)。这种页由一个包含静态 HTML 和/或 ASP.NET 服务器控件的文件组成。利用 Visual Studio Web 窗体设计器和 ASP.NET 服务器控件,可以以在任何 Visual Studio 应用程序中的方式来设计窗体。Web 窗体页的逻辑由代码组成,这些代码由用户创建以与窗体进行交互。编程逻辑位于与用户界面文件不同的文件中,该文件称作"代码隐藏"文件,并具有".aspx.vb"或".aspx.cs"扩展名。在代码隐藏文件中编写的逻辑可以使用 Visual Basic 或 Visual C#来编写。

当运行 ASP.NET Web 应用程序时,每一个被请求的 Web 窗体页都将经历一个运行过程(即生命周期)。在该运行过程中,ASP.NET 将对 Web 窗体页进行一系列的处理,如页请求、初始化页面、载入页面、处理事件、预呈现页面、呈现页面和卸载页面等,如图 2-1 所示。

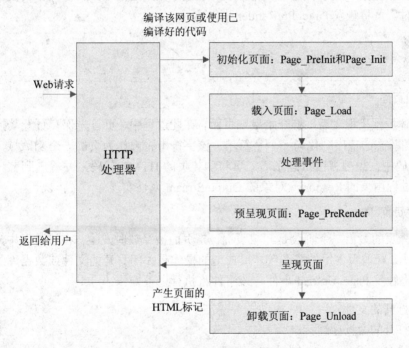

图 2-1 Web 窗体页的运行机制

1. 初始化页面

当某一个 Web 窗体页发生请求时,ASP.NET 将首先确定是否要分析和编译该页,即确定该页的请求是全新的请求还是回发请求(由页的 IsPostBack 属性指定)。如果该页从来没有被请求,分析器和编译器将分析和编译该页,否则将使用该页已经编译好的代码。

经过上述阶段之后,页将进入初始化阶段。在此过程中,页将创建其所有对象,并初始化对象的值;同时初始化该页包含的控件(服务器端控件和客户端控件),并将主题(Themes)应用于页。在此过程中,页将触发两个事件:Page_PreInit 和 Page_Init 事件。

2. 载入页面

Web 窗体页初始化之后，ASP.NET 分析器或编译器将载入页面。在此过程中，如果当前请求是回发请求（不是第一次请求），则读取页和控件的视图状态（ViewState），并将状态的值应用到页和控件。在此过程中，页将触发 Page_Load 事件。该事件读取并更新控件属性。

3. 处理事件

Web 窗体页载入之后，将处理页的回发事件。在此过程中，如果当前请求是回发请求（不是第一次请求），则将触发页或控件定义的事件处理程序。如 Button 控件的 Click 事件等。

> **注意** 在处理回发事件之前，如果页包含了需要执行验证操作的控件，那么页首先检查页和各个验证控件的 IsValid 属性是否为 true。如果为 true，则处理回发事件，否则不处理回发事件。

4. 预呈现页面

Web 窗体页处理回发事件之后，将预呈现页面。在此过程中，页将执行其被呈现之前的处理步骤。此时，页将触发 Page_PreRender 事件。

> **注意** 该事件是对页的内容进行最后修改。

5. 呈现页面

Web 窗体页预呈现之后，将开始呈现页面。在此过程中，页首先保存页及其控件的视图状态，即把视图状态的值序列化为一个字符串。该字符串将被作为页的一个隐藏域，并保存到页的 HTML 代码中。处理视图状态之后，页将创建页的 HTML 代码，并输出到客户端浏览器。其中，输出过程由页的 Response 对象的 OutputStream 属性实现。

6. 卸载页面

Web 窗体页的最后一个阶段是卸载页面，当页面被释放时发生。在该阶段中，页将执行最后的清理工作，释放页占用的资源等。最典型的操作是关闭打开的文件或数据库的连接。在此过程中，页将触发 Page_Unload 事件，该事件将执行以下操作：

- 关闭打开的文件。
- 关闭打开的数据库连接。
- 完成日志。
- 完成其他特定的任务。

2.2 ASP.NET 的基本指令

ASP.NET 的基本指令指定页和用户控件编译器的属性。在处理 Web 窗体页（.aspx）和用户控件（.ascx）时，这些设置生效。通常，这些指令需要包含在文件的开头处，每个指令都可以包含一个或多个属性（与值成对出现）。

2.2.1 页指令@Page

@Page 指令可以设置 Web 窗体页分析器和编译器的属性。声明该指令的语法如下：

```
<%@ Page attribute="value" [attribute="value"...] %>
```

@Page 指令只能使用在扩展名为.aspx 的 Web 窗体页文件中，且每个页只能包含一条@Page 指令。Web 窗体页使用该指令时，至少要包含一个属性。

@Page 指令共包含 44 个属性，可以分为 3 类：编译类属性、页面行为类属性和页面输出类属性，分别如表 2-1、表 2-2 和表 2-3 所示。

用户可以通过表 2-1 中的属性来调整页编译器的参数，以及指定页面使用的编程语言。

表2-1　@Page指令的编译类属性

属性	描述
CodeBehind	指定包含与页关联的类的已编译文件的名称
ClassName	指定在请求页时，将被动态编译的类的名称
Inherits	指定供页继承的代码隐藏类
CodeFile	指定页引用的代码隐藏文件的路径
CodeFileBaseClass	指定页的基类及其关联的代码隐藏类的路径
Language	指定页中的所有内联呈现和代码声明块使用的编程语言
Src	指定包含链接到页的代码的源文件的路径
CompilationMode	指定页的编译模式，默认值为 Always
CompilerOptions	指定包含用于编译页的编译器选项的字符串
Debug	表示是否应带有调试符号来编译该页
Explicit	表示是否使用 Visual Basic 的 Option Explicit 模式来编译页，默认值为 false，只有当页的语言为 Visual Basic 时，该属性才有效
Strict	表示是否使用 Visual Basic 的 Option Strict 模式来编译页，默认值为 false，只有当页的语言为 Visual Basic 时，该属性才有效
Trace	表示是否启用跟踪
TraceMode	表示当启用跟踪时如何为页显示跟踪消息
WarningLevel	表示编译器将警告视为错误的编译器警告等级
LinePragmas	表示运行库是否应在源代码中生成行杂注

用户可以通过表 2-2 中的属性来控制页面的总体行为。例如，用户可以禁止页面的视图状态、启用页面的 HTTP 响应缓冲等。

表2-2　@Page指令的页面行为类属性

属性	描述
Async	指定页为异步处理程序，默认值为 false
AsyncTimeOut	指定处理异步任务时的超时时间间隔，单位为 s，默认值为 45s
AspCompat	当设置为 true 时，允许在单线程单元（STA）线程上执行页。默认值为 false
AutoEventWireup	表示页的事件是否自动连接到事件处理函数，默认值为 true
EnableTheming	表示是否在页上使用主题，默认值为 true

（续表）

属性	描述
StyleSheetTheme	指定在页上使用的有效主题标识符
Theme	指定在页上使用的有效主题标识符，如果设置 Theme 属性时没有使用 StyleSheetTheme 属性，则将重写控件上单独的样式设置
Buffer	表示是否启用 HTTP 响应缓冲，默认值为 true
Description	指定提供该页的文本说明
EnableEventValidation	表示在页回发之前是否启用事件验证
EnableSessionState	表示是否启用页的会话状态要求，默认值为 true
SmartNavigation	表示页是否支持 Internet Explorer 5.5 或更高版本的智能导航功能
EnableViewState	表示是否在页请求之间保持视图状态，默认值为 true
EnableViewStateMac	表示当页从客户端回发时，ASP.NET 是否应该对页的视图状态运行计算机身份验证检查（MAC），默认值为 false
ErrorPage	指定在出现未处理页异常时用于重定向的目标 URL
MasterPageFile	指定内容页的母版页或嵌套母版页的路径
TargetSchema	指定用于验证页内容的方案的名称
Transaction	表示在页上是否支持事务，它的值可能为 Disabled、NotSupported、Supported、Required 和 RequiresNew，默认值为 Disabled
ValidateRequest	表示是否在页发生请求验证，默认值为 true
ViewStateEncryptionMode	指定视图状态的加密模式，它的值可能为 Auto、Always 和 Never，默认值为 Auto
Title	指定在响应的 HTML 的 <title> 标记中呈现的页的标题
MaintainScrollPosition-OnPostback	指定在回发后是否将用户返回到客户端浏览器中的同一位置

用户可以通过表 2-3 中的属性来设置页面的输出格式。例如，用户可以设置页面输出的 MIME 类型等。

表2-3　@Page指令的页面输出类属性

属性	描述
ClientTarget	指定 ASP.NET 服务器控件应该为其呈现内容的目标用户代理
ContentType	指定页面输出的 MIME 类型
Culture	指定页的当前所在区域
LCID	指定 ASP.NET 页的当前所在区域的标识符，该属性和 Culture 属性是互斥的
ResponseEncoding	指定页面输出的编码方案的名称
UICulture	指定页的用户界面的当前所在区域

下面的代码实例为 Default.aspx 页面中的 @Page 指令。

```
<%@ Page Language="C#" AutoEventWireup="true"
    CodeFile="Default.aspx.cs" Inherits="Default"
    StylesheetTheme="WebTheme" %>
```

该指令包含了下面 4 个设置：

- 指定页面的内联代码的编程语言为 C#。
- 事件处理代码定义在名称为 Default 的分部类中。
- 上述分部类定义在 Default.aspx.cs 文件中。
- 指定了页面使用"WebTheme"主题(为 ASP.NET 4.0 中新增技术)。

2.2.2 用户控件指令@Control

@Control 指令与@Page 指令基本相似,在.aspx 文件中包含了@Page 指令,而在.ascx 文件中则不包含@Page 指令,该文件中包含@Control 指令。该指令只能用于用户控件中,用户控件在带有.ascx 扩展名的文件中进行定义。每个.ascx 文件只能包含一条@Control 指令。此外,对于每个@Control 指令,只允许定义一个 Language 属性,因为每个控件只能使用一种语言。声明@Control 指令的语法如下:

```
<%@ Control attribute="value" [attribute="value" ... ] %>
```

@Control 指令的属性如表 2-4 所示。

表2-4 @Control指令的属性

属性	描述
CodeBehind	指定包含与页关联的类的已编译文件的名称
ClassName	指定在请求页时被动态编译的类的名称
Inherits	指定供页继承的代码隐藏类
CodeFile	指定页引用的代码隐藏文件的路径
CodeFileBaseClass	指定页的基类及其关联的代码隐藏类的路径
Language	指定页中的所有内联呈现和代码声明块使用的编程语言
Src	指定包含链接到页的代码的源文件的路径
CompilationMode	指定页的编译模式,默认值为 Always
CompilerOptions	指定包含用于编译页的编译器选项的字符串
Debug	表示是否应带有调试符号来编译该页
Explicit	表示是否使用 Visual Basic 的 Option Explicit 模式来编译页,默认值为 false,只有当页的语言为 Visual Basic 时,该属性才有效
Strict	表示是否使用 Visual Basic 的 OptionStrict 模式来编译页,默认值为 false,只有当页的语言为 Visual Basic 时,该属性才有效
WarningLevel	表示编译器将警告视为错误的编译器警告等级
LinePragmas	表示运行库是否应在源代码中生成行杂注
AutoEventWireup	表示页的事件是否自动连接到事件处理函数。默认值为 true
Description	指定提供该页的文本说明
EnableTheming	表示是否在页上使用主题,默认值为 true
EnableViewState	表示是否在页请求之间保持视图状态,默认值为 true
TargetSchema	指定用于验证页内容的方案的名称

下面的代码实例为 Header.ascx 用户控件中的@Control 指令。

```
<%@ Control Language="C#" AutoEventWireup="true" CodeFile="Header.ascx.cs"
    Inherits="UserControl_Header" %>
```

该指令包含了下面 3 个设置：

- 指定用户控件的内联代码的编程语言为 C#。
- 事件处理代码定义在名称为 UserControl_Header 的分部类中。
- 上述分部类定义在 Header.ascx.cs 文件中。

2.2.3 注册指令@Register

@Register 指令用于创建标记前缀和自定义控件之间的关联，这为开发人员提供了一种在 ASP.NET 应用程序文件（包括网页、用户控件和母版页）中引用自定义控件的简明方法。换句话说，该指令创建一个标记前缀，实现了用户控件或自定义控件和其引用文件之间的关联，最终使得用户控件或自定义控件能够在其引用文件中呈现出来。声明该指令的语法如下：

```
<%@ Register tagprefix="tagprefix" namespace="namespace" assembly="assembly" %>
<%@ Register tagprefix="tagprefix" namespace="namespace" %>
<%@ Register tagprefix="tagprefix" tagname="tagname" src="pathname" %>
```

@Register 指令的属性如表 2-5 所示。

表2-5 @Register指令的属性

属性	描述
tagprefix	标记前缀，用以为任意名称，表示引用该标记所在命名空间的一种缩写形式
namespace	被引用的自定义控件所在的命名空间
assembly	被引用的自定义控件所在的命名空间所驻留的程序集
tagname	与被引用类关联的任意名称，此属性只用于用户控件
src	表示被引用的用户控件所在的位置，它的值可以是相对地址，也可以是绝对地址

下面的代码实例中使用@Register 指令注册了 MyCalendarUserControl 用户控件：

```
<%@ Register tagprefix="uc1" tagname="MyUserControl"
    src="~/MyUserControl.ascx" %>
```

使用上述@Register 指令注册的 MyUserControl 用户控件的代码如下：

```
<uc1:MyUserControl runat="server" ID="MyUserControl1"/>
```

2.2.4 引用指令@Reference

@Reference 指令以声明的方式将网页、用户控件或 COM 控件连接至目前的网页或用户控件。使用此指令可以动态编译与生成提供程序关联的页面、用户控件或另一个类型的文件，并将其链接到包含@Reference 指令的当前网页、用户控件或母版页文件。这样就可以从当前文件内部引用外部编译的对象及其公共成员。声明该指令的语法如下：

```
<%@ Reference Page="页的路径"
Control="用户控件的路径"
virtualPath="文件的虚拟路径" %>
```

@Reference 指令包含 3 个属性——Page、Control 和 VirtualPath，说明如下。

- Page：外部页，ASP.NET 动态编译该页并将它链接到包含@Reference 指令的当前文件。

- Control：外部用户控件，ASP.NET 动态编译该控件并将它链接到包含@Reference 指令的当前文件。
- VirtualPath：引用的虚拟路径。只要生成提供程序存在，可以是任何文件类型。例如，VirtualPath 可能会指向母版页。

例如，使用@Reference 指令链接用户控件，代码如下：

```
<%@ Reference Control="MyControl.ascx" %>
```

2.2.5　执行指令@Implements

@Implements 指令用来定义要在页或用户控件中实现的接口，声明该指令的语法如下：

```
<%@ Implements interface=" value " %>
```

其中，interface 属性用来指定要在页或用户控件中实现的接口。在 Web 窗体页中实现接口时，开发人员可以在代码声明块中的<script>元素的开始标记和结束标记之间创建其事件、方法和属性，但不能使用该指令在代码隐藏文件中实现接口。

2.2.6　导入指令@Import

@Import 指令用于将命名空间显式导入到 ASP.NET 应用程序文件中，并且导入该命名空间的所有类和接口。导入的命名空间可以是.NET Framework 类库的一部分，也可以是用户定义的命名空间的一部分。声明该指令的语法如下：

```
<%@ Import namespace="value" %>
```

@Import 指令只包含 namespace 属性，它表示要导入的命名空间的完全限定名，且该指令不能有多个 namespace 属性。下面的代码实例使用@Import 指令导入 System.Data.SqlClient 命名空间：

```
<%@ Import namespace="System.Data.SqlClient" %>
```

2.2.7　程序集指令@Assembly

@Assembly 指令用于在编译时将程序集链接到页面，这使得开发人员可以使用程序集公开的所有类和方法等。声明该指令的语法如下：

```
<%@ Assembly Name="assemblyname" %>          //第一种
<%@ Assembly Src="pathname" %>               //第二种
```

@Assembly 指令只包含两个互斥的属性：Name 和 Src。Name 属性表示要链接到页面的程序集的名称，此名称不能包括文件扩展名；Src 属性表示要链接到页面的源文件的路径。下面的代码使用了两个@Assembly 指令：第一个指令链接到程序集 MyAssembly；第二个指令链接到 MySource.cs 文件。

```
<%@ Assembly Name="MyAssembly" %>
<%@ Assembly Src="MySource.cs" %>
```

2.2.8　母版页指令@Master

@Master 指令非常类似于@Page 指令，但@Master 指令用于母版页（.master），且一个母版页只能包含一条@Master 指令。在使用@Master 指令时，要指定和站点上的内容页面一起使用的模板页面的属性。内容页面（使用@Page 指令建立）可以继承 master 页面上的所有 master 内容（在 master 页面上使用@Master 指令定义的内容）。尽管这两个指令是类似的，但@Master 指令的属性比@Page 指令少。声明@Master 指令的语法如下：

```
<%@ Master attribute="value" [attribute="value"...] %>
```

下面的代码实例为 MyMasterPage.master 母版页中的@Master 指令：

```
<%@ Master Language="C#" CodeFile="MyMasterPage.master.cs"
           Inherits="MyMasterPage" %>
```

该指令包含了下面 3 个设置：

- 指定母版页的内联代码的编程语言为 C#。
- 事件处理代码定义在名称为 MyMasterPage 的分部类中。
- 上述分部类定义在 MyMasterPage.master.cs 文件中。

2.2.9   输出缓冲指令@OutputCache

@OutputCache 指令用于以声明的方式控制 ASP.NET 页，或页中包含的用户控件的输出缓存策略。页输出缓存，就是在内存中存储处理后的 ASP.NET 页的内容。这一机制允许 ASP.NET 向客户端发送页响应，而不必再次经过页处理生命周期。

页输出缓存对于那些不经常更改，但需要大量处理才能创建的页特别有用。例如，如果创建通信量大的网页来显示不需要频繁更新的数据，页输出缓存则可以极大地提高该页的性能。可以分别为每个页配置页缓存，也可以在 Web.config 文件中创建缓存配置文件。利用缓存配置文件，只定义一次缓存设置就可以在多个页中使用这些设置。声明该指令的语法如下：

```
<%@ OutputCache Duration="#ofseconds"
Location="Any | Client | Downstream | Server | None | ServerAndClient"
Shared="true | false"
VaryByControl="controlname"
VaryByCustom="browser | customstring"
VaryByHeader="headers"
VaryByParam="parametername"
CacheProfile="cache profile name "
NoStore="true | false"
SqlDependency="database/table name pair | CommandNotification"
%>
```

下面的代码实例设置了 Web 窗体页或用户控件输出缓存的持续时间为 20s。其中，缓存依赖的参数为 none，即无依赖的参数。

```
<%@ OutputCache Duration="20" VaryByParam="none" %>
```

2.3 | Web 窗体页的基本语法

Web 窗体页是文件扩展名为.aspx 的文本文件。Web 窗体页除了包含在文件中的静态内容之外，还可以使用 9 种语法标记元素标记的内容，分别如下：

- 代码呈现块语法。
- 代码声明块语法。

- ASP.NET 服务器控件语法。
- HTML 服务器控件语法。
- 数据绑定表达式语法。
- 服务器端对象标记语法。
- 服务器端包含指令语法。
- 服务器端注释语法。
- 声明性表达式语法。

2.3.1　代码呈现块语法

代码呈现块使用<%...%>标记元素表示。标记元素中的代码在 Web 窗体页的呈现阶段执行。代码呈现块包含两种样式：内联代码和内联表达式。其中，内联代码可以定义能够独立运行的行或者代码块。代码呈现块语法如下：

```
<% 内联代码 %>
<%= 内联表达式 %>
```

下面的代码实例使用代码呈现块显示 "Hello ASP.NET！"。其中，每一次显示的文本字号都不相同。

```
<center>
<% for(int i=1; i < 8; i++) { %>
<font size='<%= i %>'>Hello ASP.NET! </font><br/>
<% } %>
</center>
```

图 2-2　代码执行结果

上述代码实例的执行结果如图 2-2 所示。

代码呈现块中的代码通常在 Web 窗体页的呈现阶段执行，同时计算内联表达式的值，并将计算的结果作为输出内容。实际上，内联表达式是调用 Response.Write()方法的快捷方式。Response 对象将在第 3 章中详细介绍。

```
<%= " Hello ASP.NET! " %>
```

上述代码等价于：

```
Response.Write("Hello ASP.NET! ");
```

2.3.2　代码声明块语法

代码声明块定义嵌入文件的<script>标记中的服务器代码块，这些块可用于建立页面和导航逻辑。这些代码块必须使用 runat="server"属性进行标记。通常，Web 窗体页的<script>块中包含该页面的所有声明代码。例如，实现接口的代码、事件的代码等。代码声明块语法如下：

```
<script runat="server" language="codelanguage" Src="pathname">
    代码...
</script>
```

其中，若 runat 属性的值为"server"，则表示代码声明块中的代码在服务器端运行。此属性对于服务器端代码块是必需的，language 属性指定代码声明块中的语言，Src 属性指定要加载的外部脚本文件的路径和文件名称。

下面的代码实例使用代码声明块显示"当前页面的标题：代码声明块的使用"。

```
<script runat="server">
string ShowMessage()
{
    return "当前页面的标题: "+this.Title.ToString();
}
</script>
<html xmlns="http://www.w3.org/1999/xhtml" >
<head runat="server">
<title>代码声明块的使用</title>
</head>
<body>
<%= ShowMessage() %>
</body>
</html>
```

图 2-3　代码执行结果

上述代码实例的执行结果如图 2-3 所示。

注意　Web 窗体页的代码声明块中的所有函数和全局页变量都必须在 `<script runat="server">` 标记中声明，否则将产生编译错误。

2.3.3　ASP.NET 服务器控件语法

定制的 ASP.NET 服务器控件允许页面开发者动态地生成 HTML 用户界面并响应客户端请求，声明这些控件的语法如下：

```
<tagprefix:tagname id="OptionalID" attributename="value"
        eventname="eventhandlermethod" runat="server"/>
```

或者

```
<tagprefix:tagname id="OptionalID" runat="server"/>
```

其中，tagprefix 属性表示控件的标记前缀，可以为任意名称，表示引用该标记所在命名空间的一种缩写的形式，ASP.NET Web 服务器控件的该属性的值都为 asp；tagname 属性表示与被引用类关联的任意名称（即通常使用的控件名称，如 Label）。下面的代码实例声明了一个 Label 控件：

```
<asp:Label ID="MyLabel" runat="server" BackColor="ActiveBorder"
        BorderColor="ActiveCaptionText" Font-Bold="true" ForeColor="Aqua"
        Text="声明了一个 Label 控件">
</asp:Label>
```

ASP.NET Web 服务器控件的使用方法将在第 4 章进行详细介绍。

2.3.4　HTML 服务器控件语法

HTML 服务器控件允许开发者编程操作页面中的 HTML 元素。HTML 服务器控件与客户端 HTML 元素最大的区别在于：HTML 服务器控件包含 "runat="server"" 属性，而客户端 HTML 元素不包含该属性。声明 HTML 服务器控件与声明 ASP.NET Web 服务器控件的语法类似，具体如下：

```
<tagprefix runat="server"/>
```

其中，tagprefix 属性表示控件的标记前缀，可以为任意名称。如果 runat 属性的值为 "server"，则表示该 HTML 服务器控件在服务器端运行。下面的代码实例声明了一个 span 控件：

```
<span id="MySpan" style="font-size:20" runat="server"/>
```

2.3.5　数据绑定表达式语法

ASP.NET 内建的支持数据绑定的能力允许页面开发者分层次地把控件属性绑定到数据容器值。<%# %>代码块中的代码只在自己的父控件容器的 DataBind 方法被调用的时候才执行。声明数据绑定表达式的语法如下：

```
<tagprefix:tagname property="<%# 数据绑定表达式 %>" runat="server"/>
```

或者

```
literal text <%# 数据绑定表达式 %>
```

其中，数据绑定表达式可以包含在服务器控件的"属性/值"对的值一侧，也可以放置在 Web 窗体页中的任何位置。下面的代码实例介绍 DataList（数据列表）控件的数据绑定的方法：

```
<script runat="server">
void Page_Load(Object sender,EventArgs e)
{   ///创建一个列表 colors，并添加 3 个子项
    ArrayList colors=new ArrayList();
    colors.Add("White");
    colors.Add("Black");
    colors.Add("Yellow");
    ///设置 dlColor 控件的数据源为 colors，并绑定该控件的数据
    dlColor.DataSource=colors;
    dlColor.DataBind();
}
</script>
<html xmlns="http://www.w3.org/1999/xhtml" >
<head runat="server">
<title>数据绑定表达式</title>
</head>
<body>
<form id="form1" runat="server">
<asp:DataList runat="server" ID="dlColor">
<ItemTemplate><%# Container.DataItem %></ItemTemplate>
</asp:DataList>
</form>
</body>
</html>
```

图 2-4　代码执行结果

上述代码实例的执行结果如图 2-4 所示。

注意　调用控件的 DataBind()方法会绑定该控件及其所有子控件的数据，即首先触发该控件及其所有子控件的 DataBinding 事件，然后相应地计算该控件及其所有子控件的数据绑定表达式的值。

2.3.6　服务器端对象标记语法

服务器端对象标记能够在 Web 窗体页中声明并创建 COM 和.NET 框架对象，即能够使用基于标记的声明性语法声明和创建变量的实例。服务器端对象标记语法如下：

```
<object id="id" runat="server" latebinding="true|false" class="类名称">
<object id="id" runat="server" latebinding="true|false" progid="COM 的编程 ID"/>
<object id="id" runat="server" latebinding="true|false" classid="COM 的类 ID"/>
```

其中，class 属性指定要创建的.NET 框架类；id 属性表示标识该对象的唯一名称；classid

属性指定创建的 COM 组件的类标识符；latebinding 属性表示是否使用后期绑定 API；progid 属性指定创建的 COM 组件的编程标识符。如果该控件在 ASP.NET 内执行，那么 runat 属性的值需要设置为"server"。下面的代码实例介绍了创建 ArrayList 类的实例 myList 的方法。同时，把该实例设置为 DataList 控件的 dlColor 的数据源。

```
<html xmlns="http://www.w3.org/1999/xhtml" >
<head runat="server">
<object id="myList" class="System.Collections.ArrayList"
        runat="server"></object>
<title>服务器端对象标记</title>
<script runat="server">
void Page_Load(object sender,EventArgs e)
{
    myList.Add("The first");
    myList.Add("The second");
    myList.Add("The third");
    ///设置 dlColor 控件的数据源为 colors，并绑定该控件的数据
    dlColor.DataSource=myList;
    dlColor.DataBind();
}
</script>
</head>
<body>
<form id="form1" runat="server">
    <asp:DataList runat="server" ID="dlColor">
    <ItemTemplate><%# Container.DataItem %>
            </ItemTemplate>
    </asp:DataList>
</form>
</body>
</html>
```

图 2-5　代码执行结果

上述代码实例的执行结果如图 2-5 所示。

2.3.7　服务器端包含指令语法

服务器端文件包含（#Include）允许开发者在 ASP.NET 页面的任何位置插入特定文件的内容。包括 Web 页面文件、用户控件文件和 Global.asax 文件，其语法如下：

```
<!-- #include file|virtual="filename" -->
```

其中，file 属性指定被包含文件的物理路径；virtual 属性指定被包含文件的虚拟路径。下面的代码实例介绍了包含 Text.txt 文本文件的方法：

```
<!-- #Include File="Text.txt" -->
```

2.3.8　服务器端注释语法

服务器端注释让页面开发者能够阻止服务器代码（包括服务器控件）和静态内容的执行和呈现，服务器端注释语法如下：

```
<%-- 注释的内容或代码 --%>
```

下面的代码实例介绍如何阻止块内容被执行、阻止发送到客户端的方法：

```
<%--
<asp:Label id="Label1" runat=server/>
<% for (int i=0; i<10; i++) { %>
```

```
被注释的内容或代码<br>
<% } %>
--%>
```

2.3.9　声明性表达式语法

ASP.NET 表达式是基于运行时计算的信息设置控件属性的一种声明性方式。可以使用表达式将属性设置为基于连接字符串的值、应用程序设置以及应用程序的配置和资源文件中所包含的其他值。声明性表达式语法如下：

```
<%$ expressionPrefix: expressionValue %>
```

美元符号（$）通知 ASP.NET 后面是一个表达式。表达式前缀定义了表达式的类型，如 AppSettings、ConnectionStrings 或 Resources。冒号（:）后面的部分是 ASP.NET 将解析的实际表达式值。

表达式语法不受任何特定.NET 语言的约束。无论在 ASP.NET 页中使用 Visual Basic、C#还是其他任何编程语言，都可以使用相同的表达式语法。

通常，使用表达式，根据存储在 Web.config 文件中的连接字符串的值设置控件的连接字符串属性。

下面的代码实例从配置文件 Web.config 中获取连接字符串的值，并把该值设置为数据源控件的 ConnectionString 属性的值。

```
<asp:SqlDataSource ID="myDS"
ConnectionString='<%$ connectionStrings:MySqlServerConnectionString %>'
runat="server"/>
```

2.4　内联代码和代码隐藏

ASP.NET 提供了两种组织 Web 窗体页中代码的方法：内联代码分离和代码隐藏分离。用户在创建 Web 窗体页时，可以设置该页的代码组织方法。如果选中了"将代码放在单独的文件中"复选框，如图 2-6 所示，则 Web 窗体页的代码组织方法为代码隐藏分离方法，否则为内联代码分离方法。

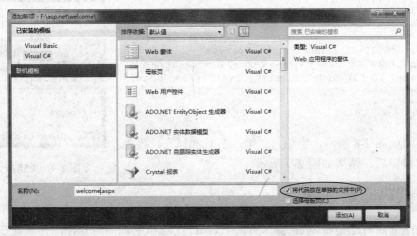

图 2-6　设置新建 Web 窗体页的代码组织方法

2.4.1　内联代码分离

内联代码分离方法将 Web 窗体页的 HTML 设计代码和逻辑代码放在同一个文件中。其中，逻辑代码放在 <script>…</script>标记元素之间。

在对内联代码分离方法组织 Web 窗体页编译时，编译器将把该页编译成一个从 Page 基类派生的新类。该类也可以从页的@Page 指令的 Inherits 属性指定的基类派生。生成的新类将被编译成程序集，同时将该程序集加载到应用程序域。最后，将该页的类实例化并把该页输出到浏览器。页生成的类、Page 类、.aspx 页与用户浏览器之间的关系如图 2-7 所示。

图 2-7　页生成的类、Page 类、.aspx 页与用户浏览器之间的关系

【随堂演练 2-1】　内联代码举例

下面的代码实例创建了一个名称为 MyPage.aspx 的页面。该页面上放置了 3 个服务器控件：TextBox、Button 和 Label。它们的 ID 值分别为 tbValue、btnShow 和 lbValue。该页面运行之后，用户首先在 tbValue 控件中输入文本信息，不妨设为"输入信息测试"。然后单击"显示"按钮（即 ID 值为 btnShow 的控件）。此时，该页回发到服务器，并调用页面中的 btnShow_Click(object sender,EventArgs e)事件处理用户的单击操作。最终，lbValue 控件将显示 tbValue 控件中的信息"输入信息测试"。

```
<%@Page Language="C#" %>
<script runat="server">
protected void btnShow_Click(object sender,EventArgs e)
{
    lbValue.Text=tbValue.Text;
}
</script>
<html xmlns="http://www.w3.org/1999/xhtml" >
<head runat="server">
<title>内联代码分离</title>
</head>
<body>
<form id="form1" runat="server">
<asp:TextBox ID="tbValue" runat="server">
                                </asp:TextBox>
<asp:Button ID="btnShow" runat="server"
    OnClick="btnShow_Click" Text="显示"/><br/>
<asp:Label ID="lbValue" runat="server"></asp:Label>
</form>
</body>
</html>
```

图 2-8　运行结果

运行结果如图 2-8 所示，当输入"输入信息测试"，再单击"显示"按钮后，结果如图 2-9 所示。

图 2-9　单击按钮后结果

2.4.2　代码隐藏分离

代码隐藏分离方法是将 Web 窗体页的 HTML 代码和逻辑代码分开，并放置在不同的文件中，这种方法又称为代码隐藏模型。在代码隐藏模型中，Web 窗体页包括标记和服务器端元素

（如控件）；逻辑代码包含在一个分部类（partial）中，该类表示当前代码只是页生成类的所有代码的一部分。

代码隐藏文件包含一个分部类。该类可以从 Page 类派生，也可以从 Page 类派生的子类派生。在对代码隐藏模型组织 Web 窗体页编译时，编译器将把该页编译成一个分部类。该类包含页的控件的声明代码，其名称和代码隐藏文件中的分部类的名称相同。最终，编译器将这两个分部类的代码编译成一个完整的类，该类将作为页的生成类。代码隐藏模型组织与 Web 窗体页生成的类之间的关系如图 2-10 所示。

图 2-10　代码隐藏模型组织与 Web 窗体页生成的类之间的关系

使用代码隐藏模型的优点如下：

* 不需要维护分部类的服务器控件的声明。
* 分部类可以直接使用.aspx 页中的服务器控件的 ID。

【随堂演练 2-2】　代码隐藏分离举例

下面的代码实例创建了一个名称为 HiddenPage.aspx 的页面，并为该页面创建了一个代码隐藏文件 HiddenPage.aspx.cs。页面和隐藏文件之间的关系由页的@Page 指令指定。另外，HiddenPage.aspx 页面和前面的 MyPage.aspx 页面实现的功能相同。

HiddenPage.aspx 中的代码如下：

```
<%@ Page Language="C#" AutoEventWireup="true"
CodeFile="HiddenPage.aspx.cs" Inherits="HiddenPage" %>
<html xmlns="http://www.w3.org/1999/xhtml" >
<head runat="server">
    <title>代码隐藏分离</title>
</head>
<body>
<form id="form1" runat="server">
    <asp:TextBox ID="tbValue" runat="server"></asp:TextBox>
    <asp:Button ID="btnShow" runat="server" OnClick="btnShow_Click"
        Text="显示"/><br/>
    <asp:Label ID="lbValue" runat="server"></asp:Label>
</form>
</body>
</html>
```

HiddenPage.aspx.cs 中 btnShow_Click 事件的代码如下：

```
protected void btnShow_Click(object sender,EventArgs e)
{
    lbValue.Text=tbValue.Text;
}
```

2.5　上机实训——活用代码片段

Visual Studio 提供了一种称为代码段（code snippets）的功能。代码段是现成的代码段，可以快速将其插入到代码中。用户可以在编程过程中，将经常要用到的一些代码或者值得收藏的代码保存起来，在要使用的时候就可以方便地调用出来。使用代码片段，可以减小工作量。

Visual Studio 在以前的版本中只在 VB 和 C#中支持 "代码片段" 的概念。在 Visual Studio 2010 中，HTML、ASP.NET 标识和 JavaScript 也支持代码片段了。

2.5.1 使用代码段简化工作量

下面就介绍一下怎样使用 Visual Studio 2010 新增的 Code Snippet 功能。

Step 01 创建一个新的项目。选择 "文件" | "新建项目" 命令，选择创建一个 "Asp.NET Web 应用程序"，如图 2-11 所示。

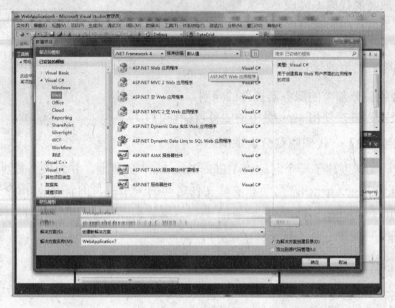

图 2-11　创建新项目

Step 02 右击 "项目"，添加一个新项目，如图 2-12 所示。

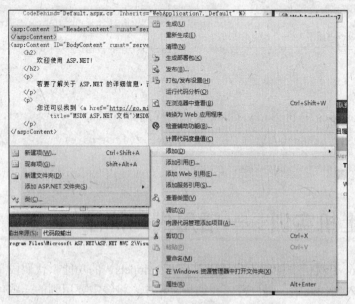

图 2-12　添加新项目

Step 03 打开这个 Web Form，在当前页面中添加一个 GridView 控件。

Step 04 按下 Ctrl+K+S 或 Ctrl+K+X 组合键会出现代码段提示。选择需要的代码段按回车键生成（在 VS 中直接输入代码段的简写，然后按下 Tab 键两次也可以生成）。例如，输入 formr，按 两下 Tab 键就会自动生成代码，如图 2-13 所示。

图 2-13　代码片段提示

2.5.2　代码管理器

选择"工具" | "代码段管理器"命令（或者使用快捷键 Ctrl+K、Ctrl+B），如图 2-14 所示。打开"代码段管理器"对话框，如图 2-15 所示。

提示　可以在网上搜索网友编辑的代码段包，http://snippetlibcsharp.codeplex.com/是个不错的网站。

图 2-14　选择命名

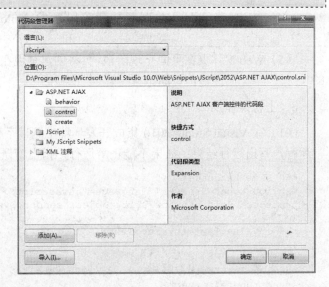

图 2-15　"代码段管理器"对话框

在"代码段管理器"对话框中，单击"导入"按钮，可以导入代码段。

2.6 习题与上机操作

1. 选择题

（1）以下指令，不是 ASP.NET 基本指令的是＿＿＿＿＿＿。

    A. @Master 指令   B. @Control 指令

    C. @Implements 指令   D. @Include 指令

（2）Web 窗体页的文件扩展名是＿＿＿＿＿＿。

    A. .aster   B. .ascx   C. .aspx   D. .asax

（3）Web 窗体页在页面预呈现阶段，页将触发＿＿＿＿＿＿事件，该事件将对页的内容进行最后修改。

    A. PreRender   B. OutputStream   C. Unload   D. Load

（4）Web 窗体页在初始化阶段，PreInit 事件将执行以下操作＿＿＿＿＿＿。

    A. 创建或重新创建动态控件   B. 动态设置主控页

    C. 动态设置 Theme 属性   D. 以上都是

（5）Web 窗体页发生请求时，ASP.NET 首先确定是否要分析和编译页。页请求之后，将确定当前的请求是新请求还是回发请求，该个功能由页的＿＿＿＿＿＿属性设置。

    A. PreRender   B. IsPostBack   C. OutputStream   D. PreInit

2. 填空题

（1）代码呈现块使用＿＿＿＿＿＿标记元素表示。

（2）服务器端注释语法是＿＿＿＿＿＿。

（3）ASP.NET 提供了两种组织 Web 窗体页中代码的方法，分别是＿＿＿＿＿＿和＿＿＿＿＿＿。

（4）Web 窗体页将在页面卸载阶段触发 Unload 事件，该事件将执行以下操作：＿＿＿＿＿＿、＿＿＿＿＿＿、＿＿＿＿＿＿和＿＿＿＿＿＿。

（5）Web 窗体页在页面呈现阶段，页将创建呈现在客户端的 HTML 输出，并通过 Response 的＿＿＿＿＿＿属性输出页面。

3. 上机操作

（1）在 Visual Studio 2010 集成开发环境中测试下列代码是否能够正常运行。如果能够正常运行，写出运行结果；如果不能正常运行，指出错误代码。

```
<%@ Page Language="C#" %>
<script runat="server" language="javascript">
protected void btnShow_Click(object sender,EventArgs e)
{
    lbValue.Text=tbValue.Text;
}
</script>
<html xmlns="http://www.w3.org/1999/xhtml" >
<head runat="server">
<title>习题2.6.1</title>
</head>
<body>
```

```
<form id="form1" runat="server">
<asp:TextBox ID="tbValue" runat="server"></asp:TextBox>
<asp:Button ID="btnShow" runat="server" OnClick="btnShow_Click"Text="显示输入框中的
内容"/>
<asp:Label ID="lbValue" runat="server"></asp:Label>
</form>
</body>
</html>
```

（2）在 Visual Studio 2010 集成开发环境中测试下列代码是否能够正常运行。如果能够正常运行，写出运行结果；如果不能正常运行，指出错误代码。

```
<%@ Page Language="C#" %>
<script runat="server">
protected void btnShow_Click(object sender,EventArgs e)
{
    Response.Write("<script>alert('"+lbValue.Text+"')</"+"script>");
    Response.Write("<script>alert('"+lbValue.Text+"')</script>");
}
</script>
<html xmlns="http://www.w3.org/1999/xhtml" >
<head runat="server">
<title>习题 2.6.2</title>
</head>
<body>
<form id="form1" runat="server">
    <asp:TextBox ID="tbValue" runat="server"></asp:TextBox>
    <asp:Button ID="btnShow" runat="server" OnClick="btnShow_Click" Text="显示输入
框中的内容"/>
    <asp:Label ID="lbValue" runat="server"></asp:Label>
</form>
</body>
</html>
```

（3）对比（1）和（2）。

第3章

ASP.NET 内置对象

.NET Framework 包含大量的对象类库，这些对象类库为 .NET 提供了丰富的使用功能。编程人员只需要编写好代码，就可以简单、快速地完成软件开发工作。在 ASP.NET 的 Web 应用程序中经常合用这些对象来维护和操作当前 Web 应用程序的相关信息。例如，利用 ASP.NET 内置对象可以在两个网页之间进行传递变量、输出数据，以及记录变量值等操作。

本章将主要介绍 ASP.NET 常用的 6 个内置对象，结合实例讲述它们的本质和用途。

本章知识点

- ◎ Response 对象
- ◎ Request 对象
- ◎ Server 对象
- ◎ Application 对象
- ◎ Session 对象
- ◎ Cookie 对象

ASP.NET

3.1 Response 对象

Response 对象提供对当前页的输出流访问，可以向客户端浏览器发送信息，或者将访问者转移到另一个网址，还可以输出和控制 Cookie 信息等。当 ASP.NET 运行页面中的代码时，Response 对象可以构建、发送回浏览器的 HTML。下面介绍 Response 对象的基本属性和方法，并通过实例介绍如何使用 Response 对象。

Response 对象的属性和常用方法分别如表 3-1 和表 3-2 所示。

表3-1　Response对象的属性

属性	属性说明
Buffer	获取或设置 HTTP 输出是否要作缓冲处理。如果缓冲处理了客户端的输出，则为 true，否则为 false。默认为 true
Cache	以 HttpCachePolicy 对象的形式获取 Web 页的缓存策略（过期时间、保密性、变化子句）
Charset	以字符串的形式获取或设置输出流的 HTTP 字符集，如 Response.Charset="UTF-8"
ContentEncoding	以 System.Text.Encoding 枚举值的方式来获取或设置输出流的 HTTP 字符集，如 Response.ContentEncoding=System.Text.Encoding.UTF8
IsClientConnected	获取一个布尔类型的值，通过该值指示客户端是否仍连接在服务器上，如果客户端当前仍在连接，则为 true，否则为 false
Output	获取输出 HTTP 响应的文本输出
OutputStream	获取 HTTP 内容主体的二进制数据输出流

表3-2　Response对象的常用方法

方法	方法说明
Write	将指定的字符串或表达式的结果写到当前的 HTTP 输出内容流
WriteFile	将指定的文件直接写入当前的 HTTP 输出内容流。其参数为一个表示文件目录的字符串
End	将当前所有的缓冲的输出发送到客户端，并停止当前页的执行
Close	关闭客户端的联机
Clear	用在不将缓存中的内容输出的前提下，清空当前页的缓存。仅当使用了缓存输出时（即 Buffer=true 时），才可以使用 Clear 方法
Flush	将缓存中的内容立即显示出来。该方法有一点和 Clear 方法一样，即在脚本前面没有将 Buffer 属性设置为 true 时会出错。和 End 方法不同的是，该方法调用后，页面可继续执行
Redirect	使浏览器立即重定向到指定的 URL，如 Response.Redirect("http://www.sina.com")可以把页面重定向到新浪的主页上去

语法示例如下：

```
Response.Write("新年快乐");              //将"新年快乐"输出到网页上
Response.WriteFile("f:\\sun.txt");      //将 F 盘根目录下的 sun.txt 文件中的内容输出到网页上
Response.Redirect("login.htm");          //将页面跳转到本站点中的 login.htm 页面上
Response.Redirect("http://www.sina.com.cn"); //将页面跳转到 www.sina.com.cn 页面上
Response.Close();                        //断开页面和服务器端的连接
```

注意

如果 Response.WriteFile 方法所要输出的文件和执行的网页在同一个目录中，只要直接传入文件名就可以了（如 test.txt）；如果不在同一个目录下，则要指定详细的目录名称（如 E:\Asp.net\Charpter3 \test.txt）。

【随堂演练 3-1】　计算并输出 2 的 1～10 次方结果

Response.Write 方法是用来将对应的字符串或表达式的结果输出。下面通过一个实例来熟悉如何利用 Response.Write 方法将用户的一个输入和特定的字符串输出到网页上，实现的步骤如下。

Step 01 启动 Visual Studio 2010，新建 ASP.NET 项目。

Step 02 将 Default 页面切换到 HTML 源设计视图，并添加如下代码。

```
<%@ Page Language="C#" AutoEventWireup="true" CodeFile="Demo1.aspx.cs"
Inherits="Demo1" %>
<!DOCTYPE html PUBLIC "-//W3C//DTD XHTML 1.0 Transitional//EN"
"http://www.w3.org/TR/xhtml1/DTD/xhtml1-transitional.dtd">
<html xmlns="http://www.w3.org/1999/xhtml" >
<body>
<%
    //初始化两个整型变量 basenum、result，并附初值
    int basenum=2;
    int result=1;
    Response.Write("利用 Response.Write 方法输出数据</H3>");
    Response.Write("<hr>");
    //通过 for 循环，每循环一次输出乘积的结果，循环 10 次。
for (int i=1; i <= 10; i++)
    {
        result *= basenum;        //将 result 与 basenum 的乘积赋值给 result
        Response.Write(basenum.ToString()+
                "的"+i.ToString()+"次方
                ="+result.ToString()+"<br>");
    }
%>
</body>
</html>
```

Step 03 选择"调试"|"开始执行（不调试）"命令，运行结果如图 3-1 所示。

图 3-1　运行结果

3.2 Request 对象

当用户打开 Web 浏览器，并请求 Web 页面时，Web 服务器就会接收到一个 HTTP 请求，此请求包括用户的计算机、页面，以及浏览器的相关信息。这些信息将被完整地封装，并通过 Request 对象来获取。例如，通过 Request 对象可以读取客户端浏览器已经发送的内容，了解客户端的机器配置、浏览器版本等信息。

3.2.1　Request 对象的属性和方法

Request 对象的属性和方法相当多，表 3-3 和表 3-4 列出了一些常用的属性和方法及它们的用途。

表3-3　Request对象的常用属性

属性	属性说明
Form	返回有关表单变量的集合
QueryString	返回附在 URL 后面的参数内容
Url	返回有关目前请求的 URL 信息
ApplicationPath	返回被请求的页面位于 Web 应用程序的文件夹中
FilePath	与 ApplicationPath 相同，即返回页面完整的 Web 地址路径，只是 FilePath 还包括了页面的文件名，而 ApplicationPath 不包括文件名。例如，FilePath 返回的值是"/Charpter3/Default.aspx"，则 ApplicationPath 返回的值就是"/Charpter3"
PhysicalPath	返回目前请求网页在服务器端的真实路径。例如，PhysicalPath 返回的值为"E:\Asp.net 书\实例\Charpter3\"
Browser	以 Browser 对象的形式返回有关访问者的浏览器的相关信息，如浏览器的名称（IE 还是 Firefox）
Cookies	返回一个 HttpCookieCollection 对象集合,利用此属性可以查看访问者在以前访问站点时使用的 Cookies
UserLanguages	返回客户端浏览器配置的语言种类
UserHostAddress	返回远程客户端机器的主机 IP 地址
UserHostName	返回远程客户端机器的主机名称

表3-4　Request对象的常用方法

方法	说明
MapPath	将相应路径转化为服务器上的物理路径
SaveAs	将 HTTP 请求的信息存储到磁盘中

3.2.2　利用 Request 对象获取客户端浏览器信息

通过 Request 对象的 Browser 属性可以获得客户端的浏览器信息，该属性实际为一个 HttpBrowserCapabilities 对象。HttpBrowserCapabilities 对象的常用属性如下。

- ActiveControls：该值指示客户端浏览器是否支持 ActiveX 控件。
- AOL：客户端浏览器是否是 AOL（美国在线）的浏览器。
- BackgroundSounds：客户端浏览器是否支持背景音乐。
- Beta：客户端浏览器是否支持测试版。
- Browser：客户端浏览器的类型。
- ClvVersion：客户端浏览器所安装的.NET Framework 的版本号。
- Cookies：客户端浏览器是否支持 Cookie。
- Frames：客户端浏览器是否支持 HTML 框架。
- JavaScript：客户端浏览器是否支持 JavaScript 脚本。
- MajorVersion：客户端浏览器的主版本号（版本号的整数部分）。
- MinorVersion：客户端浏览器的次版本号（版本号的小数部分）。
- Version：客户端浏览器的完整版本号（包括整数和小数部分）。

下面的实例说明如何利用 Request 对象的 Browser 属性来获取访问者的浏览器软件的相关信息。具体操作步骤如下。

Step 01 启动 Visual Studio 2010，新建 ASP.NET 项目。

Step 02 在 Default.aspx 的 Page_Load 方法中输入如下代码。

```
protected void Page_Load(object sender, EventArgs e)
{
    Response.Write("<h3>您的当前使用的浏览器信息</h3><hr>");
    Response.Write("浏览器的类型: "+Request.Browser.Browser+"<br>");
    Response.Write("浏览器的版本号: "
        +Request.Browser.Version+"<br>");
    Response.Write(".NET FrameWork 的版本: "
        +Request.Browser.ClrVersion+"<br>");
    Response.Write("是否支持 JavaScript: "
        +Request.Browser.JavaScript.ToString()
        +"<br>");
    Response.Write("是否支持背景声音:
        "+Request.Browser.BackgroundSounds+
        "<br>");
    Response.Write("是否支持 Cookies:
        "+Request.Browser.Cookies+"<br>");
    Response.Write("是否支持 ActiveX 控件:
        "+Request.Browser.ActiveXControls+"<br>");
}
```

图 3-2　浏览器信息运行结果

Step 03 按快捷键 Ctrl+F5 执行程序，运行效果如图 3-2 所示。

3.2.3　利用 Request 对象读取表单数据

在网上经常会遇到注册界面，它是通过 HTML 的 Form 表单来实现的，一般包括文本框、按钮、单选按钮、复选框、下拉列表框等基本 HTML 元素（关于 HTML 语言不是本书的内容，这里不作详细讲解，读者可参阅与 HTML 相关的书籍）。填写好信息后，单击"确定"或"提交"按钮将信息提交给服务器，然后调用相应的程序来处理输入的信息。一般 HTML 中的 Form 格式如下。

```
<Form action ="处理程序名或网址">
    method="get|post"
    name=该 Form 的名称
    onrest=按下 Reset 键所调用的程序
    onsubmit=单击"提交"按钮所调用的程序
    target=输出窗口或框架名称
    ...
    Form 元素
    ...
</Form>
```

利用 Request 对象来获取表单数据的格式如下：

```
Request.Form.Get("单中元素'ID'的属性值")
```

> **注意**　HTML 的 Form 负责规定信息输入界面及信息输入，而 ASP.NET 中的 Form 是 Request 对象获取信息的一种方法。

【随堂演练 3-2】 获取登录页面中的用户登录信息

下面通过一个实例来说明如何利用 Request 对象来获取表单数据。

Step 01 启动 Visual Studio 2010，新建 ASP.NET 项目。

Step 02 打开"源代码\第 3 章\登录界面.aspx"，将登录界面复制到 Default.aspx 中，如图 3-3 所示。（制作此登录界面的方法，详见 4.3.2 小节中的【随堂演练 4-2】）。

图 3-3　读取表单数据的页面布局

Step 03 在页面中双击"登录"按钮，在 Default.aspx.cs 中会自动生成 Button1_Click 事件，在其中添加如下代码。

```
protected void Button1_Click(object sender, EventArgs e)
{
    string name=Request.Form.Get("UserName");      //读取"用户名"文本框
    string pwd=Request.Form.Get("Password");       //读取"密码"文本框
    Response.Write(name+"   "+pwd);                //输出
}
```

Step 04 按快捷键 Ctrl+F5 执行程序，在各文本框中输入内容，效果如图 3-4 所示。单击"登录"按钮提交即可看到如图 3-5 所示的结果。

图 3-4　尚未提交表单数据的结果

图 3-5　提交表单数据后的结果

上面的实例首先利用 Request.Form 将表单的内容读取处理，并分别存储在 3 个字符串类型的变量中，然后利用 Response.Write 将所获取到的表单数据输出到页面中。

3.2.4　利用 Request 对象获取用户传递的参数

Request 对象的 QueryString 属性可以获取表示 HTTP 查询字符串的变量集合，也可以利用 QueryString 属性根据索引来取得参数值。Request.QueryString 可以视为一种简单的页面传值方式。

【随堂演练 3-3】 获取登录页面的用户信息，并传递给另一页面——Login.aspx

本实例是一个简单的用户登录界面，要求用户输入用户名和密码信息，单击按钮后，跳转到另外一个页面，并在新页面中显示刚才所输入的用户名和密码。其实现步骤如下。

Step 01 启动 Visual Studio 2010，创建一个新的 ASP.NET 项目。

Step 02 打开"源代码\第 3 章\登录界面.aspx"，将登录界面复制到 Default.aspx 页面中（制作此登录界面的方法，详见 4.3.2 小节中的【随堂演练 4-2】）。

Step 03 双击"登录"按钮，在 Default.aspx.cs 中会自动生成 Button1_Click 事件，在其中添加如下代码：

```
protected void Button1_Click(object sender, EventArgs e)
{
    Response.Redirect("Login.aspx?UserName="+UserName.Text+"
    &Password="+Password.Text);// 实现页面重定向到 Login.aspx
}
```

Step 04 新建一个 Web 页面，并将其命名为 Login.aspx，在其 Page_Load 方法中输入如下代码。

```
protected void Page_Load(object sender, EventArgs e)
{
    Response.Write("UserName: "+Request.QueryString["username"]+"<br>");
    Response.Write("Password: "+Request.QueryString["password"]+"<br>");
}
```

Step 05 按快捷键 Ctrl+F5 运行程序，效果如图 3-6 所示。

Step 06 填写用户名和密码后，单击"登录"按钮页面会调整到 Login.aspx，如图 3-7 所示，可以看到页面中获取到了刚才输入的信息。注意观察地址栏中信息的变化。

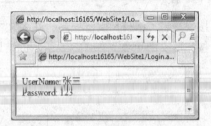

图 3-6　Default.aspx 的结果　　　　　　图 3-7　login.aspx 的结果

实例说明

① 使用 Response.Redirect 方法来实现页面的重定向；

② 使用 Request.QueryString 属性来获取页面的值；使用 Response 对象的 Write 方法将用户名和密码输出到页面上。

> **注意**　当使用 URL 传递参数时，如果 URL 中含有特定格式的字符就会出现错误。例如，login-aspx?UserName=Tom&Jack 因为 "&" 在URL 中是有特定含义的，浏览器就会对其进行编码，会将 "&" 转换为 "%26"，这样一来上述 URL 就成了 Login.aspx?UserName=Tom%26 Jack，显然就不对了。

3.3　Server 对象

Server 对象提供对服务器信息的访问，例如，可以利用 Server 对象访问服务器的名称。本节首先介绍 Server 对象的属性和方法，然后通过一些具体的实例来介绍 Server 对象的用途和用法。

3.3.1　Server 对象的属性和方法

Server 对象的属性和方法分别如表 3-5 和表 3-6 所示。

表3-5 Server对象的属性

属性	属性说明
MachineName	获取服务器的计算机名称。该属性是一个只读属性
ScriptTimeout	获取和设置请求超时的时间（以秒计）。例如，Server.ScriptTimeout=60

表3-6 Server对象的方法

方法	方法说明
CreateObject	创建 COM 对象的一个服务器实例
Transfer	终止当前页的执行，并为当前请求开始执行新页
HtmlEncode	该属性对要在浏览器中显示的字符串进行编码
HtmlDecode	该属性与 HtmlEncode 相反，它用于提取 HTML 编码的字符，并将其转换为普通的字符
UrlEncode	该属性与 Request 对象的 QueryString 属性相似，当向 Url 传递字符串时可以使用该属性
UrlDecode	该属性与 UrlEncode 属性相反，它可以传递参数，并将参数转换为普通的字符串
MapPath	该属性返回文件所在位置

Server 对象实际上操作的是 System.Web 命名空间中的 HttpServerUtility 类。Server 对象提供许多访问的方法和属性来帮助程序有序地执行。

3.3.2 利用 Server 对象进行 HTML 编码和解码

如果想要在网页上显示 HTML 标注（如<body>），不能直接在网页中输出，否则会被浏览器解释为 HTML 的内容。此时需要通过 Server 对象的 HtmlEncode 方法对需要显示的 HTML 标注进行编码后再输出。使用 HtmlDecode 方法可以将编码后的结果译码回原来的内容。

Server 对象的 HtmlEncode 方法用于对要在浏览器中显示的字符串进行编码，其定义格式如下：

```
public string HtmlEncode (
    string s
);
```

Server 对象的 HtmlDecode 方法是 HtmlEncode 方法的反操作，用于提取用 HTML 编码的字符，并对其进行解码。其方法的原型如下：

```
public string HtmlDecode (
    string s
);
```

其中，参数 s 是要编码或解码的字符串。下面举例说明 HtmlEncode 和 HtmlDecode 的使用方法。

Step **01** 启动 Visual Studio 2010，创建一个新的 ASP.NET 项目。

Step **02** 在 Default.aspx 中输入以下代码。

```
<body>
<%
 Response.Write(Server.HtmlEncode("<B>HTML 内容</B>"));
 Response.Write("<hr>");
 Response.Write(Server.HtmlDecode("<B>HTML 内容</B>"));%>
</body>
```

Step 03 按快捷键 Ctrl+F5 运行程序，运行结果如图 3-8 所示。在 IE 浏览
器中右击，在弹出的快捷菜单中选择"查看源文件"命令，可
以看到如下的 HTML 代码：

```
<body>
&lt;B&gt;HTML 内容&lt;/B&gt;<hr><B>HTML 内容</B>
</body>
```

使用 HtmlEncode 编码后的 HTML 标注变成了"<B>HTML 内容
</B>"，这是因为"<B>"被编码成了"<B>"，"</B>"被编
码成了"</B>"，所以才能在页面中显示 HTML 标注。

图 3-8　运行结果

> **注意**　在网站设计中，HtmlEncode 和 HtmlDecode 非常有用。例如，当用户在留言板或者论
> 坛中输入 HTML 代码来控制留言的格式时，网站应该能够正确显示而不能当做 HTML 编
> 码过滤掉，这时 HtmlEncode 方法就可以派上大用场了。

3.3.3　利用 Server 进行 URL 编码和解码

Server 对象的 UrlEncode 方法用于编码字符串，以便通过 URL 从 Web 服务器到客户端进行可靠的 HTTP 传输。UrlEncode 方法的原型如下：

```
public string UrlEncode(
    string s
);
```

Server 对象的 UrlDecode 方法用于对字符串进行解码，该字符串为了进行 HTTP 传输而进行了编码并在 URL 中发送到服务器。UrlDecode 是 UrlEncode 的逆操作，可以还原被编码的字符串。UrlDecode 的方法原型如下：

```
public string UrlDecode(
    string s
);
```

其中，参数 s 是要进行编码或解码的字符串。下面通过一个实例来讲解如何利用 UrlEncode 和 UrlDecode 来向 URL 传递字符串，并将它们转义或者还原。

结合 UrlEncode 和 UrlDecode 的使用实例讲解二者的用法。下面我们将创建两个页面，第一个页面将传递给第二个页面两个变量，第二个页面将显示传递过来的变量。

Step 01 启动 Visual Studio 2010，创建一个新的 ASP.NET 项目。

Step 02 在 Default.aspx 的 HTML 源代码中输入以下代码。

```
<body>
<%
    string Name="Reader&Writer";
    string Age="10";
    Name=Server.UrlEncode(Name);
    Age=Server.UrlEncode(Age);
%>
<a href ="Default2.aspx?
 Name=<%Response.Write(Name);%>&Age=
    <%Response.Write(Age); %>">Click Here</a>
</body>
```

Step 03 新建一个 Web 窗体，命名为 Default2.aspx，在该页面的 HTML 源代码中输入以下代码。

```
<body>
<%
    string Name=Request.QueryString["Name"];//Name 的取值
    string Age=Request.QueryString["Age"];  //Age 的取值
    %>
    Welcome <h1><%Response.Write(Name); %></h1>
    May the Next<h3> <%Response.Write(Age); %></h3>year be as good!
</body>
```

Step 04 按快捷键 Ctrl+F5 执行程序，可以看到 Default.aspx 上有一个"Click Here"链接，如图 3-9 所示。

Step 05 单击图 3-9 上的链接，页面跳到 Default2.aspx，如图 3-10 所示。

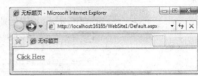

图 3-9

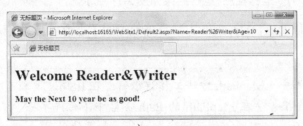

图 3-10　UrlEncode 演示

实例说明

① Default.aspx 页面中将设置好的两个变量值通过 Server.UrlEncode 编码后作为参数，通过 URL 传递给 Default2.aspx。

② Default2.aspx 页面通过 Request.QueryString 方法获取前一页传递的参数值，输出到页面上。

③ 从运行结果可以看出，"Reader&Writer"被编码成了"Reader%26Writer"，这说明 UrlEncode 起了作用。如果把代码中的 UrlEncode 取消，会出现什么意想不到的情况，请读者自己尝试一下。

④ 总的来说，UrlEncode 方法会首先检查字符串中的每个字符，以确保其能正确地转换为 URL 的一部分。

> **注意** ASP.NET 会自动对编码过的 URL 字符串解码，所以在 Default2.aspx 中并没有显式调用了 UrlDecode 方法。

3.3.4　使用 MapPath 返回指定的物理路径

Server 对象的 MapPath 方法用来返回与 Web 服务器上的指定虚拟路径相对应的物理文件路径，其原型如下：

```
public string MapPath(
    string path
);
```

其中，参数 path 是 Web 服务器上的虚拟路径，返回值是与 path 相对应的物理文件路径，如果 path 为空，则 MapPath 将返回包含当前应用程序的目录的完整物理路径。下面举例来说明这个方法的作用和用法。

Step 01 启动 Visual Studio 2010，创建一个新的 ASP.NET 项目。

Step 02 在 Default.aspx 的 Page_Load 方法中输入以下代码。

```
protected void Page_Load(object sender,
        EventArgs e)
{
    Response.Write("当期的工作目录：
        "+Server.MapPath("")+"<br>");
    Response.Write("其上一级目录：
        "+Server.MapPath("../"));
}
```

Step 03 按快捷键 Ctrl+F5 运行程序，运行结果如图 3-11 所示。

图 3-11 MapPath 的运行结果

从运行结果中可以看出，MapPath 方法准确地返回了当前项目的实际物理地址，以及其上一级目录的地址。

> **注意** 在 IIS 5.x 的版本中，MapPath 方法工作得很好；在 IIS 6.x 版本可能会出现无法返回路径的情况，浏览器会报告"在 MapPath 的 Path 参数中不允许字符 '..'"的错误，这是因为在 IIS 6.x 中，默认情况下是不能访问父路径的，如果使用了 '../' 就会报错。如果出现上述情况，只需要按如下方法启用父路径：启动 IIS，选择"默认网站"|"网站属性"|"主目录"|配置"命令，选中"启用父路径"复选框即可。

3.4 Application 对象

有时编程人员希望能够存储一些用户信息，这些信息能被整个网站的所有页面公用，这时就需要使用 Application 对象。

Application 对象可以产生一个全部的 Web 应用程序都可以存取的变量，只要是正在使用这个网页程序的用户都可以存取这个变量。每个 Application 对象变量都是 Application 对象集合中的对象之一，由 Application 对象统一管理。使用 Application 对象的语法如下：

```
Application["变量名"]="变量内容"
变量=Application["变量名"]
```

3.4.1 Application 对象的特点

Application 对象是一种 Web 应用程序的所有用户之间共享信息的方法，并且可以在服务器运行期间持久地保存数据。Application 对象有如下特点。

- 数据可以在 Application 对象内部共享，因此，一个 Application 对象可以覆盖多个用户。
- Application 对象包含事件，可以触发某些 Application 对象脚本。
- 个别 Application 对象可以用 Internet Service Manager 来设置而获得不同属性。
- 单独的 Application 对象可以隔离出来，在它们自己的内存中运行。这就是说，如果一个人的 Application 遭到破坏，不会影响其他人。

- 可以停止一个 Application 对象（将其所有组件从内存中驱除）而不会影响到其他应用程序。

一个网站可以有不止一个 Application 对象。典型情况下，可以针对个别任务的一些文件创建个别的 Application 对象。例如，可以建立一个 Application 对象来适用于全部公用用户，同时再创建另外一个只适用于网络管理员的 Application 对象。

3.4.2 Application 对象的属性和方法

因为多个用户可以共享一个 Application 对象，所以必须要有 Lock 和 Unlock 方法，以确保多个用户无法同时改变某一个 Application 对象变量。Application 对象成员的生命周期止于关闭 IIS 或使用 Clear 方法清除。表 3-7 和表 3-8 分别列出了 Application 对象的常用属性和方法。

表3-7　Application对象的属性

属性	属性说明
All	返回全部的 Application 对象变量并存储到一个 Object 类型的数组中
AllKeys	返回全部的 Application 对象变量名称并存储到一个字符串数组中
Count	获取 Application 对象变量的数量
Item	使用索引或 Application 变量名称传回 Application 变量的内容

表3-8　Application对象的方法

方法	方法说明
Add	新增一个新的 Application 对象变量到 HttpApplicationstate 集合中
Clear	清除全部的 Application 对象变量
Get	使用索引关键字或变数名称得到变量值
GetKey	使用索引关键字来获取变量名称
Lock	锁定全部的 Application 变量
Remove	使用变量名称删除一个 Application 对象
RemoveAll	删除全部的 Application 对象变量
Set	使用变量名更新一个 Application 对象变量的内容
UnLock	解除锁定的 Application 变量

3.4.3 存取 Application 对象变量值

存取 Application 对象变量值需要使用 Application 对象的 Add 方法，Add 方法的实质是在 Application 对象集合中添加一个 Application 对象变量，其语法形式如下：

```
public void Add(
    string name,
    string value
);
```

其中 name 是所添加的 Application 变量的名称，value 是新添加的变量的内容。下面举例来解释这个方法的实现和作用。在下面的示例中声明了 3 个 Application 对象变量，利用循环获取它们的内容后将其清除。

Step 01 启动 Visual Studio 2010，新建一个 ASP.NET 项目。

Step 02 在 Default.aspx.cs 的 Page_Load 方法中输入下面的代码。

```
protected void Page_Load(object sender, EventArgs e)
{
    Application.Add("App1", "Value1");  //添加一个新的 Application 对象变量
    Application.Add("App2", "Value2");
    Application.Add("App3", "Value3");
    for (int i=0; i < Application.Count; i++){
        Response.Write("变量"+Application.GetKey(i));    //输出变量名
        Response.Write("的值："+Application[i]+"<br>");    //输出变量值
    }
    Application.Clear();
}
```

Step 03 按快捷键 Ctrl+F5 运行程序，效果如图 3-12 所示。

在上面的例子中首先使用 Application 对象的 **Add** 方法产生了 3 个 Application 对象变量，并为其赋了初值。接着通过 Count 属性得到 Application 对象的数量，然后通过循环操作 GetKey 方法和 Get 方法分别得到新增对象的"索引"及其所对应的"值"。

图 3-12　Application 对象实例运行结果

【随堂演练 3-4】　记录网站访问情况

企业业务管理系统记录了每类用户的访问量，这有利于企业对员工的工作进行检测，同时也有利于网络管理员对网站的访问情况进行实时了解。本实例用了 4 个 Application 变量来存储 4 种用户的访问量，分别命名为 Application["C_admin"]、Application["C_contract"]、Application["C_sales"]和 Application["C_cust"]。

（1）记录访问量

用户登录之后就需要根据其所属的用户类型记录相应的访问量。

Step 01 启动 Visual Studio 2010，新建一个 ASP.NET 项目。

Step 02 由于我们现在还没有学习数据库，所以用一个字符串来存储系统中的已注册的用户名和密码（用户名和密码相同）。这个字符串的数据是一个只读的静态变量，其定义如下：

```
private static readonly string[] users=new string[] { "admin", "contract_user",
"customers_user", "sales_user" };
```

Step 03 添加一个函数来根据用户的登录名判断用户的类别，这个函数的参数是一个字符串用来传递要查找的用户名，返回值是一个整数，表示该用户所属的类型，如果输入的用户名不对，则返回-1。

```
private int usertype(string userid){
int i=0;
for (; i < users.Length; i++)
if (userid == users[i])
        return -1;
}
```

Step 04 双击"登录"按钮，并在其 Button1_Click 方法中添加如下代码，这段代码的作用跟【3.7 节】的区别是，这段代码不是根据用户类型去实现导航，而是根据用户类型记录相应类型用户的访问量，即将相应的 Application 对象加上 1。

```
protected void Button1_Click(object sender, EventArgs e){
    string userid=tbx_id.Text.ToString();
    string pwd=tbx_pwd.Text.ToString();
    if (usertype(userid) != -1 && userid == pwd) { //登录成功
      Application.Lock();                          //锁定，不允许其他用户修改
      switch (usertype(userid).ToString()){
        case "0":                                  //管理员访问量加1
            Application["C_admin"]=
                    Convert.ToInt32(Application["C_admin"])+1;
            break;
        case "1":                                  //合同部访问量加1
          Application ["C_contract"]=
                    Convert.ToInt32(Application["C_contract"])+1;
          break;
        case "2":                                  //销售部访问量加1
            Application["C_sales"]=
                    Convert.ToInt32(Application["C_sales"])+1;
            break;
        case "3":                                  //客服部访问量加1
            Application["C_cust"]=Convert.ToInt32(Application["C_cust"])+1;
            break;
        default:
            Response.Write("<script>alert('对不起，您不是合法用户')</script>");
            break;
      }
      Application.UnLock();                         //开锁，允许其他用户修改
      Response.Redirect("visit_reg.aspx?userid="+userid);
    }
}
```

（2）获取访问量

新添加一个 ASP.NET 网页，命名为 visit_reg.aspx，并在其 Page_Load 方法中添加如下代码，用于获取在登录时所记录的 Application 变量。

```
protected void Page_Load(object sender, EventArgs e){
    string userid=Request.QueryString["userid"].ToString();
    Response.Write(userid+"欢迎您的光临! <br>");
    if (Application["C_admin"] != null)
      Response.Write("<br>管理员的访问量是:"+Application["C_admin"].ToString());
    else
      Response.Write("<br>管理员的访问量是:0");
    if (Application["C_contract"] != null)
      Response.Write("<br>合同部的访问量是:"+Application["C_contract"].ToString());
    else
      Response.Write("<br>合同部的访问量是:0");
    if (Application["C_sales"] != null)
      Response.Write("<br>销售部的访问量是:"+Application["C_sales"].ToString());
    else
      Response.Write("<br>销售部的访问量是:0");
    if (Application["C_cust"] != null)
      Response.Write("<br>客户部的访问量是:"+Application["C_cust"].ToString());
    else
      Response.Write("<br>客户部的访问量是:0");
}
```

（3）结果演示

选择"Debug"|"Run without Debug"命令或直接按快捷键 Ctrl+F5 运行程序，在文本框中输入用户名和密码（admin，admin），单击"登录"按钮，页面就会跳转到 visit_reg.aspx 页

面中，该页面中会显示各类用户的访问量。如图 3-13 所示为用 admin 登录 3 次，contract_user、sales_user 各登录一次后的效果图。

图 3-13　访问情况记录演示

实例说明

① 获取 userid、pwd 值并转化为字符串类型，判断是否登录成功。

② Application.Lock()用于锁定 Application 数组，不允许其他用户修改数组中的元素值。相反，UnLock()用于将数组解锁，允许其他用户修改。

③ 通过 switch 语句判断用户类型，实现不同部门访问数量的增加。

④ 调用 Response.Redirect 重定向到其他页面。

3.5　Session 对象

Session 对象用来存储特定用户会话所需的信息，Session 对象变量只针对单一的网页使用者，即各个客户端的机器有各自的 Session 变量，不同的客户端无法相互存取。

Session 变量对象终止于联机机器离线时，也就是说，当网页使用者关掉浏览器或超过设定 Session 变量的有效时间时，Session 对象变量就会消失。

Session 对象是 HttpSessionState 的一个实例，如果需要在一个用户的 Session 中存储信息，只要简单地直接调用 Session 对象就可以了。Session 对象的使用语法如下。

```
Session["变量名"]="内容";
VarialbesName=Session["变量名"];
```

> **注意**　会话状态仅在支持 Cookie 的浏览器中保留，如果客户关闭了 Cookie 选项，Session 也就不能发挥作用了。

3.5.1　Session 对象的属性和方法

当每个用户首次与服务器建立连接的时候，服务器会为其建立一个 Session（会话），同时服务器会自动为用户分配一个 SessionID，用以标识这个用户的唯一身份。Session 信息存储在 Web 服务器端，是一个对象集合，可以存储对象、文本等信息。Session 对象的属性和方法如表 3-9 和表 3-10 所示。

表3-9　Session对象的常用属性

属性	属性说明
IsNewSession	返回一个布尔（bool）值用以指示用户在访问页面时是否创建了新的会话
Count	获取会话状态集合中 Session 对象的个数
TimeOut	获取或设置在会话期间各请求的超时期限，默认值是 20min
SessionID	获取用于标识会话的唯一会话 ID

表3-10 Session对象的常用方法

方法	方法说明
Add	新增一个 Session 对象
Clear	清除会话状态中的所有值
Remove	删除会话状态集合中的项
RemoveAll	清除所有会话状态值
Abandon	结束当前会话，并清除会话中的所有信息
Clear	清除全部 Session 变量，但不接受会话

3.5.2 Session 对象的唯一性

对于每个用户，每次访问 Session 对象是唯一的，这包括两层含义。

- 对于某个用户的某次访问，Session 对象在访问期间是唯一的，可以通过 Session 对象在页面间共享信息。只要 Session 没有超时，或者 Abandon 方法没有被调用，Session 中的信息就不会丢失。Session 对象不能在用户间共享信息，而 Application 对象可以在不同用户间共享信息。

- 对于用户的每次访问，如果其 Session 都不同，两次访问之间也不能共享数据；而 Application 对象只要没有被重新启动，就可以在多次访问间共享数据。

下面举例来说明 Session 对象的唯一性。在这个例子中一个页面保存 Session 信息，然后在另一个页面中读取上一个页面所保存的 Session 信息。

Step 01 启动 Visual Studio 2010，新建一个 ASP.NET 项目。

Step 02 从左边的工具箱的"标准"选项卡中拖拉一个 TextBox 控件、3 个 Button 控件和一个 Label 控件到 Default.aspx 页面中，按下面的 HTML 代码设置其属性。

```
<body>
    <form id="form1" runat="server">
    <div>
        <h3>Session 对象的唯一性 </h3><br/><hr/>
        请输入一个值：<asp:TextBox ID="TextBox1" runat="server">
                </asp:TextBox><p>
        当前 SessionID：<asp:Label ID="Label1" ForeColor=Blue
                runat="server"/><p>
        <asp:Button ID="Button1" runat="server" Text="Abandon"/>   
        <asp:Button ID="Button2" runat="server" Text=" 显示值 "/> 
        <asp:Button ID="Button3"
        runat="server" Text=" 设置值 "/></p>
    </div>
    </form>
</body>
```

页面设计效果如图 3-14 所示。

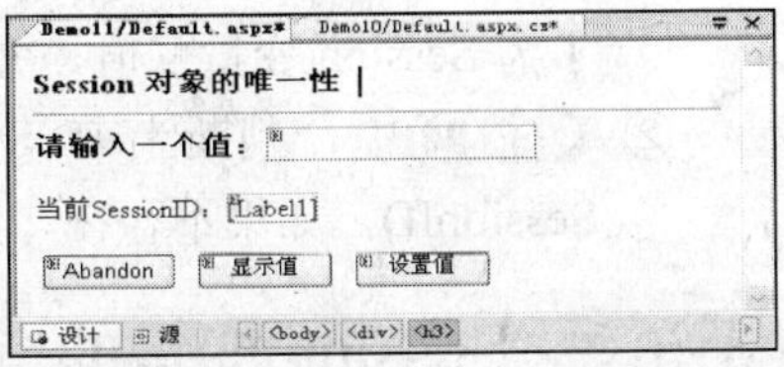

图 3-14 页面设计效果

Step 03 为 3 个 Button 控件添加事件处理程序，在 Default.aspx.cs 中添加如下代码。

```
protected void Button1_Click(object sender, EventArgs e){
    Session.Abandon();
}
```

```
protected void Button2_Click(object sender, EventArgs e){
    Response.Redirect("Default2.aspx");
}
protected void Button3_Click(object sender, EventArgs e){
    Session["CurrentValue"]=TextBox1.Text;
    Label1.Text=Session.SessionID.ToString();
}
```

Step 04 新建一个 Web 窗体，命名为 Default2.aspx，在 Default2.aspx.cs 文件中的 Page_Load 事件处理方法中输入如下代码。

```
protected void Page_Load(object sender, EventArgs e){
    if (Session["CurrentValue"] != null){
        Response.Write("<p>Session 的值为：
                        "+Session["CurrentValue"].ToString());
        Response.Write("<p>Session ID 为："+Session.SessionID.ToString());
    }
    else
        Response.Write("Session[\"CurrentValue\"]不存在");
}
```

Step 05 按快捷键 Ctrl+F5 运行程序，在文本框中输入值后，单击"设置值"按钮，结果如图 3-15 所示。单击"显示值"按钮，页面跳转到 Default2.aspx 页面，显示结果如图 3-16 所示。从图中可以看到两个页面的 SessionID 相同，并且值相同，由此可见 Session 是唯一的。

图 3-15 Default.aspx 页面

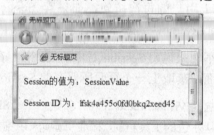

图 3-16 Default2.aspx 页面

Step 06 返回第一个页面（Default.aspx），单击"Abandon"按钮，然后单击"显示值"按钮，结果如图 3-17 所示。从图中可以看到，SessionID 改变了，且 Session["CurrentValue"]已经不存在了。

图 3-17 调用 Abandon 后的显示结果

实例说明

① **Step 03** 中，调用 Session.Abandon()方法终止 Session 对象。按钮二实现了打开页面的功能。按钮三实现了为 Session 变量赋值，并显示当前 SessionID。

② **Step 04** 中，判断当前 Session 中是否存在值，如果存在则输出 Session 值并显示 SessionID，如果不存在，则显示 Session 不存在。

3.5.3 Session 变量的有效期限

Session 对象是有时间限制的，通过 TimeOut 属性可以设置 Session 对象的超时时间，单位为 min。如果在规定的时间内，用户没有对网站进行任何操作，Session 就会超时。下面通过一个例子来演示 Session 对象的时效性。

Step 01 启动 Visual Studio 2010，新建一个 ASP.NET 项目。

Step 02 从右边的工具栏中拖动一个 Button 控件到 Default.aspx 页面中，双击新添的 Button 按钮，进入 Default.aspx.cs 的 Button1_Click 方法，输入以下代码。

```
protected void Button1_Click(object sender, EventArgs e)
{
    DateTime dt=DateTime.Now;
    Response.Write(dt.ToString()+"<br>");
    Response.Write(Session["S1"].ToString()+"<Br>"); //显示第一个 Session 变量
    Response.Write(Session["S2"].ToString()+"<br>"); //显示第二个 Session 变量
}
```

Step 03 在 Page_Load 方法中输入以下代码。

```
protected void Page_Load(object sender, EventArgs e)
{
    if (!IsPostBack)
    {
        Session["S1"]="Session1";              //添加一个 Session 变量
        Session["S2"]="Session2";              //添加另一个 Session 变量
        Session.Timeout=1;                     //设置 Session 变量的时效为 1min
        DateTime dt=DateTime.Now;
        Response.Write(dt.ToString()+"<br>");
        Response.Write(Session["S1"].ToString()+
            "<Br>");                           //显示第一个 Session 变量
        Response.Write(Session["S2"].ToString()+
            "<br>");                           //显示第二个 Session 变量
    }
}
```

图 3-18 运行效果

Step 04 按快捷键 Ctrl+F5 运行程序，效果如图 3-18 所示。等待 1min 后，单击 Button 按钮，会发现页面报错。这是因为两个 Session 变量已经超时，Session 变量的值无法转换为字符串。

3.6 Cookie 对象

3.6.1 Cookie 概述

   Cookie 是一小段文本信息，会随着用户请求和页面传递在 Web 服务器和客户端浏览器之间传递。用户每次访问站点时，Web 应用程序都可以读取 Cookie 包含的信息。Cookie 为 Web 应用程序保存用户信息提供了一种有效的方法。例如，当用户访问一个站点时，可以利用 Cookie 保存用户信息，这样，当用户下次访问该站点时，应用程序就可以检索以前保存的信息。

   Cookie 是与 Web 站点而不是与具体页面关联的，所以无论用户请求浏览站点中的哪个页面，浏览器和服务器都将交换 Cookie 信息。用户访问其他站点时，每个站点都可能会向用户浏览器发送一个 Cookie，而浏览器会将所有这些 Cookie 分别保存。

   Cookie 与 Session、Application 类似，也是用来保存网页访问者的相关信息。但 Cookie 和其他对象最大不同的是，Cookie 将信息保存在客户端，而 Session 和 Application 是保存在服务器端。也就是说，无论何时用户连接到服务器，Web 站点都可以访问 Cookie 信息。这样，既方便用户的使用，也方便了网站对用户的管理。

   Cookie 对象最根本的用途是帮助 Web 站点保存有关访问者的信息。Cookie 是一种保持

Web 应用程序连续性的方法。例如，电子商务购物网站上的 Web 服务器跟踪每个购买者，以便站点能够管理购物车和其他用户信息。因此 Cookie 的作用类似于名片，提供了相关的标识信息，可以帮助应用程序确定如何继续执行。

使用 Cookie 的目的是为了使 Web 站点记住访问者。例如，一个投票的站点可以简单地利用 Cookie 作为布尔值，表示访问者是否已经参与了投票，从而避免重复投票，而那些要求用户登录的站点则可以通过 Cookie 来确定是否已经登录过，这样就不必每次都输入登录信息了

3.6.2 Cookie 的常用属性和方法

Cookie 对象不属于 Page 类，所以用法与 Application 对象和 Session 对象不同，其语法格式如下。

```
Response.Cookies("Name").Value=表达式              //创建 Cookies 变量
Response.Cookies.Add(Cookie 对象名)                //写入 Cookies 对象
变量=Request.Cookies("Name").Value                 //读取 Cookies 变量
```

Cookie 对象的主要属性和方法如表 3-11 和表 3-12 所示。

表3-11　Cookie对象的属性

属性	属性说明
Name	获取或设置 Cookie 的名称
Value	获取或设置 Cookie 的值
Expires	获取或设置 Cookie 的过期日期和时间
Version	获取或设置此 Cookie 符合的 HTTP 状态维护版本

表3-12　Cookie对象的方法

方法	方法说明
Add	新增一个 Cookie 变量
Clear	清除 Cookie 集合内的变量
Get	通过变量名或索引得到 Cookie 的变量值
GetKey	以索引值来获取 Cookie 的变量名称
Remove	通过 Cookie 变量名来删除 Cookie 变量

【随堂演练 3-5】　登录时记住用户名和密码

企业业务管理系统的用户都是本企业的员工，而且他们基本上都是在固定的电脑上使用该系统，因此如果记住其用户名和密码，就不必每次登录都输入用户名和密码，可以提高工作效率。

本实例要建立如图 3-19 所示的界面，通过该界面可登录到某个网站。在首次登录后，将登录信息写入到用户计算机的 Cookie 中，当再次登录时，将用户计算机中的 Cookie 信息读出并显示，以备用户选择使用；可以利用读出 Cookie 中的信息来直接登录网站。

图 3-19　登录界面

（1）界面设计

Step 01 启动 Visual Studio 2010，新建一个网站。

Step 02 打开 "源代码\第 3 章\登录界面.aspx", 将登录界面复制到项目的默认网页 Default.aspx 中（制作此登录界面的方法，详见 4.3.2 小节中的【随堂演练 4-2】）。删除 "重置" 按钮并在表格中添加一个 CheckBox 控件（id=CheckBox1, Text=记住用户名和密码）。设计的效果如图 3-19 所示。

Step 03 选中新建的项目，用鼠标右键单击，在弹出的快捷菜单中选择 "添加新项" | "Web 窗体" 命令，将默认名称 Default.aspx 改为 login.aspx。

（2）编写事件处理代码

Step 01 添加 Default.aspx 页面的事件处理程序。

Default.aspx 页面需要编写两段程序代码，一个是单击 "登录" 按钮时的事件处理程序，在该段程序中定义了两个 Cookie，分别为 ID 和 PW，将两个 Cookie 的生存期设置为 2011 年 12 月 12 日，并将两个文本框中的内容分别写到上述两个 Cookie 中，然后切换到 login.aspx 页面上。其代码如下：

```
protected void Button1_Click(object sender, EventArgs e)
{
    if (CheckBox1.Checked)
    {
        Response.Cookies["ID"].Expires=new DateTime(2011, 12, 12);
        Response.Cookies["PW"].Expires=new DateTime(2011, 12, 12);
        Response.Cookies["ID"].Value=UserName.Text;
        Response.Cookies["PW"].Value=Password.Text;
    }
    Response.Redirect("login.aspx?ID="+ UserName.Text+"&PWD="
                                    + Password.Text);
}
```

Default.aspx 页面的另一段代码是页面初始化代码，这段代码首先判断该页面定义的两个 Cookie 是否为空。若不为空，则直接从 Cookies 中获取用户名和密码，自动登录到 login.aspx 页面上。

```
protected void Page_Load(object sender, EventArgs e)
{
    if (Request.Cookies["ID"]!= null && Request.Cookies["PWD"]!= null)
    {
        string id=Request.Cookies["ID"].Value.ToString();
        string pwd=Request.Cookies["PW"].Value.ToString();
        Response.Redirect("login.aspx?ID="+id+"&PWD="+pwd);
    }
}
```

Step 02 添加 login.aspx 页面的事件处理程序。

login.aspx 页面只有一段程序，即页面初始化代码，在页面初始化的时候获取页面传递的参数。如果获取的参数不为空，则显示；否则提示用户先登录。其代码如下：

```
protected void Page_Load(object sender, EventArgs e)
{
    if (Request.QueryString["ID"]!= null && Request.QueryString ["PWD"]!=null)
    {
        Response.Write("UserName: "+Request.QueryString["username"]+"<br>");
        Response.Write("Password: "+Request.QueryString["password"]+"<br>");
    }
    else
    {
        Response.Write("您还没有登录，不能访问此页！");
        Response.Write("<a href=Default.aspx>请登录</a>");
    }
}
```

实例说明

① 在 **Step 01** 中，new DateTime 方法是用来生成一个日期字符串作为 Cookie 的生存期。

② 在 **Step 02** 中，通过 Request.Cookies 方法读取 **Step 01** 中写入的 Cookie 值，如果读取到，则输出到页面。

3.7 上机实训——制作自动导航的登录页面

企业业务管理系统的用户类型有管理员、合同部用户、销售部用户、客户部用户，不同类型的用户的权限不同，登录之后看到的页面也就不同，因此在登录时候应该根据其身份实现自动导航。本实例就是在登录的时候首先就利用 Session 对象记录了登录用户的类型，然后根据类型的不同利用 Response 对象的 Redirect 方法实现自动导航，其具体的实现步骤如下。

（1）主登录界面

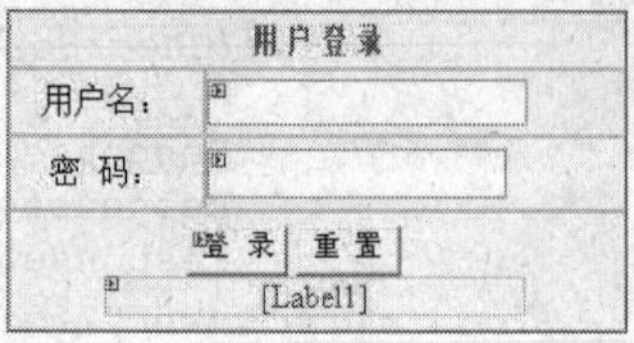

Step 01 启动 Visual Studio 2010，新建一个 ASP.NET 项目。

Step 02 打开 "源代码\第 3 章\登录界面.aspx" 文件，将登录界面复制到 Default.aspx 页面中（制作此登录界面的方法，详见 4.3.2 小节中的【随堂演练 4-2】），界面效果如图 3.20 所示。

图 3.20　登录的界面设计

Step 03 由于我们现在还没有学习数据库，所以我们用一个字符串来存储系统中的已注册用户。这个字符串的数据是一个只读的静态变量（同【随堂演练 3-4】），其定义如下：

```
private static readonly string[] users=new string[] { "admin", "contract_user",
    "customers_user", "sales_user" };
```

Step 04 添加一个函数来根据用户的登录名判断用户的类别，这个函数的参数是一个字符串用来传递要查找的用户名，返回值是一个整数，表示该用户所属的类型，如果输入的用户名不对，则返回-1。

```
private int usertype(string userid){
int i=0;
for (; i < users.Length; i++)
if (userid == users[i])
    return -1;
}
```

Step 05 双击 "登录" 按钮，并在其 Button1_Click 方法中添加如下代码，这段代码首先调用 UserType 函数获取登录用户的类型并将其存储到一个名为 "UserType" 的 Session 变量中，然后利用 switch 语句实现自动导航。

```
protected void Button1_Click(object sender, EventArgs e){
    string userid=UserName.Text.ToString();//
    string pwd=Password.Text.ToString();//
    Session["UserType"]=usertype(userid);
    switch (Session["UserType"].ToString()){//根据身份自动导航
        case "0":
            Response.Redirect("users.aspx?userid="+userid);break;
        case "1":
            Response.Redirect("contract.aspx?userid="+userid);break;
        case "2":
```

```
                Response.Redirect("contract_stat.aspx?userid="+userid);break;
        case "3":
                Response.Redirect("customers.aspx?userid="+userid); break;
        default:
                Response.Write("<script>alert('对不起,您不是合法用户')</script>");
                break;
        }
    }
```

（2）登录后的辅助页面

不同的用户类型登录后需要调整到不同的页面，根据上面的代码可知，4 类用户就需要 4 个登录后的页面，这里我们设计第一个，后面的 3 个留给读者在习题中完成。

在前面所建立的项目中新添加一个 ASP.NET 网页，命名为 users.aspx，在页面的 Page_Load 方法中添加如下代码。

```
protected void Page_Load(object sender, EventArgs e){
    string user=Request.QueryString["userid"].ToString();
    Response.Write("系统管理员——"+user+"，欢迎您！");
}
```

（3）运行效果演示

选择“Debug”│“Run without Debug”命令或直接按快捷键 Ctrl+F5 运行程序，其效果如图 3-21 所示。在用户名和密码中输入 admin，单击“登录”按钮，系统就会自动调整到如图 3-22 所示的界面中去。

图 3-21　输入用户登录信息　　　　　　图 3-22　用户登录成功

3.8　习题与上机操作

1．选择题

（1）Cookie 对象的默认生命周期有多长？＿＿＿＿＿＿＿

　　A. 20 分钟　　　　　　　　　　　　B. 30 分钟

　　C. 一天　　　　　　　　　　　　　D. 随浏览器的关闭而失效

（2）＿＿＿＿＿＿属性的功能是使用索引或 Application 变量名称传回 Application 变量的内容。

　　A. count　　　　　　B. AllKeys　　　　　　C. Item　　　　　　D. All

（3）使用 Response 对象的＿＿＿＿＿＿方法可以进行页面重定向。

　　A. Write　　　　　　B. WriteFile　　　　　C. Close　　　　　D. Redirect

（4）使用＿＿＿＿＿＿可以获取服务器的计算机名称。

A. Response 的 IsClientConnected 属性　　　B. Request 的 UserHostName 属性

C. Server 的 MachineName 属性　　　　　　D. Server 的 ScriptTimeout 属性

（5）Request 对象的_____属性可以返回附在 URL 后面的参数内容以进行页面传值。

A. QueryString　　　　B. URL　　　　　　C. Form　　　　　　D. FilePath

（6）下列能进行页面重定向的是_____。

A. Request.QueryString　　　　　　　　B. Request.Form

C. Server.Transfer　　　　　　　　　　D. Server.Execute

（7）Response 对象将指定的字符串或表达式的结果写到当前的 HTTP 输出的方法是_____。

A. Write 方法　　　　B. WriteFile 方法　　C. Close 方法　　　D. Redirect 方法

（8）下面不属于 ASP.NET 内置对象的是_____。

A. Response 对象　　B. Request 对象　　　C. Server 对象　　　D. Object 对象

（9）存储用户专用信息，应该使用_____对象变量存储。

A. Session　　　　　B. Application　　　　C. Request　　　　　D. Response

2．填空题

（1）_____使给定应用程序的所有用户之间共享信息，并且可以在服务器运行期间持久地保存数据。

（2）_____可以用来存储特定用户会话所需的信息。

（3）_____对象最根本的用途能够帮助 Web 站点保存有关访问者的信息。

（4）存储 Cookie 变量，可以通过 Response 对象的 Cookies 集合，其语法是_____。

（5）Application 对象的_____方法可以阻止其他客户修改存储在 Application 对象中的变量，以确保在同一时刻仅有一个客户可修改和存取 Application 变量。

3．上机操作题

（1）为企业业务管理系统编写一个全站点计数器，使用 Application 对象和 Session 对象统计站点被访问的次数和当前在线的人数。

（2）编写程序，显示访问系统的时间，利用 Application 对象记录用户上次访问网页的时间及当前系统时间，并显示在网页中。运行的结果如图 3-23 和图 3-24 所示。

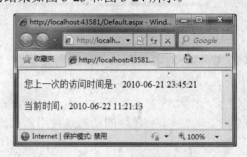

图 3-23　运行结果 1　　　　　　　　图 3-24　运行结果 2

（3）完善【3.7 上机实训】，添加余下的 3 个辅助页面：contract.aspx、sales.aspx 和 customers.aspx，分别是合同部用户登录后出现的页面、销售部用户登录后显示的页面、客户部用户登录后显示的页面。可以参照【3.7 上机实训】的 user.aspx 页面来设计完成。

第4章

Web 服务器控件

除了代码和标记之外，ASP.NET 页面还包含服务器控件，这些控件是可编程的服务器端对象，一般表现为页面中的 UI 元素（如文本框或图像）。服务器控件参与页面的执行过程，并在客户端生成自己的标记呈现内容。

ASP.NET Web 服务器控件是 ASP.NET 网页上的对象，这些控件在该页被请求时运行并向浏览器呈现标记。许多 Web 服务器控件类似于常见的 HTML 元素（如按钮和文本框），但是，也有一些控件包含复杂的行为（如日历控件或管理数据连接的控件）。

本章知识点

- ⊚ ASP.NET Web 服务器控件的共有属性
- ⊚ 文本服务器控件：Label、Literal、TextBox、HyperLink
- ⊚ 按钮服务器控件：Button、LinkButton、ImageButton
- ⊚ 图像服务器控件：Image、ImageMap
- ⊚ 选择服务器控件：CheckBox、CheckBoxList、RadioButton、RadioButtonList
- ⊚ 列表服务器控件：ListBox、DropDownList、BulletedList
- ⊚ 容器服务器控件：Panel、MultiView、PlaceHolder
- ⊚ 增强控件：AdRotator、Calendar、Table、FileUpload

4.1 Web 服务器控件的共有属性

所谓共有属性，就是所有的 Web 控件都具有的属性。这些属性包括 Accesskey、BackColor、ForeColor、BorderWidth、BorderColor、BorderStyle、Enable、Font、TabIndex、ToolTip、Visible、Height 和 Width，下面分别进行介绍。

1. Accesskey 属性

Accesskey 属性是用来为控件指定键盘的快捷键，这个属性的内容为数字和英文字母。例如，将一个按钮的 Accesskey 属性设置为 B，那么使用时用户按 Alt+B 组合键就会自动将光标移动到这个控件的上面。

```
<asp:Button ID="Button1" runat="server" AccessKey="B" Text="Button"/>
```

2. BackColor 和 ForeColor 属性

BackColor 是用来设置控件的背景色的，其属性值为颜色名称或者#RRGGBB 的格式。例如，下面的这两段代码将 Button 控件的背景色设置为蓝色。

```
<asp:Button ID="Button1" runat="server" Text="Button" BackColor="Blue"/>
<asp:Button ID="Button2" runat="server" BackColor="Blue" Text="Button"/>
```

ForeColor 用于设置控件的前景色，其属性的设定值和 BackColor 一样，为颜色名或者是#RRGGBB 格式。例如：

```
<asp:Button ID="B2" runat="server" ForeColor="Blue" Text="Button"
 ForeColor="Red"/>
```

3. 边框属性

边框属性包括：BorderWidth（边框宽度）、BorderColor（边框颜色）和 BorderStyle（边框样式）等几个属性。其中 BorderWidth 用来设置 Web 控件的边框宽度，单位是 pixel（像素）。例如，下面的代码就是将一个 Button 控件的边框宽度设置为 10 个像素。

```
<asp:Button ID="Button2" runat="server" BorderWidth="10px" Text=" 确定 "/>
```

BorderColor 用来设置边框的颜色，其属性值和 BackColor、ForeColor 一样为颜色名称或者是#RRGGBB 格式。

BorderStyle 用来设置 Web 控件的边框样式，有如下几个可选值。

- Notset：默认值。
- None：无边框。
- Dotted：边框为虚线，点较小。
- Dashed：边框为虚线，点较大。
- Solid：边框为实线。
- Double：边框为实线，单宽度是 Solid 的两倍。
- Groove：在控件四周出现 3D 凹陷式的边框。
- Ridge：在控件四周出现 3D 突起的边框。
- Inset：控件是陷入状。
- Outset：控件是突出状。

下面的实例演示了如何使用 BorderStyle 属性。本实例共创建了 10 个 Label 控件，分别演示了不同的 BorderStyle 属性。

Step 01 启动 Visual Studio 2010，新建一个 ASP.NET 项目。

Step 02 从工具栏的"标准"选择卡中拖动 10 个 Label 控件到 Default.aspx 页面中，按如下 HTML 代码设置这 10 个控件的属性。

```
<body>
    <form id="form1" runat="server">
        <asp: Label ID=" Label1" runat="server" Text="NotSet"/>
        <asp: Label ID=" Label2" runat="server" BorderStyle="None"
            Text="None"/>
        <asp: Label ID=" Label3" runat="server" BorderStyle="Dotted"
            Text="Dotted"/>
        <asp: Label ID=" Label4" runat="server" Text="Dashed"
            BorderStyle="Dashed"/>
        <asp: Label ID=" Label5" runat="server" Text="Solid"
            BorderStyle="Solid"/>
        <asp: Label ID=" Label6" runat="server" Text="Double"
            BorderStyle="Double"/>
        <asp: Label ID=" Label7" runat="server" Text="Groove"
            BorderStyle="Groove"/>
        <asp: Label ID=" Label8" runat="server" Text="Ridge"
            BorderStyle="Ridge"/>
        <asp: Label ID=" Label9" runat="server" Text="InSct"
            BorderStyle="Inset"/>
        <asp: Label ID=" Label10" runat="server" Text="OutSet"
            BorderStyle="Outset"/>
    </form>
</body>
```

Step 03 选择"调试"|"开始执行（不调试）"命令或者按快捷键 Ctrl+F5 运行程序，结果如图 4-1 所示。从图中可以看到不同边框样式的效果。

图 4-1 BorderStyle 属性的演示效果

4．Enable 属性

Enable 属性是用来设置禁止或使能控件，当 Enable=false 时，控件为禁止状态，当 Enable=true 时控件为使能状态。当控件 Enable=false 时，该控件在页面上呈现为灰色并且不可用，例如，一个文本框处于禁止状态时，是不能输入文字的，一个 Button 控件处于禁止状态时不能被单击。下面的代码是将两个 Button 控件的 Enable 属性分别设置为 true 和 false。

```
<asp: Button ID="Button2" runat="server" Text=" 确定 "/>
<asp: Button ID="Button1" runat="server" Text=" 确定 " Enabled="false"/>
```

5．Font 属性

Font 属性是用来设置控件上的字体格式的。Font 属性有以下几个子属性，分别表现不同的字体特性。

- Font-Bold：如果属性值为 true，则字体为粗体。
- Font-Italic：如果属性值为 true，则字体为斜体。
- Font-Names：设置字体的名称（如宋体、Arial 等）。

- Font-Size：设置字体的大小，共有 9 种已经定义的大小可以选择，分别为 Smaller、Larger、XX-Small、X-Small、Small、Medium、Large、X-Large 和 XX-Large。另外也可以自定义字体大小，如 Font-Size=9pt。
- Font-Strikeout：如果属性值为 true，则文字中间有一条删除线。
- Font-Underline：如果属性值为 true，则文字的下面有一条下划线。

6．TabIndex 属性

TabIndex 属性用来设置 Tab 按钮的顺序，当用户按下 Tab 键时，焦点将从当前控件跳转到下一个可以获得焦点的控件，TabIndex 属性就是用来定义跳转顺序的。合理地设置 TabIndex 属性，可以让用户开发程序更加轻松，使得界面更加友好。如果没有设置 TabIndex 属性，那么该属性默认值为 0；如果两个 Web 控件的 TabIndex 控件属性值相同，就会由 Web 控件在 ASP.NET 网页中的配置的顺序来决定。

下面的代码设置了 3 个 Button 控件的 TabIndex 属性。由于 Button3 的 TabIndex 值最小，所以当用户按下 Tab 键时，焦点首先停留在 Button3 上；当再按下 Tab 键后，焦点会转到 Button2 上；再次按下 Tab 键，焦点会跳转到 Button1 上。

```
<asp:Button ID="Button1" runat="server" TabIndex="3" Text="Button"/>
<asp:Button ID="Button2" runat="server" TabIndex="2" Text="Button"/>
<asp:Button ID="Button3" runat="server" TabIndex="1" Text="Button"/>
```

7．ToolTip 属性

ToolTip 属性用于设置控件的提示信息，在设置了该属性的值后，当将鼠标指针停留在 Web 控件上一小段时间后就会出现 ToolTip 属性中设置的文字。通常设置 ToolTip 属性为一些提示操作的文字，例如：

```
<asp:Button ID="Button3" runat="server" Text=" 确定 " ToolTip="单击即可提交信息"/>
```

8．Visible 属性

Visible 属性用来设置控件是否可见，如果属性为 true 将显示控件，否则将隐藏该控件（该控件仍然存在，只是在页面中不可见），默认情况下为 true。例如，下面的代码使用了两个 Label 控件，第一个可以看到，第二个为隐藏。

```
<asp: Label ID="Label1" runat="server" Text="Label"></asp: Label>
<asp: Label ID="Label2" runat="server" Text="Label" Visible="false"></asp: Label>
```

9．Height 和 Width 属性

Height 属性和 Width 属性分别用来设置控件的高度和宽度，单位都是 pixel。例如：

```
<asp: Textbox ID="TextBox1" runat="server" Height="100px" Width="200px">
```

4.2 文本服务器控件

上一节介绍了 Web 控件的共有属性，从本节开始将重点介绍如何使用 Web 服务器控件。本节主要介绍文本服务器控件，包括 Label（标签）控件、Literal（静态文本）控件、Textbox（文本框）控件及 HyperLink（超链接文本）控件。

4.2.1 Label 控件

Label 控件一般用来给文本框、列表框、组合框等控件添加描述性的文字，或给窗体添加说明文字，或用来显示处理结果等信息。Label 控件显示的内容可以在属性窗口中设定，也可以在程序运行时编写代码进行修改。

> **提示** 当用户希望在运行时更改页面中的文本可以使用 Label 控件，而当只需要显示内容并且文字内容不需要改变时，建议使用 HTML 显示。

Label 控件的语法格式如下：

`<asp: Label id="Label1"  Text="要显示的文本内容" runat="server"/>`

或者

`<asp: Label id="Label1" runat="server"> 要显示的文本内容 </asp: Label>`

4.2.2 Literal 控件

当要以编程方式设置文本而不添加额外的 HTML 标记时，可以向页面添加 Literal 控件。当要向页面动态添加文本而不添加任何不属于该动态文本的元素时，Literal 控件非常有用。例如，用户可以使用 Literal 控件来显示从文件或流中读取的 HTML。

Literal 控件在 Visual Studio 2010 工具箱的"标准"选项卡中形如 Literal，Literal 控件的语法格式如下：

`<asp: Literal id=" Literal1" Text="要显示的文本内容" runat="server"/>`

或者

`<asp: Literal id=" Literal1" runat="server"> 要显示的文本内容 </asp: Literal>`

除了 4.1 节介绍的共有属性外， Literal 控件还有 2 个重要的属性。

- Text：设置 Literal 控件中显示的文本。
- Mode：设置 Literal 控件文本的显示方式。共有 3 个选项：Transform（不修改 Literal 空的文本）、PassThrough（移除文本中不受支持的标记语言元素）和 Encode（对 Literal 控件的文本进行 HTML 编码）。如果一个 Literal 控件的 Text 属性值为" <font color =red >The Mode is…</font>"，其 Mode 属性值为 Transform、PassThrough 和 Encode 的效果，分别如图 4-2 所示的 1、2、3 行的内容。

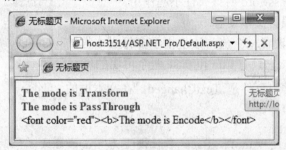

图 4-2 Literal 控件 Mode 属性的效果

提示
如果只是显示静态文本，则可以使用 HTML 呈现，而不需要 Literal 控件。只有在需要以编程方式呈现文本时才使用 Literal 控件。

4.2.3 TextBox 控件

TextBox 控件用于让用户在 Web 页面中输入文本信息，在某些情况下，也可以用来显示文本信息。TextBox 的语法格式如下：

```
<asp: TextBox id="value"
    AutoPostBack="true|false"
    Columns="characters"
    MaxLength="characters"
    Rows="rows"
    Text="text"
    TextMode="SingleLine | MultiLine | Password"
    Wrap="true|false"
    OnTextChanged="OnTextChangedMethod"
    ...
    runat="server"/>
```

TextBox 控件在 Visual Studio 2010 的工具箱的"标准"选项卡中形如 abl TextBox，除了 4.1 节介绍的共有属性外，TextBox 控件的常用属性还有以下 8 个。

- AutoPostBack：用于设置在文本修改后，是否自动回发到服务器。它有两个选项，true 和 false，默认为 false。
- Columns：获取或设置文本框的显示宽度（以字符为单位）。
- MaxLength：获取或设置文本框中最多允许的字符数。
- ReadOnly：获取或设置一个值，用于指示能否更改 TextBox 控件的内容。它有两个选项，true（只读，不能修改 TextBox 的内容）和 false（可以修改）。

提示
ReadOnly 属性只影响运行时的用户交互，即如果 ReadOnly=true，则在程序运行时用户不能在文本框中输入内容，但是运行时程序仍然可以更改 Text 属性，从而在运行时通过程序改变文本框的内容。

- TextMode：获取或设置 TextBox 控件的行为模式。它有 3 个选项，SingleLine（单行）、Password（密码）、MultiLine（多行），其效果如图 4-3 所示。
- Rows：多行文本框显示的行数。TextMode 属性为 SingleLine 和 Password 时该属性不起作用。
- Text：获取或设置文本内容。
- Wrap：获取或设置一个值，该值指示多行文本框的文本是否换行。它只有 true 和 false 两个可用的值。

图 4-3 TextMode 的显示效果

TextBox 控件的常用事件是 TextChanged，在文本框的文本被更改后激发该事件。

提示
一定要将文本框的 AutoPostBack 属性设置为 true，在文本修改后，自动回发到服务器，才能激发 TextChanged 事件。

4.2.4 HyperLink 控件

ASP.NET 中的 HyperLink 控件用于创建超链接,相当于 HTML 元素的<A>标注。HyperLink 的语法形式如下:

```
<asp: HyperLink id="HyperLink1"
Text="超链接文字"
NavigateUrl="url"
ImageUrl="url"
Target="target"
Runat="server"
</asp: HyperLink >
```

HyperLink 控件在 Visual Studio 2010 的工具箱的"标准"选项卡中形如 ▲ HyperLink,除了 4.1 节介绍的共有属性外,其常用属性还有以下几个。

- Text:获取或设置 HyperLink 控件的文本标题。
- NavigateUrl:获取或设置单击 HyperLink 控件时链接到的 URL。
- Target:获取或设置目标链接要显示的位置,可以取如下的值。
  - _blank,在新窗口中显示目标链接的页面;
  - _parent,将目标链接的页面显示在上一个框架集父级中;
  - _self,将目标链接的页面显示在当前的框架中;
  - _top,将内容显示在没有框架的全窗口中。也可以是自定义的 HTML 框架的名称。
- ImageUrl:获取或设置显示在 HyperLink 控件上的图片的路径。

【随堂演练 4-1】 动态添加标签控件

本实例主要演示如何在程序运行中动态地添加 Label 控件。本实例中通过 for 循环在页面中添加了 8 个 Label 控件,为每个 Label 控件设置了不同的字体大小和颜色。其运行的效果如图 4-4 所示,实现的步骤如下。

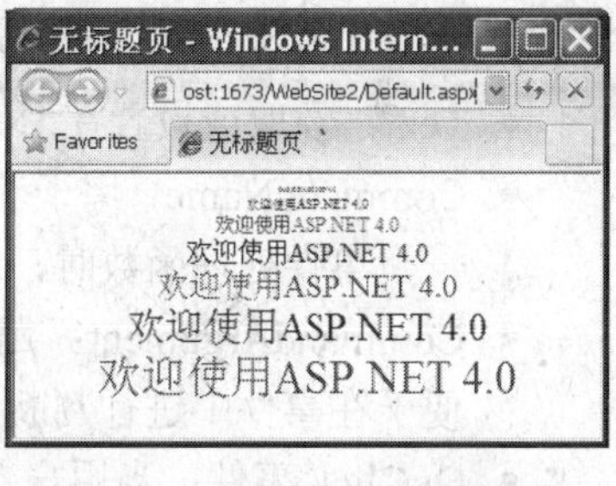

Step 01 启动 Visual Studio 2010,新建一个 ASP.NET 项目。

Step 02 在 Default.aspx.cs 的 Page_Load 方法中添加如下代码。

```
protected void Page_Load(object sender,
                         EventArgs e){
    for (int i=0; i < 8; i++)
    {
        Label newLabel=new Label();
        newLabel.Font.Size=i * 3;
        if (i % 2 == 0)
            newLabel.ForeColor=System.Drawing.Color.Blue;
        else
            newLabel.ForeColor=System.Drawing.Color.Red;
        newLabel.Text="<center>欢迎使用 ASP.NET 4.0</center>"; //设置标签文本
        newLabel.ID="label"+i.ToString();           //设置标签 ID
        Page.Controls.Add(newLabel);                //将标签添加到页面中去
    }
}
```

图 4-4 动态添加 Label 控件

Step 03 选择"调试"|"开始执行(不调试)"命令或按 Ctrl+F5 组合键运行程序,效果如图 4-4 所示。

实例说明

① 通过 for 循环，实现了动态修改字体大小并输出的效果。

② 定义标签控件对象，并用 newLabel.Font.Size 方法设置标签上字体的大小。

③ 判断 i%2 的余数，即能被 2 整除的，设置文本颜色为 blue，否则设置颜色为 red。

4.3 按钮服务器控件

用户访问网页时常常需要在特定的时候激发某个动作来完成一系列的操作，使用 ASP.NET 标准服务器控件中的按钮控件可以实现这个功能。ASP.NET Web 服务器控件中包含 3 种按钮控件：Button（按钮）、LinkButton（链接按钮）、ImageButton（图像按钮），本节将对这 3 种按钮的属性和使用方法进行详细介绍。

4.3.1 Button 控件

Button 控件是一种常用的单击按钮传递信息的方式，把页面信息传递到服务器。Button 控件的语法格式如下：

```
<asp: Button id="MyButton"
    Text="Text"
    CommandName="command"
    CommandArgument="commandargument"
    CausesValidation="true | false"
    OnClick="OnClickMethod"
    …
    Runat="server"/>
```

Button 控件在 Visual Studio 2010 的工具箱的"标准"选项卡中形如 [ab] Button ，除了 4.1 节介绍的共有属性外，其常用属性和事件如下。

- Text：获取或设置在 Button 控件上显示的文本标题，用来提示用户进行何种操作。
- CommandName：用于获取或设置 Button 按钮将要触发事件的名称，当有多个按钮共享一个事件处理函数时，通过 CommandName 来区分要执行哪个 Button 事件。
- CommandArgument：用于指示命令传递的参数，提供有关要执行的命令的附加信息以便于在事件中进行判断。
- OnClick 事件：当用户单击按钮时要执行的事件处理方法。

下面通过一个具体的实例演示如何使用 Button 按钮。

Step 01 启动 Visual Studio 2010 ，新建一个 ASP.NET 项目。

Step 02 在 Default.aspx 页面中添加一个按钮和一个 Label 控件，将 Label 控件的 ForeColor 属性设置为"Blue"、Text 属性设置为"还没有单击'确定'按钮"，将 Button 控件的 Text 属性设置为"确定"。

Step 03 双击"确定"按钮生成 Button1_Click 方法，在 Default.aspx.cs 中添加如下代码。

```
protected void Button_Click(object sender, EventArgs e)
{
    Label1.Text="您单击了\"确定\"按钮";
}
```

Step 04 按快捷键 Ctrl+F5 运行程序，结果如图 4-5 所示。当单击按钮时，Label 控件的文字就会变成"您单击了'确定'按钮"，如图 4-6 所示。

图 4-5 单击按钮前

图 4-6 单击按钮后

4.3.2 LinkButton 控件

ASP.NET Web 服务器控件中的 LinkButton 控件是一个超链接按钮控件，它是一种特殊的按钮，其功能与普通按钮控件（Button）类似。但是 LinkButton 控件是以超链接形式显示的，其外观和 HyperLink 相似，功能与 Button 相同。LinkButton 控件的语法格式如下：

```
<asp: LinkButton id="LinkButton1"
  Text="Text"
  Command="Command"
  CommandArgument="CommandArgument"
  CausesValidation="true | false"
  OnClick="OnClickMethod"
  ...
  Runat="server"/>
```

 提示
LinkButton 控件必须放在带有 runat=server 属性的<form>和</form>之间。

LinkButton 控件在 Visual Studio 2010 的工具箱的"标准"选项卡中形如 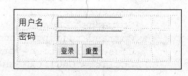。其中，Text 属性用于设置 LinkButton 控件上的文字按钮，OnClick 事件是当用户单击按钮时的事件处理函数。

【随堂演练 4-2】 制作登录页面

本实例要设计企业业务管理系统的用户登录界面，如图 4-7所示。

Step 01 启动 Visual Studio 2010，新建一个网站。

Step 02 在项目的默认网页 Default.aspx 中添加一个 3 行 3 列的表格进行布局。

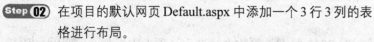
图 4-7 登录界面

Step 03 在表格前两行的第一列中分别添加 1 个 Label 控件，将其 Text 属性分别设置为"用户名"和"密码"；在表格中添加两个 TextBox 控件。

Step 04 制作登录与重置按钮。在第 3 行放置 2 个 Button 控件。将 2 个 Button 控件的 Text 属性分别设置为"登录"和"重置"。

Step 05 设置各控件的属性如表 4-1 所示。

表4-1　Default.aspx页面的控件设置

控件	属性设置	位置
Label	id=label1 Text=用户名	位于表格的第一行第一列
Label	id=label2 Text =密码	位于表格的第二行第一列
TextBox	id =UserName	位于表格的第一行第二列
TextBox	id=Password TextMode=Password	位于表格的第二行第二列
Button	id=Button1 Text=登录	位于表格的第三行第二列
Button	id=Button2 Text=重置	位于表格的第三行第二列

Step 06 选中新建的项目，单击鼠标右键，在弹出的快捷菜单中选择 "添加新项" | "Web 窗体" 命令，将默认名称 Default.aspx 改为 login.aspx。

Step 07 按快捷键 Ctrl+F5 运行程序，运行结果如图 4-8 所示。

图 4-8　单击按钮后

实例说明

① 如何添加控件？请参见 1.4.2 小节。

② 另外，Visual Studio 2010 中包含有连接数据库登录页面，读者可以课后自学这部分的内容。

4.3.3　ImageButton 控件

ASP.NET Web 服务器控件中的 ImageButton 控件是一个图片形式的按钮，其功能与普通按钮控件（Button）类似，只是 ImageButton 控件是以图片作为按钮的。其外观与 Image 相似，功能与 Button 相同。ImageButton 控件的语法格式如下：

```
<asp: ImageButton id="ImageButton1"
   ImageUrl="string"
   Command="Command"
   CommandArgument="CommandArgument"
   CausesValidation="true | false"
   OnClick="OnClickMethod"
   ...
   Runat="server"/>
```

ImageButton 控件在 Visual Studio 2010 的工具箱的 "标准" 选项卡中形如 🖬 ImageButton，其常用属性和事件如下。

- ImageUrl 属性：获取或设置在 ImageButton 控件中显示的图片的位置。
- Onclick 事件：用户单击按钮后的事件处理函数。

下面实例通过将图片按钮用作图像映射来获取鼠标在图像中单击的位置信息，程序开始运行的效果如图 4-9 所示。单击图片上的任意位置，就能显示单击位置的坐标，如图 4-10 所示。

图 4-9　单击 ImageButton 控件之前　　　　图 4-10　单击 ImageButton 控件之后

本实例的实现步骤如下。

Step 01 启动 Visual Studio 2010，新建一个 ASP.NET 项目。

Step 02 在 Default.aspx 页面中添加一个 ImageButton 控件和一个 Label 控件。

Step 03 在"属性"窗口中将 ImageButton 的 Height 设置为 200px，ImageUrl 设置为 1.jpg，或单击 ImageUrl 属性右侧的 [⋯] 按钮，在弹出的对话框中选择需要的图片。在"属性"窗口中将 Label 控件的 ForeColor 设置为 Blue，并删除 Text 属性值。页面设计的效果如图 4-11 所示。

图 4-11　页面设计效果

Step 04 双击 ImageButton 按钮生成 ImageButton1_Click 事件，并切换到 Default.aspx.cs 中添加如下代码。

```
protected void ImageButton1_Click(object sender, ImageClickEventArgs e)
{
    int x=e.X ,  e.Y;
    Label1.Text="您单击的位置是: ("+x.ToString()+","+y.ToString()+")";
}
```

Step 05 按快捷键 Ctrl+F5 运行程序，就可以得到如图 4-9 和图 4-10 所示的效果。

4.4 图像服务器控件

在网页设计中常常需要显示图片和设置图片超链接，ASP.NET 提供了用于显示图片的控件——Image（图像）控件和 ImageMap（图像地图）控件。本节将对这两种控件的使用方法进行详细介绍。

4.4.1 Image 控件

Image 控件是用于显示图像的，相当于 HTML 标记语言中的 <img> 标记。Image 控件的语法格式如下：

```
<asp: Image id="Image1"
    ImageUrl="URL"
    ...
    Runat="server"/>
```

Image 控件在 Visual Studio 2010 的工具箱的"标准"选项卡中形如 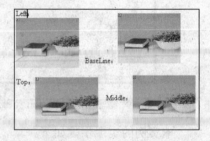 Image ，除了 4.1 节介绍的共有属性外，其主要属性如下。

- ImageUrl：获取或设置在 Image 控件中显示的图片的位置。
- AlternateText：获取或设置当图像不可用时，在 Image 中显示的替换文本。
- ImageAlign：获取或设置 Image 控件相对于网页中其他元素的对齐方式。可能的值有 NotSet、AbsBottom、AbsMiddle、BaseLine、Bottom、Left、Middle、Right、TextTop 和 Top。其效果如图 4-12 所示。

图 4-12　ImageAlign 属性的设置效果

【随堂演练 4-3】　图片浏览页面

很多网站都具备图片浏览功能，有的网站通过幻灯放映的方式来浏览图片，有的通过 Flash 动画来浏览图片。本实例通过动态添加超链接控件，并链接到需要浏览的图片来实现图片的浏览功能。具体步骤如下。

Step 01 启动 Visual Studio 2010，新建一个 ASP.NET 项目。

Step 02 在"解决方案资源管理器"窗口中新建一个名为 images 的文件夹。用鼠标右键单击此文件夹，在弹出的快捷菜单中选择"添加现有项"命令，添加用于浏览的图片文件，图片的文件名称依次命名为图片 1、图片 2……，如图 4-13 所示。

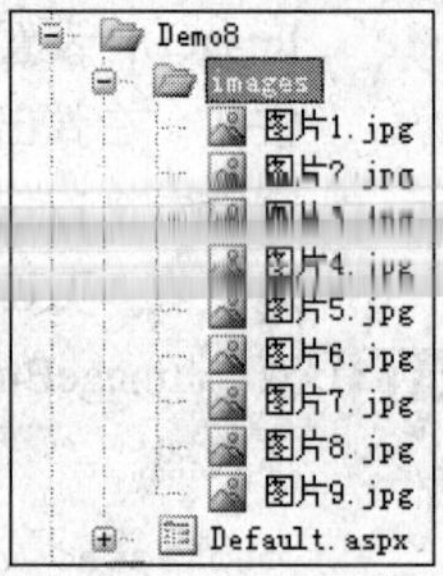

Step 03 在 Default.aspx 页面中添加一个 Image 控件，并在"属性"窗口中设置 Height 属性值为 200。

图 4-13　添加需要浏览的图片

Step 04 在 Default.aspx.cs 的 Page_Load 函数中输入如下代码。

```
protected void Page_Load(object sender, EventArgs e)
{
    for (int i=1; i<=9; i++)
    {
        HyperLink newHL=new HyperLink();
        newHL.Text=i.ToString();
        newHL.Font.Size=12;
        newHL.NavigateUrl="?n="+i.ToString();   //设置超链接的 NavigateUrl 属性
        this.Controls.Add(newHL);
        if (Request.QueryString["n"] == null)
        {
            Image1.ImageUrl="~/images/图片 1.jpg";      //Image 控件的初始的图片
        }
        else
        {
            //动态改变 Image 控件中显示的图片
            Image1.ImageUrl="~/images/图片"+Request.QueryString["n"]+".jpg";
        }
    }
}
```

Step 05 按快捷键 Ctrl+F5 运行程序，效果如图 4-14 所示。单击窗口下面的超链接，分别显示 image 文件夹中的图片 1～图片 9。

实例说明

① 本实例主要训练读者如何循环出书图片的超链接。首先调用 new HyperLink()对象生成一个超链接实例，把循环变量 i 的值设置为超链接文本 newHL.Text 的内容。

② 通过调用 this.Controls.Add()将新生成的超链接控件添加到页面中。

③ 根据 Request.QueryString["n"]的值，设置一个初始的图片显示，而后根据每一个循环 i 的不同显示不同图片的链接。

图 4-14　图片浏览

4.4.2　ImageMap 控件

ImageMap 控件是一个可以在图片上定义热点（HotSpot）区域的服务器控件，用户可以通过单击这些热点区域进行回发（PostBack）操作或者定向（Navigate）到某个 URL 位置。该控件一般用在需要对某张图片的局部范围进行互动操作时。其主要属性如下。

- ImageUrl：获取或设置在 ImageMap 控件中显示的图像的 URL。
- AlternateText：获取或设置当图像不可用时，在 ImageMap 控件中显示的替换文字。
- ImageAlign：获取或设置图像在父容器中的位置。
- HotSpots：用于设置图像上热区位置及链接文件。

在 ImageMap 上设置热区的方法如下。

Step 01 在"属性"窗口中单击 HotSpots 属性右侧的按钮，弹出"HotSpot 集合编辑器"对话框，如图 4-15 所示。

Step 02 在该对话框中单击"添加"按钮可向"成员"列表中添加热区。单击"添加"按钮右侧的下三角按钮，会弹出热区形状选择下拉列表，包括 CircleHotSpot（圆形热区）、RectangleHotSpot（矩形热区）和 PolygonHotSpot（多边形热区），默认为圆形热区。

图 4-15　"HotSpot 集合编辑器"对话框

Step 03 在"属性"列表中设置热区的形状及链接的文件路径，热区的形状不同，外观的属性设置也会略有不同。

Step 04 单击"确定"按钮即可完成热区设置。

HotSpotMode 用于设置图像上热区的类型，对应的枚举类型是 System.Web.UI.WebControls. HotSpotMode。其取值及说明如表 4-2 所示。

表4-2　HotSpotMode的取值

取值	说明
NotSet	默认值，会执行定向操作，定向到用户指定的 URL 地址去。如果用户未指定 URL 地址，那么将定向到其 Web 应用程序根目录

（续表）

取值	说明
PostBack	回发操作。单击热区后，将执行后部的 Click 事件
Inactive	无任何操作，即此时形同一张没有热点区域的普通图片

地图导航对于一个网站来说是很有用的，例如，现在很多网站都提供电子地图，用户可以在地图上单击自己想要查看的城市或地区，从而可以看到关于这个城市或地区的相关信息。

【随堂演练 4-4】 制作站点地图页面

利用本节图像服务器控件的知识来实现一个简易的网站地图导航。

要做一个网站地图导航，首先就要设计一个网站的地图。这个地图可以是任何格式的图像文件（如.bmp、.jpg、.gif 等），因此，可以使用其他专门的作图软件来设计一个代表地图的图像，制作好地图之后，就可以使用 ImageMap 控件实现在图像上单击某一区域可浏览相应的网页，具体步骤如下。

Step 01 启动 Visual Studio 2010，新建一个 ASP.NET 项目。

Step 02 在 Default.aspx 页面中输入"站点地图"，并添加一个 ImageMap 控件到该页面中，在属性窗口设置 Width 属性值为 400，ImageUrl 为 map.bmp。

Step 03 在属性窗口中，单击 HotSpots 属性右侧的 按钮，打开"HotSpot 集合编辑器"对话框，单击"添加"按钮添加热区，并在"属性"类别中设置热区的外观、AlternateText 和 NavigateUrl 属性，如图 4-16 所示。然后单击"确定"按钮。

图 4-16 设置热区

与图片建立的热区对应的 HTML 代码如下：

```
<asp:ImageMap ID="sitemap" runat="server" ImageUrl="map.bmp" Width="200px">
    <asp:RectangleHotSpot AlternateText="点击进入用户信息" Bottom="79"
    HotSpotMode="Navigate" Left="61" NavigateUrl="userinfo.aspx" Right="118"
            Top="69"/>
    <asp:RectangleHotSpot AlternateText="点击进入客户信息" Bottom="118"
    HotSpotMode="Navigate"Left="70" NavigateUrl="customer.aspx"
            Right="118"Top="98"/>
    <asp:RectangleHotSpot/>
    <asp:RectangleHotSpot/>
    <asp:RectangleHotSpot/>
</asp:ImageMap>
```

Step 04 按快捷键 Ctrl+F5 运行程序，把鼠标指针移动到图片上，当指针变为"手"的形状时单击，旁边会有一个小的提示信息，然后点击相应的区域就会进入到相应的页面，可以看到浏览器的状态栏上，显示了单击该区域会进入到的页面，效果如图 4-17 所示。

图 4-17 站点图导航

4.5 选择服务器控件

在 Web 页面中，经常需要从多个信息中选择其中一个或几个需要的数据，如选择性别是男还是女等。ASP.NET 提供了 CheckBox（复选框）、CheckBoxList（复选列表框）、RadioButton（单选按钮）、RadioButtonList（单选列表框）4 种用于选择的控件。本节将对这 4 种控件进行详细的介绍。

4.5.1 CheckBox 控件

CheckBox 控件用于在 Web 窗体中创建复选框，该复选框允许用户在 true 和 false 之间切换，提供用户从选项中进行多项选择的功能。

CheckBox 控件的语法格式如下：

```
<asp: CheckBox id="CheckBox1"
    AutoPostBack="true|false"
    Text="Label"
    TextAlign="Right|Left"
    Checked="true|false"
    OnCheckedChanged="OnCheckedChangedMethod"
    …
    Runat="server"/>
```

CheckBox 控件的常用属性和事件如下。

- AutoPostBack：获取或设置一个值，该值表示在单击 CheckBox 控件时状态是否自动回发到服务器。
- Checked：获取或设置一个值，该值表示是否选中了 CheckBox 控件。该值只能是 true（选中）或 false（取消选中）。
- Text：获取或设置与 CheckBox 控件关联的文本标签。
- TextAlign：获取或设置与 CheckBox 关联的文本标签的对齐方式，该值只有 Left 和 Right，默认为 Right，效果如图 4-18 所示。
- CheckedChanged 事件：当 CheckBox 控件的状态发生改变时（即当从选择状态变为取消选择，或从未选中状态到选中状态时）的处理函数。

图 4-18 TextAlign 的设置效果

> **提示** 默认情况下，CheckBox 控件在被单击时不会自动向服务器发送窗体。若要启用自动发送，应将 AutoPostBack 属性设置为 true。

4.5.2 CheckBoxList 控件

CheckBoxList 用于在 Web 窗体中创建复选框组，是一个 CheckBox 的集合。如果用户希望灵活地控制界面样式，定义个性化的显示效果，或者页面中只需很少的几个复选框时，可以使用 CheckBox 控件，而页面中需要较多的复选框时，建议使用 CheckBoxList 控件。CheckBoxList 控件的语法格式如下：

```
<asp: CheckBoxList id="CheckBoxList1"
    AutoPostBack="true|false"
    CellPadding="Pixels"
    DataSource='<% databindingexpression %>'
    DataTextField="DataSourceField"
    DataValueField="DataSourceField"
    RepeatColumns="ColumnCount"
    RepeatDirection="Vertical|Horizontal"
    RepeatLayout="Flow|Table"
    TextAlign="Right|Left"
    OnSelectedIndexChanged="OnSelectedIndexChangedMethod"
    Runat="server">

<asp: ListItem value="value" Selected="true|false">
    第一个复选框显示的文字
</asp: ListItem>
<asp: ListItem value="value" Selected="true|false">
    第二个复选框显示的文字
</asp: ListItem>
…
</asp: CheckBoxList>
```

CheckBoxList 控件的常用属性和事件如下。

- AutoPostBack：获取或设置一个值，该值指示当用户更改列表中的选定内容时是否自动产生向服务器的回发。
- CellPadding：获取或设置 CheckBoxList 控件中各项之间的距离（以像素为单位）。
- DataSource：获取或设置填充 CheckBoxList 控件中各项的数据源。
- DataTextField：获取或设置为 CheckBoxList 控件中各项提供文本内容的数据源字段。
- DataValueField：获取或设置为 CheckBoxList 控件中各项提供值的数据源字段。
- Items：获取 CheckBoxList 控件的 ListItem 的参数。
- RepeatColumns：获取或设置要在 CheckBoxList 控件中显示的列数。
- RepeatDirection：获取或设置一个值，该值指示 CheckBoxList 控件是垂直（Vertical）显示还是水平（Horizontal）显示。
- RepeatLayout：获取或设置 CheckBoxList 控件的 ListItem 排列方式是 Table 排列还是直接排列。
- SelectedIndex：获取或设置 CheckBoxList 控件中选定项的最低序号索引。
- SelectedItem：获取 CheckBoxList 控件中索引最小的选定项。
- SelectedValue：获取 CheckBoxList 控件中选定项的值。
- TextAlign：获取或设置组内复选框的文本对齐方式。

【随堂演练 4-5】 获取用户的个人爱好页面

个人爱好是很多网站都需要获取的一类用户信息，由于爱好实在太多，一般的网站都是让用户选择而不是填写个人爱好，一般而言网站所列出的爱好都是与本网站有关的内容。本实例使用复选框列表实现选择兴趣爱好，并可以动态添加爱好，同时还可以控制复选框列表的显示样式。程序运行的效果如图 4-19 所示。选中"水平显示"复选框，并在文本框中输入爱好，单击"添加"按钮添加爱好，然后选中复选框中的某些爱好选项，单击"确定"按钮，效果如图 4-20 所示。

图 4-19 开始运行时的界面

图 4-20 单击"确定"按钮后的界面

实现的步骤如下。

Step 01 启动 Visual Studio 2010，新建一个 ASP.NET 项目。

Step 02 在 Default.aspx 页面中输入文本"请选择您的爱好:"、"请输入您的爱好:"。

Step 03 添加一个复选框列表 CheckBoxList1 到 Default.aspx 页面中，并在"CheckBoxList 任务"列表中选择"编辑项"，打开"ListItem 集合编辑器"对话框。单击"添加"按钮创建 4 个复选框，并在"成员"列表中设置 Text 属性为"音乐"、"绘画"、"书法"、"文学"，如图 4-21 所示，然后单击"确定"按钮应用设置。

Step 04 在页面中添加一个复选框 CheckBox1，并在"属性"窗口中设置 Text 属性为"水平显示"，AutoPostBack 属性为 true。

Step 05 在页面中添加一个 TextBox 控件和两个 Button 控件，并分别在 Button 控件的属性窗口中设置 Text 属性值为"确定"和"添加"。

Step 06 在页面中添加一个 Label 控件，设置其"字体"为"粗体"，ForeColor 为 Blue，并删除其 Text 属性值。页面设计的效果如图 4-22 所示。

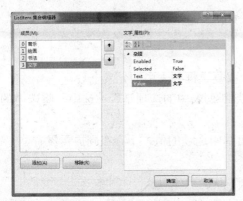

图 4-21 添加 ListItem

图 4-22 页面设计效果

Step 07 双击"水平显示"复选框控件，生成 CheckBox1_CheckedChanged 事件，在 Default.aspx.cs 中添加如下代码。该代码主要是控制复选框列表控件是垂直显示还是水平显示。

```
protected void CheckBox1_CheckedChanged(object sender, EventArgs e)
{
    if (CheckBox1.Checked)
        CheckBoxList1.RepeatDirection=RepeatDirection.Horizontal;
    else
```

```
        CheckBoxList1.RepeatDirection=RepeatDirection.Vertical;
    }
```

Step 08 双击 "确定" 按钮，生成 Button1_Click 事件，在 Default.aspx.cs 中添加如下代码。本段代码的主要功能是获取或显示在复选框列表中所选的个人爱好信息。

```
protected void Button1_Click(object sender, EventArgs e)
{
    string temps=" ";
    string lbmsg="";
    for (int i=0; i < CheckBoxList1.Items.Count; i++)
    {
        if (CheckBoxList1.Items[i].Selected)
        {
            lbmsg+=temps+CheckBoxList1.Items[i].Text;
            temps=" , ";
        }
    }
    if (lbmsg != "")
        Label1.Text="您的爱好有："+lbmsg;
    else
        Label1.Text="您没有任何爱好！？";
}
```

Step 09 切换到设计视图，双击 "添加" 按钮，生成 Button2_Click 事件，在代码窗口中添加如下代码。这段代码的主要功能是用来在复选框列表中添加一个可选项。

```
protected void Button2_Click(object sender, EventArgs e)
{
    string msg=TextBox1.Text;
    if (msg != ""){
        this.CheckBoxList1.Items.Add(new ListItem(msg, msg));
        this.TextBox1.Text="";
    }
}
```

Step 10 按快捷键 Ctrl+F5 运行程序，效果如图 4-19 和图 4-20 所示。

实例说明

① CheckBoxList1.Items.Count 方法用于获取复选框列表中的元素个数。

② 调用 CheckBoxList1.Items[i].Selected 判断列表中的选项是否被选中，将选中的选项以字符串的形式连接起来。

③ 判断 lbmsg 字符串的值，存在值则输出选中选项的值，不存在则提示没有。

4.5.3 RadioButton 控件

RadioButton 用于在 Web 窗体中创建一个单选按钮，可将多个单选按钮分为一组以提供一组互相排斥的选项，用户一次只能选中一个选项。

RadioButton 控件的语法格式如下：

```
<asp: RadioButton id="RadioButton1"
AutoPostBack="true|false"
Checked="true|false"
GroupName="GroupName"
Text="label"
TextAlign="Right|Left"
```

```
OnCheckedChanged="OnCheckedChangedMethod"
Runat="server"/>
```

互斥的选项组在网页中经常会用到。

4.5.4 RadioButtonList 控件

RadioButtonList 是一个单选按钮列表框控件，即是一个 RadioButton 控件的集合。该控件用于单项选择。RadioButtonList 控件也可以直接添加选项，或者通过绑定数据来添加选项。

RadioButtonList 控件的语法形式如下：

```
<asp:RadioButtonList id="RadioButtonList1"
    AutoPostBack="true|false"
    CellPadding="Pixels"
    DataSource="<% databindingexpression %>"
    DataTextField="DataSourceField"
    DataValueField="DataSourceField"
    RepeatColumns="ColumnCount"
    RepeatDirection="Vertical|Horizontal"
    RepeatLayout="Flow|Table"
    TextAlign="Right|Left"
    OnSelectedIndexChanged="OnSelectedIndexChangedMethod"
    runat="server">
  <asp:ListItem Text="label" Value="value" Selected="true|false"/>
  ...
</asp:RadioButtonList>
```

4.6 列表服务器控件

4.5 节介绍了几个用于选择的控件，都是在选择项目相对比较少的情况下使用的。事实上电子商务网站的商品类别可能有成百上千种，如果仍然使用 RadioButton 或是 CheckBox，页面布局就会变得很困难，此时就需要用到列表控件。ASP.NET 提供了 ListBox（列表框）、DropDownList（下拉列表框）、BulletedList（项目列表） 3 种列表类控件。

4.6.1 ListBox 控件

ListBox 控件是一个静态列表框，用户可以在该控件中添加一组内容列表，以供访问网页的用户选择其中的一项或多项。

ListBox 控件中的可选项目是通过 ListItem 元素定义的，该控件支持数据绑定。该控件添加到页面中后，设置列表项的方法与 CheckBoxList 控件相同，如图 4-23 所示为添加到页面中显示的控件及其任务列表，单击"编辑项"即可打开"ListItem 集合编辑器"对话框。ListBox 控件的常用属性如下。

- AutoPostBack：设定是否要自动触发 OnSelectIndexChanged 事件。
- DataSource：设定数据绑定所使用的数据源。
- DataTextField：设定资源绑定所要显示的字段。
- DataValueField：设定选项的相关数据中要使用的字段。
- Items：获取 ListBox 控件中的所有项，每一项的类型都是 ListItem。在"属性"窗口中单击该属性右侧的按钮，可以通过弹出"ListItem 集合编辑器"对话框来设置列表项。

- Rows：获取或设置 ListBox 控件中显示的行数。
- SelectedIndex：获取或设置被选取到的 ListItem 的最低索引号。
- SelectedItem：获取 ListBox 控件中索引号最低的选定项。
- SelectedValue：获取 ListBox 控件中选定项的值。
- SelectionMode：获取或设置 ListBox 控件的选定模式，该属性的值只能是 Single（一次只能选择一个项）或 Multiple（一次可以选中多个项，通过按下 Shift 或 Ctrl 键就可多选）。

ListBox 控件的语法格式如下：

```
<asp: ListBox id="ListBox1"
    SelectionMode="Single|Multiple"
    OnSelectedIndexChanged="OnSelectedIndexChangedMethod"
    runat="server">
    <asp: ListItem Text="label" Value="第一个列表项的内容" Selected="true|false"/>
    <asp: ListItem Text="label" Value="第二个列表项的内容" Selected="true|false"/>
    ...
</asp: RadioButtonList>
```

4.6.2 DropDownList 控件

DropDownList 服务器控件是一个下拉列表框控件，该控件与 ListBox 控件类似，也可以选择一项或多项内容，只是它们的外观不同。DropDownList 控件有 个下拉列表框，而 ListBox 控件是在静态列表中显示内容。

DropDownList 控件可以直接设置选项，也可以通过绑定数据来设置选项，其设置选项和绑定数据的方法与 ListBox 控件类似。

DropDownList 控件的语法格式如下：

```
<asp: DropDownList id="DropDownList1" runat="server"
    DataSource="<% databindingexpression %>"
    DataTextField="DataSourceField"
    DataValueField="DataSourceField"
    AutoPostBack="true|false"
    OnSelectedIndexChanged="OnSelectedIndexChangedMethod">

    <asp: ListItem value="第一个列表项的内容" selected="true|false">Text
                </asp: ListItem>
    <asp: ListItem value="第二个列表项的内容" selected="true|false">Text
                </asp: ListItem>
    ...
</asp: DropDownList>
```

DropDownList 控件的常用属性如下。

- AutoPostBack：设定是否自动触发 OnSelectIndexChanged 事件。
- DataSource：设定数据绑定所要使用的数据源。
- DataTextField：设定资源绑定所要显示的字段。
- DataValueField：设定选项的相关数据要使用的字段。
- Items：返回 DropDownList 控件中的 ListItem 集合。在"属性"窗口中单击该属性的按钮，可以打开"ListItem 集合编辑器"对话框来设置列表项。
- SelectedIndex：返回被选取到的 ListItem 的索引值。
- SelectedItem：返回被选取到的 ListItem。

4.6.3　BulletedList 控件

BulletedList 服务器控件是一个项目列表控件，用于创建以项目符号格式化的列表项，而且还可以显示为超链接列表。

BulletedList 控件可以直接添加列表项，也可以通过绑定数据设置列表项。

BulletedList 控件的语法格式如下：

```
<asp: BulletedList id="BulletedList1" runat="server"
    DataSource="<% databindingexpression %>"
    DataTextField="DataSourceField"
    DataValueField="DataSourceField"
    DisplayMode="Text|HyperLink|LinkButton"
    OnSelectedIndexChanged="OnSelectedIndexChangedMethod">
  <asp: ListItem value="第一个列表项的内容" selected="true|false">Text
              </asp: ListItem>
  <asp: ListItem value="第二个列表项的内容" selected="true|false">Text</asp:
ListItem>
  …
</asp: BulletedList>
```

BulletedList 控件的常用属性如下。

- BulletStyle：用于设置列表前面显示的符号。
- DataSource：设定数据绑定所要使用的数据源。
- DataTextField：设定资源绑定所要显示的字段。
- DataValueField：设定选项的相关数据要使用的字段。
- DisplayMode：用于设置列表项的显示方式。该属性有 3 个取值，即 Text（显示为文本）、HyperLink（显示为超链接）和 LinkButton（显示为链接按钮）。
- Items：返回 BulletedList 控件中的 ListItem 的参数。在"属性"窗口中单击该属性右侧的按钮，可以打开"ListItem 集合编辑器"对话框来设置列表项。

【随堂演练 4-6】　问卷调查

公司中秋节要举办活动，活动组织者想了解一下员工关于这次活动的意见，因为公司各部门的员工都会使用企业业务管理系统，所以他们就在企业业务管理系统中做一个在线的调查。

（1）设计问卷

问卷中有被调查员工的姓名、所在部门等个人信息，还有 4 个关于中秋活动的问题：活动的形式、活动举办的时间、活动的负责人，以及你是否愿意参加。4 个问题都提供了一些选择，其中你是否愿意参加只能选择"愿意"或"不愿意"，如果选择了"愿意"才能填写其他的问题。活动的形式可以从已有的选项中选择，也可以自己填写；活动举办的时间只能从已有的选项中选择，可以多选；活动的负责人只能从已有的选项中选择，而且只能单选。根据上面的分析，结合本章所学的知识，我们设计了如图 4-23 所示的一个界面。

因为"你是否愿意参加此次活动："这个问题是一个单项的选择，所以我们选择了使用两个 RaidoButton 控件来实现；而"你喜欢的中秋活动形式是："也只能单选，我们选择了用 DropDownList 来实现；而关于活动时间可以多选，所以我们用了 CheckBoxList 来实现；活动负责人用的是 ListBox 来实现。其中，还有一个 TextBox 是用来当用户选择的活动形式为其他的时候填写活动形式的。这些控件的属性设置如表 4-3 所示。

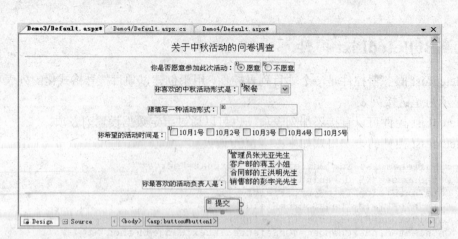

图 4-23　问卷设计

表4-3　控件属性设置

控件	属性设置
RadioButton	ID="rdb_yes"　GroupName="like"　Text="愿意"　Checked="true"　AutoPostBack="true"
RadioButton	ID="rdb_no"　GroupName="like"　Text="不愿意"　AutoPostBack="true"
Label	ID="lb_type"　Font-Size="9pt"　Text="你喜欢的中秋活动形式是："
DropDownList	ID="Dpd_type" <asp:ListItem Value="0">聚餐</asp:ListItem> <asp:ListItem Value="1">晚会</asp:ListItem> <asp:ListItem Value="2">K 歌</asp:ListItem> <asp:ListItem Value="3">旅游</asp:ListItem> <asp:ListItem Value="4">联谊</asp:ListItem> <asp:ListItem Value="5">其他</asp:ListItem>
Label	ID="lb_othertype"　Font-Size="9pt"　Text="请填写一种活动形式："　Visible="false"
TextBox	ID="txb_othertype"　Visible="false"
Label	ID="lb_time"　Font-Size="9pt"　Text="你希望的活动时间是："
CheckBoxList	ID="ckb_time"　RepeatDirection="Horizontal"　RepeatLayout="Flow" <asp:ListItem Value="0">10 月号</asp:ListItem> <asp:ListItem Value="1">10 月号</asp:ListItem> <asp:ListItem Value="2">10 月号</asp:ListItem> <asp:ListItem Value="3">10 月号</asp:ListItem> <asp:ListItem Value="4">10 月号</asp:ListItem>
Label	ID="lb_manager"　Font-Size="9pt"　Text="你最喜欢的活动负责人是："
ListBox	ID="lstb_manager" <asp:ListItem Value="1">管理员张光亚先生</asp:ListItem> <asp:ListItem Value="2">客户部的蒋玉小姐</asp:ListItem> <asp:ListItem Value="3">合同部的王洪明先生</asp:ListItem> <asp:ListItem Value="4">销售部的彭宇光先生</asp:ListItem>
Button	I D="Button1"　OnClick="Button1_Click"　Text=" 提交"

（2）事件处理

因为当在"你是否愿意参加此次活动："选择愿意的时候才能填写后面的问题，选择"不愿意"就不能再参与下面题目的调查了。因此当单击"愿意"的时候，要将后面题目相应的控件显示出来，也就是将它们的 Visible 设置为 true，而选择"不愿意"的时候，就要隐藏这些控件，即将 Visible 设置为 false。

rdb_yes_CheckedChanged：

```
protected void rdb_yes_CheckedChanged(object sender, EventArgs e){
    this.lb_manager.Visible=true;
    this.lb_time.Visible=true;
    this.lb_type.Visible=true;
    this.ckb_time.Visible=true;
    this.lstb_manager.Visible=true;
    this.Dpd_type.Visible=true;
}
```

rdb_no_CheckedChanged：

```
protected void rdb_no_CheckedChanged(object sender, EventArgs e){
    this.lb_manager.Visible=false;
    this.lb_time.Visible=false;
    this.lb_type.Visible=false;
    this.lb_othertype.Visible=false;
    this.ckb_time.Visible=false;
    this.lstb_manager.Visible=false;
    this.Dpd_type.Visible=false;
    this.txb_othertype=false;
}
```

当活动形式选择其他的时候要显示出下面的文本框以供用户填写，当选择其他的时候就要将 lb_othertype 和 txb_othertype 的 Visible 属性设置为 true，选择别的就将其设置为 false。

```
protected void Dpd_type_SelectedIndexChanged(object sender, EventArgs e){
    if (Dpd_type.SelectedIndex == 4){
        this.lb_othertype .Visible=true;
        this.txb_othertype .Visible=true;
    }
    else {
        this.lb_othertype .Visible=false;
        this.txb_othertype .Visible=false;
    }
}
```

单击"提交"按钮就表示这个问卷已经填写完成，所有的控件的 Enable 都要设置为 false。

```
protected void Button1_Click(object sender,
                            EventArgs e){
    Response.Write("<script>alert
        ("感谢您对我们工作的支持！祝您工作愉快！");
    this.txb_othertype.Enabled=false;
    this.lstb_manager.Enabled=false;
    this.ckb_time.Enabled=false;
    this.Dpd_type.Enabled=false;
    this.rdb_no.Enabled=false;
}
```

运行程序的效果如图 4-24 所示。

图 4-24　运行结果

81

4.7 容器服务器控件

在 ASP.NET 4.0 中，提供了一些容器类型的控件，可以把其他控件放置到容器控件中，以方便页面的设计。在 ASP.NET 4.0 中，可以作为容器的控件有 Panel（面板）控件、MultiView（多视图）控件、View（视图）控件和 PlaceHolder（动态容器）控件。

4.7.1　Panel 控件

Panel 控件是一种用来对其他控件进行分组的容器控件，可以使得用户界面更加清晰、友好，同时也方便在运行中将多个控件作为一个单元来处理。因此在编程过程中，如果用户打算控制一组控件的集体行为，例如，同时显示或隐藏多个控件、同时禁止或使能一组控件等，就可以使用 Panel 控件。把这一组控件添加到同一个 Panel 控件中就可以达到目的。

Panel 控件的语法格式如下：

```
<asp: Panel ID="Panel1" runat="server" Height="50px" width="125px"></asp: Panel>
```

Panel 控件的常用属性如下。

- BackImageUrl：用来设定 Panel 背景图片。
- BackColor：用来设定 Panel 控件的背景颜色。
- HorizontalAlign：用于设定水平对齐方式。
- Wrap：用来设定是否自动换行，默认为 true。
- Visible：用来设定是否显示，默认为 true。

4.7.2　MultiView 控件

MultiView 控件用于定义 View（视图）控件组，使用它可以定义一组 View 控件。View 控件只有添加到 MultiView 控件中才能使用，其中每个 View 控件都包含其他控件，如文本框、按钮控件等。

MultiView 控件，实际上有点像在 C/S 开发中很常见的 Tabcontrol 控件，可以在一个页面中，放置多个 View（我们称为选项卡）。比如用 MultiView 控件，可以让用户在同一页面中，通过切换到每个选项卡，从而看到要看的内容，而不用每次都重新打开一个新的窗口。

MultiView 控件的语法格式如下：

```
<asp: MultiView id=" MultiView1" runat="server" ActiveViewIndex="0">
  <asp View ID="View1" runat ="server"></asp View>
  <asp View ID="View2" runat ="server"></asp View>
  ...
</asp: MultiView>
```

MultiView 控件的常用属性如下。

- ActiveViewIndex：用于设置当前显示的 View 控件的索引值，如显示添加到 MultiView 控件中的第 1 个 View 控件，该属性可设置为 0。
- Visible：用于设置 MultiView 控件在默认状态下是否可见。

4.7.3 PlaceHolder 控件

PlaceHolder 服务器控件通常用于在页面中动态加载其他控件，该控件没有任何基于 HTML 的输出，并且仅用于在页面执行期间向该控件的 Controls 集合中添加其他控件。

PlaceHolder 控件添加到页面中，在 HTML 源窗口中对应生成的 HTML 语法格式如下：

```
<asp: PlaceHolder ID="PlaceHolder1" Runat="server"></asp: PlaceHolder>
```

4.8 增强控件

除了前面几节所介绍的控件外，在编写 ASP.NET 页面时，还常常会用到以下几个 Web 服务器控件：AdRotator（动态广告）控件、Calendar（日历）控件、Substitution（缓存后替换）控件、Table（表格）控件、FileUpload（文件上传）控件等。

4.8.1 AdRotator 控件

AdRotator 服务器控件被称为广告旋转板，用于在 Web 窗体中显示公布标志。该控件经常被用来显示一些广告内容。AdRotator 控件使用一组在一个特定 XML 文件中定义好的信息以轮换的形式播出广告，每条广告的各种信息都在 XML 文件中加以指定。

AdRotator 控件的语法格式如下：

```
<asp: AdRotator id="Value"
     AdvertisementFile="广告文件的路径"
     KeyWordFilter="关键字"
     Target="目标窗口"
     OnAdCreated="OnAdCreatedMethod"
     Runat="server"/>
```

该控件的常用属性和事件如下。

- AdvertisementFile 属性：获取或设置包含公布信息的 XML 文件路径。
- KeyWordFilter 属性：获取或设置类别关键字以筛选出 XML 公布文件中特定类型的公布。
- Target 属性：获取或设置当单击 AdRotator 控件时，显示所链接到的网页内容的浏览器窗口或框架名称。
- OnAdCreated 事件：每次要产生新的看板内容时便触发此事件。

创建公布 XML 文件时，开始标记<Advertisements>和结束标记</Advertisements>分别标记该文件的开头和结尾。标记<Ad>和</Ad>用于划定一个公布的界线。所有公布都嵌套在开始和结束 <Advertisements> 标记之间。

> 注意
> 如果该文件包含多个<Advertisements>标记，AdRotator 控件只分析该文件中的第一组<Advertisements>标记，所有其他 <Advertisements> 标记都将被忽略。

每个公布的数据元素都嵌套在开始和结束<Ad>标记之间。尽管某些数据元素是预定义的（如 ImageUrl 和 NavigateUrl），但仍可以在<Ad>标记之间放置自定义元素。AdRotator 控件在分析该文件时将读取这些元素，然后将该信息传递给 AdProperties 词典属性中的 AdCreated 事件。

如表 4-4 所示为 XML 公布文件预定义的数据元素。

表4-4 XML公布文件预定义的数据元素

元素	说明
\<ImageUrl\>	图像文件的绝对或相对 URL（可选）
\<NavigateUrl\>	当用户单击公布时要链接到的页的 URL（可选） 注意：如果未设置此元素，则 HRef 属性不会呈现在定位点标记上
\<AlternateText\>	当由 ImageUrl 属性指定的图像不可用时替换该图像的文本显示（可选）。在某些浏览器中，该文本也显示为公布的 ToolTip
\<Keyword\>	可用作筛选依据的公布类别（如 computers）（可选）
\<Impressions\>	指示公布在轮换实排中相对于文件中其他公布的重要性的数字（可选）。数字越大，显示该公布的频率越高。XML 文件中所有 Impressions 值的总和不能超过 2047999999。如果超过该值，则 AdRotator 将引发运行时异常

下面的代码是一段 XML 公布文件的示例。

```
<Advertisements>
    <Ad>
        <ImageUrl> 要显示的图片文件的路径</ImageUrl>
        <NavigateUrl> 用户选取时所要开启的链接</NavigateUrl>
        <AlternateText>提示文字</AlternateText>
        <Keyword>广告分类</Keyword>
        <Impressions>权值</Impressions>
    </Ad>
</Advertisements>
```

注意：创建公布文件时，应考虑以下几点：

（1）文件中的 XML 格式必须正确。

（2）AdRotator 控件只分析文件中的第一个\<Advertisements\>元素。该文件中的所有其他\<Advertisements\>元素均被忽略。

（3）可以向公布的 XML 说明中添加自定义元素。这些值被传递给 AdProperties 词典属性中的 AdCreated 事件。

4.8.2 Calendar 控件

Calendar 控件可以在 Web 窗体中显示日历，以便于用户选择年、月或是日期。Calendar 控件为用户选择日期提供了丰富的可视界面，通过该控件用户可以选择日期并移动到上一个月或者下一个月。

Calendar 控件必须放在 Form 或 Panel 控件内或控件的模板内。在添加 Calendar 控件之后，它一次显示一月的日期。另外，它还显示该月之前的一周和之后的一周。因此，一次总共显示六周。

Calendar 控件的语法格式如下：

```
<asp:Calendar ID="Calendar1" runat="server" BackColor="White"
            TitleFormat="Month">
    <SelectedDayStyle BackColor="#333399" ForeColor="White"/>
    <TodayDayStyle BackColor="#CCCCCC"/>
    <OtherMonthDayStyle ForeColor="#999999"/>
    <NextPrevStyle Font-Bold="true"ForeColor="#333333"
                VerticalAlign="Bottom"/>
```

```
<DayHeaderStyle Font-Bold="true" Font-Size="8pt"/>
<TitleStyle BackColor="White" BorderColor="Black" Font-Bold="true"
  Font-Size="12pt" ForeColor="#333399"/>
</asp:Calendar>
```

使用 Calendar 控件可以在网页上显示日期，也可以获取用户选择的日期。该控件的常用属性和事件如下。

- DayNameFormat：获取或设置一周中各天名称的格式，其值是一个名为 DayNameFormat 的枚举类型，该枚举类型的值包括 FirstLetter、FirstTowLetter、Short、Full 和 Shortest。
- FirstDayOfWeek：获取或设置在 Calendar 控件中的第一天列中显示的一周的某天。可设为 Default、Sunday、Monday、Tuesday、Wednesday、Thursday、Friday 和 Saturday。
- NextMonthText：获取或设置下一月导航控件显示文本。ShowNextPrevMonth 必须设置为 true，并且 NextPreFormat 设为 CustomText 时才有效。
- NextPreFormat：获取或设置 Calendar 控件标题部分上月和下月导航元素的格式。可设为 ShortMonth、FullMonth 及 CustomText（默认值）。
- PreMonthText：获取或设置上一月导航控件显示文本。ShowNextPrevMonth 必须设置为 true，并且 NextPreFormat 设为 CustomText 时才有效。
- SelectedDate：获取或设置选中的日期，默认为程序执行的日期。
- SelectedDates：获取一个 System.DateTime 集合，该集合表示用户在 Calcndar 控件上选定的多个日期。
- SelectionMode：获取或设置用户在 Calendar 控件上的选取模式，可设为 Day（用户只可以选中某一天为默认值）、None（不能选取日期，只能显示日期）、DayWeek（用户一次可选取整个星期或者某一天）、DayWeekMonth（用户一次可选取整个月、整个星期或者某一天）。
- SelectMonthText：获取或设置要选择整月的文字。要将 SelectionMode 属性设置为 DayWeekMonth，本属性才有效。
- SelectWeekText：获取或设置要选择整周的文字。要将 SelectionMode 属性设置为 DayWeekMonth，本属性才有效。
- ShowDayHeader：是否显示星期的名称，有 true\false 两个选项，效果分别如图 4-25 和图 4-26 所示。

图 4-25　在日历控件中显示星期

图 4-26　在日历控件中不显示星期

- ShowGridLines：获取或设置一个值，该值指示是否要用网格线分割 Calendar 控件上的日期。

- ShowNextPreMonth：获取或设置一个值，该值指示是否在 Calendar 标题部分显示上月和下月导航元素。
- ShowTitle：获取或设置一个值，该值指示是否显示 Calendar 控件的标题列。
- TitleFormat：获取或设置 Calendar 控件标题部分的格式，可设为 Month 或 MonthYear（默认值），效果分别如图 4-27 和图 4-28 所示。
- TodaysDate：用来获取或设置今天的日期值。
- VisibleDate：用来获取或设置要在 Calendar 控件上显示的月份的日期。
- SelectionChanged 事件：当用户选取日期时，会驱动 SelectionChanged 指定的事件程序。
- DayRender 事件：Calendar 控件每产生一个日期都会触发该事件。
- VisibleMonthChanged：当用户单击日历控件标题上的"上个月"或"下个月"按钮时触发。

图 4-27 TitleFormat 为 Month

图 4-28 TitleFormat 为 MonthYear

4.8.9 Table 控件

Table 控件可以在 Web 窗体页上创建表格，类似于 HTML 语言的 `<table>` 标记，Table 控件比 HTML 语言的 table 更便于编程实现。该控件包含了 Rows 集合和 Cells 集合，通过编程的方式向 Rows 集合中添加 TableRow 控件，向 Cells 控件中添加 TableCell 控件来生成表格。Table 控件的使用语法定义如下：

```
<asp:Table id="表格名称"
    BackImage="背景图片路径"
    CellSpacing="cellsapcing"
    CellPadding="cellpadding"
    GridLines="None|Horizontal|Vertical|Both"
    runat="Server"
    <asp:TableRow>
        <asp:TableCell>单元格一内容</asp:TableCell>
        <asp:TableCell>单元格二内容</asp:TableCell>
        ...
    </aspTableRow>
    ...
</asp:Table>
```

Table 控件的常用属性如下。

- Caption：获取或设置在 Table 控件的 HTML 标题元素中显示的文本。
- CaptionAlign：获取或设置在 Table 控件的 HTML 标题元素中显示的文本的水平或垂直对齐方式。
- CellSpacing：获取或设置单元格之间的距离。
- CellPadding：获取或设置单元格边框与单元格内容之间的距离。

- GridLines：获取或设置 Table 控件显示的网格线形。该属性有 4 个取值，分别为 None （没有网格线，默认值）、Horizontal（只有水平网格线）、Vertical（只有垂直网格线）、 Both（水平及垂直网格线）。
- HorizontalAlign：获取或设置这个表格的水平对齐方式。该属性有 4 个取值，分别为 NotSet （不对齐，默认值）、Left（水平向左对齐）、Right（水平向右对齐）、Center（水平居中）。

TableRow 和 TableCell 控件的常用属性如下。

- HorizontalAlign：获取或设置行（列）的水平对齐方式。
- VerticalAlign：获取或设置行（列）的垂直对齐方式。
- Wrap：此属性是 TableCell 控件的属性，用来设置当单元格中的内容大于字段宽度时， 是否自动换行。默认值为 true，表示自动换行。

使用 Table 控件的 Rows 属性可以向表格中添加行和单元格，并可以设置行和单元格的属性，也可以直接在单元格中输入文本。设置 Table 控件的 Rows 属性的方法如下。

（1）在"属性"窗口中单击 Rows 属性右侧的按钮，打开"TableRow 集合编辑器"对话框，如图 4-29 所示。在该对话框中，单击"添加"按钮可以添加表格中的行，并可以设置行的高度、对齐方式、背景颜色等属性。

（2）在"TableRow 集合编辑器"右侧的属性列表中单击 Cells 属性右侧的按钮，可以打开 "TableCell 集合编辑器"对话框，如图 4-30 所示。在该对话框中单击"添加"按钮可以向当前行中添加单元格，并可以在属性列表中设置单元格的属性，如使用 Text 属性设置单元格的文本。

图 4-29 "TableRow 集合编辑器"对话框

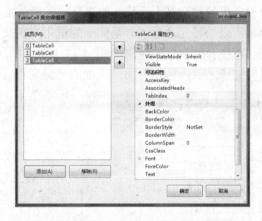

图 4-30 "TableCell 集合编辑器"对话框

4.8.4 FileUpload 控件

ASP.NET 提供了一个 FileUpload 控件用于将文件上传到 Web 服务器。服务器接收到上传文件后，可以通过程序对其进行处理，或者将其忽略，或者保存到后端数据库或服务器文件中。 FileUpload 控件可以自动编码设定。

FileUpload 控件包含一个文本框和一个"浏览"按钮，在文本框中用户可以输入希望上传到服务器的文件的名称。单击该按钮可以打开一个文件导航对话框（显示的对话框取决于用户计算机的操作系统）。出于安全考虑，不要将文件名预加载到 FileUpload 控件中。

FileUpload 控件的格式如下：

```
<asp:FileUpload ID ="FileUpload1" runat="server">
</asp:FileUpload>
```

该控件显示的界面为 ⬚⬚⬚⬚ 浏览...⬚。

FileUpload 控件的常用属性和方法如下。

- SaveAs 方法：将文件保存到 Web 服务器上的指定路径，路径由 SaveAs 方法的参数 FileName 给出。

- HasFile 属性：用于获取 FileUpload 控件中是否有上传文件。若有上传文件返回值为 true，否则返回值为 false。

- PostedFile：用于获取上传文件的信息。该对象的主要属性有 ContentLength（获取上传文件的大小）、ContentType（获取上传文件的类型）、FileName（获取客户端上完全限定文件的名称）。

> **注意**　用户选择要上传的文件后，FileUpload 控件不会自动上传文件，必须设置相关的事件处理程序。例如，可以提供一个按钮，用户单击该按钮即可上传文件。

4.9 上机实训——制作注册页面

常见的 Web 应用程序中，经常会用到用户注册的界面，如注册电子邮件的界面、注册 BBS 用户的界面等。此类界面一般是提供一个表单让用户填写，填写后用户单击"提交"按钮时，检验提交的数据是否正确，如果数据正确就记录到数据库中。因为此时还没有学习数据库的内容，所以填写完之后，只是简单地把用户提交的信息显示出来。

程序开始运行的效果如图 4-31 所示。用户可以填写各类相关的信息，还可以上传照片。填写完成之后，单击页面最上面的"提交查看个人信息"的超链接，就可以看到如图 4-32 所示的效果，此处用表格的方式将用户信息显示出来。如果用户想要修改个人信息，可以单击上面的"填写个人信息"超链接，返回上一个页面进行修改。本实例看上去好像有两个页面，但实际上只有一个页面（Default.aspx），我们只是运用了 Web 服务器控件的 Visible 属性来控制控件的显示与不显示，以达到在同一页面显示不同效果的目的。

图 4-31　填写个人信息

图 4-32　查看个人信息

4.9.1 页面设计

本实例只有一个页面，在该页面中用到了本章介绍的大部分控件，并且对每个控件都进行了精心的布局。此处主要介绍本实例使用了哪些控件，如何设置这些控件的属性，以及如何布局。具体步骤如下。

Step 01 启动 Visual Studio 2010，新建一个 ASP.NET 项目。

Step 02 在 Default.aspx 页面中添加两个 LinkButton 控件：一个 Panel 控件和一个 Table 控件。其属性设置如表 4-5 所示。

表4-5 属性设置

控件	属性设置
LinkButton1	Font-Size="9pt"　Text="提交查看个人信息"
LinkButton2	Font-Size="9pt"　Text="填写个人信息"
Panel1	Width="376px" BackColor="#EFF3FB" Font-Size="9pt"
Table1	Font-Size="9pt" ForeColor="Black" GridLines="Both" Width="380px" BackColor="#EFF3FB"　Visible="false"

Step 03 在 Panel1 控件中输入 "姓名："、"居住地："、"自我介绍："、"Email 地址："、"性别："、"出生年月："、"个人爱好："和"个人照片："，然后再添加 3 个 TextBox 控件、2 个 RadioButton 控件、1 个 Calendar 控件、1 个 CheckBoxList 控件以及 1 个 Image 控件、1 个 DropDownList 控件、1 个 Button 控件和 1 个 Panel 控件。这些控件的属性如表 4-6 所示。

表4-6 Panel1中的控件属性

控件	属性设置
TextBox1	Width="169px"
TextBox2	Width="200px"
TextBox3	Width="169px"
RadioButton1	GroupName="sex" Text="男"
RadioButton2	GroupName="sex" Text="女"
Calendar DropDownList1	
CheckBoxList1	RepeatLayout="Flow" RepeatDirection=Horizontal
Image1	Height="100px" ImageAlign="Middle" Width="100px" ImageUrl="pic.jpg"
Button1	Text="更新照片"
Panel2	Height="50px" HorizontalAlign="Center" Visible="false"

在 CheckBoxList1 中添加 5 个 ListItem 项，添加完后其代码如下：

```
<asp:CheckBoxList ID="CheckBoxList1" runat="server" RepeatLayout="Flow"
    RepeatDirection=Horizontal>
    <asp:ListItem>唱歌</asp:ListItem>
    <asp:ListItem>绘画</asp:ListItem>
    <asp:ListItem>跳舞</asp:ListItem>
    <asp:ListItem>踢球</asp:ListItem>
    <asp:ListItem>旅游</asp:ListItem>
</asp:CheckBoxList>
```

Step 04 在 Panel2 控件中添加一个 FileUpload 控件和一个 Button 控件，将 Button 控件的 Text 属性设置为"上传"。

Step 05 为 Table1 控件添加单元格，添加完后代码如下：

```
<asp:Table ID="Table1" runat="server" Font-Size="9pt" GridLines="Both"
    Width="380px"  BackColor="#EFF3FB" Visible="false" >
    <asp:TableRow runat="server">
        <asp:TableCell runat="server" HorizontalAlign="Center"
            Width="80px">姓名</asp:TableCell>
        <asp:TableCell ID="name" runat="server" Width=200px></asp:TableCell>
        <asp:TableCell ID="TableCell4" runat="server" RowSpan="3">
            <asp:Image ID="Image2" runat="server" Height="100px"
                Width="100px"/>
        </asp:TableCell>
    </asp:TableRow>
    <asp:TableRow runat="server">
        <asp:TableCell runat="server" HorizontalAlign="Center"
            Width= "80px">性别：</asp:TableCell>
        <asp:TableCell ID="sex" runat="server"></asp:TableCell>
    </asp:TableRow>
    <asp:TableRow runat="server">
        <asp:TableCell runat="server" HorizontalAlign="Center"
            Width="80px">出生年月：</asp:TableCell>
        <asp:TableCell ID="birth" runat="server"></asp:TableCell>
    </asp:TableRow>
    <asp:TableRow runat="server">
        <asp:TableCell runat="server" HorizontalAlign="Center">个人爱好
        </asp:TableCell>
        <asp:TableCell ID="aihao" runat="server" ColumnSpan="2">
        </asp:TableCell>
    </asp:TableRow>
</asp:Table>
```

Step 06 设置 DropDownList1 控件属性，在属性中单击 Items 栏右侧的 ⋯ 按钮，打开属性对话框，如图 4-33 所示。

至此，页面设计就完成了，页面设计的效果如图 4-34 所示。

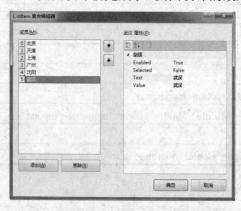

图 4-33 设置 DropDownList1 控件属性

图 4-34 综合应用的页面设计

4.9.2 编写事件处理代码

因为我们在一个页面中实现了填写和显示个人信息的功能，而且用到了很多控件，因此 Default.aspx 页面的事件处理代码相对较多，下面将逐一进行讲解。

Step 01 首先添加的是 Default.aspx 的页面初始化代码，页面初始化代码主要完成的功能是为"居住地"的下拉列表框添加选择项。在 Default.aspx.cs 的 Page_Load 方法中添加如下代码：

```
protected void Page_Load(object sender, EventArgs e)
{
    if (!Page.IsPostBack)
    {
        for (int y=1901; y<=2050; y++)
            DropDownList1.Items.Add(y.ToString());
    }
}
```

Step 02 切换回页面设计视图，在页面中双击"更新照片"按钮，生成 Button1_Click 事件处理方法。该段代码主要实现的功能是显示出 Panel2 控件，以便用户重新上传个人照片。

```
protected void Button1_Click(object sender, EventArgs e)
{
    this.Panel2.Visible=true;
}
```

Step 03 切换到页面设计视图，在页面中双击"上传"按钮，生成 Button2_Click 事件处理程序。该段程序主要完成的功能是将照片上传到服务器上，并隐藏 Panel2 控件，为此需要添加如下代码：

```
protected void Button2_Click(object sender, EventArgs e)
{
    string FileName=FileUpload1.FileName;
    if (FileName != "")
    {
        string newfilename="pic" +
                            FileName.Substring(FileName.LastIndexOf("."));
        FileUpload1.SaveAs(Server.MapPath("")+"\\"+newfilename);  //上传文件
        this.Image1.ImageUrl=newfilename;
    }
    this.Panel2.Visible=false;
}
```

Step 04 切换回页面设计视图，在页面中双击"填写个人信息" LinkButton 按钮，生成 LinkButton2_Click 事件处理程序。该段代码主要实现的功能是隐藏用于显示信息的 Table1 控件，显示用于填写个人信息的 Panel1 控件，为此添加如下代码：

```
protected void LinkButton2_Click(object sender, EventArgs e
{
    this.Panel1.Visible=true;        //显示用于填写个人信息的 Panel1 控件
    this.Table1.Visible=false;       //隐藏用于显示信息的 Talbe1 控件
}
```

Step 05 切换回页面设计视图，在页面中双击"提交查看个人信息" LinkButton 按钮，生成 LinkButton1_Click 事件处理程序。该段代码主要实现的功能是用于显示信息的 Table1 控件，隐藏用于填写个人信息的 Panel1 控件，并将用户填写的信息显示在 Table1 控件的相应单元格内，为此添加如下代码：

```
protected void LinkButton1_Click(object sender, EventArgs e)
{
    this.name.Text=TextBox1.Text;
    if (this.RadioButton1.Checked)
        this.sex.Text="男";
    else
```

```
            this.sex.Text="女";
    this.birth.Text=DropDownList1.Text;
    this.aihao.Text ="";
    for (int i=0; i<CheckBoxList1.Items.Count; i++)
        if (CheckBoxList1.Items[i].Selected)
            this.aihao.Text+=CheckBoxList1.Items[i].Text+"、";
    this.Image2.ImageUrl=this.Image1.ImageUrl;
    this.Panel1.Visible=false;
    this.Table1.Visible=true;
}
```

实例说明

① **Step 03** 中，调用 FileUpload1.SaveAs 将上传的图片保存到指定路径，设置图片名称 this.Image1.ImageUrl 为上传文件的名称。

② **Step 05** 中，调用 CheckBoxList1.Items.Count 获取复选框中 item 的数量，调用 for 循环将这些 item 中选中的项用顿号连接起来，保存成字符串形式。

4.10 习题与上机操作

1. 选择题

（1）如果要设置 Label 控件的背景颜色，需要设置它的_____属性

　　A．Anchor　　　　　B．BackColor　　　　　C．Capture　　　　　D．Text

（2）页面中有一个 Literal 控件，其 Text 属性值为"<font color=red>Literal 控件</font>"，显示结果如下所示，则其 Mode 属性值为_____。

　　A．Transform　　　　　　B．PassThrough

　　C．Encode　　　　　　　D．Default

<font color=red>Literal控件</font>

（3）TextBox 控件用来获取或设置文本框中最多允许的字符数的属性是_____。

　　A．MaxLength　　　B．Columns　　　C．Rows　　　　D．Width

（4）将 TextBox 控件的 TextMode 属性的值设置为 Password，则其运行的效果是_____。

　　A．□□□　　　　　　　　　B．123

　　C．1223 dd　　　　　　　　D．以上都有可能

（5）如果要设置在 ImageButton 控件中显示的图片的位置，需要设置它的_____属性。

　　A．ImageUrl　　　B．ToolTip　　　C．ImageAlign　　　D．PostBackUrl

（6）用于选择的控件，如 CheckBox、RadioButton 都有一个用于指示控件是否被选中了的属性，该属性是_____。

　　A．AutoPostBack　　B．Checked　　　C．Selected　　　D．CheckedChanged

（7）默认情况下，CheckBox 控件在被单击时不会自动向服务器发送窗体。若要启用自动发送，则_____。

　　A．要将 AutoPostBack 属性设置为 true　　B．要将 AutoPostBack 属性设置为 false

　　C．要将 Checked 属性设置为 false　　　　D．要将 Checked 属性设置为 true

（8）使用 RadioButton 控件为用户提供一组互相排斥的选项，需要将这一组 RadioButton 控件的哪个属性值设置为相同的值_____。

    A．GroupName   B．Checked

    C．Text   D．以上都无法实现这一功能

（9）要使得用户能够在 ListBox 控件中一次选中多个项，则必须_____。

    A．将其 SelectionMode 属性设置为 Single

    B．将其 SelectionMode 属性设置为 Multiple

    C．将其 AutoPostBack 属性设置为 Single

    D．将其 AutoPostBack 属性设置为 Multiple

（10）AdRotator 控件中用于获取或设置包含公布信息的 XML 文件路径的属性是_____。

    A．AdvertisementFile   B．KeywordFiler   C．Target   D．Runat

2．填空题

（1）ASP.NET 中用于创建超链接的控件是_____。

（2）当用户单击 Button 控件时，将触发的事件是_____。

（3）LinkButton 控件必须放在_____之间。

（4）ImageMap 控件的 IIotSpots 属性的作用是_____。

（5）FileUpload 控件中用于将文件保存到 Web 服务器上的指定路径的方法是_____。

（6）BulletedList 控件的 DisplayMode 属性是用于设置列表项的显示方式，该属性有 3 个取值：_____、_____和_____。

3．上机操作

（1）编写程序，可以显示几种圣诞节礼物，如果用户选择了其中的一种或几种并提交，就可以显示关于这个礼物（或几个礼物）的介绍信息。读者可以尝试用各种不同的选择控件来实现这个功能。

（2）编写程序，显示 10 个单项选择题，用户选择答案并提交后，显示正确答案的个数及得分数（提示：单项选择题只能选择一个答案）。

（3）编写程序，让用户输入 5 个学生的姓名、年龄和地址等信息，在提交后显示（提示：读者可以选择使用不同的控件来实现提示功能）。

（4）编写程序，实现在日历中添加节日："元旦节（1 月 1 日）"、"情人节（2 月 14 日）"、"妇女节（3 月 8 日）、"愚人节（4 月 1 日）"、"劳动节（5 月 1 日）、"儿童节（6 月 1 日）"、"建党节（7 月 1 日）"、"建军节（8 月 1 日）"、"教师节（9 月 10 日）"、"国庆节（10 月 1 日）"、"圣诞节（12 月 25 日）"，并可以进行日期选择，选择后，显示相应的日期。如果所选的日期有对应的节日，还要显示节日名。运行结果如图 4-35 所示。

图 4-35　上机操作第（4）题的示例界面

第5章

ASP.NET 页面验证技术

Web 应用程序的主要作用是提供和收集信息。如果收集的信息无效，那么收集的信息就没有意义了，坏信息有时还会给 Web 服务器带来灾难。因此，Web 页面的数据验证就显得尤为重要。如果用脚本语言（JavaScript，VB Script 等）来实现这一功能则显得非常烦琐，不仅需要大量的时间来验证用户的每一个输入是否合法，还要考虑用户浏览器是否支持脚本语言，支持哪种脚本语言等问题，这些都会加重开发人员和 Web 服务器的负担。

ASP.NET 提供了功能强大的验证控件用于验证用户的输入。利用这些控件，开发人员可以轻松实现对用户输入的验证，节省大量开发时间。

ASP.NET 提供了 6 种验证控件，本章主要介绍这些控件的功能及其使用方法。

本章知识点

◎ RequiredFieldValidator 控件

◎ RegularExpressionValidator 控件

◎ RangeValidator 控件

◎ CompareValidator 控件

◎ CustomValidator 控件

◎ ValidationSummary 控件

◎ 屏蔽验证功能

◎ 为提示信息添加图像和声音

ASP.NET

5.1 验证控件概述

Web 验证包括客户端验证和服务器端验证。

1. 客户端验证

客户端验证通常是对客户端浏览器中窗体上的数据的验证，是通过给客户端浏览器传送的页面上提供一个脚本（通常采用 JavaScript 形式），在窗体回送给服务器之前，对数据进行的验证。

客户端验证突出的优点是能快速地响应终端用户，让终端用户尽快知道输入数据的合法性，同时也减轻了服务器的负担。但是客户端的验证没有直接访问数据库的功能，无法实现诸如用户合法性的验证，有些黑客可以绕过客户端的验证。因此，仅仅依靠客户端的验证是不安全的，比较安全的是服务器端验证。

2. 服务器端验证

服务器端验证是在服务器上进行的，终端用户在窗体中填充一些数据后，单击 Submit 按钮，这个窗体被打包到一个请求中，发送给应用程序所在的服务器，服务器就可以对所提交的信息进行有效性验证了。

服务器端验证不容易被黑客绕过，一旦提交的窗体无效，页面就会回送到客户机上。由于页面必须提交到一个远程位置进行验证，因此服务器端的验证比较慢。

事实上，不能绝对地说客户端验证和服务器端验证哪个更优越，两种验证方式各自所具有的优越性都是必不可少的。最有效的方式是综合两种验证方式的优点，即先进行客户端验证，然后再进行服务器端验证。这样既保持了客户端验证的快速特性，又保证了黑客无法绕过服务器端的验证，提高了访问的安全性。

ASP.NET 提供了功能非常强大的验证服务器控件。目前 ASP.NET 4.0 中有 6 种验证控件，用于不同的验证类型。ASP.NET 验证控件不需要开发人员确定窗体数据验证是在客户机上还是在服务器上进行，在生成 ASP.NET 页面时，ASP.NET 会进行浏览器检查，根据所收集的信息来自动决策，这使得这些控件趋于智能化。

各种验证控件的验证功能各不相同，在应用时经常需要同时使用几个验证控件共同验证一个用户输入。

- RequiredFieldValidator 控件：用于验证某个输入控件的内容是否为空。
- RegularExpressionValidator 控件：用于验证相关输入控件的值是否匹配给定的正则表达式指定的模式。
- RangeValidator 控件：用于验证某个值是否在要求的范围内。
- CompareValidator 控件：用于对两个输入控件或者是输入控件与某个值直接进行比较。
- CustomValidator 控件：用于验证某个值是否满足用户自定义的规则。
- ValidationSummary 控件：用于显示所有验证错误信息的摘要。

> 注意
>
> ASP.NET 提供的验证控件并不能在所有的浏览器上运行，如果不使用 IE 浏览器，可能会无法显示部分控件，甚至页面无法响应。

5.2　RequiredFieldValidator 控件

RequiredFieldValidator 控件用于验证页面的某项用户输入内容是否为空，是一个简单但最常用的验证控件。RequiredFieldValidator 控件通常在用户输入信息时，对不能为空的字段（如用户注册时的用户名）进行验证。在页面中添加 RequiredFieldValidator 控件并将其关联到某个输入控件（通常是 TextBox 控件），在该控件失去焦点时，如果其值为空，就会触发 RequiredFieldValidator 控件。

RequiredFieldValidator 控件的语法格式如下：

```
<asp: RequiredFieldValidator  ID="控件 ID"
    runat="server"
    Display="Dynamic|Static|None"
    ErrorMessage="验证没有通过时显示的错误信息"
    ControlToValidate="要被检查的控件 ID">
</asp: RequiredFieldValidator>
```

> **注意**　必须为每个需要输入值验证的窗体元素指定一个 RequiredFieldValidator 控件，即几个窗体元素不能共用一个 RequiredFieldValidator 控件。

RequiredFieldValidator 控件有以下值得注意的属性。

- ControlToValidate：表示要进行检查的控件的 ID。此属性必须设置为输入控件的 ID，否则会发生异常。另外该 ID 所代表的控件必须和验证控件在相同的容器中。
- ErrorMessage：表示当检测不合法时，出现的错误提示信息。
- Display：表示错误的显示方式，取值有 Static、Dynamic 和 None。Static 表示控件的错误提示信息（ErrorMessage）在页面中占有固定的位置，如果没有错误，其显示类似 Label；Dynamic 表示控件的错误信息出现时才占用页面位置；None 表示控件的错误信息出现时不显示，但可以在 ValidationSummary 中显示。

在登录页面中最常用的是验证用户名和密码是否为空，验证代码如下：

```
<asp: RequiredFieldValidator ID="RequiredFieldValidator1" runat="server"
    ControlToValidate="UserName" ErrorMessage="请输入用户名">
</asp: RequiredFieldValidator>

<asp: RequiredFieldValidator ID="RequiredFieldValidator2" runat= "server"
    ControlToValidate="UserPwd"  ErrorMessage="请输入密码">
</asp:RequiredFieldValidator>
```

5.3　RegularExpressionValidator 控件

5.3.1　RegularExpressionValidator 控件简介

RegularExpressionValidator 控件用于检查用户输入是否与给定的正则表达式的模式相匹配。在实际应用中，经常需要用户输入一些固定格式的信息，如电话号码、邮政编码、网址等。为了确保用户输入的值符合规定的要求，可以使用 RegularExpressionValidator 控件来进行验证。

RegularExpressionValidator 控件的语法如下：

```
<asp: RegularExpressionValidator
    ID="控件 ID"
    Display="Dynamic|Static|None"
    ErrorMessage="当验证没有通过时显示的出错信息"
    ControlToValidate="要被检查的控件 ID"
    ValidationExpression ="正则表达式"
    runat="server"/>
```

与 RequiredFieldValidator 控件一样，RegularExpressionValidator 也有 ControlToValidate 和 ErrorMessage 等属性。同时该控件还有一个独特的属性是 ValidationExpression，用于输入正则表达式。

关于正则表达式的定义非常复杂，Visual Studio 2010 提供了一个正则表达式编辑器，提供了一些常用的正则表达式。要打开这个编辑器，首先在窗体上选中 Regular-ExpressionValidator 控件，然后在属性窗口中单击 ValidationExpression 属性旁边的省略号按钮即可。"正则表达式编辑器"对话框如图 5-1 所示。

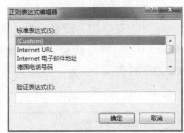

图 5-1　"正则表达式编辑器"对话框

5.3.2　正则表达式

Visual Studio 2010 提供的正则表达式编辑器中提供了很少一部分正则表达式，这些现成的正则表达式可能无法满足用户的要求，此时就需要开发人员自己来编写正则表达式。正则表达式非常复杂，也非常重要，下面简要介绍正则表达式的相关知识。

一个正则表达式，是用某种模式去匹配一类字符串的一个公式。正则表达式是由一些普通字符（如字母 A～Z）和一些特殊字符（称为元字符）组成的字符模式。正则表达式作为一个模板，将字符模式与所要验证的字符串进行匹配。

1. 普通字符

普通字符可以分为打印字符和非打印字符两种。打印字符包含 a～z、A～Z、0～9 以及所有的标点字符。非打印字符的含义如表 5-1 所示。

表5-1　非打印字符的含义

字符	含义
\n	匹配一个换行符。等价于\x0a
\r	匹配一个回车符。等价于\x0d
\f	匹配一个换页符。等价于\x0c
\t	匹配一个制表符。等价于\x09
\v	匹配一个垂直制表符。等价于\x0b
\s	匹配任何一个空白字符，包括空格、制表符以及换页符等。等价于[\f\n\r\t\v]
\S	匹配任何非空白字符。等价于[^\f\n\r\t\v]
\w	匹配任何单词字符，包括字母和下划线。等价于[A-Za-z0-9]
\W	匹配任何非单词字符。等价于[^A-Za-z0-9]
\b	匹配单词的结尾。例如，ve\b 匹配以 ve 结尾的单词，如"love"

（续表）

字符	含义
\B	匹配单词的开头。例如，ve\B 匹配以 ve 开头的单词，如"very"
\d	匹配一个数字字符，等价于[0-9]。例如，abc\Dxyz 匹配"abc2xyz"、"abc5xyz"，但是不匹配"abcaxyz"、"abc_xyz"
\D	匹配任何一个非数字字符，等价于[^0-9]。例如，abc\Dxyz 匹配"abcaxyz"、"abc_xyz"，但是不匹配"abc2xyz"、"abc5xyz"
\\	匹配"\"

2．特殊字符

所谓特殊字符，就是一些有特殊含义的字符，例如，Windows 记事本文件命名的默认名称"*.txt"中的"*"就是一个特殊字符，表示任何字符串的意思。表 5-2 中列举了正则表达式中特殊字符的含义。

表5-2　特殊字符的含义

模式	输入（匹配）
^	匹配输入字符串的开始位置。例如，^abc 表示以 abc 开头的字符串，如"abcxyz"
$	匹配输入字符串的结尾位置。例如，abc$表示以 abc 结尾的字符串，如"xyzabc"
*	匹配前面的子表达式零次或多次。例如，ab*可以匹配"ab"、"abb"，"abbbb"
+	匹配前面的子表达式一次或多次。例如，ab+可以匹配"abb"、"abbbb"，但是不匹配"ab"
.	匹配除换行符\n 之外的任何单字符。例如，(.)+匹配除换行符以外的所有字符串
[	标记一个中括号表达式的开始
?	匹配 0 个或 1 个前面的字符。例如，ab?c?可以匹配"abc"、"abbc"、"abcc"和"abbcc"
{	标记限定字符表达式的开始
|	指明两项之间的一个选择。例如，abc|xyz 可以匹配"abc"或"xyz"，而 abc(x|y)z 可以匹配"abcxz"或者"abcyz"
{n}	匹配恰好出现 n 次（n 为一个非负整数）前面的字符。例如，a{2}只能匹配"aa"
{n,}	匹配至少出现 n 次前面的字符。例如，a{3,}匹配"aaa"、"aaaa"等，但不匹配"a"和"aa"。注意：a{1, }等价于 a+；a{0, }等价于 a*
{m,n}	匹配至少 m 个、至多 n 个前面的字符。例如，a{1,3}只匹配"a"、"aa"和"aaa"。注意：a{0,1}等价于 a?
[xyz]	表示一个字符集，匹配括号中的字符的其中之一。例如，[abc]匹配"a"、"b"和"c"
[^xyz]	表示一个否定的字符集，匹配不在此括号中的任何字符。例如，[^abc]可以匹配除了"a"、"b"和"c"之外的任何字符
[a-z]	表示某个范围内的字符，匹配指定区间内的任何字符。例如，[a-z]可以匹配从"a"到"z"之间的任何一个小写字母；[A-Z]可以匹配从"A"到"Z"之间的任何一个大写字母
[^m-n]	表示某个范围之外的字符，匹配不在指定范围内的字符

> **注意** 如果要匹配上面的特殊字符，就需要用转义字符。例如，如果要匹配某字符串中是否含有"*"，就需要使用"*"。

3．各种操作符的优先级

相同优先级的操作符从左到右进行运算，不同优先级的操作符运算先高后低。各种操作符的优先级从高到低如表 5-3 所示。

表5-3　操作符的优先等级

优先级	操作符	描述
1	\	转义字符
2	()、(?:)、(?=)、[]	圆括号和方括号
3	*、+、?、{n}、{n,}、{n,m}	限定字符
4	^、$、\anymetacharacter	位置和顺序

4．应用实例

下面分析 Visual Studio 2010 正则表达式编辑器所提供的匹配中华人民共和国的电话号码的正则表达式：

```
(\(\d{3}\)|\d{3}-)?\d{8}
```

我们知道电话号码由 3 位区号和 8 位号码组成，类似（010）12345678 或者是 010-12345678 的两种字符串的字符都被认为是合法的电话号码。

我们可以看到正则表达式中的"\(\d{3}\)"部分，"\("和"\)"用转义字符分别匹配左、右括号，而中间的"\d{3}"则表示由 3 个数字组成的字符串。所以这一部分匹配的是"(010)"；正则表达式中的"\d{3}-"匹配的就是"010-"。这两部分之间用了一个"|"来连接，表示这两者取其一。因此"(\(\d{3}\)|\d{3}-)"匹配的是区号部分。"?"表示区号出现一次或 0 次。后面部分"\d{8}"表示由 8 位数字组成的字符串，匹配后面的"12345678"。

> **提示**　网上有大量现成正则表达式，在 Google 或者百度上搜索一下，可以找到很多实用的正则表达式。

【随堂演练 5-1】　验证添加的员工信息

企业业务管理系统提供了一个添加员工信息的界面，这个界面只能由管理员使用。每当有新的员工进入公司，管理员就可以通过该页面将新员工的信息加入系统之中。添加的员工信息是不能随便填写的，如员工的姓名、员工号是必须要填写的内容，员工的 E-mail 地址是选填内容，一旦填写就必须符合 E-mail 地址规范，等等。下面我们利用前面所学的验证控件来实现这一验证功能。

（1）页面设计

Step 01　启动 Visual Studio 2010，新建一个 ASP.NET 项目。

Step 02　添加员工信息的页面主要是供管理员添加新的系统用户使用，需要添加员工的姓名、员工号、E-mail 地址和用户类型，新添加的用户密码与用户名相同。该页面用到的控件如表 5-4 所示。

表5-4　添加员工信息页面使用的控件

控件	属性设置	说明
TextBox	ID="tbx_name"	用于输入员工的姓名，可以为空

（续表）

控件	属性设置	说明
TextBox	ID="txb_workerid"	用于输入员工的员工号，不能为空
RequiredFieldValidator	ID="rqrd_workerid" ErrorMessage="请输入员工号" ControlToValidate="txb_workerid"	用于验证员工号文本框，确保员工号不为空，因为登录的时候员工号是其唯一的身份识别
TextBox	ID="txb_email"	用于输入员工的 E-mail 地址，以便于员工之间的联系
RegularExpressionValidator	ID="rgue_email" ControlToValidate="txb_email" ErrorMessage="Email 格式错误" ValidationExpression="\w+([-+.']\w+)*@\w+([-.]\w+)*\.\w+([-.]\w+)*"	用于验证输入的 E-mail 地址的格式是否符合规范
DropDownList1	ID="dpd_type" <asp:ListItem Value="0">管理员</asp:ListItem> <asp:ListItem Value="1">合同部</asp:ListItem> <asp:ListItem Value="2">销售部</asp:ListItem> <asp:ListItem Value="3">业务部</asp:ListItem>	用于选择新添加的员工的部门
Button	Text="确定"　　OnClick="Button1_Click"	确定按钮，提交数据
Button	Text="取消"	取消按钮

页面设计的效果如图 5-2 所示。

（2）使用验证控件

要用到两个验证控件：RequiredFieldValidator 和 RegularExpressionValidator，分别用于确保员工号不为空，以及输入的 E-mail 地址的正确。

图 5-2　页面设计效果

Step 01 在页面中选中已添加的 RequiredFieldValidator 控件，在其属性窗口中设置属性，如图 5-3 所示。其中最重要的属性是 ControlToValidate，表示该验证控件要对页面中的哪个控件进行验证，前面我们讲过使用它可以确保员工号不为空，所以在 ControlToValidate 的下拉列表中选择 txb_workerid。

Step 02 然后就要设置 RegularExpressionValidator 控件，同样在页面中选中该控件，在其属性窗口中设置属性，如图 5-4 所示。

因为 RegularExpressionValidator 提供了验证 E-mail 格式是否正确的功能，所以将其 ControlToValidate 属性设置为 txb_email。Visual Studio 2010 已经提供了验证 E-mail 的正则表达式，只需要单击 ValidationExpression 中的小按钮，在弹出的对话框中选择"Internet 电子邮件地址"选项就可以了，如图 5-5 所示。

Step 03 最后双击页面中的"确定"按钮，添加其单击响应事件 Button1_Click，因为这里我们还没有学习数据库的知识，只简单演示一下验证的效果就可以了，输出一个提示信息。

```
protected void Button1_Click(object sender, EventArgs e){
```

```
Response.Write("<srcipt>alert('此员工的信息已经成功添加到系统中')
                                              </script>");
}
```

图 5-3　RequiredFieldValidator 控件属性设置　　图 5-4　RegularExpressionValidator 控件属性设置

运行程序，如果输入全部正确，则会出现如图 5-6 所示的界面。

图 5-5　电子邮件地址的正则表达式　　　　　图 5-6　输入正确的效果图

注意　如果在输入的时候"员工号"为空，则会出现如图 5-7 所示的界面。如果输入的 E-mail 地址不符合格式要求，则会出现如图 5-8 所示的界面。

图 5-7　没有输入员工号的效果　　　　　图 5-8　E-mail 格式错误的效果

5.4　RangeValidator 控件

RangeValidator 控件用来测试某个输入值是否在指定的范围内。在实际应用中，常常需要用户输入一个在一定范围内的值，例如，购买产品的数量应大于 0、年龄应该大于 0 小于 150 等。RangeValidator 控件用 MaximumValue 和 MinimumValue 属性来界定输入值的范围。RangeValidator 控件的语法如下：

```
<asp: RangeValidator
    ID="控件 ID"
    runat="server"
    ControlToValidate="要被验证的控件的 ID"
    ErrorMessage="验证没有通过时显示的提示信息"
    MaximumValue="最大值"
    MinimumValue="最小值"
    Type="数据类型"
    Display="Dynamic|Static|None">
</asp: RangeValidator>
```

除了 ControlToValidate 和 ErrorMessage 外，RangeValidator 还有如下几个比较重要的属性。

- MaximumValue：范围的最大值。
- MinimumValue：范围的最小值。
- Type：控件输入值的类型，这个类型可以是 suIng（字符串）、Integer（整数类型）、Double（浮点数）、Date（日期）、Currency（货币），在进行比较之前，输入值会被转换成该类型，如果转换失败，则通不过验证。例如，要统计某商场 5 年内的销售额，其起始时间和终止时间之间不能超过 5 年。此时验证的范围是日期，就需要把 Type 设置为 Date（日期）型。

5.5　CompareValidator 控件

CompareValidator 控件用于将某个用户输入与 Web 窗体中其他控件的值或者常数进行比较。例如，设置密码时，需要比较两次输入的密码值是否相同，这时就可以利用 CompareValidator 控件来实现。CompareValidator 控件不仅能进行相等性的比较，还可以进行其他比较，如不等于、大于、小于等。CompareValidator 控件的语法如下：

```
<asp: CompareValidator
    ID="控件 ID"
    runat="server"
    ControlToValidate="要被验证的控件 ID"
    ValueToCompare="用来比较的常值"
    ControlToCompare="用来比较的控件的 ID"
    Type="比较的数据类型"
    Operator="比较操作类型">
    ErrorMessage="验证不通过时显示的提示信息"
</asp: CompareValidator >
```

可以看到，除了一些基本的属性外，CompareValidator 还有几个属性要特别注意。

- ValueToCompare：指定用来比较的常数值。

- ControlToCompare：指定用来进行比较的控件 ID。
- Operator：指定要执行的比较类型，如大于、等于、小于等。如果将 Operator 属性设置为 DataTypeCheck，则 CompareValidator 控件只验证输入控件的输入值是否可以转换为 Type 属性所指定的类型。
- Type：控件输入值的类型，可以是 string（字符串）、Integer（整数类型）、Double（浮点数）、Date（日期）、Currency（货币）。在进行比较之前，输入值会被转换成该类型，如果转换失败，则通不过验证。

其中 Operator 属性有 7 个可选值，如表 5-5 所示。

表5-5　Operator属性的取值及说明

值	说明
Equal	相比较的两个值相等，通过验证
Not Equal	相比较的两个值不相等，通过验证
GreaterThan	当被验证的值（ControlToValidate 属性所指向控件的值）大于指定的常数（ValueToCompare）或指定控件（ControlToCompare）的值时，通过验证
GreaterThanEqual	当被验证的值（ControlToValidate 属性所指向控件的值）大于等于指定的常数（ValueToCompare）或指定控件（ControlToCompare）的值时，通过验证
LessThan	当被验证的值（ControlToValidate 属性所指向控件的值）小于指定的常数（ValueToCompare）或指定控件（ControlToCompare）的值时，通过验证
LessThanEqual	当被验证的值（ControlToValidate 属性所指向控件的值）小于等于指定的常数（ValueToCompare）或指定控件（ControlToCompare）的值时，通过验证
DataTypeCheck	当被验证的值（ControlToValidate 属性所指向控件的值）与指定的常数（ValueToCompare）或指定控件（ControlToCompare）的值类型相同时，通过验证

> **注意：** ControlToCompare 的优先级高于 ValueToCompare，即如果同时设置了 ControlToCompare 和 ValueToCompare，则被验证控件将与 ControlToCompare 属性指定的控件进行比较。

【随堂演练 5-2】　验证合同中的相关数据

在第 4 章我们已经简单地设计过一个添加合同信息的页面，但是当时的页面并没有对页面输入进行验证。其实在添加合同的时候必须对合同中的某些信息进行验证，这样才能确保所添加的合同是有效的合同。例如，合同中显示的订货数量肯定要大于已发货数量、合同的完成日期不能早于合同的签署日期。所以在添加合同的时候对输入信息进行验证是非常重要的，否则就可能造成很多不必要的麻烦。本实例就是利用 RangeValidator 和 CompareValidator 控件对合同涉及的相关数据进行验证，本章的后面我们还将对合同信息中的其他信息进行验证。

（1）页面设计

虽然前面我们已经设计过一个添加合同信息的页面，但是那个界面是一个简化版的，这里我们重新设计一个完整的添加合同信息的页面，并且添加相应的验证控件进行验证。页面设计如图 5-9 所示。

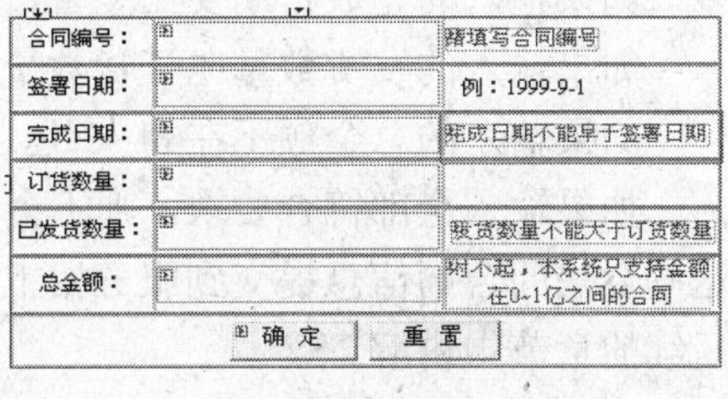

其中用于输入的 TextBox 属性及作用如表 5-6 所示。

图 5-9　验证合同数据的页面设计

表5-6　输入控件

控件属性	控件作用
ID="tbx_ctcid"	合同编号
ID="txb_statr"	签署日期
ID="txb_finish"	完成日期
ID="txb_book"	订货数量
ID="txt_sendcount"	已发货数量
ID="txbMoney"	总金额

（2）添加验证控件

其中用于验证的控件如表 5-7 所示。

表5-7　验证控件

控件类型	控件属性	控件作用
RequiredFieldValidator	ID="rqrdid" ControlToValidate="tbx_ctcid" ErrorMessage="请填写合同编号"	保证合同编号不为空
CompareValidator	ID="cmpdate" ControlToCompare="txb_statr" ControlToValidate="txb_finish" ErrorMessage="完成日期不能早于签署日期" Operator="GreaterThan" Type="Date"	保证合同的完成日期不能早于签署日期
CompareValidator	ID="cmpcount" ControlToCompare="txb_book" ControlToValidate="txt_sendcount" ErrorMessage="发货数量不能大于订货数量" Operator="LessThanEqual" Type="Integer"	保证合同的发货数量不能大于订货数量
RangeValidator	ID="rangMoney" ControlToValidate="txbMoney" ErrorMessage="对不起，本系统只支持金额在 0～1 亿之间的合同" MaximumValue="100000000" MinimumValue="0" Type="Integer"	保证合同的总金额在 0～1 亿之间

运行程序，如果不输入合同编号，则会出现"请填写合同编号"的提示，如图 5-10 所示。如果输入的完成日期要比签署日期早，则也会出现相应的提示信息，效果如图 5-11 所示。如果输入的发货数量比订货数量还要多，则会出现如图 5-12 所示的情况。

如果输入的总金额不在 0～1 亿之间，则会出现如图 5-13 所示的情况。

如果输入全部符合要求，则不会出现任何提示信息，这个时候就可以进一步编写程序，将这些合法的合同信息提交到服务器上，然后通过相应的程序写入数据库中。这些功能我们会在后续的章节中讲解。

图 5-10　没有输入合同编号　　　　　　　图 5-11　合同的日期输入不正确

图 5-12　货物数量输入不正确　　　　　　图 5-13　金额多

5.6 CustomValidator 控件

CustomValidator 控件将使用用户自定义验证函数来对用户输入进行验证。例如，可以使用 CustomValidator 控件来验证用户输入是否为偶数。CustomValidator 控件的语法如下：

```
<asp: CustomValidator ID="控件ID" runat="server"
    ControlToValidate="要被验证的控件ID"
    ErrorMessage="验证没有通过时显示的提示信息"
    OnServerValidate="用户自定义验证函数" >
</asp: CustomValidator >
```

其中 OnServerValidate 事件是用户自定义的验证函数，一般格式如下：

```
void CustomValidator1_ServerValidate(object source, ServerValidateEventArgs args)
```

如果 args.IsValid=true，则表示验证通过，否则验证失败。

【随堂演练 5-3】　验证用户输入是否为偶数

本实例提供了一个文本框供用户输入，然后使用 CustomValidator 控件来控制文本框的输入是否为一个 0～100 之间的偶数，运行效果如图 5-14 所示。输入不同的值，实例会给出不同的提示信息。

图 5-14　验证输入是否为偶数的运行结果

本实例的实现步骤如下：

Step 01 启动 Visual Studio 2010，新建一个 ASP.NET 项目。

Step 02 在 Default.aspx 页面中输入"CustomValidator 控件实例"，并添加一个 4 行 1 列的表格。

Step 03 在表格的第 1 行中输入"请输入一个 0～100 之间的偶数："；在第 2 行添加一个 TextBox 控件，在第 3 行添加一个 CustomValidator 控件，将其 ControlToValidate 属性修改为 TextBox1。在属性窗口中单击"事件"按钮，在事件栏中双击 ServerValidate 属性，添加 CustomValidator1_ServerValidate 方法，如图 5-15 所示。

Step 04 在表格的第 4 行添加一个 Button 控件，将其 Text 属性设置为"确定"。

Step 05 在 Default.aspx.cs 中输入如下代码：

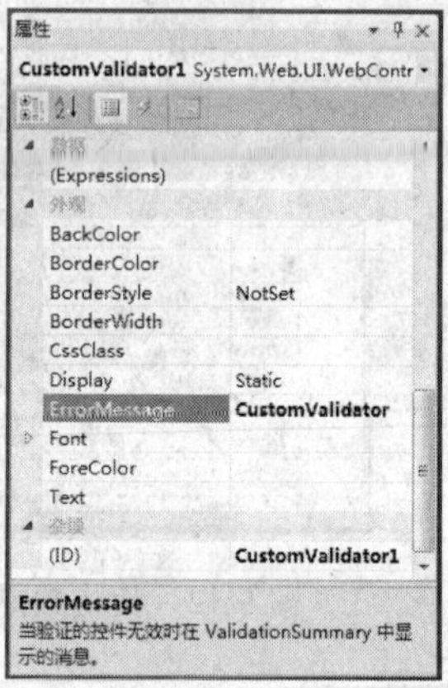

```
protected void CustomValidator1_ServerValidate
    (object source,ServerValidateEventArgs args)
{
    string input=args.Value;
    try
    {
        int num=System.Convert.ToInt32(input);
        if (num>=0 && num<=100)
            if (num %2==0)
                args.IsValid=true;
            else
            {
                CustomValidator1.ErrorMessage="您输入的不是一个偶数";
                args.IsValid=false;
            }
        else
        {
            CustomValidator1.ErrorMessage="您输入的数超出了范围（0~100）";
            args.IsValid=false;
        }
    }
    catch (Exception ex)
    {
        CustomValidator1.ErrorMessage=ex.Message;
        args.IsValid=false;
    }
}
```

图 5-15 添加 ServerValidate 事件

Step 06 按快捷键 Ctrl+F5 运行程序。

 实例说明

① 获取需要验证的值，并调用 System.Convert.ToInt32，将这个字符串型量转换为整型量，保存到 num 中。

② 判断是否是在 0 到 100 这个范围，并用%2 的形式判断是否是一个偶数。

③ 出现异常时，调用 args.IsValid 设置无效。

5.7 ValidationSummary 控件

ValidationSummary 控件是一个报告控件，用来收集 Web 页面上所有验证错误提示信息，并将这些错误信息组织以后显示出来。在一个验证功能较完整的大窗体设计中，该控件是非常有用的，可以使得错误报告更易于辨识，错误报告的显示更加友好。ValidationSummary 控件的语法如下：

```
<asp: ValidationSummary
    ID=" ValidationSummary1"
    runat="server"
    HeaderText="标题文字"
    ShowSummary="true | false"
    ShowMessageBox="true | false"
    DisplayMode="List | BulletList | SingleParagraph"
</asp: ValidationSummary >
```

ValidationSummary 控件有以下几个属性值得注意。

- HeaderText：验证摘要页的标题部分显示的文本。
- ShowSummary：用于指定是否在页面上显示摘要。
- ShowMessageBox：用于指定是否显示一个消息对话框来显示验证的摘要信息。
- DisplayMode：用于设置验证摘要显示的模式，可以使用表 5-8 中列举的几个值。各种模式的显示效果如图 5-16 所示。

表5-8　DisplayMode属性的取值

值	说明
BulletList	默认的显示模式，每个错误提示消息都显示为单独的项
List	每个提示信息都显示在不同行中
SingleParagraph	所有的错误提示信息都显示在同一段中

（a）SingleParagraph 模式　　　　（b）BulletList 模式　　　　（c）List 模式

图 5-16　DisplayMode 的显示效果

5.8 屏蔽验证功能

在默认情况下，ASP.NET 的验证控件会自动开启验证功能，用户提交时，如果验证没有通过，那么将无法提交数据。但有时需要允许用户即使在验证没有通过的时候也可以发送数据。例如，单击页面上的"取消"按钮并不需要所有的数据都通过验证的情况下才能提交。

在这种情况下，为了针对某个控件屏蔽服务器端和客户端验证，可以使用下面两种方法在不触发验证控件的情况下回送数据。

（1）将控件的 CausesValidation 属性设置为 false。例如，创建"取消"按钮，使其不触发验证检查，则可按如下代码进行设置。

```
<asp: Button ID=" Button1" runat="server"
    Text="取消"
    CausesValidation="false" >
</asp: Button>
```

107

（2）如果要屏蔽客户端验证而只执行服务端验证，可以将这个验证控件设置为不生成客户端脚本；如果要在验证之前执行一些服务器代码，可以将该控件的 EnableClientScript 属性设置为 false。例如：

```
<asp: RequiredFiledValidator ID=" RequiredFiledValidator1" runat="server"
    ErrorMessage="*"
    ControlToValidate="TextBox1"
    EnableClientScript="false" >
</asp: RequiredFiledValidator >
```

5.9 为提示信息添加图像和声音

ASP.NET 4.0 的验证控件不仅可以以文本的形式显示错误提示信息，而且可以以图片和声音的方式来表达提示信息。这使得错误提示更加生动、美观，改变了以前错误信息提示单调乏味的缺点，使得验证控件的使用更为人性化。

为错误提示信息添加图像和声音很简单，只要把想要的 HTML 代码段作为验证控件的 ErrorMessage 属性的值就可以了。

如要使用图片来显示提示信息，可以设置 ErrorMessage='<img src="要显示的图片文件的路径">'，例如：

```
<asp: RequiredFieldValidator
    ID ="RequiredFieldValidator1"
    runat="server"
    ControlToValidate="TextBox1"
    ErrorMessage='<img src ="forbiden.gif">'   //用图片来表达提示信息
</asp: RequiredFieldValidator>
```

如要使用声音来显示提示信息，可以设置 ErrorMessage='<bgsource src="所用的声音文件的路径">'，例如：

```
<asp: RequiredFieldValidator
    ID="RequiredFieldValidator1"
    runat="server"
    ControlToValidate="TextBox1"
    ErrorMessage='<bgsource src ="security.wav">'   //用声音来表达提示信息
    EnableClientScript="false">
</asp: RequiredFieldValidator>
```

 注意 错误提示信息使用声音时，必须禁止使用控件的客户端脚本功能。

5.10 上机实训——注册页面的验证

用户注册页面是网页应用程序最常用的页面之一，而在用户注册页面中验证用户的输入是至关重要的一点。本实例将使用本章所学的 ASP.NET 的页面验证控件来实现一个注册页面的验证。

该实例是一个简单的网站用户注册页面，用户必须填写用户名、密码、确认密码、E-mail 地址、年龄等信息，这里使用了 5 个 RequiredFieldValidator 控件确保用户必须填写这些信息。另外使用了一个 CompareValidator1 控件保证用户两次输入的密码要一致，还使用了一个

RegularExpressionValidator 控件保证用户输入的 E-mail 地址格式正确，最后使用了一个 RangeValidator 控件对注册用户的年龄范围进行限制，从而保证了所收集的用户信息的有效性。

"取消"按钮是一个用户关闭客户端浏览器的按钮，因此并不需要所有的数据都通过验证才能提交，所以屏蔽了其验证功能（见 5.10.1 小节 **Step 03**），这样即使页面上输入的数据无效也可以关闭页面。程序的运行效果如图 5-17 所示。

图 5-17　用户注册程序运行结果

5.10.1　页面设计

Step 01 启动 Visual Studio 2010，新建一个网站，设计界面如图 5-18 所示。

本实例设计的是一个典型的、简单的注册页面，使用一个表格来进行布局，总共用到了 5 个文本框、2 个按钮和 2 个 RadioButton 控件及 8 个验证控件，各自的作用如表 5-9 和表 5-10 所示。

图 5-18　用户注册页面布局

表5-9　页面中用到的控件

控件名称	属性		作用
TextBox	ID= Username		用于输入用户名
TextBox	ID=psw	TextMode=Password	用于输入密码
TextBox	ID=npswd	TextMode=Password	用于输入确认密码
TextBox	ID=E-mail		用于输入 E-mail
TextBox	ID=age		用于输入年龄
RadioButton	ID=male		用于选择性别男
RadioButton	ID=female		用于选择性别女
Button	ID=Button1	Text=注册	用于提交注册信息
Button	ID=Button2	Text=取消	用于取消注册，关闭浏览器

其中用到的验证控件分别为 5 个 RequiredFieldValidator 控件、1 个 CompareValidator 控件、1 个 RegularExpressionValidator 控件、1 个 RangeValidator 控件。

Step 02 设置这些验证控件的属性，如表 5-10 所示。

表5-10　页面中所用到的验证控件

控件名称	属性名称	属性值
RequiredFieldValidator1	ControlToValidate	Username
	ErrorMessage	请填写用户名
	Display	Dynamic
RequiredFieldValidator2	ControlToValidate	psw
	ErrorMessage	请填写密码
	Display	Dynamic
RequiredFieldValidator3	ControlToValidate	npswd
	ErrorMessage	请填写确认密码
	Display	Dynamic
RequiredFieldValidator4	ControlToValidate	E-mail
	ErrorMessage	请输入 E-mail 地址
	Display	Dynamic
RequiredFieldValidator5	ControlToValidate	age
	ErrorMessage	请填写年龄
	Display	Dynamic
CompareValidator1	ControlToCompare	psw
	ControlToValidate	npsw
	ErrorMessage	两次输入密码不一致
	Display	Dynamic
RegularExpressionValidator1	ControlToValidate	E-mail
	ErrorMessage	E-mail 格式错误
	ValidationExpression	\w+([-+.']\w+)*@\w+([-.]\w+)*\.\w+([-.]\w+)*
	Display	Dynamic
RangeValidator1	ControlToValidate	请对我们的服务打分
	ErrorMessage	只能年满 15 周岁之后才能注册
	MaximumValue	100
	MinimumValue	15
	Type	Integer

Step 03 屏蔽 "取消" 按钮的验证功能，将其 CausesValidation 设置为 false，代码如下：

```
<asp:Button id="Button2" runat="server" Text=" 取消 "
    CausesValidation="false"/>
```

5.10.2 编写事件处理程序

本实例的事件处理程序非常简单，因为所有的验证功能都由验证控件来完成了，只需要写很少的一点辅助代码就可以了。

Step 01 在"确定"按钮和"取消"按钮的 Click 事件中加入以下代码。

```
protected void Button1_Click(object sender, EventArgs e)
{
    if (Page.IsValid)                    //如果通过验证
    {
        this.Label1.Text="注册成功";
    }
}
protected void Button2_Click(object sender, EventArgs e)
{
    Response.Write("<script>window.close();</script>");//单击取消按钮关闭浏览器
}
```

Step 02 按快捷键 Ctrl+F5 运行程序即可。

5.11 习题与上机操作

1. 选择题

（1）下面哪个控件不属于 ASP.NET 验证控件？＿＿＿＿＿＿

    A. RequiredFieldValidator   B. RegularExpressionValidator

    C. CompareValidator   D. DropDownList

（2）下列哪个控件能够验证文本框内没有填写数据？＿＿＿＿＿＿

    A. RegularExpressionValidator   B. CompareValidator

    C. RequiredFieldValidator   D. RangeValidator

（3）下列哪个控件可以通过正则表达式来验证用户的输入？＿＿＿＿＿＿

    A. RegularExpressionValidator   B. CompareValidator

    C. RequiredFieldValidator   D. RangeValidator

（4）下列哪个控件是用来控制用户输入信息的范围的？＿＿＿＿＿＿

    A. RangeValidator   B. RegularExpressionValidator

    C. RequiredFieldValidator   D. ValidationSummary

（5）下列哪个控件不能对页面中的输入进行验证？＿＿＿＿＿＿

    A. RangeValidator   B. RegularExpressionValidator

    C. RequiredFieldValidator   D. ValidationSummary

（6）当验证控件检测输入信息不合法时，出现的错误提示信息用＿＿＿＿＿＿属性表示。

    A. ID   B. ErrorMessage

    C. Display   D. ControlToValidate

（7）使用用户自定义验证函数来进行验证的验证控件是＿＿＿＿＿＿。

    A. CustomValidator   B. CompareValidator

    C. RangeValidator   D. RegularExpressionValidator

2. 填空题

（1）通过给客户端浏览器传送的页面上提供一个脚本（通常采用 JavaScript 形式），在窗体回送给服务器之前，对数据进行验证是_____。

（2）客户端验证突出的优点是_____。

（3）比较安全的验证方式是_____。

（4）RangeValidator 控件表示最大值的属性是_____；表示最小值的属性是_____。

（5）可以使用两种方法在不触发验证控件的情况下回送数据，分别是_____和_____。

3. 上机操作

（1）设计实现"预购车票的日期必须大于或等于订购日的日期"。

（2）设计实现"请输入预购日期"。

（3）设计实现"预购日期格式错误（要求格式如：2008-04-05）"。

（4）将上机操作（1）～（3）题综合在一个页面中，并将错误信息以 MessageBox 的方式收集显示出来。

（5）设计实现一个系统用户注册页面，包含以下功能：

- 用户名、密码、邮箱、手机号码为必填项。
- 密码需要再次确认。
- 邮箱地址必须合法。
- 手机号码由 11 位数字组成。
- 每个不合法输入有相应的错误提示信息，罗列显示。

（6）为上机操作第（5）题中的各个验证功能加上相应的图像或声音提示。

第6章

设计 ASP.NET 网站

设计 ASP.NET 网站时，一般都需要拥有统一的布局，使用 ASP.NET 母版页可以很轻松地为 Web 站点创建一致的布局，单个母版页为应用程序中的所有页（或一组页）定义所需的外观和标准行为，然后可以创建包含要显示的内容的各个页。使用 SiteMapPath 控件可以制作多个层次的导航条，使网站的浏览更方便。

本章通过利用母版创建一个 myWeb 网站，介绍了设计 ASP.NET 网站的方法。在介绍网站的创建过程中，详细介绍了 ASP.NET 提供的 3 个导航控件——TreeView、Menu 和 SiteMapPath，另外，还介绍了如何使用母版页创建内容网站的方法，即选择母版页创建内容网页和单击"添加内容页"创建内容网页。

本章知识点

◎ 母版页概述

◎ 导航控件

◎ 创建母版页

◎ 使用母版页创建内容网页

6.1 母版页概述

母版页可以帮助创建具有统一风格的网站，本章将利用母版页创建一个 myWeb 网站。母版页由两部分组成，即母版页本身与 1 到多个内容页，其架构如图 6-1 所示。

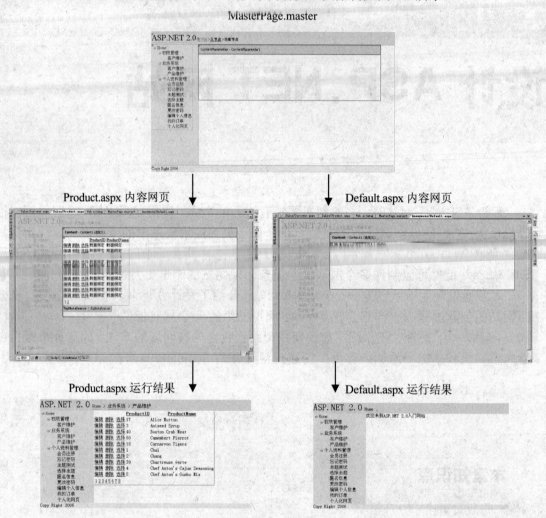

图 6-1　母版页架构图

1. 母版页的工作原理

母版页是扩展名为.master（如 MySite.master）的 ASP.NET 文件，可以包括静态文本、HTML 元素和服务器控件的预定义布局。母版页由特殊的@Master 指令识别，该指令替换了用于普通.aspx 页的@Page 指令，该指令如下：

```
<%@Master Language="C#"%>
```

@Master 指令可以包含的指令与@Control 指令可以包含的指令基本相同。例如，下面的母版页指令包括一个代码隐藏文件的名称并将一个类名称分配给母版页。

```
<%@Master Language="C#" CodeFile="MasterPage.master.cs"
  Inherits="MasterPage"%>
```

除@Master 指令外，母版页还包含页的所有顶级 HTML 元素，如 html、head 和 form。例如，在母版页上可以将一个 HTML 表用于布局，将一个 img 元素用于公司徽标，将静态文本用于版权声明并使用服务器控件创建站点的标准导航。可以在母版页中使用任何 HTML 元素和 ASP.NET 元素。

2．可替换内容占位符

除了在所有页上显示的静态文本和控件外，母版页还包括一个或多个 ContentPlaceHolder 控件，这些占位符控件定义可替换内容出现的区域，接着在内容页中定义可替换内容。定义 ContentPlaceHolder 控件后，典型的母版页代码如下所示：

```
<%@Master Language="C#"%>
<!DOCTYPE html PUBLIC "-//W3C//DTD XHTML
    1.1//EN" "http://www.w3.org/TR/xhtml11/DTD/xhtml11.dtd">
<html>
<head runat="server" >
    <title>Master page title</title>
</head>
<body>
    <form id="form1" runat="server">
        <table>
            <tr>
                <td><asp:ContentPlaceHolder id="Main" runat="server"/></td>
                <td><asp:ContentPlaceHolder id="Footer" runat="server"/></td>
            </tr>
        </table>
    </form>
</body>
</html>
```

3．内容页

通过创建各个内容页来定义母版页的占位符控件的内容，这些内容页为绑定到特定母版页的 ASP.NET 页（.aspx 文件以及可选的代码隐藏文件）。通过包含指向要使用的母版页的 MasterPageFile 属性，在内容页的@Page 指令中建立绑定。例如，一个内容页可能包含下面的@Page 指令，该指令将该内容页绑定到 Master1.master 页：

```
<%@ Page Language="C#" MasterPageFile="~/MasterPages/Master1.master"
        Title="Content Page"%>
```

在内容页中，通过添加 Content 控件并将这些控件映射到母版页上的 ContentPlaceHolder 控件来创建内容。例如，母版页可能包含名为 Main 和 Footer 的内容占位符。在内容页中，可以创建两个 Content 控件，一个映射到 ContentPlaceHolder 控件 Main，而另一个映射到 ContentPlaceHolder 控件 Footer，如图 6-2 所示。

4．替换占位符内容

创建 Content 控件后，向这些控件添加文本和控件。在内容页中，添加 Content 控件外的任何内容（除服务器代码的脚本块外）都将导致错误。在 ASP.NET 页中执行的所有任务都可以在内容页中执行。例如，可以使用服务器控件和数据库查询或其他动态机制来生成 Content 控件的内容。

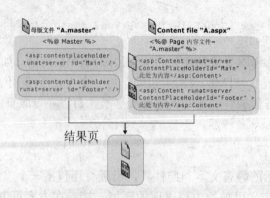

图 6-2　母版页示意图

内容页看起来可能与下面的形式类似：

```
<% @Page Language="C#" MasterPageFile="~/Master.master"
        Title="Content Page 1" %>
<asp:Content ID="Content1" ContentPlaceHolderID="Main" Runat="Server">
        Main content.
</asp:Content>

<asp:Content ID="Content2" ContentPlaceHolderID="Footer" Runat="Server">
    Footer content.
</asp:content>
```

@Page 指令将内容页绑定到特定的母版页，并为要合并到母版页中的页定义标题。

> **注意**　内容页包含的所有标记都在 Content 控件中（母版页必须包含一个具有属性 runat="server"的 head 元素，以便可以在运行时合并标题设置）。

可以创建多个母版页来为站点的不同部分定义不同的布局，并可以为每个母版页创建一组不同的内容页。

5．母版页的优点

母版页提供了开发人员已通过传统方式创建的功能，这些传统方式包括重复复制现有代码、文本和控件元素，使用框架集，对通用元素使用包含文件，使用 ASP.NET 用户控件等。母版页具有以下优点。

- 使用母版页可以集中处理页的通用功能，以便可以只在一个位置上进行更新。
- 使用母版页可以方便地创建一组控件和代码，并将结果应用于一组页。例如，可以在母版页上使用控件来创建一个应用于所有页的菜单。
- 通过允许控制占位符控件的呈现方式，母版页可以在细节上控制最终页的布局。
- 母版页提供一个对象模型，使用该对象模型可以从各个内容页自定义母版页。

使用母版页创建统一界面网站，具体操作步骤如下。

Step 01　创建母版页。创建 MasterPage.master。

Step 02　创建内容网页。以 MasterPage.master 为母版页创建 Product.aspx 与 Default.aspx 内容网页。

Step 03　运行内容网页。运行后，Product.aspx 与 Default.aspx 具有相同的外观。

6.2 导航控件

在母版页中，经常需要用到导航菜单，而导航菜单一般使用 ASP.NET 提供的导航控件来制作。ASP.NET 提供了 3 个导航控件：TreeView、Menu 和 SiteMapPath。这 3 个导航控件的共同特点是能够实现 ASP.NET Web 站点间的导航功能。

6.2.1 TreeView 控件

TreeView 控件又称为树视图控件，能够以层或树形结构显示数据，并导航到指定的 Web 窗体页。TreeView 控件支持以下 7 个功能。

- 数据绑定，允许直接将控件的节点绑定到 XML、表格或关系数据。
- 站点导航，和 SiteMapDataSource 数据源控件实现导航功能。
- 可以文本或超链接方式显示节点的文本。
- 将客户端功能应用到节点上。
- 将样式、主题应用于控件或节点。
- 能够在每个节点旁边显示复选框控件。
- 以编程方式动态实现创建树、填充节点、设置属性等功能。

TreeView 控件由一个或多个节点组成，且这些节点存在一定的层次关系。节点又称为项。TreeView 控件共包括 4 种类型的节点：父节点、子节点、叶节点和根节点。其中，父节点一般包含其他节点，这些节点称为该父节点的子节点；若某一个节点没有子节点，则该节点为叶节点；若某一个节点没有父节点，则该节点为根节点。

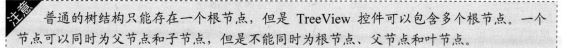

> **注意** 普通的树结构只能存在一个根节点，但是 TreeView 控件可以包含多个根节点。一个节点可以同时为父节点和子节点，但是不能同时为根节点、父节点和叶节点。

TreeView 控件的每一个节点都是一个 TreeNode 对象。该对象的属性由 TreeNode 类提供，如表 6-1 所示。

表6-1 TreeNode类的属性

属性	描述
Parent	当前节点的父节点
ChildNodes	当前节点的第一级子节点
Depth	节点的深度
Expanded	表示是否展开节点
ShowCheckBox	表示是否在节点旁显示一个复选框
Checked	表示节点的复选框是否被选中
Selected	表示是否选择节点
PopulateOnDemand	表示是否动态填充节点
SelectAction	选择节点时触发的事件

属性	描述
ImageToolTip	在节点旁边显示的图像的工具提示文本
ImageUrl	节点旁显示的图像的 URL
NavigateUrl	单击节点时导航到的 URL
Target	显示与节点关联的网页内容的目标窗口或框架
Text	节点显示的文本
Value	节点的非显示值
ToolTip	节点的工具提示文本
ValuePath	从根节点到当前节点的路径
DataBound	表示节点是否通过数据绑定创建的
DataItem	绑定到控件的数据项
DataPath	绑定到节点的数据的路径

每一个节点都具有 Text 和 Value 属性。Text 属性的值显示在 TreeView 控件中，而 Value 属性用于存储有关节点的任何其他数据，如节点的 ID 值。每一个节点只能处于选定状态和导航状态。如果节点的 NavigateUrl 属性的值为空字符串，则该节点处于选定状态，否则处于导航状态。下面的代码实例动态地向 parentNode 节点添加了一个子节点 subNode：

```
//省略创建父节点 parentNode 的代码
TreeNode subNode=new TreeNode();
subNode.Text="子节点";
subNode.Text="0";
parentNode.ChildNodes.Add(subNode);                //添加一个子节点
```

TreeView 控件的常用属性如表 6-2 所示。

表6-2　TreeView控件的常用属性

属性	描述
AutoGenerateDataBindings	表示控件是否自动生成树节点绑定
CheckedNodes	控件中显示的选中了复选框的节点
CollapseImageToolTip	可折叠节点的指示符所显示图像的工具提示
CollapseImageUrl	用作可折叠节点的指示符的图像的 URL
ExpandDepth	第一次显示控件时，展开的层次数
ExpandImageToolTip	可展开节点的指示符所显示图像的工具提示
ExpandImageUrl	用作可展开节点的指示符的图像的 URL
ImageSet	控件的图像组
LineImagesFolder	包含用于连接子节点和父节点的线条图像的文件夹的路径
MaxDataBindDepth	控件的最大树级别数
NodeIndent	控件的子节点的缩进量
Nodes	控件中根节点集合
EnableClientScript	表示控件是否呈现客户端脚本以处理展开和折叠事件
DataBindings	定义数据项与其绑定到的节点之间的关系
NodeWrap	当节点的空间不足时，表示节点的文本是否显示换行符号
NoExpandImageUrl	用作不可展开节点的指示符的图像的 URL

（续表）

属性	描述
PathSeparator	用于分隔由 ValuePath 属性指定的节点值的字符
PopulateNodesFromClient	表示是否从客户端填充节点数据
SelectedNode	控件的选定节点
SelectedValue	选定节点的值
ShowCheckBoxes	控件中显示复选框的节点的类型
ShowExpandCollapse	表示是否显示展开节点指示符
ShowLines	表示是否显示连接子节点和父节点的线条
SkipLinkText	用于为屏幕阅读器呈现替换文字以跳过该控件的内容
Target	在其中显示与节点相关联的网页内容的目标窗口或框架
LevelStyles	树中各个级别上的节点样式

　　可以在 Web 窗体页上直接使用 HTML 代码声明 TreeView 控件的节点。TreeView 控件还可以使用数据绑定的方法创建控件的节点。TreeView 控件可以使用 XmlDataSource 数据源控件或 SiteMapDataSource 数据源控件提供数据。

> **注意**　TreeView 控件只能直接使用层次结构的数据源，不能使用平面结构的数据源（如 SqlDataReader 对象）。

　　另外，TreeView 控件还提供了与节点相关的样式。这些样式的具体说明如下。

- RootNodeStyle：用于设置根节点的样式。
- ParentNodeStyle：用于设置父节点的样式。
- LeafNodeStyle：用于设置叶节点的样式。
- NodeStyle：用于设置节点的默认样式。
- SelectedNodeStyle：用于设置选定节点的样式。
- HoverNodeStyle：当鼠标指针停在节点上时，该节点设置的样式。

　　下面的代码实例创建了一个 TreeView 控件和一个 SiteMapDataSource 数据源控件。该数据源控件使用站点地图控件 Web.sitemap 的数据，并且为 TreeView 控件提供数据。

```
<!-- 应用程序 Sample6_1 的 TreeViewCtrl.aspx 页面 -->
<%@ Page Language="C#"%>
<html xmlns="http://www.w3.org/1999/xhtml">
<head runat="server"><title>TreeView 控件</title></head>
<body><form id="form1" runat="server">
<asp:TreeView ID="tvPage" runat="server" DataSourceID="smDSmap"
ImageSet="Msdn" NodeIndent="10">
</asp:TreeView>
<asp:SiteMapDataSource ID="smDSmap"
                       runat="server"/>
</form>
</body>
</html>
```

　　执行上述代码，结果如图 6-3 所示。

图 6-3　显示 TreeView 控件的测试结果

6.2.2　Menu 控件

Menu 控件又称为菜单控件，能够在 Web 窗体页上显示菜单，使用这些菜单可以导航到其他 Web 页面。Menu 控件可以实现以下 4 个功能。

- 数据绑定，可以将层次数据绑定到该控件。
- 站点导航，和 SiteMapDataSource 数据源控件实现导航功能。
- 对菜单应用主题和外观，并可以自定义模板。
- 以编程方式动态实现创建菜单、填充菜单项、设置属性等功能。

Menu 控件可以包括 0 到多个菜单项，通过控件的 Items 属性访问这些菜单项。每一个菜单项都是一个 MenuItem 对象。MenuItem 类定义了该对象的属性，如表 6-3 所示。

表6-3　MenuItem类的属性

属性	描述
Parent	当前菜单项的父菜单项
ChildItems	当前菜单项的子菜单项
DataBound	表示菜单项是否是通过数据绑定创建
DataItem	绑定到菜单项的数据项
DataPath	绑定到菜单项的数据的路径
Depth	菜单项的显示级别
Enabled	表示当前菜单是否可用
ImageUrl	显示在菜单项文本旁边的图像的 URL
NavigateUrl	单击菜单项时，导航到的 URL
PopOutImageUrl	显示在菜单项中的图像的 URL，该属性可以用于表示菜单项具有动态子菜单
SeparatorImageUrl	菜单分隔图像的 URL
Text	菜单项的文本
Value	菜单项的值，该值不显示
ValuePath	从根菜单项到当前菜单项的路径
ToolTip	菜单项的工具提示文本
Target	用来显示菜单项的关联网页内容的目标窗口或框架
Selected	表示当前菜单项是否已被选中
Selectable	表示当前菜单是否可选或可单击

Text 属性指定菜单项显示的文本，NavigateUrl 属性指定菜单项导航的页面的 URL。下面的代码实例创建一个菜单项：

```
MenuItem item=new MenuItem();
item.Text="首页";
item.NavigateUrl="~/Default.aspx";
```

Menu 控件包括两种显示模式的菜单项：静态和动态显示模式。静态显示模式的菜单项是始终展开的，而且是可视的，而动态显示模式中的菜单项，只有用户将鼠标指针放置在其父节点上时，才会显示该菜单项。处于静态显示模式的菜单项为静态菜单，处于动态显示模式的菜单项为动态菜单。StaticDisplayLevels 和 MaximumDynamicDisplayLevels 属性分别用来设置静态和动态显示菜单的层数。

Menu 控件的属性有很多，可以分为基本属性、图像属性、模板与样式属性，分别如表 6-4、表 6-5 和表 6-6 所示。

表6-4　Menu控件的基本属性

属性	描述
DataBindings	指定数据项和它所绑定到的菜单项之间的关系
DisappearAfter	当鼠标指针不再置于菜单上后，显示动态菜单的持续时间
DynamicHorizontalOffset	动态菜单相对于其父菜单项的水平移动像素数
DynamicItemFormatString	与所有动态显示的菜单项一起显示的附加文本
StaticItemFormatString	与所有静态显示的菜单项一起显示的附加文本
DynamicVerticalOffset	动态菜单相对于其父菜单项的垂直移动像素数
Items	控件中的菜单项集合
ItemWrap	表示菜单项的文本是否换行
MaximumDynamicDisplayLevels	动态菜单的呈现层数
StaticDisplayLevels	静态菜单的呈现层数
Orientation	控件的呈现方向
PathSeparator	控件中用于分隔菜单项路径的字符
SelectedItem	选定的菜单项
SelectedValue	选定菜单项的值
StaticSubMenuIndent	在静态菜单中，子菜单相对于其父菜单的缩进间距
Target	用来显示菜单项的关联网页内容的目标窗口或框架

表6-5　Menu控件的图像属性

属性	描述
DynamicBottomSeparatorImageUrl	用于将动态菜单项与其他菜单项隔开
DynamicPopOutImageUrl	指示动态菜单项具有子菜单
DynamicTopSeparatorImageUrl	显示在动态菜单项顶部的可选图像
ScrollDownImageUrl	指示用户可以向下滚动查看其他菜单项
ScrollUpImageUrl	指示用户可以向上滚动查看其他菜单项
StaticBottomSeparatorImageUrl	用于将静态菜单项与其他菜单项隔开
StaticPopOutImageUrl	指示静态菜单项具有子菜单
StaticTopSeparatorImageUrl	用于将静态菜单项与其他菜单项隔开
DynamicEnableDefaultPopOutImage	表示是否显示指示动态菜单项具有子菜单的图像
DynamicPopOutImageTextFormatString	指示动态菜单项包含子菜单的图像的替换文字
StaticEnableDefaultPopOutImage	表示是否显示指示静态菜单项包含子菜单的图像
StaticPopOutImageTextFormatString	指示静态菜单项包含子菜单的弹出图像的替换文字
ScrollDownText	ScrollDownImageUrl 属性的替换文字
ScrollUpText	ScrollUpImageUrl 属性的替换文字
SkipLinkText	屏幕读取器所读取的隐藏图像的替换文字

Menu 控件的图像属性包含控件的图像、图像的 URL 和图像的替换文本 3 种类型的属性。使用这些属性可以指定菜单的各种提示图像。

表6-6　Menu控件的模板与样式属性

属性	描述
DynamicItemTemplate	动态菜单项的模板
StaticItemTemplate	静态菜单项的模板
DynamicMenuItemStyle	动态菜单项的外观
DynamicMenuStyle	动态菜单的外观
DynamicSelectedStyle	选定的动态菜单项的外观
DynamicHoverStyle	当用户鼠标指针置于动态菜单项上时该菜单项的外观
LevelMenuItemStyles	应用于某一个级别菜单项的外观
LevelSelectedStyles	应用于某一个级别选定菜单项的外观
LevelSubMenuStyles	应用于某一个级别的子菜单项的外观
StaticMenuItemStyle	静态菜单项的外观
StaticMenuStyle	静态菜单的外观
StaticSelectedStyle	选定的静态菜单项的外观
StaticHoverStyle	当用户鼠标指针置于静态菜单项上时，该菜单项的外观

可以在 Web 窗体页上直接使用 HTML 代码声明静态菜单项。另外，Menu 控件还可以使用数据绑定的方法创建控件的菜单项。Menu 控件可以使用 XmlDataSource 数据源控件或 SiteMapDataSource 数据源控件提供数据。

　　Menu 控件只能使用层次结构的数据源，不能使用平面结构的数据源。

下面的代码实例创建了一个 Menu 控件，并创建了 3 个菜单项：根菜单、TreeView 控件和 SiteMapPath 控件，分别导航到自身页面、TreeViewCtrl.aspx 页面和 SiteMapPathCtrl.aspx 页面：

```
<!-- 应用程序 Sample6_1 的 MenuCtrl.aspx 页面 -->
<%@ Page Language="C#"%>
<html xmlns="http://www.w3.org/1999/xhtml">
<head runat="server"><title>Menu 控件</title></head>
<body><form id="form1" runat="server">
<asp:Menu ID="mPage" runat="server" StaticSubMenuIndent="10px">
<Items>
<asp:MenuItem NavigateUrl="~/MenuCtrl.aspx" Text="根菜单" Value="-1">
<asp:MenuItem NavigateUrl="~/TreeViewCtrl.aspx"
Text="TreeView 控件" Value="0"></asp:MenuItem>
<asp:MenuItem NavigateUrl="~/Pages SiteMapPathCtrl.aspx"
Text="SiteMapPath 控件" Value="1"></asp:MenuItem>
</asp:MenuItem>
</Items>
</asp:Menu>
</form></body>
</html>
```

执行上述代码，结果如图 6-4 所示。

图 6-4　显示动态菜单

6.2.3 SiteMapPath 控件

SiteMapPath 控件又称为站点地图控件，是一个站点导航控件。该控件使用专门的数据源——站点地图文件 Web.sitemap。SiteMapPath 控件的节点或者显示为超链接，或者显示为 HTML 控件，并且节点之间满足预先指定的层次关系，从而提供了从当前位置沿页层次结构向上的跳转的功能。另外，可以将模板或样式应用到节点上。

SiteMapPath 控件的节点可以分为 3 种类型：根节点、父节点和子节点。当前显示页的节点称为当前节点。控件中的第一个节点为根节点。当前节点与根节点之间的任何其他节点都为父节点。其中，根节点不存在父节点。SiteMapPath 控件的属性如表 6-7 所示。

表6-7　SiteMapPath控件的属性

属性	描述
Provider	与普通 Web 服务器控件关联的 SiteMapProvider
SiteMapProvider	与站点导航控件关联的 SiteMapProvider 名称
PathDirection	控件中节点的呈现顺序
PathSeparator	导航路径中的字符串分隔符号
ParentLevelsDisplayed	相对于当前节点的父节点级别数
RenderCurrentNodeAsLink	表示是否将当前页的站点导航节点呈现为超链接
ShowToolTips	表示是否为超链接导航节点编写附加超链接属性，即提示文本
SkipLinkText	用于呈现替换文字，以让屏幕阅读器跳过控件内容
RootNodeTemplate	用于根节点的模板
CurrentNodeTemplate	用于当前节点的模板
NodeTemplate	用于所有节点的模板
PathSeparatorTemplate	用于分隔符的模板
RootNodeStyle	根节点的样式
CurrentNodeStyle	当前节点的样式
NodeStyle	所有节点的样式
PathSeparatorStyle	分隔字符串的样式

> 注意　SiteMapPath 控件直接使用网站的站点地图数据。若在某一个 Web 窗体页中创建了一个 SiteMapPath 控件，只有当该页面为站点地图文件 Web.sitemap 表示的页面时，SiteMapPath 控件才会在该页面上显示。

下面的代码实例为随书光盘源代码\第 6 章的应用程序 Sample6_1 的站点地图文件 Web.sitemap 的内容。该文件包含了 TreeViewCtrl.aspx、Pages/SubPage.aspx 和 Pages/ SiteMapPathCtrl.aspx 页面。

```xml
<?xml version="1.0" encoding="utf-8" ?>
<siteMap xmlns="http://schemas.microsoft.com/AspNet/SiteMap-File-1.0">
<siteMapNode url="TreeViewCtrl.aspx" title="TreeView 控件">
<siteMapNode url="Pages/SubPage.aspx" title="子页面"/>
<siteMapNode url="Pages/SiteMapPathCtrl.aspx" title="站点地图控件"/>
</siteMapNode>
</siteMap>
```

下面的代码实例在 Pages/SiteMapPathCtrl.aspx 页面上创建了一个 SiteMapPath 控件，并把该控件的 RenderCurrentNodeAsLink 属性的值设置为 true，即当前页面中的节点显示为超链接。

```
<!-- 应用程序 Sample6_1 的 SiteMapPathCtrl.aspx 页面 -->
<%@Page Language="C#"%>
<html xmlns="http://www.w3.org/1999/xhtml">
<head runat="server"><title>站点地图控件</title>
                    </head>
<body><form id="form1" runat="server">
<asp:SiteMapPath ID="smpPage" runat="server"
RenderCurrentNodeAsLink="true">
</asp:SiteMapPath>
</form></body>
</html>
```

执行上述代码，结果如图 6-5 所示。

图 6-5　显示 SiteMapPath 控件的测试结果

6.3 创建母版页

本节将创建一个具有包含表头、菜单、内容及表尾区域的 MasterPage.master，如图 6-6 所示。

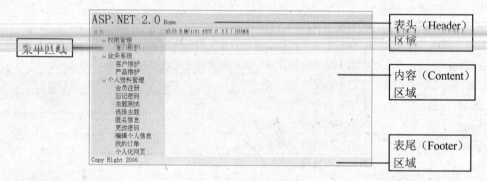

图 6-6　创建母版页

6.3.1 创建 MasterPage.master 文件

首先创建 MasterPage.master 文件，具体操作步骤如下。

Step 01 添加新项，如图 6-7 所示。

图 6-7　添加新项

Step 02 创建母版页，如图 6-8 所示。

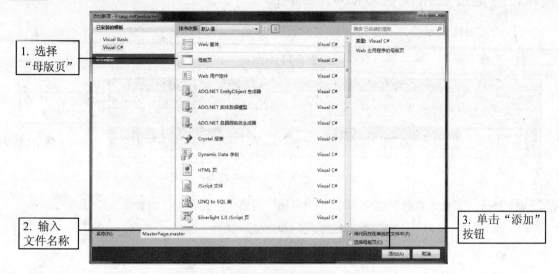

1. 选择 "母版页"

2. 输入 文件名称

3. 单击 "添加" 按钮

图 6-8 创建母版页

Step 03 创建 MasterPage.master 文件程序代码窗口。

单击 "添加" 按钮后，系统会创建 MasterPage.master 文件，如图 6-9 所示。其中，最重要的部分是 ContentPlaceHolder，这是内容网页产生时的位置。

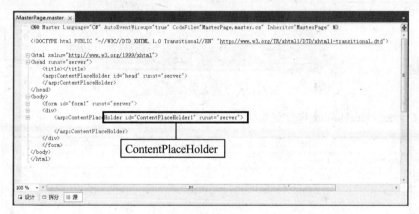

ContentPlaceHolder

图 6-9 创建 MasterPage.master 文件

Step 04 切换到 MasterPage.master 文件设计窗口，如图 6-10 所示。

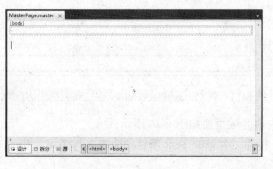

图 6-10 设计窗口

125

6.3.2　通过表格设置母版页版面布局

可以通过表格设置的方式进行母版页的版面布局。

Step 01 选择"表"|"插入表"命令，如图 6-11 所示。

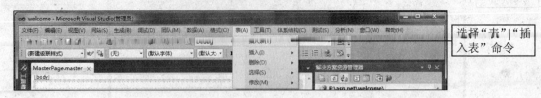

图 6-11　选择"插入表"命令

Step 02 选择"页眉、页脚和边"，添加一个包括"页眉、页脚和边"的表格，如图 6-12 所示。

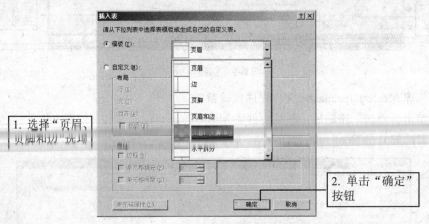

图 6-12　"插入表"对话框

Step 03 将 ContentPlaceHolder 拖曳到表格内容区域，如图 6-13 所示。

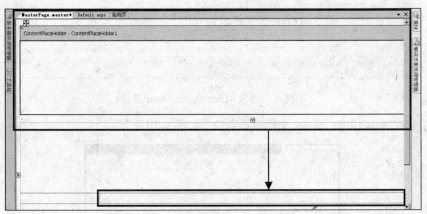

图 6-13　将 ContentPlaceHolder 拖曳到表格内容区域

Step 04 拖曳完成后的内容区域页面如图 6-14 所示。

Step 05 拖曳两个 Label 控件，并修改 Text 属性作为表头与表尾，如图 6-15 所示。

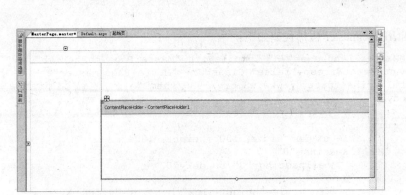

图 6-14 完成的页面

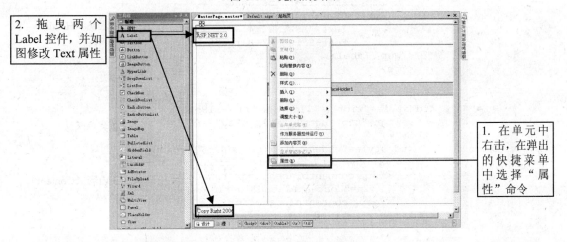

2. 拖曳两个 Label 控件，并如图修改 Text 属性

1. 在单元中右击，在弹出的快捷菜单中选择"属性"命令

图 6-15 创建 Label 控件

Step 06 设置单元格的背景颜色（BgColor）属性，修改表格的每个单元格背景颜色属性，使每个区域都有不同的背景颜色，如图 6-16 所示。

Step 07 完成设置后，每个单元格都有不同的背景颜色，如图 6-17 所示。

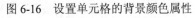

设置<TD>的 BgColor 属性

图 6-16 设置单元格的背景颜色属性

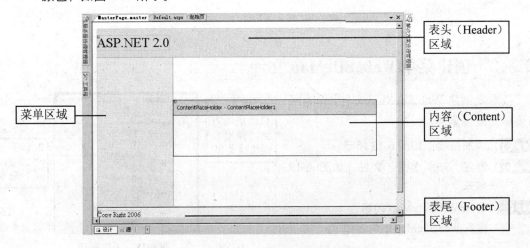

表头（Header）区域

菜单区域

内容（Content）区域

表尾（Footer）区域

图 6-17 为每个单元格设置不同的背景颜色

Step 08 MasterPage.master 程序代码如下：

```
<%@Master Language="VB" CompileWith="MasterPage.master.vb"
  AutoEventWireup="false" ClassName="MasterPage_master"%>
<html xmlns="http：//www.w3.org/1999/xhtml">
<body>
    <form id="form1" runat="server">
    <div>
        <table style="width：100%;height：100%"
        cellspacing="0"
                cellpadding="0" border="0">
            <tr>
                <td style="height：1px" bgcolor="#ffcccc"
                 colspan="2">
                    <asp：Label ID="LabelHeader"
                     Runat="server"
                            Text="ASP.NET 4.0"
                            Font-Size="XX-Large">
                </asp：Label>
                </td>
            </tr>
        <tr>
            <td style="width：171px; height：119px"
                valign="top" bgcolor="#ffe0c0">
            </td>
                <td style="width：714px; height：119px"
                    valign="top" bgcolor="#ffffcc">
                    <asp：contentplaceholder runat="server"
                        id="ContentPlaceHolder1">
                    </asp：contentplaceholder>
            </td>
        </tr>
            <tr>
                <td style="height：14px" bgcolor="#faebd7"
                    colspan="2">
                    <asp：Label ID="Label2" Runat="server"
                        Text="Copy Right 2010">
                    </asp：Label>
                </td>
            </tr>
        </table>
    </div>
    </form>
</body>
</html>
```

1 表头（Header）区域

2 菜单区域

3 内容（Content）区域

4 表尾（Footer）区域

6.3.3 创建菜单 Web.SiteMap 文件

接下来创建 Web.SiteMap 文件，作为网站菜单的数据来源。

Step 01 添加新项，如图 6-18 所示。

Step 02 创建“站点地图”文件，如图 6-19 所示。

Step 03 输入 Web.SiteMap 内容。

输入 Web.SiteMap 的内容如下：

图 6-18 添加新项

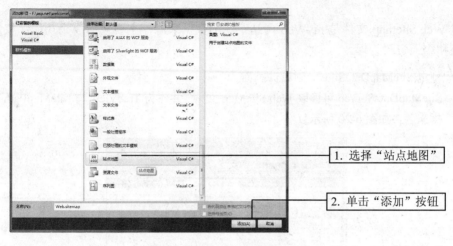

1. 选择"站点地图"

2. 单击"添加"按钮

图 6-19　创建"站点地图"文件

```xml
<?xml version="1.0" encoding="utf-8" ?>
<siteMap>
    <siteMapNode url="Anonymous\Default.aspx" title="Home"
        description="Welcome Page">
        <siteMapNode url="admin\administrator.aspx"
            title="权限管理" description="权限管理">
                <siteMapNode url="admin\Security.aspx"
                    title="客户维护"
                    description="客户维护"/>
        </siteMapNode>
        <siteMapNode url="Sales\Sales.aspx" title="业务系统"
        description="业务系统">
                <siteMapNode url="Sales\Customer.aspx"
        title="客户维护" description="客户维护"/>
                <siteMapNode url="Sales\Product.aspx"
                    title="产品维护" description="产品维护"/>
        </siteMapNode>
        <siteMapNode url="Anonymous\Personal.aspx"
            title="个人资料管理" description="个人资料管理">
<siteMapNode url="Anonymous\CreateUserWizard.aspx"
    title="会员注册" description="会员注册"/>
<siteMapNode url="Anonymous\PasswordRecovery.aspx"
    title="忘记密码" description="忘记密码"/>
<siteMapNode url="Anonymous\ThemeTest.aspx"
    title="主题测试" description="主题测试"/>
<siteMapNode url="Anonymous\ThemeSelect.aspx"
    title="选择主题" description="选择主题"/>
<siteMapNode url="Anonymous\AnonymousProfile.aspx"
    title="匿名信息" description="匿名信息"/>
<siteMapNode url="LoginedUser\ChangePassword.aspx"
    title="更改密码" description="更改密码"/>
<siteMapNode url="LoginedUser\Profile.aspx"
    title="编辑个人信息" description="编辑个人信息"/>
<siteMapNode
url="Anonymous\WebPartPortal\Portal.aspx"
    title="个人化网页" description="个人化网页"/>
</siteMapNode>

</siteMapNode>
</siteMap>
```

1 权限管理

2 业务系统

3 个人资料管理

上述 Web.Sitemap 文件是 myWeb 网站菜单的数据来源，主要包括 3 个功能：权限管理、业务系统和个人资料管理。

Step 04 拖曳 SiteMapDataSource 到设计画面。

SiteMapDataSource 可读取 Web.SiteMap 文件，并作为 TreeView 与 SiteMapPath 控件的数据来源，如图 6-20 所示。

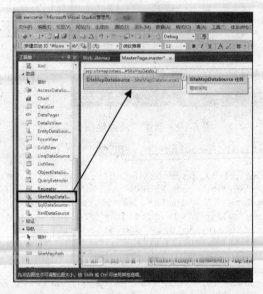

图 6-20　拖曳 SiteMapDataSource 到设计画面

6.3.4　向母版页添加 TreeView 与 SiteMapPath 控件

本小节将对母版页添加 TreeView 控件作为网站菜单，并添加 SiteMapPath 控件作为站点地图。SiteMapPath 控件在前面已有详细介绍。

Step 01 分别拖曳 TreeView 及 SiteMapPath 控件到设计窗口，如图 6-21 所示。

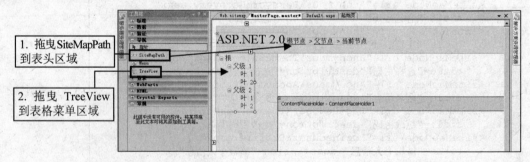

图 6-21　创建 TreeView 及 SiteMapPath 控件

Step 02 设置 TreeView 的 DataSource。

TreeView 控件必须设置 SiteMapDataSource1 作为数据源，如图 6-22 所示。

Step 03 完成设置后的 TreeView 与 SiteMapPath 控件如图 6-23 所示。SiteMapPath 控件无需设置 DataSource，系统自动连接到文件夹下的 Web.SiteMap 文件。

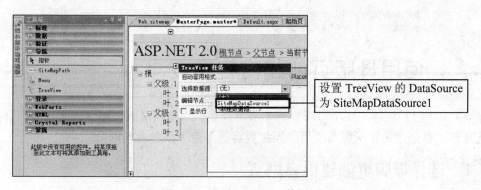

图 6-22　设置 TreeView 数据源

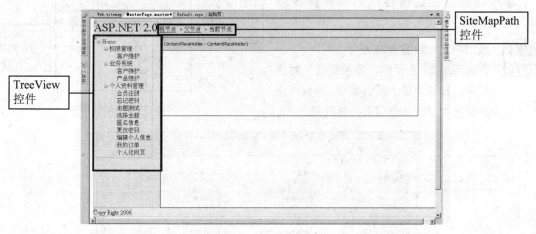

图 6-23　完成设置后的 TreeView 与 SiteMapPath 控件

Step 04　完成创建母版页 MasterPage.Master。

TreeView、SiteMapPath 相关程序代码如下：

```
<asp：SiteMapPath ID="SiteMapPath1" Runat="server"
    PathSeparator=">
    <PathSeparatorStyle Font-Bold="false">
    </PathSeparatorStyle>
    <NodeStyle Font-Bold="false"></NodeStyle>
    <RootNodeStyle Font-Bold="false"></RootNodeStyle>
</asp：SiteMapPath>
    ...
<asp：TreeView ID="TreeView1" Runat="server"
    DataSourceID="SiteMapDataSource1"
    Width="200px" Height="345px"
    ImageSet="XPFileExplorer"
    NodeIndent="15">
    <SelectedNodeStyle BackColor="#B5B5B5">
    </SelectedNodeStyle>
    <NodeStyle VerticalPadding="2" Font-Names="Tahoma"
        Font-Size="8pt" HorizontalPadding="2"
        ForeColor="#000000">
    </NodeStyle>
    <HoverNodeStyle Font-Underline="true"
        ForeColor="#6666AA">
    </HoverNodeStyle>
</asp：TreeView>
```

SiteMapPath 无须
设置 DataSourceID

TreeView 需要
设置 DataSourceID

```
<asp: SiteMapDataSource ID="SiteMapDataSource1"
      Runat="server"/>
```

SiteMap
数据源

6.4　使用母版页创建内容网页

在 6.3 节中已经创建了一个母版页，本节将介绍如何使用母版页创建内容网页，有两种方法：选择母版页创建内容网页和使用"添加内容页"命令创建内容网页。

6.4.1　选择母版页创建内容网页

选择母版页创建内容网页的操作步骤如下。

Step 01　添加新项，如图 6-24 所示。

Step 02　在如图 6-25 所示的"添加新项"对话框中选择要添加的项目类别。特别注意必须选中"选择母版页"复选框。

1.右击方案图标，弹出快捷菜单

2. 选择"添加新项"命令

图 6-24　添加新项

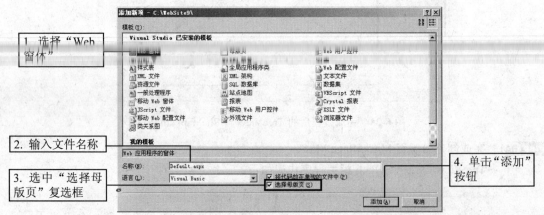

1. 选择"Web 窗体"

2. 输入文件名称

3. 选中"选择母版页"复选框

4. 单击"添加"按钮

图 6-25　"添加新项"对话框

Step 03　选择母版页。在如图 6-26 所示的"选择母版页"对话框中选择所需的母版页。

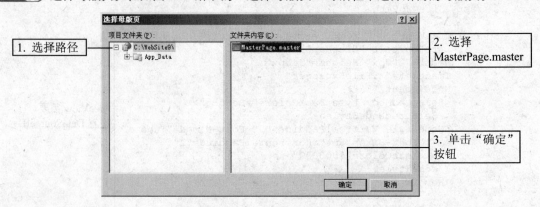

1. 选择路径

2. 选择 MasterPage.master

3. 单击"确定"按钮

图 6-26　"选择母版页"对话框

Step 04 已创建的内容网页程序代码。

单击"确定"按钮后，系统会创建网页，包含以下两个部分。

- 在<%Page%>中，添加了 MasterPageFile="~/MasterPage.master"，表示此内容网页所使用的母版页文件。
- <asp:Content ID="Content1" > </asp:Content>：内容网页所有创建的控件必须在此范围内。

```
<%@ Page Language="VB"
    MasterPageFile="~/MasterPage.master"
    Title="Untitled Page"%>
```
指定母版页文件

```
<asp:Content ID="Content1" Runat="Server"
    ContentPlaceHolderID="ContentPlaceHolder1">
</asp:Content>
```
Content 网页内容

Step 05 切换到设计窗口，如图 6-27 所示。

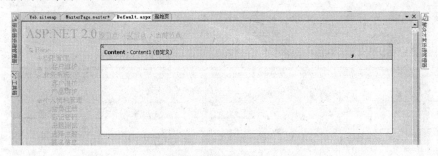

图 6-27　设计窗口

6.4.2　使用"添加内容页"命令创建内容网页

单击"添加内容页"创建内容网页的操作步骤如下。

Step 01 在"解决方案资源管理器"中用鼠标右键单击 MasterPage.master 文件图标，在弹出的快捷菜单中选择"添加内容页"命令，如图 6-28 所示。

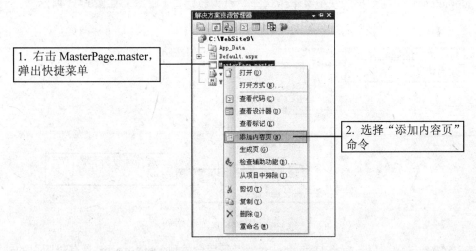

1. 右击 MasterPage.master，弹出快捷菜单

2. 选择"添加内容页"命令

图 6-28　选择"添加内容页"命令

Step 02 生成 Default2.aspx 内容网页，可以重命名，如图 6-29 所示。

图 6-29　已生成的内容网页

6.4.3　创建 Default.aspx 内容

6.4.1 和 6.4.2 节创建的 Default.aspx 内容网页只有母版页的外观，但没有任何内容。下面创建网页内容，具体操作步骤如下。

Step 01 拖曳 Label 控件到内容区域，如图 6-30 所示。

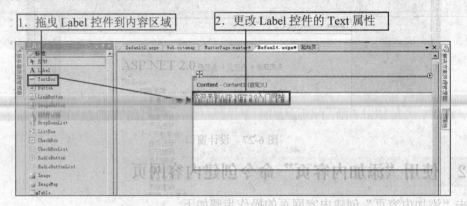

图 6-30　拖曳 Label 控件到内容区域

Step 02 设置 Default.aspx 为网站的默认网页。在"解决方案资源管理器"中用鼠标右键单击 Default.aspx，在弹出的快捷菜单中选择"设为起始页"命令，如图 6-31 所示。

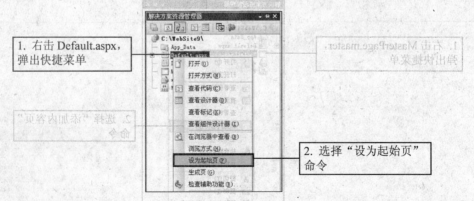

图 6-31　将 Default.aspx 设为起始页

Step 03 按 F5 键启动调试后，运行 Default.aspx。运行后会发现 Default.aspx 具有母版页的外观，如图 6-32 所示。

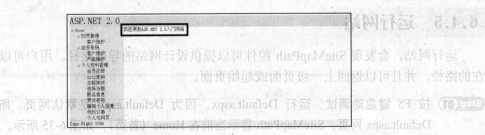

图 6-32　网页的内容

Step 04　Default.aspx 程序代码如下：

```
<%@Page Language="VB" MasterPageFile="~/MasterPage.master"
    AutoEventWireup="false" CompileWith="Default.aspx.vb"
    ClassName="Default_aspx" title="Untitled Page"%>
<asp: Content ID="Content1"
    ContentPlaceHolderID="ContentPlaceHolder1"
    Runat="server"> 
    <asp: Label ID="Label1" Runat="server"
        Font-Size="Large"
        Text="欢迎来到 ASP.NET 2.0 入门网站">
    </asp: Label>
</asp: Content>
```

Content
网页内容

内部内容
（Label 控件）

在上述程序代码中，在 ContentPlaceHolder 内定义了 Label 控件作为内部内容。

6.4.4　创建网站其他内容网页

本节将创建 Customer.aspx 和 Product.aspx 内容网页。

Step 01　按照 6.4.3 节的方法创建 Customer.aspx 内容网页，如图 6-33 所示。

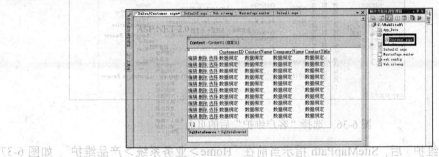

图 6-33　创建 Customer.aspx 内容网页

Step 02　按照 6.4.3 节的方法创建 Product.aspx 内容网页，如图 6-34 所示。

图 6-34　创建 Product.aspx 内容网页

6.4.5 运行网站

运行网站，会发现 SiteMapPath 控件可以提供设计网站的导航路径。用户可以知道当前所在的路径，并且可以返回上一级页面或起始页面。

Step 01 按 F5 键启动调试，运行 Default.aspx。因为 Default.aspx 是默认网页，所以首先出现 Default.aspx 网页。SiteMapPath 显示当前在 Home（首页），如图 6-35 所示。

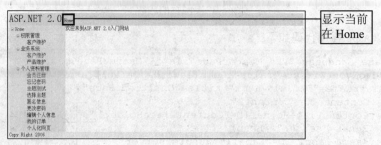

图 6-35 运行的结果

Step 02 选择"客户维护"后，SiteMapPath 指示当前在"Home＞业务系统＞客户维护"，如图 6-36 所示。

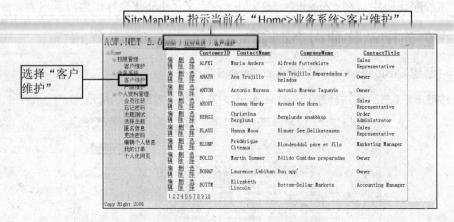

图 6-36 选择"客户维护"后的页面

Step 03 选择"产品维护"后，SiteMapPath 指示当前在"Home＞业务系统＞产品维护"，如图 6-37 所示。

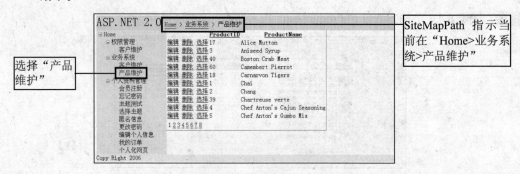

图 6-37 选择"产品维护"后的页面

Step 04 可单击返回上一级网页或首页。如图 6-38 所示，SiteMapPath 除了显示当前网页所在的路径，还可以单击 SiteMapPath 返回首页或返回上一级。

图 6-38　利用 SiteMapPath 返回首页或上一级

6.5 习题与上机操作

1．选择题

（1）母版页由特殊的_____指令识别，该指令替换了用于普通 .aspx 页的 @Page 指令。

    A．@Control   B．@Master

    C．@Assembly   D．@Implements

（2）下列_____不是母版页的优点。

    A．使用母版页可以集中处理页的通用功能，以便可以只在一个位置上进行更新

    B．使用母版页可以方便地创建一组控件和代码，并将结果应用于一组页

    C．使用母版页能够以层次或树形结构显示数据，并导航到指定的 Web 窗体页

    D．通过允许控制占位符控件的呈现方式，母版页可以在细节上控制最终页的布局

（3）以下控件不是 ASP.NET 站点导航控件的是_____。

    A．TreeView 控件   B．Menu 控件   C．SiteMapPath 控件   D．Button 控件

（4）SiteMapPath 控件的_____属性用于设置所有节点的模板。

    A．PathDirection   B．NodeTemplate   C．PathSeparator   D．NodeStyle

2．填空题

（1）母版页是扩展名为_____的 ASP.NET 文件，它可以包括静态文本、HTML 元素和服务器控件的预定义布局。

（2）除了在所有页上显示的静态文本和控件外，母版页还包括一个或多个_____控件，这些占位符控件定义可替换内容出现的区域。

（3）通过创建各个内容页来定义母版页的占位符控件的内容，这些内容页为绑定到特定母版页的 ASP.NET 页。通过包含指向要使用的母版页的_____属性，在内容页的_____指令中建立绑定。

（4）使用母版页创建内容网页，有下列两种方法：_____创建内容网页和_____创建内容网页。

（5）SiteMapPath 控件的节点可以分为 3 种类型：_____、_____和_____。

3．上机操作题

（1）在 Visual Studio 2010 集成开发环境中测试下列代码是否能够正常运行。如果能够正常运行，写出运行结果；如果不能正常运行，指出错误代码。

```
<!-- 站点地图文件 Web.sitemap -->
```

```
<?xml version="1.0" encoding="utf-8"?>
<siteMap xmlns="http://schemas.microsoft.com/AspNet/SiteMap-File-1.0">
<siteMapNode url="TreeViewCtrl.aspx" title="TreeView 控件">
<siteMapNode url="Pages/SubPage.aspx" title="子页面"/>
<siteMapNode url="Pages/SiteMapPathCtrl.aspx" title="站点地图控件"/>
</siteMapNode>
</siteMap>

<!-- Default.aspx 页面 -->
<%@ Page Language="C#"%>
<html xmlns="http://www.w3.org/1999/xhtml" >
<head runat="server">
<title>习题10.2.1</title>
</head>
<body><form id="form1" runat="server">
<asp:SiteMapPath ID="smpPage" runat="server"
RenderCurrentNodeAsLink="true">
</asp:SiteMapPath>
</form></body>
</html>
```

（2）将 MasterPage.master 母版页修改为以 Menu 控件为菜单的形式，如图 6-39 所示。

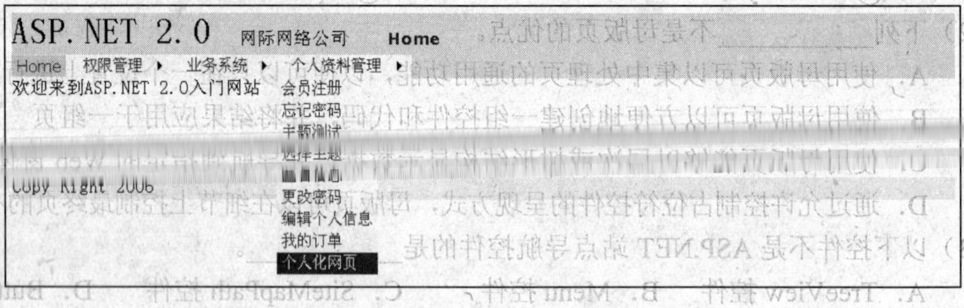

图 6-39 将母版页修改为以 Menu 控件为菜单的形式

第7章

系统环境——
Global.asax 和 Web.config

本章主要介绍 Global.asax 和 Web.config 两个与系统环境有关的文件。Global.asax 文件包含响应 ASP.NET 或 HTTP 模块所引发的应用程序级别和会话级别事件的代码。Web.config 文件是设置应用程序中的各种设置 (Setting)，这些设置包含如何显示网页、如何编译网页应用程序、会话状态 (Session State) 的管理和安全 (Security) 的控制等。

本章知识点

- Global.asax 文件
- Web.config 文件

7.1 Global.asax 文件

Global.asax 文件驻留在 ASP.NET 应用程序的根目录中。运行时，分析 Global.asax 并将其编译到一个动态生成的 .NET Framework 类，该类是从 HttpApplication 基类派生的。Global.asax 文件是可选的，只在希望处理应用程序事件或会话事件时，才应创建它。

创建 Global.asax 与创建一般的 .aspx 文件方法类似，具体操作步骤如下。

Step 01 首先单击 Visual Studio 工作区上方的 "网站" 按钮，然后在弹出的菜单中选择 "添加新项" 选项，弹出如图 7-1 所示的 "添加新项" 对话框。

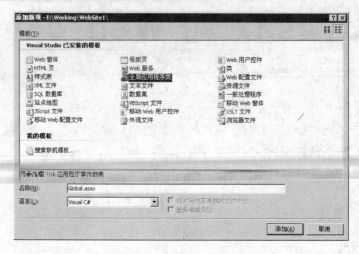

图 7-1 "添加新项" 对话框

Step 02 选择 "全局应用程序类" 选项，然后单击 "添加" 按钮，Visual Studio 自动生成 Global.asax 文件。

Step 03 打开 Global.asax 文件，可以看到程序代码如下。

```
<%@ Application Language="C#" %>
<script runat="server">
    void Application_Start(object sender, EventArgs e)    {
        //在应用程序启动时运行的代码
    }
    void Application_End(object sender, EventArgs e)    {
        //在应用程序关闭时运行的代码
    }
    void Application_Error(object sender, EventArgs e)    {
        //在出现未处理的错误时运行的代码
    }
    void Session_Start(object sender, EventArgs e)    {
        //在新会话启动时运行的代码
    }
    void Session_End(object sender, EventArgs e)    {
        //在会话结束时运行的代码
        //注意：只有在 Web.config 文件中的 sessionstate 模式设置为
        //InProc 时，才会引发 Session_End 事件。如果会话模式设置为 StateServer
        //或 SQLServer，则不会引发该事件
    }
</script>
```

从程序中，我们可以看到 Global 其实是一个类，此类继承自 System.Web.HttpApplication 类，即 HttpApplication 对象中所有的属性、方法和事件也都是 Global 类中的属性、方法和事件，所以通过 Global.asax 就可以控制所有应用程序的动作。Global.asax 中还有一些其他的事件，如表 7-1 所示。表 7-1 只写出了事件名称，使用时要加上 Application_ 这个前缀。

表7-1　Http应用程序类中常用的事件

名称	说明
AcquireRequestState	当应用程序获得请求的缓存时，此事件被触发
AuthenticateRequest	当应用程序要去做此 HTTP 请求的认证时，此事件被触发
AuthorizeRequest	当应用程序要去做此 HTTP 请求的授权时，此事件被触发
BeginRequest	每当有新的 HTTP 请求时，此事件被触发
Disposed	当应用程序被停止且从内存中删除时，此事件被触发
End	每当一个应用程序结束时，此事件被触发
EndRequest	每当一个 HTTP 请求结束时，此事件被触发
Error	当有错误发生时，此事件被触发
PostRequestHandlerExecute	在 HTTP 处理器处理一个请求后，此事件被触发
PreRequestHandlerExecute	在 HTTP 处理器处理一个请求前，此事件被触发
PreSendRequestContent	当一个 HTTP 请求中含有输入数据（即问号之后的数据），则当这些数据被收到前，此事件被触发
PreSendRequestHeaders	当收到 HTTP 首部之前，此事件被触发
ReleaseRequestState	当该应用程序解除此请求的会话状态之前，此事件被触发
ResolveRequestCache	当该应用程序完成此请求的缓存时，此事件被触发
Start	每当一个应用程序开始时，此事件被触发
UpdateRequestCache	当该应用程序更新或解除此请求的缓存时，此事件被触发

下面我们将在 Global.asax 中的每个子过程内都加上 Response.Write 以输出一些数据，由这些输出的数据可以了解这些事件和网页应用程序的执行顺序。注意：更改 Global.asax 会对每个应用程序都有影响，所以更改 Global.asax 的工作要谨慎，能不改就不改。在测试完这一节的例子后，可以将 Global.asax 删除，回到原来的状态。

```
<%@ Application Inherits="System.Web.HttpApplication" %>
<%@ Import Namespace="System.Web" %>
<%@ Import Namespace="System.Web.SessionState" %>
<script language="C#" runat="server">
 void Application_Start(object sender, EventArgs e){
   Application["ArrivalTime"] = System.DateTime.Now;
 }
 void Application_AcquireRequestState(object sender, EventArgs e){
   Response.Write(" Application_AcquireRequestState :
       获得请求的缓存后...<br>");
 }
 void Application_AuthenticateRequest(object sender, EventArgs e){
   Response.Write(" Application_AuthenticateRequest :
       此 HTTP 请求认证前...<br>");
 }
 void Application_AuthorizeRequest(object sender, EventArgs e){
   Response.Write(" Application_AuthorizeRequest :
       此 HTTP 请求的授权前...<br>");
```

```
}
    void Application_PostRequestHandlerExecute(object sender,
         EventArgs e){
      Response.Write
         (" Application_PostRequestHandlerExecute :
              在 HTTP handler 处理一个请求后...<br>");
    }
    void Application_PreRequestHandlerExecute(object sender,
         EventArgs e){
      Response.Write
         (" Application_PreRequestHandlerExecute :
              在 HTTP handler 处理一个请求前...<br>");
    }
    void Application_PreSendRequestContent(object sender, EventArgs e){
      Response.Write(" Application_PreSendRequestContent :
              当输入数据被收到前...<br>");
    }
    void Application_PreSendRequestHeaders(object sender, EventArgs e){
      Response.Write(" Application_PreSendRequestHeaders :
              当收到 HTTP 首部前...<br>");
    }
    void Application_ReleaseRequestState(object sender, EventArgs e){
      Response.Write
         (" Application_ReleaseRequestState :
              解除此请求的会话状态前...<br>");
    }
    void Application_ResolveRequestCache(object sender, EventArgs e){
      Response.Write(" Application_ResolveRequestCache :
              完成此 request 的缓存时...<br>");
    }
    void Application_UpdateRequestCache(object sender, EventArgs e){
      Response.Write
         (" Application_UpdateRequestCache :
              更新或解除此请求的缓存时...<br>");
    }
    void Application_Error(object sender, EventArgs e){
      Response.Write(" Application_Error : 错误发生时...<br>");
    }
    void Session_Start(object sender, EventArgs e){
      Response.Write(" Session_Start : 会话开始...<br>");
    }
    void Session_End(object sender, EventArgs e){
      Response.Write(" Session_Start : 会话结束...<br>");
    }
    void Application_BeginRequest(object sender, EventArgs e){
      Response.Write(" Application_BeginRequest :
              新的 HTTP 请求时...<br>");
    }
    void Application_EndRequest(object sender, EventArgs e){
      Response.Write(" Application_EndRequest : HTTP 请求结束时...<br>");
    }
</script>
```

要了解更改后的 Global.asax 的作用，可以将上面的程序稍做修改，执行一个网页应用程序来观察，如下所示。

```
<%@ Page Language="C#" %>
<script runat="server">
  void Page_Load(object obj, EventArgs e){
    lblMessage.Text = "Page loading...<p>" +
      "此程序开始的时间是: " + Application["ArrivalTime"] + "...<br>" +
      "目前的时间是: " + DateTime.Now + "...<br>";
```

```
    }
    void SayHi(object obj, EventArgs e){
        lblMessage.Text += "Hi, " + txtName.Text + "你好";
        Session.Abandon();
    }
</script>
<html><body>
    第一个ASP.NEP程序<br />
    <asp:Label id="lblMessage" runat="server" text="看过来" /><br />
    <form runat="server">
        请输入姓名:<asp:TextBox id="tbName" runat="server" /><br />
        <asp:Button Text="提交" OnClick="SayHi" Runat="server"/>
    </form>
</body></html>
```

运行此程序，得到的页面如图7-2所示。

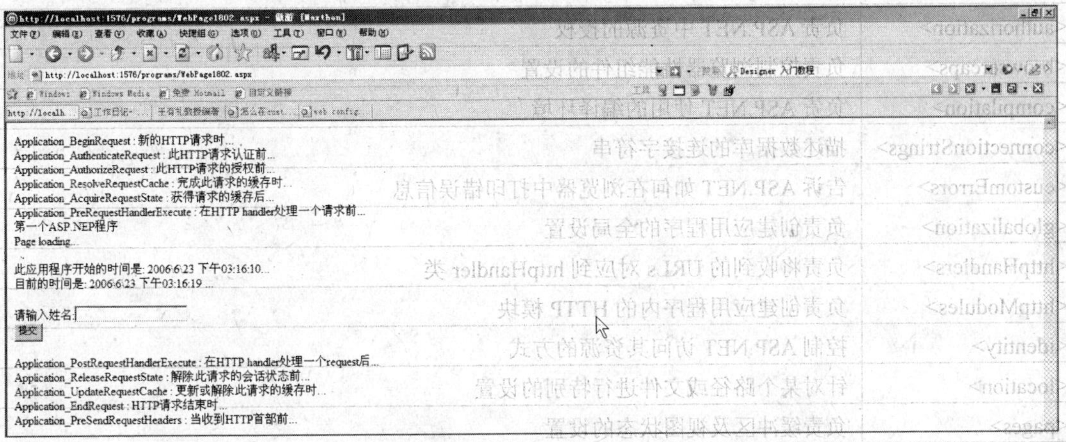

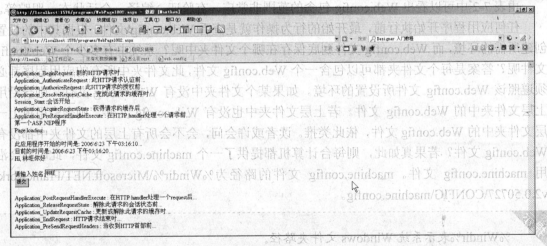

图7-2　运行 WebPage1802.aspx

在图7-2中，读者可以根据每个子过程输出的信息看出各个事件执行的顺序。在图7-2中的"请输入姓名"后的文本框输入"林旺"后，单击"提交"按钮，页面会发生变化，如图7-3所示。

图7-3　提交数据后的页面

7.2 Web.config 文件

在网站设计过程中，Web.config 用来配置 Web 应用程序中的各种设置，这些设置包含如何显示网页、如何编译网页应用程序、会话状态的管理及安全的控制等。表 7-2 列出一些常见的设置。

表7-2 Web.config中常见的配置设置

名称	说明
<appSettings>	用来保存用户自己设置的应用程序的设置
<authentication>	负责认证 ASP.NET 合法的用户
<authorization>	负责 ASP.NET 中资源的授权
<browsercaps>	负责控制浏览器性能组件的设置
<compilation>	负责 ASP.NET 使用的编译环境
<connectionStrings>	描述数据库的连接字符串
<customErrors>	告诉 ASP.NET 如何在浏览器中打印错误信息
<globalization>	负责创建应用程序的全局设置
<httpHandlers>	负责将收到的 URLs 对应到 httpHandler 类
<httpModules>	负责创建应用程序内的 HTTP 模块
<identity>	控制 ASP.NET 访问其资源的方式
<location>	针对某个路径或文件进行特别的设置
<pages>	负责缓冲区及视图状态的设置
<processModel>	负责在 IIS Web Server Systems 中创建 ASP.NET 的进程模式（Process Model）设置
<sessionState>	负责创建 session state HttpModule
<trace>	负责创建 ASP.NET 的跟踪服务

由表 7-2 中可以看出 Web.config 包含的范围非常广，有验证、编译、会话状态、跟踪等。
任何应用程序开始执行前，最开始的行为操作就是查看 Web.config 文件，根据其中的设置创建所需的环境，而 Web.config 文件到底保存在哪个文件夹中呢？系统中有多少个 Web.config 文件呢？答案是每个文件夹都可以包含一个 Web.config 文件，此文件夹中所有的应用程序都必须遵照该 Web.config 文件所设置的环境。如果某个文件夹中没有 Web.config 文件，则会沿用上层文件夹中的 Web.config 文件。若上层文件夹中也没有 Web.config 文件，则会沿用更上一层文件夹中的 Web.config 文件，依此类推。读者或许会问，会不会所有上层的文件夹中都没有 Web.config 文件？若果真如此，则每台计算机都提供了一个 machine.config 文件，此时就会沿用 machine.config 文件。machine.config 文件的路径为%Windir%\Microsoft.NET\Framework\ v2.0.50727\CONFIG\machine.config。

%Windir%表示系统 Windows 文件夹路径。

7.2.1 <appSettings>标签

此设置可以用来设置应用程序中的各种设置，包括文件的路径名称、XMLWebServices 的 URL 或是保存在.ini 文件中有关应用程序的数据。<appSettings>标签可以是<configuration>标签的子标签，也可以是<system.web>标签的子标签。<appSettings>标签中有一个名为 file 的特性和 3 个子标签：add、clear 和 remove，其中 file 是用来描述外部文件（External File）的路径名称，该外部文件则包含通用应用程序 configuration 的设置；add 用来设置 Settings；clear 是用来删除所有继承自通用应用程序 configuration 的设置，remove 是用来删除某一个继承自通用应用程序 configuration 的设置。<add>标签的语法结构如下。

```
<add key="变量名称" value="变量值" />
```

例如，程序的文件路径名称如下。

```
C:\Documents and Settings\yuelwang.93ACER2813\My Documents
        \Visual Studio 2005\WebSites\WebSite1
```

常用到的 SqlConnection 的连接字符串如下。

```
"server=(local);uid=sa;pwd=;database=Scores"
```

可以用<appSettings>标签中的<add>子标签来设置，具体设置如下。

```
<?xml version="1.0" encoding="utf-8" ?>
<configuration>
  <appSettings>
    <add key="my program" value="C:\Documents and Settings\
        yuelwang.93ACER2813\My Documents\Visual Studio 2005\
        WebSites\WebSite1"/>
  </appSettings>
</configuration>
```

在 Web.config 文件中设置好的共享数据，若要在一般的网页应用程序中使用时可使用以下有两种方法。

方法 1：先获取<appSettings>标签的名称，其方法如下。

```
NameValueCollection 变量名称一;
变量名称一 = (NameValueCollection) (Context.GetSection("appSettings"));
```

上面这两个语句是获取<appSettings>标签，由于<appSettings>标签中的数据类型是 NameValueCollection，因此要用这种数据类型来声明。获取<appSettings>标签后，接下来就要获取其中<add>标签的内容，其语法如下。

```
string 变量名称二;
变量名称二 = 变量名称一["key 的名称"].ToString();
```

使用一个例子来说明这种方法。

```
<%@ Page Language="C#" %>
<script runat="server">
    void Page_Load(object obj, EventArgs e){
        NameValueCollection useAppSetting;
        useAppSetting = (NameValueCollection)Context.GetSection("appSettings");
        lblMessage.Text = useAppSetting["my program"].ToString() + "<br />";
    }
</script>
```

```
<html><body>
    <asp:Label ID="lblMessage" Runat="server"/>
</body></html>
```

第 4 行～第 7 行就是以上述方法获取定义在<appSettings>中的 my program。第 5 行的
Context 是 HttpContext 类，GetSection 是此对象中的一个方法，用来获取 Web.config 文件中
Section 内的数据。

方法 2：直接用 ConfigurationManager.AppSettings 方法来获取所要的数据，例如下面的语句。

```
<%@ Page Language="C#" %>
<script runat="server">
    void Page_Load(object obj, EventArgs e){
        lblMessage.Text =
            ConfigurationManager.AppSettings["my program"].ToString()
                + "<br />";
    }
</script>
<html><body>
    <asp:Label ID="lblMessage" Runat="server"/>
</body></html>
```

7.2.2　<connectionStrings>标签

<connectionStrings>标签用来描述数据库的连接字符串，将数据库的连接字符串保存在
<connectionStrings>标签中有两个优点：一是可避免数据库的集中派发被窃取；二是比较
容易维护数据库的连接字符串。以本书为例，如果本书所用数据库的连接字符串一有改变，则
前面各章中有关数据库的程序都必须一一修改，这是一项枯燥乏味冗长的工作。有了
<connectionStrings>标签，则只须修改 Web.config 文件即可。我们用下面的例子来说明。

```
<connectionStrings>
    <add name="SqlScores" providerName="System.Data.SqlClient"
        connectionString="server=140.118.109.156;database=Scores;
            uid=sa;pwd=ylwang" />
</connectionStrings>
```

第 1 行～第 4 行就是设置数据库连接字符串的方法。<connectionStrings>标签也有 3 个子
标签：add、clear 和 remove，这 3 个子标签的含义和上一小节<appSettings>标签中的 add、clear
和 remove 的含义类似。但是<connectionStrings>标签的<add>子标签的特性有 3 个：
providerName、connectionString 和 name，其中 providerName 是用来描述 ADO.NET 的提供程
序，其默认值是"System.Data.SqlClient"；connectionString 是用来描述数据库的连接字符串，
见程序的第 3 行；name 即该连接字符串的变量名称。

下面是为如何使用<connectionStrings>标签所定义的连接字符串的例子。

```
<html><body><form runat="server">
    <asp:SqlDataSource ID="myDataSource"
        ConnectionString="<%$ ConnectionStrings:SqlScores %>"
        SelectCommand="Select * from StudentScores" runat="server" />

    <asp:GridView runat="server" DataSourceID="myDataSource"
        BorderColor="black"
        CellPadding="4" Font-Size="8pt" HeaderStyle-BackColor="#cccc99"
        RowStyle-BackColor="#ffffff"
        AlternatingRowStyle-BackColor="#cccccc"/>
</form></body></html>
```

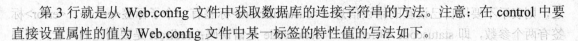

第 3 行就是从 Web.config 文件中获取数据库的连接字符串的方法。注意：在 control 中要直接设置属性的值为 Web.config 文件中某一标签的特性值的写法如下。

```
<%$ 标签路径名称:attribute 的 name %>
```

例如，要在 Label 控件中将 Text 的属性值直接设置为 7.2.1 小节中 "my program" 的路径名称，可以将 Label 控件写成如下语句。

```
<asp:Label ID="lblMessage"
Text="<%$ appSettings:my program %>" Runat="server" />
```

最后要说明的是，如果要在程序代码块中获取设置的值，则可以用 ConfigurationManager 对象，例如如下语句。

```
ConfigurationManager.ConnectionStrings("sqlScores").ToString()
```

上面语句用来获取 "sqlScores" 数据库中连接字符串的值。以 ConfigurationManager 对象获取 appSettings 内容的写法，就可以了解 ConfigurationManager 对象的用法。

7.2.3 <compilation>标签

<compilation>标签用来设置编译 ASP.NET 网页应用程序的参数，包含<compilers>及<assemblies>子标签，<compilers>标签用来描述 ASP.NET 所用的编译程序，<assemblies>标签用来描述 ASP.NET 用到的程序集。

ASP.NET 提供的默认编译器包括 C#、VBScript 及 JavaScript，默认的程序集包括 mscorlib、System、System.Web 等，其中<add assembly="*"/>表示 bin 文件夹中的.dll 文件。另外，<compilation>标签本身有 10 个参数，如表 7-3 所示。

表7-3 <compilation>标签的参数

名称	说明
batch	是否提供批编译（Batch Compilation），默认值是 true
batchTimeout	批编译的时限，以秒为单位
debug	是否要调试，默认值是 false
defaultLanguage	默认的计算机语言
explicit	控制 VB.NET 中编译器的 Explicit 选项，默认值是 true
maxBatchGeneratedFileSize	生成文件大小的限制，单位是 KB
maxBatchSize	被编译的程序个数限制，默认值是 1000
numRecompilesBeforeAppRestart	在应用程序重新开始前，可以编译的次数，默认值是 15
strict	控制 C#中编译器的 Strict 选项，默认值是 false
tempDirectory	编译后的程序集要存放的文件夹

7.2.4 <customErrors>标签

在 ASP.NET 中，每当网页执行有错误时，都会有一个网页显示错误信息，当不想用 ASP.NET 提供的错误信息时，可以用<customErrors>标签来定义自己所需的错误信息。此标签有两个参数，即 defaultRedirect 和 mode。defaultRedirect 是描述当错误生成时，要浏览的 URL 的默认值。mode 的值为 on 或 off，若 mode 的值为 on，则表示要用自己设置的错误信息，反之，则表示不要用自己设置的错误信息。<customErrors>标签有一个子标签<error>，<error>标签有两个参数，即 statuscode 和 redirect。statuscode 是错误码；redirect 是要浏览的网址。例如下面的语句。

```
<customErrors defaultRedirect="ShowGeneralError.aspx" mode="on">
    <error statuscode="404" redirect="ShowError404.aspx"/>
</customErrors>
```

此例表示当发生错误的状态码是 404 时，则浏览网页"ShowError404.aspx"。若错误的状态码不是 404 时，则浏览网页"ShowGeneralError.aspx"。

7.2.5 <pages>标签

此标签的功能与页面指示符的功能大致相同，唯一的不同点是页面指示符是用在一个网页应用程序中，而<pages>标签的设置是适用在该文件夹内所有的网页应用程序中。例如 machine.config 中的<pages>标签的内容如下。

```
<configuration>
    <system.web>
        <pages buffer="true"
            enableSessionState="true"
            enableViewState="true"
            enableViewStateMac="true"
            autoEventWireup="true"/>
    </system.web>
</configuration>
```

7.2.6 <sessionState>标签

此标签是用来设置会话状态中的设置，其中常用的设置如表 7-4 所示。

表7-4 <sessionState>中常用的设置

名称	说明
cookieless	其值为 true 或 false，用来指示是否要存 SessionID，默认值是 false，表示要使用 cookies
mode	其值为 off、inProc、SQLServer 或 stateServer，描述会话的信息要存在 Web Server 的内存、另外的进程、Microsoft SQL Server、远程计算机中
sqlConnectionString	描述 SQL Server 要用的连接字符串，当 mode= SQLServer 时，必须设置此选项的值
stateConnectionString	此选项描述远程计算机的端口和服务器名称。当 mode=stateServer 时，必须设置此设置的值
timeout	其值为一正整数，表示多少分钟，表示会话可以在空闲状态的时限，超过则无效，默认值是 20 分钟

在第 3 章中，我们介绍过 Cookie 变量的使用法，Cookie 变量的存储位置是在客户端的硬盘中，有些客户会将会话设为 disable，如此一来服务器就无法保存 Cookie 变量，进而造成网页应用程序的问题，有时就会因此发生错误。如表 7-4 中的 cookieless 设置为 true，就可以避免这个问题。Cookie 变量和值是保存在 SessionID 中，而不是存在客户端的硬盘中，可以避免用户将其会话状态设为不可用的困扰。machine.config 中<sessionState>标签的内容如下。

```
<configuration>
    <system.web>
```

```
    <sessionState mode="InProc"
      stateConnectionString="tcpip=127.0.0.1:42424"
      stateNetworkTimeout="10"
      sqlConnectionString="data source=127.0.0.1;user id=sa;
      password=" cookieless="false"
      timeout="20"/>
   </system.web>
</configuration>
```

7.3 小结

　　Web.config 文件和 Global.asax 文件的不同之处是，Global.asax 是设置应用程序中事件的子过程，因此只有应用程序所含的事件发生时，才会执行 Global.asax 中该事件对应的子过程。而 Web.config 则不然，任何应用程序在开始执行前的操作就是查看 Web.config 文件，根据其中的设置创建所需的环境。

7.4 习题与上机操作

　　（1）试叙述 Global.asax 和 Web.config 的用途。

　　（2）找到本地计算机中的一个 Global.asax 文件，然后用浏览器浏览该 Global.asax 文件时，查看屏幕上会出现什么？

　　（3）用户计算机中的 machine.config 文件的路径名称是什么？

　　（4）Web.config 文件的根标签是什么？

第8章

ASP.NET 文件操作

在设计网站时，一般会把用户数据保存在数据库中，但有些数据用数据库存储不是很方便，如图像、Word 文档、多层次的网站配置信息等。可以采用文件的形式来存储这些数据。

本章主要学习如何读写计算机磁盘上的文件。将介绍从计算机磁盘上读取文件的方法，主要讨论 .NET Framework 提供的用于创建、读写文件和处理文件系统的类。

本章知识点

- ◎ DriveInfo 类
- ◎ Directory 类
- ◎ DirectoryInfo 类
- ◎ File 类
- ◎ FileInfo 类
- ◎ FileStream 类
- ◎ StreamWriter 类
- ◎ StreamReader 类
- ◎ Path 类

ASP.NET

8.1 DriveInfo 类——获取磁盘信息

DriveInfo 是.NET 类库的类，可以用来获取服务器本地系统注册的驱动器的详细信息，例如，可以获取每个驱动器的名称、类型、大小和状态信息等。使用 DriveInfo 类的 GetDrives() 静态方法还可以枚举本地系统上的所有驱动器名称。

DriveInfo 类的主要成员有如下几个。

- TotalSize：获取驱动器上存储空间的总容量，以字节为单位，包含所有已分配的空间和空闲的空间。
- TotalFreeSize：获取驱动器上的可用空间总量。
- AvailableFreeSpace：显示驱动器上的可用空闲空间，以字节为单位。其值可能小于 TotalFreeSpace，这是因为 ASP.NET 可用的磁盘配额可能有限制。
- DriveFormat：返回文件系统的名称，如 NTFS 或 FAT32。
- DriveType：返回驱动器类型。识别驱动器是固定硬盘、网络驱动器、CD-ROM 还是可移动硬盘。
- IsReady：返回一个 bool 类型的值，该值表明驱动器是否已经准备好。对于可移动驱动器，在没有插入时可能会出现"未就绪"的状态。
- Name：获取驱动器的名称，如"C:"或者"D:"。
- VolumLabel：获取或设置驱动器的卷标。NTFS 格式的驱动器上，卷标名可以长达 32 个字符。如果没有设置卷标，该属性值为空。
- RootDirectory：获取驱动器的根目录。
- GetDrives()静态方法：检索计算机上所有逻辑驱动器的驱动器名称。该方法返回的是一个 DriveInfo 的对象集合。

下面通过一个简单的实例实现如何使用 DriveInfo 类来获取本地 C 盘的信息。

【随堂演练 8-1】 显示本地驱动器的信息

显示本地驱动器信息的操作步骤如下。

Step 01 启动 Visual Studio 2010，新建一个 ASP.NET 项目。

Step 02 在 Default.aspx.cs 的 Page_Load 方法中添加如下代码。

```
protected void Page_Load(object sender, EventArgs e)
{
    //创建 DriveInfo 类的实例
    System.IO.DriveInfo driver=new System.IO.DriveInfo(@"C:\");
    //显示驱动器的名称
    Response.Write ("Driver Name:"+driver.Name+"<br>");
    //显示驱动器的类型
    Response.Write ("Driver Type:"+driver.DriveType.ToString()+"<br>");
    //显示驱动器的可用空间
    Response.Write ("Available Free Space:" +
                    driver.AvailableFreeSpace.ToString()+"<br>");
    //显示驱动器的文件系统的名称
    Response.Write ("Driver Format:"+driver.DriveFormat+"<br>");
    Response.Write ("Total Free Space:"+driver.TotalSize.ToString()+"<br>");
```

```
Response.Write ("VolumeLabel:"+driver.VolumeLabel+"<br>");
}
```

Step 03 选择"调试"|"开始执行（不调试）"命令执行程
序，结果如图 8-1 所示。

实例说明

由于创建了一个 **DriveInfo** 类的实例，所以可以获得 C
盘的相关信息。

图 8-1　显示驱动器信息的运行结果

① **DriveType.ToString** 是将取得的驱动器类型转换为
字符串输出。

② **AvailableFreeSpace.ToString ()** 是将取得的驱动器有效剩余空间转换为字符串输出。

③ **Response.Write()** 将信息输出到页面上。

【随堂演练 8-2】　枚举本地文件系统上的所有驱动器

本实例将演示如何使用 GetDrives()静态方法列举本地文件系统中的所有驱动器，并把每个
驱动器作为一个根节点添加到 TreeView 控件中，具体操作步骤如下。

Step 01 启动 Visual Studio 2010，新建一个 ASP.NET 项目。

Step 02 在 Default.aspx 页面中添加一个 TreeView 控件。

Step 03 在 Default.aspx.cs 的 Page_Load 方法中添加如下代码。

```
protected void Page_Load(object sender, EventArgs e)
{
    if (!Page.IsPostBack)
    {
        foreach (DriveInfo drive in DriveInfo.GetDrives ())  //遍历本地文件系统
        {
            TreeNode node=new TreeNode();    //生成一个新的 TreeNode 节点
            node.Value=drive.Name;
            if (drive.IsReady)
                node.Text=drive.Name+"-(free space:" +
                        drive.AvailableFreeSpace+")";
            else
                node.Text=drive.Name+"-(not ready)";
            this.TreeView1.Nodes.Add (node);
        }
    }
}
```

Step 04 选择"调试"|"开始执行（不调试）"命令运行程序，
效果如图 8-2 所示。

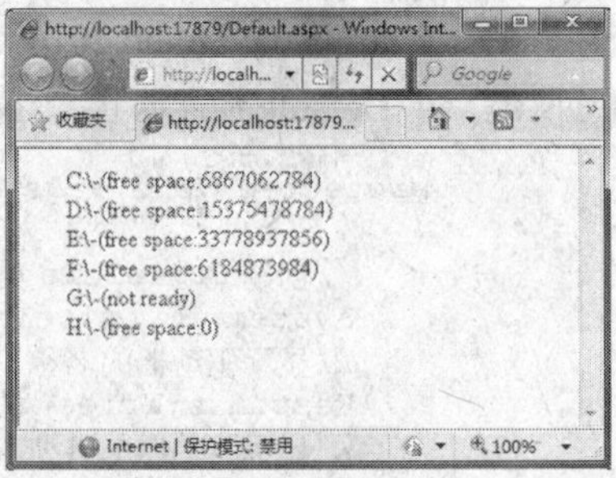

实例说明

① **DriveInfo.GetDrives** 方法用于检索计算机上所有逻
辑驱动器的名称。

图 8-2　本地文件系统的所有驱动器

② 可以使用 **DriveInfo.GetDrives** 方法循环访问数组，使用其他 DriveInfo 方法和属性获取
有关驱动器的信息。

③ 使用 IsReady 属性测试驱动器是否已准备好，因为在未准备好的驱动器上使用此方法会引发 IOException。

④ TreeView1.Nodes.Add (node)用于将新生成的节点添加到 TreeView 中。

8.2 目录的相关操作类

System.IO.Directory 类和 System.DirectoryInfo 类主要提供关于目录的各种操作，使用时需要引用 System.IO 命名空间。下面通过程序实例来介绍类的主要属性和方法。

8.2.1 Directory 类的方法

Directory 类是一个静态实用类，提供了许多操作目录和子目录的静态方法，可以对目录和子目录进行创建、移动、复制和删除等操作。由于这些方法都是静态方法，因此可以在类中使用，而不需要创建实例。Directory 类的主要静态方法如下。

1. 创建目录的方法：Directory.CreateDirectory

Directory.CreateDirectory 方法的声明如下。

```
public static DirectoryInfo CreateDirectory(
    string path
);
```

其中，参数 path 用来指定要创建的目录。

下面的代码演示在 C:\tempuploads 文件夹下创建名为 NewDirectory 的目录。

```
private void MakeDirectory()
{
  Directory.CreateDirectory(@"c:\tempuploads\NewDirectory");
}
```

> **注意** 本章处理的表示文件或目录路径的字符串中有许多 "\" 字符，所以在其前加上前缀 @，表示这个字符串应逐个字符解释，"\" 解释为 "\"，而不是解释为转义字符。如果没有前缀@，就要用 "\\" 来代替 "\"，以避免把这个字符解释为转义字符。

2. 删除目录的方法：Directory.Delete

Directory.Delete 方法的声明如下。

```
public static void Delete(
    string path,
    bool recursive
);
```

其中，参数 path 用来指定要删除的目录。Delete 方法的第二个参数为 bool 类型，用于决定是否删除非空目录。如果该参数值为 true，将删除整个目录，即使该目录下有文件或子目录；若为 false，则仅当目录为空时才会删除。

下面的代码可以将 C:\tempuploads\BackUp 目录删除。

```
private void DeleteDirectory()
{
```

```
        Directory.Delete(@"c:\tempuploads\BackUp",true);
}
```

3. 移动目录的方法：Directory.Move

Directory.Move 方法的声明如下。

```
public static void Move(
    string sourceDirName,
    string destDirName
);
```

其中，参数 sourceDirName 表示要移动的文件或目录的路径，destDirName 指向 sourceDirName 的新位置的路径。

下面的代码可以实现将目录 C:\tempuploads\NewDirectory 移动到目录 C:\tempuploads\BackUp。

```
private void MoveDirectory()
{
    Directory.Move (@"c:\tempuploads\NewDirectory",@"c:\tempuploads\BackUp");
}
```

4. 获取指定目录下所有子目录的方法：Directory.GetDirectories

Directory.GetDirectories 方法的声明如下。

```
public static string[] GetDirectories (
    string path
```

下面的代码读出 C:\tempuploads\目录下的所有子目录，并将其存储到字符串数组中。

```
private void GetDirectory()
{
    string[] Directorys;
    Directorys=Directory.GetDirectories (@"c:\tempuploads");
}
```

5. 获取指定目录下所有文件的方法：Directory.GetFiles

Directory.GetFiles 方法的声明如下。

```
public static string[] GetFiles(
    string path
);
```

下面的代码读出 C:\tempuploads\目录下的所有文件，并将其存储到字符串数组中。

```
private void GetFile()
{
    string[] Files;
    Files=Directory.GetFiles (@"c:\tempuploads",);
}
```

6. 判断目录是否存在的方法：Directory.Existss

Directory.Existss 方法的声明如下。

```
public static bool Existss(
    string path;
);
```

若目录存在，则先获取该目录下的子目录和文件信息，然后将其移动，最后将移动后的目录删除；若目录不存在，则先创建该目录，然后将目录属性设为只读且隐藏。

下面的代码判断是否存在 C:\tempuploads\NewDirectory 目录。

```
if(Directory.Existss(@"c:\tempuploads\NewDirectory"))  //判断目录是否存在
{
    GetDirectory();              //获取子目录
    GetFile();                   //获取文件
    MoveDirectory();             //移动目录
    DeleteDirectory();           //删除目录
}
else
{
    MakeDirectory();             //生成目录
    SetDirectory();              //设置目录属性
}
```

7. 获取指定目录的根目录的方法：Directory.GetParent

Directory.GetParent 方法的声明如下。

```
public static DirectoryInfo GetParent (
    String path
);
```

其中，path 用于检索根目录的路径，如果 path 是根目录，则返回空。

下面的代码将返回 C:\tempuploads\NewDirectory 目录的根目录 C:\tempuploads。

```
public void GetParent()
{
    DirectoryInfo dinfo ;
    dinfo=Directory.GetParent(@"c:\tempuploads\NewDirectory");
}
```

【随堂演练 8-3】　创建及删除目录

本实例将演示如何使用 Directory 类提供的静态方法创建目录、读取目录属性及删除目录，具体的操作步骤如下。

Step 01 启动 Visual Studio 2010。

Step 02 在 Default.aspx 页面中输入“请输入目录名称：”，然后添加一个 TextBox 控件、两个 RadioButton 控件、一个 Button 控件以及一个 Label 控件到页面中。

Step 03 将两个 RadioButton 控件的 Text 属性分别设置为“创建目录”和“删除目录”，GroupName 都设置为“Group1”，然后将“创建目录”单选按钮的 Check 属性设置为 true；将 Button 控件的 Text 属性设置为“确定”，将 Label 控件的 ForeColor 属性设置为 Blue，并删除其 Text 属性的值。页面设计的效果如图 8-3 所示。

Step 04 在页面中双击“确定”按钮，生成 Button1_Click 事件，并添加如下代码。

```
protected void Button1_Click(object sender, EventArgs e)
{
    try{
        if (RadioButton1.Checked)
        {
            System.IO.Directory.CreateDirectory(TextBox1.Text);
                                                        //创建目录
            Label1.Text="创建时间：";
            Label1.Text=+Directory.GetCreationTime(TextBox1.Text)+"<br>";
            Label1.Text+="根目录：";
            Label1.Text+=Directory.GetParent(TextBox1.Text).FullName+"<br>";
            return;
```

```
    }
    if (System.IO.Directory.Existss(TextBox1.Text))
    {
        Directory.Delete(TextBox1.Text);
        Label1.Text="目录"+TextBox1.Text+"已删除";
        return;
    }
    Label1.Text="此目录不存在";
}
catch (Exception ex)
{
    Label1.Text=ex.Message;
}
```

图 8-3　页面设计效果

Step 05 选择　调试 ｜ 开始执行（不调试）命令运行程序，在文本框中输入一个路径，选择"创建目录"单选按钮，单击"确定"按钮，效果如图 8-4 所示。若选择"删除目录"单选按钮，再单击"确定"按钮，如果目录存在即可删除该目录。

图 8-4　创建目录的运行结果

 实例说明

① Directory.CreateDirectory(String)方法根据参数指定的路径创建目录。

② 创建在参数中指定的任意或所有目录，除非这些目录已存在或参数的某一部分无效。

③ 参数指定目录路径，而不是文件路径。不支持只通过冒号（:）字符创建目录，并且这将导致引发 NotSupportedException 异常。

④ 选择"创建目录"会调用 Directory.GetCreationTime 和 Directory.GetParent 两个方法，分别显示创建目录的时间和该目录的根目录全名。

⑤ 遇到异常时，捕获并输出异常信息 ex.Message。

8.2.2　DirectoryInfo 类的方法和属性

DirectoryInfo 类表示磁盘上的物理目录，DirectoryInfo 类和 Directory 类一样都包含了很多对目录进行操作的方法和属性，但是与 Directory 类不同的是，这些方法和属性不是静态的，需要实例化类，将其和特定的目录联系起来。DirectoryInfo 类构造函数的声明如下。

```
public DirectoryInfo(
    string path
);
```

其中，参数 path 是一个字符串，指定要在其中创建 DirectoryInfo 对象的路径。例如，下面的代码创建了一个与目录 C:\tempuploads\NewDirectory 对应的 DirectoryInfo 实例对象。

```
DirectoryInfo info=new DirectoryInfo(@"c:\tempuploads\NewDirectory");
```

注意 此构造函数不会检查目录是否存在，即如果 path 指定的目录不存在，该构造函数不会抛出异常。

1. DirectoryInfo 类的方法

DirectoryInfo 类的主要方法有以下 6 种。

（1）创建目录的方法：DirectoryInfo.Create

DirectoryInfo.Create 方法的声明如下。

```
public void Create();
```

下面的代码演示了创建一个名为 C:\tempuploads\NewDirectory 的目录。

```
private void MakeDirectory()
{
    DirectoryInfo info=new DirectoryInfo(@"c:\tempuploads\NewDirectory");
    info.Create();
}
```

 如果目录已经存在，则此方法不执行任何操作。

（2）删除目录的方法：DirectoryInfo.Delete

DirectoryInfo.Delete 方法的声明如下。

```
public void Delete(
    bool recursive
);
```

其中，参数 recursive 用来指定是否删除非空目录。如果该参数值为 true，将删除整个目录，即使该目录下有文件或子目录；若为 false，则仅当目录为空时才会删除，如果目录不为空，则会引发异常。如果不指定 recursive 参数，则默认为 false，即 Delete() 和 Delete(false) 的效果是相同的。

下面的代码可以将 C:\tempuploads\BackUp 目录删除。

```
private void DeleteDirectory()
{
    DirectoryInfo info=new DirectoryInfo(@"c:\tempuploads\BackUp")
    info.Delete(true);
}
```

（3）移动目录的方法：DirectoryInfo.MoveTo

DirectoryInfo.MoveTo 方法的声明如下。

```
public void MoveTo(
    string destDirName
);
```

其中，参数 destDirName 用来指定要将此目录移动到目标位置的名称和路径，不能和要移动的目录名相同，否则会引发异常。

下面的代码可以将目录 C:\tempuploads\NewDirectory 移动到目录 C:\tempuploads\BackUp。

```
private void MoveDirectory()
{
    DirectroyInfo info=new DirectroyInfo(@"c:\tempuploads\NewDirectory");
    info.MoveTo(@"c:\tempuploads\BackUp");
}
```

注意　DirectoryInfo.MoveTo 方法不能将目录移动到一个已经存在的目录中，例如，如果试图将 C:\mydir 移动到 C:\public，而 C:\public 已经存在，则会引发异常。

（4）创建子目录的方法：DirectoryInfo.CreateSubdirectory

DirectoryInfo.CreateSubdirectory 方法的声明如下。

```
public DirectoryInfo CreateSubdirectory(
    string path
);
```

其中，参数 path 用来指定子目录的路径，如果 path 所指定的子目录已经存在，则此方法不执行任何操作。

下面的代码演示在 C:\tempuploads 文件夹下创建名为 NewDirectory 的子目录。

```
public void CreateSubdirectory()
{
    DirectoryInfo info=new DirectoryInfo(@"c:\tempuploads");
    info.CreateSubdirectory("NewDirectory");
}
```

 路径名称的长度不能超过 249 个字符。

（5）获取当前目录文件列表的方法：DirectoryInfo.GetFiles

DirectoryInfo.GetFiles 有两个版本，其声明分别如下。

```
public FileInfo[] GetFiles();
```

其中，FileInfo[]表示以 FileInfo 数组的形式返回 DirectoryInfo 目录下所有的文件名，如果 DirectoryInfo 中没有文件，则此方法返回一个空数组。

```
public FileInfo[] GetFiles(
    string searchPattern
);
```

其中，参数 searchPattern 用来指定搜索字符串（如"*.txt"）。searchPattern 允许使用通配符。例如，searchPattern 字符串为"*.txt"将搜索扩展名为".txt"的所有文件名称；searchPattern 字符串"s*"会搜索所有以字母"s"开头的文件名。如果 DirectoryInfo 中没有文件或没有与 searchPattern 字符串匹配的文件，则此方法返回一个空数组。

扩展名恰好是 3 个字符时的 searchPattern 匹配行为与扩展名多于 3 个字符时不同。恰好为 3 个字符的 searchPattern 返回扩展名为 3 个或 3 个以上字符的文件。1 个字符、2 个字符或 3 个以上字符的 searchPattern 只返回扩展名恰好等于该长度的文件。例如，"*.abc"返回扩展名为 .abc、.abcd、.abcde、.abcdef 等的文件，"*.abcd"只返回扩展名为.abcd 的文件。

（6）返回当前目录的子目录的方法：DirectoryInfo.GetDirectories

与 DirectoryInfo.GetFiles 方法一样，DirectoryInfo.GetDirectories 也有两个版本，其声明分别如下。

```
public DirectoryInfo[] GetDirectories();
```

如果没有子目录，则此方法只返回根目录。此方法不是递归方法。

```
public DirectoryInfo[] GetDirectories(
    string searchPattern
);
```

其中，参数 searchPattern 用来指定搜索字符串。例如，"System*"用于搜索所有以单词"System"开头的目录。

2．DirectoryInfo 类的属性

DirectoryInfo 类的主要属性有以下 5 种。

（1）获取或设置目录属性：DirectoryInfo.Attributes

DirectoryInfo.Attributes 属性使用 FileAttributes 枚举类型来获取或设置目录属性。FileAttributes 枚举文件和目录的属性，所包含的成员如表 8-1 所示。

表8-1　FileAttributes枚举的成员

成员	说明
Archive	文件的存档状态。应用程序使用此属性为文件加上备份或移除标记
Compressed	文件已压缩
Device	保留供将来使用
Directory	文件为一个目录
Encrypted	该文件或目录是加密的。对于文件来说，表示文件中的所有数据都是加密的；对于目录来说，表示新创建的目录在默认情况下是加密的
Hidden	文件是隐藏的，因此没有包括在普通的目录列表中
Normal	文件正常，没有设置其他的属性。此属性仅在单独使用时有效
NotContentIndexed	操作系统的内容索引服务不会创建此文件的索引
Offline	文件已脱机。文件数据不能立即使用
ReadOnly	文件为只读
ReparsePoint	文件包含一个重新分析点，是一个与文件或目录关联的用户定义的数据块
SparseFile	文件为稀疏文件。稀疏文件一般是数据通常为零的大文件
System	文件为系统文件。文件是操作系统的一部分或由操作系统以独占方式使用
Temporary	文件是临时文件。文件系统试图将所有数据保留在内存中以便更快地访问，而不是将数据刷新回大容量存储器中。不再需要临时文件时，应用程序会立即将其删除

下面的代码设置 C:\tempuploads\NewDirectory 目录为只读且隐藏。与文件属性相同，目录属性也是使用 FileAttributes 来进行设置的。

```
pvate void SetDirectory()
{
    DirectoryInfo NewDirInfo=new DirectoryInfo(@"c:\tempuploads\NewDirectoty");
    NewDirInfo.Atttributes=FileAttributes.ReadOnly|FileAttributes.Hidden;
}
```

（2）获取目录的创建时间：DirectoryInfo.CreationTime

例如，下面的代码将返回 C:\tempuploads 的创建时间。

```
public void creationTime
{
    DirectoryInfo info=new DirectoryInfo(@"c:\tempuploads");
    DateTime ctime=info.CreationTime;
}
```

注意　如果目录不存在，该属性不会抛出异常，返回值也不为空，而是"1901-1-1 8:00:00"。

（3）获取目录的名称：DirectoryInfo.Name 和 DirectoryInfo.FullName

Name 和 FullName 都是只读属性，Name 属性只返回目录的名称，如"Bin"。若要获取完整路径（如"C:\public\Bin"），需要使用 FullName 属性。

例如，下面的代码执行后，dirName 为 IDE，而 FullName 为"C:\Program Files\Microsoft Visual Studio 2010\Common7\IDE"。

```
DirectoryInfo dir=new DirectoryInfo(".");
String dirName=dir.Name;
string fullName=dir.FullName;
```

（4）获取指定目录的上一级目录：DirectoryInfo.Parent

DirectoryInfo.Parent 只读属性，返回指定目录的根目录。如果目录不存在或者指定的目录是根目录（如"\"、"C:"或*"\\server\share"），则返回值为 Null。

下面的代码将返回 C:\public\Bin 的根目录（C:\public）。

```
DirectoryInfo dis=di.CreateSubdirectory(@"c:\public\Bin");
DirectoryInfo parentDir=dis.Parent;
string parentpath=parentDir.FullName;
```

（5）获取指定目录的根目录：DirectoryInfo.Root

DirectoryInfo.Root 只读属性，返回指定目录的根目录。下面的代码会返回 C:\public\Bin 的根目录（C:\）。

```
DirectoryInfo dis=di.CreateSubdirectory(@"c:\public\Bin");
DirectoryInfo rootDir=dis.Root;
string rootpath=rootDir.FullName;
```

【随堂演练 8-4】 创建一个小型目录浏览器

本实例使用 DirectoryInfo 类的 GetDirectories()创建一个递归方法，迭代遍历本地文件系统中的所有目录，并添加到 TreeView 控件中，以创建一个小型目录浏览器。具体的实现步骤如下。

Step 01 启动 Visual Studio 2010，新建一个 ASP.NET 项目。

Step 02 在 Default.aspx 页面中添加一个 TreeView 控件。

Step 03 在 Default.aspx.cs 中添加一个 AddDirectories()函数，用于读取目录列表，其代码如下。

```
private void AddDirectories(TreeNode parent, string path)
{
    System.IO.DirectoryInfo directory=new System.IO.DirectoryInfo(path);
    try
    {
        foreach (System.IO.DirectoryInfo d in directory.GetDirectories())
        {
            TreeNode node=new TreeNode(d.Name, d.FullName);
            parent.ChildNodes.Add(node);
            AddDirectories(node, d.FullName);
        }
    }
    catch (System.UnauthorizedAccessException e)
    {
        parent.Text+="(Access Denied)";
    }
    catch (System.IO.IOException e)
    {
        parent.Text+="(Unknown Error:"+e.Message+")";
    }
}
```

Step 04 在 Default.aspx.cs 的 Page_Load 方法中添加如下代码。

```
protected void Page_Load(object sender, EventArgs e)
{
    foreach (System.IO.DriveInfo drive in System.IO.DriveInfo.GetDrives())
    {
        TreeNode node=new TreeNode();
        node.Value=drive.Name;
        if (drive.IsReady)
        {
            node.Text=drive.Name+"-(free space:"+drive.AvailableFreeSpace+")";
            AddDirectories(node, drive.Name);
        }
        else
        {
            node.Text=drive.Name+"-
                        (not ready)";
        }
        this.TreeView1.CollapseAll();
    }
}
```

Step 05 按快捷键 Ctrl+F5 执行程序,效果如图 8-5 所示。在图中可以通过关闭和打开 TreeView 节点来浏览目录, 就像在 Windows Explorer 中一样。

图 8-5 目录浏览器

实例说明

① **Step 04** 中调用 foreach 函数, 遍历 DriveInfo.GetDrives()获得的驱动器目录信息。将获得的信息回调 AddDirectories 方法, 加入到节点。

② 将 DirectoryInfo 类用于典型操作, 如复制、移动、重命名、创建和删除目录。

③ 如果打算多次重用某个对象, 可考虑使用 DirectoryInfo 的实例方法, 而不是 Directory 类的相应静态方法, 因为并不总是需要安全检查。

④ 在接收路径作为输入字符串的成员中, 路径格式必须是正确的, 否则将引发异常。例如, 如果路径是完全限定的但以空格开头, 则路径在类的方法中不会被修剪。因此, 若路径的格式不正确, 将引发异常。同样, 路径或路径的组合不能被完全限定两次。例如, "C:\temp C:\windows" 在大多数情况下也将引发异常。在使用接收路径字符串的方法时, 请确保路径格式是良好的。

8.3 文件的相关操作

通过 Directory 和 DirectoryInfo 类可以很方便地显示和浏览文件系统, 如果要进一步显示目录中的文件列表, 则可以使用 System.IO 命名空间中的 File 及 FileInfo 类。File 和 FileInfo 类表示文件系统上的文件信息。例如, 在路径 C:\My Documents\ReadMe.txt 中, ReadMe.txt 是一个文件,需要使用 File 和 FileInfo 类来访问;而 C:\My Documents 是一个目录,需要使用 Directory 和 DirectoryInfo 类来访问。

8.3.1 File 类

File 类是一个静态的类，提供了许多用于处理文件的静态方法，如复制、移动、重命名、创建、打开及删除文件。也可以将 File 类用于获取和设置文件属性、有关文件创建及访问、写入操作的 DateTime 信息等。

File 类的主要静态方法有以下 7 种。

1. 打开文件的方法：File.Open

File.Open 方法的声明如下。

```
public static FileStream Open(
    string path,
    FileMode mode,
    FileAccess access
);
```

其中，参数 path 用来指定要打开的文件路径；mode 是一个 FileMode 枚举类型，用于指定在文件不存在时是否创建该文件，并确定是保留还是改写现有文件的内容；access 是一个 FileAccess 枚举类型，用于指定可以对文件执行的操作（只读、读写等）。表 8-2 和表 8-3 中分别列出了 FileAccess 和 FileMode 的成员。

表8-2 FileAccess的成员

成员名称	说明
Read	对文件的读访问。可从文件中读取数据，同 Write 组合即构成读写访问权
ReadWrite	对文件的读访问和写访问。可从文件读取数据和将数据写入文件
Write	对文件的写访问。可将数据写入文件，同 Read 组合即构成读写访问权

表8-3 FileMode的成员

成员名称	说明
Append	打开现有文件并查找到文件尾，或创建新文件。FileMode.Append 只能同 FileAccess.Write 一起使用。任何读尝试都将失败并引发 ArgumentException
Create	指定操作系统应创建新文件。如果文件已存在，将被改写。此操作需要 FileIOPermission-Access.Write 和 FileIOPermissionAccess.Append。System.IO.FileMode.Create 等效于这样的请求：如果文件不存在，则使用 CreateNew；否则使用 Truncate
CreateNew	指定操作系统应创建新文件。此操作需要 FileIOPermissionAccess.Write。如果文件已存在，则将引发 IOException
Open	指定操作系统应打开现有文件。打开文件的能力取决于 FileAccess 所指定的值。如果该文件不存在，则引发 System.IO.FileNotFoundException 异常
OpenOrCreate	指定操作系统应打开文件（如果文件存在）；否则应创建新文件。如果用 FileAccess.Read 打开文件，则需要 FileIOPermissionAccess.Read。如果文件访问权为 FileAccess.ReadWrite 并且文件已存在，则需要 FileIOPermissionAccess.Write。如果文件访问权为 FileAccess.Read-Write 并且文件不存在，则除了需要 Read 和 Write 外，还需要 FileIOPermissionAccess.Append
Truncate	指定操作系统应打开现有文件。文件一旦打开，就被截断为零字节大小。此操作需要 FileIOPermissionAccess.Write。试图从使用 Truncate 打开的文件中进行读取将导致异常发生

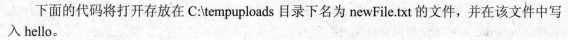

下面的代码将打开存放在 C:\tempuploads 目录下名为 newFile.txt 的文件，并在该文件中写入 hello。

```
private void OpenFile()
{
    FileStream.TextFile=File.Open(@"c:\tempuploads\newFile.txt",FileMode.Append);
        byte [] Info={(byte)''h'',(byte)''e'',(byte)''l'',
                      (byte)''l'',(byte)''o''};
        TextFile.Write(Info,0,Info.Length);
        TextFile.Close();
}
```

2. 创建文件的方法：File.Create

File.Create 方法的声明如下。

```
public static FileStream Create(
    string path
);
```

其中，参数 path 用来指定所要创建的文件名。如果 path 指定的文件不存在，则创建该文件；如果存在并且不是只读的，则将改写其内容。

下面的代码演示如何在 C:\tempuploads 下创建名为 newFile.txt 的文件。

```
private void MakeFile()
{
    FileStream NewText=File.Create(@"c:\tempuploads\newFile.txt");
    NewText.Close();
}
```

> **注意**　由于 File.Create 方法默认向所有用户授予对新文件的完全读写访问权限，所以文件是用读写访问权限打开的，必须关闭后才能由其他应用程序打开。为此，需要使用 FileStream 类的 Close 方法将所创建的文件关闭。

3. 删除文件的方法：File.Delete

File.Delete 方法的声明如下。

```
public static void Delete(
    string path
);
```

其中，参数 path 指定要删除的文件名称，如果 path 指定的文件不存在，不会引发异常。
下面的代码演示如何删除 C:\tempuploads 目录下的 newFile.txt 文件。

```
private void DeleteFile()
{
    File.Delete(@"c:\tempuploads\newFile.txt");
}
```

4. 复制文件的方法：File.Copy

File.Copy 方法的声明如下。

```
public static void Copy(
    string sourceFileName,
    string destFileName,
    bool overwrite
);
```

其中，参数 sourceFileName 和 destFileName 分别用来指定要复制的源文件和目标文件的名称。overwrite 用来指定如果目标文件已经存在是否需要覆盖它，若是，则为 true；否则为 false。

下面的代码用于将 C:\tempuploads\newFile.txt 复制到 C:\tempuploads\BackUp.txt。由于 Copy 方法的 overwrite 参数为 true，所以如果 BackUp.txt 文件已存在，则会被复制的文件所覆盖。

```
private void CopyFile()
{
    File.Copy(@"c:\tempuploads\newFile.txt",@"c:\tempuploads\BackUp.txt",true);
}
```

5. 移动文件的方法：File.Move

File.Move 方法的声明如下。

```
public static void Move(
    string sourceFileName,
    string destFileName
);
```

其中，sourceFileName 用于指定要移动的文件名称，destFileName 用于指定文件的新路径。如果源路径和目标路径相同，不会引发异常。

下面的代码可以将 C:\tempuploads 下的 BackUp.txt 文件移动到 C 盘根目录下。

```
private void MoveFile()
{
    File.Move(@"c:\tempuploads\BackUp.txt",@"c:\BackUp.txt");
}
```

另外，该方法还可以用于文件的重命名，如果源文件和目标文件在同一个目录中，则相当于给文件重命名。

下面的代码可以将 C:\tempuploads 下的 BackUp.txt 文件重命名为 BackUpNew.txt。

```
private void ReName()
{
    File.Move(@"c:\tempuploads\BackUp.txt",@"c:\tempuploads\BackUpNew.txt");
}
```

6. 设置文件属性的方法：File.SetAttributes

File.SetAttributes 方法的声明如下。

```
public static void SetAttributes(
    string path,
    FileAttributes fileAttributes
);
```

其中，参数 path 用于指定文件的路径；fileAttributes 指定所需的 FileAttributes，如 Hidden、ReadOnly、Normal 和 Archive。FileAttributes 的成员参见表 8-1。

下面的代码可以设置文件 C:\tempuploads\newFile.txt 的属性为只读且隐藏。

```
private void SetFile()
{
    File.SetAttributes(@"c:\tempuploads\newFile.txt",
        FileAttributes.ReadOnly|FileAttributes.Hidden);
}
```

7. 判断文件是否存在的方法：File.Existss

File.Existss 方法的声明如下。

```
public static bool Existss(
    string path
);
```

下面的代码用于判断 C:\tempuploads\newFile.txt 文件是否存在。若存在，则先复制该文件，然后将其删除，最后将复制的文件移动；若不存在，则先创建该文件，然后打开该文件并进行写入操作，最后将文件属性设为只读且隐藏。

```
if(File.Existss(@"c:\tempuploads\newFile.txt"))  //判断文件是否存在
{
    CopyFile();              //复制文件
    DeleteFile();            //删除文件
    MoveFile();              //移动文件
}
else
{
    MakeFile();             //生成文件
    OpenFile();             //打开文件
    SetFile();              //设置文件属性
}
```

8.3.2 FileInfo 类

FileInfo 类不是静态的，没有静态方法，仅可用于实例化的对象。FileInfo 对象表示磁盘或网络位置上的物理文件。只要提供文件的路径，就可以创建一个 FileInfo 对象，例如：

```
FileInfo aFile=new FileInfo(@"c:\tempuploads\newFile.txt");
```

FileInfo 类提供了许多类似于 File 类的方法，但是因为 File 是静态类，所以需要一个字符串参数为 File 类的方法调用指定文件的位置；而 FileInfo 类的方法不需要这样一个字符串参数。下面的调用可以用来检查文件 C:\tempuploads\newFile.txt 是否存在。

```
FileInfo aFile=new FileInfo(@"c:\tempuploads\newFile.txt");
if(aFile.Exsits)
{
    Response.Write("File Existss");
}
if(File.Existss(@"c:\tempuploads\newFile.txt"))
{
    Response.Write("File Existss");
}
```

打开文件的方法：FileInfo.Open

FileInfo.Open 方法的声明如下。

```
public FileStream Open(
    FileMode mode,
    FileAccess access,
    FileShare share
);
```

可以看到，FileInfo.Open 方法只比 File.Open 方法少了一个参数 path，这是因为在实例化 FileInfo 的时候就已经给出了 path。

下面的代码将打开存放在 C:\tempuploads 目录下名为 **newFile.txt** 的文件，并在该文件中写入 hello。

```
private void OpenFile()
{
    FileInfo aFile=new FileInfo ((@"c:\tempuploads\newFile.txt");
    FileStream.TextFile=aFile.Open(FileMode.Append);
    byte[] Info={(byte)''h'',(byte)''e'',(byte)''l'',(byte)''l'',(byte)''o''};
    TextFile.Write(Info,0,Info.Length);
    TextFile.Close();
}
```

FileInfo 中的其他方法和 Open 的用法相似，表 8-4 中列出了它们的名称和用途。

表8-4　FileInfo类的方法

方法名称	说明
CopyTo	将现有文件复制到新文件
Create	创建文件
Delete	永久删除文件
MoveTo	将指定文件移到新位置，并提供指定新文件名的选项
Open	用各种读写访问权限和共享特权打开文件

另外，FileInfo 类也提供了与文件相关的属性，FileInfo 类的属性如表 8-5 所示，这些属性可以用来获取或更新文件信息。

表8-5　FileInfo类的属性

属性	说明
Attributes	获取或设置当前 FileSystemInfo 的 FileAttributes
CreationTime	获取或设置当前 FileSystemInfo 对象的创建时间
Directory	获取根目录的实例
DirectoryName	获取表示目录的完整路径的字符串
Existss	已重写。获取指示文件是否存在的值
Extension	获取表示文件扩展名部分的字符串

【随堂演练 8-5】　创建一个简单的文件管理器

下面利用 File 类和 FileInfo 类创建一个简单的文件管理器，包括新建、打开、删除、移动、复制等基本的文件操作，具体的实现步骤如下。

Step 01 启动 Visual Studio 2010，新建一个 ASP.NET 项目。

Step 02 在 Default.aspx 页面中添加两个 Label 控件，将这两个控件的 Text 属性修改为"源文件："和"目标文件："，然后在其后分别添加一个 TextBox 控件，将 TextBox 控件的 ID 属性修改为 sourceFile 和 destFile，并将"目标文件"标签和 destFile 文本框的 Visible 属性修改为 false。

Step 03 在 Default.aspx 页面中添加一个 RadioButtonList 控件，按下面的 HTML 代码设置其属性和 ListItem 集合。

```
<asp:RadioButtonList ID="RadioButtonList1" runat="server"
    AutoPostBack="true"
            OnSelectedIndexChanged="RadioButtonList1_SelectedIndexChanged"
        RepeatDirection="Horizontal">
```

```
<asp:ListItem Value="open">打开</asp:ListItem>
<asp:ListItem Value="create">新建</asp:ListItem>
<asp:ListItem Value="delete">删除</asp:ListItem>
<asp:ListItem Value="copy">复制</asp:ListItem>
<asp:ListItem Value="move">移动</asp:ListItem>
<asp:ListItem Value="rename">重命名</asp:ListItem>
<asp:ListItem Value="attributes">文件属性</asp:ListItem>
</asp:RadioButtonList>
```

Step 04 在 Default.aspx 页面中再添加一个 Label 控件，将其 ForeColor 属性设置为 Blue，ID 属性修改为 lblNote。添加一个 Button 控件，将其 Text 属性修改为"确定"。页面设计效果如图 8-6 所示。

Step 05 在页面中双击 RadioButtonList1 控件，生成 RadioButtonList1_SelectedIndexChanged 方法，在 Default.aspx.cs 中添加如下代码。

图 8-6　文件管理器的页面设计效果

```
protected void RadioButtonList1_SelectedIndexChanged(object sender, EventArgs e){
    switch (RadioButtonList1.SelectedIndex){
        case 3: case 4: case 5:              //复制、重命名、移动
            Label2.Visible=true;
            destFile.Visible=true;           //显示"目标文件"文本框
            break;
        default:
            Label2.Visible=false;
            destFile.Visible=false;          //隐藏"目标文件"文本框
            break;
    }
}.
```

Step 06 在 Default.aspx 页面中双击"确定"按钮，生成 Button1_Click 方法，在 Default.aspx.cs 中添加如下代码。

```
protected void Button1_Click1(object sender, EventArgs e){
    if(File.Existss(TextBox1.Text)){                         //判断源文件是否存在
    FileInfo aFile=new FileInfo(TextBox1.Text);             //生成 FileInfo 对象
    switch (RadioButtonList1.SelectedIndex){
        case 0:                                             //打开
            aFile.Open(FileMode.Open, FileAccess.ReadWrite);
            Label1.Text="文件已经打开";
            break;
        case 1:                                             //新建
            Label1.Text="文件已经存在";
            break;
        case 2:                                             //删除
            aFile.Delete();
            Label1.Text="删除文件成功";
            break;
        case 3:                                             //复制
            if (File.Existss(TextBox2.Text))                //判断目标文件是否存在
                Label1.Text="目标文件已经存在";
            else{
                aFile.CopyTo(TextBox2.Text);
                Label1.Text="文件复制成功！";
            }
            break;
        case 4:                                             //移动
            if (File.Existss(TextBox2.Text))
```

```
                        Label1.Text="目标文件已经存在";
            else{
                        aEile.MoveTo(TextBox2.Text);
                        Label1.Text="文件移动成功！";
            }
            break;
        case 5:                                          //重命名
            if (File.Existss(aFile.DirectoryName+"\\"+TextBox2.Text))
                    Label1.Text="无法重命名，指定的文件与现有文件重复";
            else{
                        aFile.MoveTo(aFile.DirectoryName+"\\"+TextBox2.Text);
                        Label1.Text="重命名成功";
            }
            break;
        case 6:                                          //文件属性
            Label1.Text="文件名:"+aFile.Name+"<br>";
            Label1.Text+="位置:"+aFile.DirectoryName+"<br>";
            Label1.Text+="大小:"+aFile.Length+"bytes<br>";
            Label1.Text+="创建时间:"+aFile.CreationTime+"<br>";
            if ((File.GetAttributes(TextBox1.Text) &
                    FileAttributes.Hidden)==FileAttributes.Hidden)
                    Label1.Text+="属性:隐藏";
            else if ((File.GetAttributes(TextBox1.Text) &
                        FileAttributes.ReadOnly)==FileAttributes.ReadOnly)
                Label1.Text+="属性:只读";
            break;
        }
    }
    else{
        switch (RadioButtonList1.SelectedIndex){
            case 1:                                      //新建
                    File.Create(TextBox1.Text);
                    Label1.Text="创建文件成功！";
                    break;
            default:
                    Label1.Text="源文件不存在";
                    break;
        }
    }
}
```

Step 07 按快捷键 Ctrl+F5 运行程序，效果如图 8-7 所示。

实例说明

① **Step 05** 中，switch()语句用于判断事件类型。

② **Step 06** 中，单击"确定"按钮后，调用 File.Existss()方法判断源文件是否存在。如果存在，则创建 FileInfo 类对象。依次根据参数判断操作类型，调用 FileInfo 类的相关成员函数。

图 8-7　文件管理器的运行结果

③ File 类的静态方法对所有方法都执行安全检查。如果打算多次重用某个对象，可考虑改用 FileInfo 的相应实例方法，因为它并不总是需要安全检查。

④ 由于所有的 File 方法都是静态的，所以如果只想执行一个操作，那么使用 File 方法的效率比使用相应的 FileInfo 实例方法可能更高。所有的 File 方法都要求提供当前所操作的文件的路径。

8.4 读写文件

8.2 节和 8.3 节介绍了用于管理目录和文件的类，本节将介绍用于读写文件的类，这些类表示一个通用的概念——流。本节首先对流的概念进行简单介绍，然后介绍 FileStream 类、StreamWriter 对象和 StreamReader 对象。

8.4.1 流

在.NET Freamwork 中进行的所有输入和输出工作都要用到流。流是一个用于传输数据的对象，数据的传输有两个方向，对应着两种类型的流。

- 输出流：用于将数据从程序传输到外部源。这里的外部源可以是物理磁盘文件、网络位置上的文件、打印机或另一个程序。
- 输入流：用于将数据从外部源传输到程序中。这里的外部源有键盘、磁盘文件等。

在 System.IO 命名空间中，与流相关的类的层次结构如图 8-8 所示。

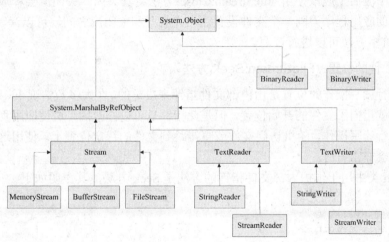

图 8-8 与流相关的类的层次结构

对于文件的读写，最常用的类有以下 3 个。

- FileStream（文件流）：主要用于从二进制文件中读写二进制数据，也可以用于读写任何文件。
- StreamReader（流读取器）和 StreamWriter（流写入器）：专门用于读、写文本文件。

8.4.2 FileStream 类

FileStream 对象表示在磁盘上或者网络路径上指定的文件流。这个类提供了在文件中读写二进制数据的方法。FileStream 的构造函数如下。

```
public FileStream(
    string path,
    FileMode mode,
    FileAccess access,
    FileShare share
);
```

其中，参数 path 用来指定要访问的文件；参数 mode 是 FileMode 枚举的一个成员，用于指定打开文件的模式，关于 FileMode 的成员可以参见表 8-3；参数 access 是 FileAccess 枚举的一个成员，用于指定访问文件的方式是只读、只写还是读写，关于 FileAccess 枚举的成员参见表 8-2。如果在构造 FileStream 对象的时候没有指定 FileAccess 参数，则默认为 FileAccess.ReadWrite（读写）。

在构造 FileStream 对象的时候，有以下几个问题需要特别注意。

- 如果参数 path 指定的文件不存在，而 mode 的值是 FileMode.Append、FileMode.Open 或 FileMode.Truncate，则会抛出异常。
- 如果参数 path 指定的文件存在，而 mode 的值是 FileMode.CreateNew，会抛出异常。
- 当 mode 的值是 FileMode.Create 和 FileMode.OpenOrCreate 时，不管 path 指定的文件是否存在都可以正常处理。
- 如果参数 path 指定的文件存在，且 mode 的值是 FileMode.Create，则会删除原有的文件并创建一个新的空文件。

使用完一个流后，应该使用 FileStream.Close 方法将其关闭。关闭流会释放与它相关的资源，允许其他的应用程序为同一个文件设置流。在打开和关闭流之间，可以读写其中的数据，FileStream 有许多方法可以进行读写。

1. 读写文件的位置：FileStream.Seek 方法

对文件进行读写操作的位置是由内部文件指针来决定的。在大多数情况下，在打开文件时，内部文件指针就指向了文件的开始位置，但是此指针是可以修改的，这使应用程序可以在文件的任何位置进行读写操作，随机访问文件或直接跳到文件的特定位置上。使用这种方法在处理大型文件时，会非常省时。

FileStream 类中用于维护内部文件指针的方法是 Seek 方法，其声明如下。

```
public override long Seek(
   long offset,
   SeekOrigin origin
);
```

其中，参数 offset 用于规定内部文件指针以字节为单位的移动距离；参数 origin 是 SeekOrigin 枚举的一个成员，用于规定开始计算的起始位置。SeekOrigin 包含了 3 个值：Begin、Current 和 End。例如，下面的代码会将内部文件指针从文件的开始位置移动到文件的第 9 个字节。

```
FileStream aFile=new FileStream((@"c:\tempuploads\newFile.txt");
aFile.Seek(9,SeekOrigin.Begin);
```

也可以规定负查找位置，当 offset 为负的时候，表示向前移动。例如，下面的代码是将文件指针移动到倒数第 5 个字节。

```
FileStream aFile=new FileStream((@"c:\tempuploads\newFile.txt");
aFile.Seek(-5,SeekOrigin.End);
```

2. 读取文件：FileStream.Read 方法

FileStream.Read 方法是从 FileStream 对象所指的文件中读取数据的主要手段，该方法的声明如下。

```
public override int Read(
```

```
byte[] array,
int offset,
int count
);
```

从声明中可以看到，该方法有 3 个参数，第一个参数是字节数组，当此方法返回时，该数组中 offset 和（offset+count −1）之间的值就是从 FileStream 对象中读取的数据。第二个参数表示 array 中的字节偏移量，从此处开始读取。第三个参数表示从文件中读取的字节数。

FileStream 类只能处理二进制数据，虽然这使 FileStream 类可以用于读写任何文件，但是这使 FileStream 不能直接读取字符串。然而，可以通过几种转换类把字节数组转换为字符串，或者将字符串转换为字节数组。System.Text 命名空间中的 Decoder 类可以实现这种转换，例如：

```
Decoder d=Encoding.UTF8.GetDecoder ();
d.GetChars(byData,0,byData.Length, charData,0);
```

上面的代码基于 UTF8 编码模式创建了 Decoder 对象，然后调用 GetChars()方法，将指定的字节数组转换为字符数组。

3. 写入数据：FileStream.Write 方法

写入数据与读取数据非常相似，首先将要写入的内容存入一个字符数组中，然后利用 System.Text.Encoder 对象将其转换为一个字节数组，最后调用 Write 方法将字节数组写入文件中。FileStream.Write 方法的声明如下。

```
public override void Write(
byte[] array,
int offset,
int count
);
```

其中，3 个参数的含义和作用与 FileStream.Read 方法的相同，此处不再赘述。

【随堂演练 8-6】 随机读取文件数据

本实例将演示从随机访问文件中读取数据，具体的实现步骤如下。

Step 01 启动 Visual Studio 2010，新建一个 ASP.NET 项目。

Step 02 在 Default.aspx.cs 文件的顶部添加下面的 using 命令。

```
using System.IO;
using System.Text;
```

Step 03 在 Page_Load 方法中添加如下代码。

```
protected void Page_Load(object sender, EventArgs e){
    byte[] byData=new byte[200];
    char[] charData=new char[200];
    FileStream aFile=null;
    try{
        aFile=new FileStream (Server.MapPath(".") +
                            "//Default.aspx.cs", FileMode.Open);
        aFile.Seek(379, SeekOrigin.Begin);
                            //将内部文件指针移动到文件的第379个字节
        aFile.Read(byData, 0, 200);        //读取200个字节的数据到byData数组中
    }
    catch (IOException ex)
        Response.Write("IOException: "+ex.Message);
    finally
        aFile.Close();
    Decoder d=Encoding.UTF8.GetDecoder();
```

```
                    d.GetChars(byData, 0, byData.Length, charData, 0);
                                                //将字节数组转换为字符数组
                    Response.Write(charData, 0, charData.Length);
            }
```

Step 04 按快捷键 Ctrl+F5 运行程序，结果如图 8-9 所示。

实例说明

在本实例中，首先通过 using 引用两个类库 System.IO 和 System.Text，然后调用内部文件流类将内部文件指针移动到文件的第 379 个字节，读取 200 个字节的内容到数组中，在最后，将字节数组转换为字符数组，并输出它们。

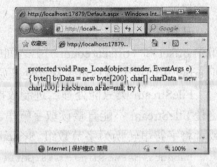

图 8-9　随机读取文件的运行效果

① Server.MapPath(".")方法将返回当前目录的物理路径。

② Seek 方法的第二个参数是 SeekOrigin 枚举的一个成员，用于规定开始计算的起始位置。

③ 创建 FileStream 类的实例，调用 Seek 方法设置指针，并调用 Read 读取 200 个字节的数据存储到 byData 数组中。

④ 创建 Encoding.UTF8.GetDecoder()的一个实例，将字节数组转换为字符数组。

⑤ FileStream 对象支持使用 Seek 方法对文件进行随机访问。Seek 允许将读取/写入位置移动到文件中的任意位置。

【随堂演练 8-7】　将数据写入随机访问文件

向随机访问文件中写入数据的实现过程如下。

Step 01 启动 Visual Studio 2010，新建一个 ASP.NET 项目。

Step 02 在 Default.aspx.cs 文件的顶部添加下面的 using 命令。

```
using System.IO;
using System.Text;
```

Step 03 在 Page_Load 方法中添加如下代码。

```
protected void Page_Load(object sender, EventArgs e){
    byte[] byData;
    char[] charData;
    FileStream aFile=null;
    try{
        aFile=new FileStream(Server.MapPath(".")+"\\temp.txt",FileMode.Create);
        charData=("This is a new File Create in"+DateTime.Now.ToString()).
            ToCharArray();
        byData=new byte[charData.Length];
        Encoder ec=Encoding.UTF8.GetEncoder();
        ec.GetBytes(charData, 0, charData.Length, byData, 0, true);
        aFile.Seek(4, SeekOrigin.Begin);
        aFile.Write(byData, 0, byData.Length); //写入数据
    }
    catch (IOException ex)
        Response.Write("IOException : "+ex.Message);
    finally
        aFile.Close();
}
```

Step 04 按快捷键 Ctrl+F5 运行程序，然后将其关闭。

  在当前应用程序的目录中会看到一个 temp.txt 文件，用 Windows 记事本打开该文件可以看到如图 8-10 所示的文本。

图 8-10　temp.txt 的文本

实例说明

在本实例中，首先通过 using 引用两个类库 System.IO 和 System.Text，然后调用文件流类将内部文件指针移动到文件的第 4 个字节，并写入数据，catch 用于捕获异常。

① 首先声明一个字符数组、一个字节数组、重置 FileStream 类的实例 aFile。
② DateTime.Now.ToString()方法将当前时间以字符串形式输出。
③ aFile.Seek(4, SeekOrigin.Begin)将内部文件指针移动到第 4 个字节，从这里开始写入数据。

8.4.3　读写文本文件

因为操作二进制数据比较麻烦，因此使得使用 FileStream 类非常困难，为此，.NET Framework 中提供了 StreamWriter 类和 StreamReader 类专门用来处理文本文件。使用 FileWriter 和 FileReader 对象不能随意地改变文件指针的位置，也就是说，只能顺序访问文件，而不能随机访问文件，但是使用 StreamWriter 和 StreamReader 却很容易做到。

1．StreamWriter 类

StreamWriter 类允许将字符和字符串写入到文件中。有许多方法可以用来创建 StreamWriter 对象，如果已经有了 FileStream 对象，则可以使用此对象来创建 StreamWriter 对象，代码如下。

```
FileStream aFile=new FileStream(@"c:\tempuploads\newFile.txt",FileMode.CreatNew);
StreamWriter sw=new StreamWriter(aFile);
```

也可以直接从文件中创建 StreamWriter 对象，代码如下。

```
StreamWriter sw=new StreamWriter(@"c:\tempuploads\newFile.txt",true);
```

这个构造函数的参数是文件名和一个 bool 值，这个 bool 值规定了是添加到文件的末尾还是创建新文件。

- 当 bool 值为 false 时，如果文件存在，则截取现有文件并打开该文件，否则创建一个新文件。
- 当 bool 值为 true 时，如果文件存在，则打开文件，保留原来的数据，否则创建一个新文件。

与创建 FileStream 对象不同，创建 StreamWriter 对象不会提供一组类似的选项，除了使用 bool 值指定是添加到文件的末尾或创建新文件之外，根本没有像 FileStream 类那样指定 FileMode、FileAccesss 等属性的选项。如果需要使用这些高级参数，可以先在 FileStream 的构造函数中指定这些参数，然后利用 FileStream 对象来创建 StreamWriter 对象。StreamWriter 对象提供了两个用于写入数据的方法：Write 和 WriteLine。这两个方法有许多的重载版本，可以完成高级的文件输出。Write 方法和 WriteLine 方法基本上相同，不同的是 WriteLine 方法在将传送给它的数据输出后，还会输出一个换行符。表 8-6 列出了 WriteLine 的部分重载版本。

表8-6　WriteLine方法的重载版本

方法	说明
WriteLine()	将行结束符写入文本流
WriteLine(bool)	将后面带有行结束符的 Boolean 的文本表示形式写入文本流
WriteLine(char)	将后面带有行结束符的字符写入文本流
WriteLine(char[])	将后面带有行结束符的字符数组写入文本流
WriteLine(decimal)	将后面带有行结束符的十进制值的文本表示形式写入文本流
WriteLine(double)	将后面带有行结束符的 8B 浮点值的文本表示形式写入文本流
WriteLine(int)	将后面带有行结束符的 4B 有符号整数的文本表示形式写入文本流
WriteLine(long)	将后面带有行结束符的 8B 有符号整数的文本表示形式写入文本流
WriteLine(string)	将后面带有行结束符的字符串写入文本流

2．StreamReader 类

StreamReader 类的工作方式与 StreamWriter 类似，但 StreamReader 是用于从文件或另一个流中读取数据的。StreamReader 对象的创建方式类似于 StreamWriter 对象，最常见的方式是使用 FileStream 对象。

```
FileStream aFile=
        new FileStream(@"c:\tempuploads\newFile.txt",FileMode.CreatNew);
StreamReader sr=new StreamReader(aFile);
```

同样地，StreamReader 类也可以直接使用包含具体文件路径的字符串来创建对象。

```
StreamReader sr=new StreamReader(@"c:\tempuploads\newFile.txt");
```

StreamReader 类同样提供了很多的方法用于读取文件中的数据，表 8-7 列出了常用的几个方法。

表8-7　StreamReader类常用的方法

方法	描述
Read()	读取输入流中的下一个字符并使该字符的位置提升一个字符
ReadLine()	从当前流中读取一行字符并将数据作为字符串返回
ReadToEnd()	从流的当前位置到末尾读取流数据作为字符串返回

【随堂演练 8-8】　日志文件维护程序

本实例使用 StreamReader 类和 StreamWriter 类创建一个简单的日志文件，可以写入日志，也可以按要求显示日志，具体实现步骤如下。

Step 01 启动 Visual Studio 2010，新建一个 ASP.NET 项目。

Step 02 将表 8-8 中的控件添加到 Default.aspx 页面中，并为其属性设置相应的值。

表8-8　控件及其属性设置

控件类型	属性设置
Button	ID= "bt_write "、Text="写日志"
Button	ID="bt_display"、Text="显示日志"
TextBox	ID="Entry"、Text="请输入……"
ListBox	ID ="PickEntries"、Visible=false、AutoPostBack=true
TextBox	ID="DisplayEntry"、TextMode ="MultiLine"、Visible=false

Step 03 在 Default.aspx.cs 文件的顶部添加下面的 using 命令。

```
using System.IO;
using System.Text;
```

Step 04 在 Default.aspx.cs 文件中添加两个私有函数，分别为 IsDate（用于判断一个字符串是否可以转换为一个日期）和 AddListItems（用于添加 ListBox 的项）。

IsDate 函数的代码如下。

```
private bool IsDate(string s){
    try{
        System.Convert.ToDateTime(s);
        return true;
    }
    catch
        return false;
}
```

AddListItems 函数的代码如下。

```
private void AddListItems(){
    string fileString="";
    StreamReader sr=null;
    PickEntries.Items.Clear();
    PickEntries.Items.Add("全部显示");
    try{
        sr=new StreamReader(Server.MapPath(".")+"\\MyDiary.txt");
        do{
            fileString=sr.ReadLine();                //读取一行
            if (IsDate(fileString))
                PickEntries.Items.Add(fileString);
        }while (fileString!=null);
    }
    finally
        sr.Close();                                  //关闭流
}
```

Step 05 返回 Default.aspx 的设计视图，双击 "写日志" 按钮，为该按钮创建一个单击事件处理程序，然后在其中添加以下代码。

```
protected void bt_write_Click(object sender, EventArgs e){
    string ReadString=Entry.Text ;
    StreamWriter sw=null;
    try{
        sw=new StreamWriter(Server.MapPath(".")+"\\MyDiary.txt", true);
        sw.WriteLine(DateTime.Now.ToString());          //写入写日志的日期
        sw.WriteLine(ReadString);                       //写入日志文本
        Response.Write("<script>alrt('成功写入一条日志')</script>");
    }
    finally
        sw.Close();                                     //关闭流
    AddListItems();                                     //重新添加 ListBox 中的项
}
```

Step 06 返回 Default.aspx 的设计视图，双击 "显示日志" 按钮，为该按钮创建一个单击事件处理程序，然后在其中添加以下代码。

```
protected void bt_display_Click(object sender, EventArgs e){
    PickEntries.Visible=true;                    //显示 ListBox
    AddListItems();                              //添加 ListBox 的项
```

```
            DisplayEntry.Visible=true;                    //显示日志的文本框
}
```

Step 07 返回 Default.aspx 的设计视图，双击 PickEntries 列表框，为该列表框创建一个 SelectedIndexChanged 事件处理程序，然后在其中添加以下代码。

```
protected void PickEntries_SelectedIndexChanged(object sender,
                                                EventArgs e){
    string fileString="";
    string readString="";
    StreamReader sr=null;
    try{
        sr=new StreamReader(Server.MapPath(".")+"\\MyDiary.txt");
        if (PickEntries.SelectedIndex <= 0) {               //全部显示
            fileString=sr.ReadLine();
            while (fileString!=null){
                readString+=fileString+"\n";                //读取一行数据
                fileString=sr.ReadLine();
            }
        }
        else {                                              //按日期显示
            fileString=sr.ReadLine();
            //移动指针到所要读取的日志
            while (fileString!=PickEntries.SelectedItem.Text)
                fileString=sr.ReadLine();
            readString=PickEntries.SelectedItem.Text+"\n";
            fileString=sr.ReadLine(); //读取需要的日志数据直到下一个日期
            while (!IsDate(fileString)){
                readString+=fileString;
                fileString=sr.ReadLine();
            }
        }
    }
    finally{
        sr.Close();       //关闭流
    DisplayEntry.Text=readString;
    //显示读取的日志数据
}
```

Step 08 按快捷键 Ctrl+F5 运行程序，效果如图 8-11 所示。

图 8-11 日志文件维护程序的运行结果

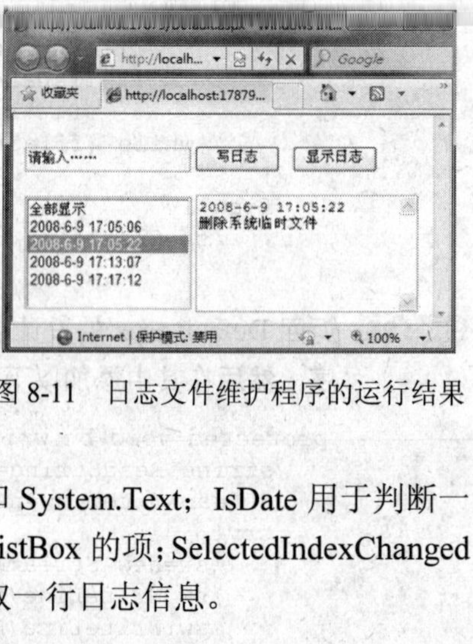

实例说明

在本实例中，首先通过 using 引用两个类库 System.IO 和 System.Text；IsDate 用于判断一个字符串是否可以转换为一个日期；AddListItems 用于添加 ListBox 的项；SelectedIndexChanged 事件用于处理 PickEntries 列表框；sr.ReadLine()方法用来读取一行日志信息。

① System.Convert.ToDateTime 函数将一个字符串转换为一个时间类型。
② **Step 04** 中，StreamReader 类的实例 sr 读取 MyDiary.txt 文件。
③ **Step 05** 中，StreamWriter 类的实例 sw 将日期字符串和日志文本写入到流 MyDiary.txt 中。
④ 当单击"全部显示"时，PickEntries.SelectedIndex 的值将会小于等于 0，会将全部的数据读出。否则，根据单击的 PickEntries.SelectedIndex 的值不同，显示对应日期的日志数据。
⑤ DisplayEntry.Text 用于显示日志文本信息。

8.5 Path 类

虽然文件和目录类可以很好地完成文件系统的大部分操作，甚至能够和 ASP 程序兼容，但是在很多情况下，程序员必须处理与路径相关的操作，如连接路径字符串的两个部分、判断文件的扩展名、从路径名中提取文件名等。

.NET 框架提供了 Path 类专门用于处理与路径相关的任务。路径信息以普通字符串形式存储，Path 类对包含文件或目录路径信息的字符串执行操作。Path 类中所有用于路径操作的方法都是静态方法，包括以下 11 种。

1. 更改路径字符串的扩展名：Path.ChangeExtension

Path.ChangeExtension 方法的声明如下。

```
public static string ChangeExtension(
   string path,
   string extension
);
```

其中，参数 path 表示要修改的路径信息；extension 表示新的扩展名（具有前导句点），如果该参数为空引用（null），则会从 path 移除现有扩展名。

下面的代码将"C:\mydir\myfile.extension"的扩展名修改为.old，执行这段代码后 result=C:\mydir\myfile.old。

```
string goodFileName=@"C:\mydir\myfile.extension";
string result=Path.ChangeExtension(goodFileName, ".old");
```

2. 获取指定的路径字符串的扩展名：Path.GetExtension

Path.GetExtension 方法的声明如下。

```
public static string GetExtension(
   string path
);
```

该方法的返回值是包含了指定路径的扩展名（包括"."）的字符串，如果 path 不具有扩展名信息，则返回空字符串（""）。

3. 合并两个路径字符串：Path.Combine

Path.Combine 方法的声明如下。

```
public static string Combine(
   string path1,
   string path2
);
```

如果 path2 不包括根目录（例如，如果 path2 没有以分隔符或驱动器规格起始），则结果是两个路径的串联，具有介于其间的分隔符。如果 path2 包括根目录，则返回 path2。例如，下面的程序代码返回的是"C:\mydir\mydir1"。

```
Response.Write (Path.Combine("c:\\mydir", "mydir1"));
```

而对于下面的代码，不管 path1 的值是什么，返回的都是"C:\mydir"。

```
Response.Write (Path.Combine (path1, "c:\\mydir"));
```

4. 返回指定路径字符串的上一级目录信息：Path.GetDirectoryName

Path.GetDirectoryName 方法的声明如下。

```
public static string GetDirectoryName(
    string path
);
```

该方法的返回值是包含 path 目录信息的字符串；如果 path 变量为根目录，空字符串（""）或空引用（null），则返回值为 null。如果 path 中不包含目录信息（如 path="mydir"），则返回值是空字符串（""）。例如，下面代码的返回值是"C:\mydir"。

```
Response.Write(Path.GetDirectoryName("c:\\mydir\\mydoc.txt"));
```

5. 获取指定路径字符串的文件名和扩展名：Paht.GetFileName

Paht.GetFileName 方法的声明如下。

```
public static string GetFileName(
    string path
);
```

该方法的返回值是 path 中最后的目录字符后的字符串，如果 path 的最后一个字符是目录或卷的分隔符（\\），则此方法返回空字符串（""）。例如，下面的代码段运行后 filename1=""，而 filename2="mydir"。

```
string filename1=Path.GetFileName("c:\\mydir\\");
string filename2=Path.GetFileName("c:\\mydir");
```

6. 获取不含扩展名的指定路径字符串的文件名：Path.GetFileNameWithoutExtention

Path.GetFileNameWithoutExtention 方法的声明如下。

```
public static string GetFileNameWithoutExtension(
    string path
);
```

该方法的返回值包含由 GetFileName 返回的字符串，但不包括最后的句点（.）和该句点后的所有字符。例如，下面的代码运行后 result 的值为 myfile，而 result1 的值为 myfile.txt。

```
string fileName=@"C:\mydir\myfile.txt";
string result=Path.GetFileNameWithoutExtension(fileName);
string result1=Path.GetFileName(fileName);
```

7. 获取指定路径字符串的绝对路径：Path.GetFullPath

Path.GetFullPath 方法的声明如下。

```
public static string GetFullPath(
    string path
);
```

该方法的返回值是包含 path 的完全限定位置的字符串，如"C:\MyFile.txt"。如果"C:\temp\newdir"是当前目录，则 Path.GetFullPath("test.txt")的返回值就是"C:\temp\newdir\test.txt"。

8. 获取指定路径的根目录信息：Path.GetPathRoot

Path.GetPathRoot 方法的声明如下。

```
public static string GetPathRoot(
    string path
);
```

该方法的返回值是一个包含 path 的根目录的字符串，如 "C:\"。如果 path 不包含根目录信息，则为空字符串。由该方法返回的字符串的可能形式如下：空字符串（path 指定了当前驱动器或卷上的相对路径）；"/"（path 指定了当前驱动器上的绝对路径）；"X:"（path 指定了驱动器上的相对路径，其中 "X" 表示驱动器号或卷号）；"X:/"（path 指定了驱动器上的绝对路径）。

9. 返回当前系统的临时文件的路径：Path.GetTempPath

Path.GetTempPath 方法的声明如下。

```
public static string GetTempFileName();
```

10. 判断路径是否包括文件的扩展名：Path.HasExtension

Path.HasExtension 方法的声明如下。

```
public static bool HasExtension(
    string path
);
```

如果参数 path 中最后的目录分隔符（\\ 或/）或卷分隔符（:）之后的字符包括句点（.），并且后面跟有一个或多个字符，则为 true，否则为 false。

11. 判断路径字符串为绝对路径还是相对路径：Path.IsPathRooted

Path.IsPathRooted 方法的声明如下。

```
public static bool IsPathRooted(
    string path
);
```

如果 path 为绝对路径，则返回 true，否则返回 false。例如，path 字符串为 "\\MyDir\\MyFile.txt" 或者 "C:\\MyDir"，则返回 true；如果 path 字符串为 MyDir，则返回 false。

除了上面介绍的方法外，Path 类还有一些公共属性，如表 8-9 所示。

表8-9　Path类的公共属性

属性	说明
AltDirectorySeparatorChar	提供特定的替换字符，该替换字符用于在反映分层文件系统组织的路径字符串中分隔目录级别
DirectorySeparatorChar	提供特定的字符，该字符用于在反映分层文件系统组织的路径字符串中分隔目录级别
InvalidPathChars	提供特定的字符数组，这些字符不能在传递到 Path 类的成员的路径字符串参数中指定
PathSeparator	用于在环境变量中分隔路径字符串的平台特定的分隔符
VolumeSeparatorChar	提供特定的卷分隔符

【随堂演练 8-9】　路径分析器

本实例将演示如何使用 Path 类，该实例由用户输入路径字符串，然后通过 Path 类的方法进行分析，具体实现步骤如下。

Step 01 启动 Visual Studio 2010，新建一个 ASP.NET 项目。

Step 02 在 Default.aspx 页面中输入"请输入路径名:"，然后添加一个 TextBox 控件、一个 Button 控件和一个 Label 控件。将 Button 控件的 Text 属性设置为"分析路径"，Label 控件的 ForeColor 属性设置为 Blue，并删除其 Text 属性的值。

Step 03 在页面中双击"分析路径"按钮，生成该按钮的单击事件处理程序，并在其中添加如下代码。

```
protected void Button1_Click(object sender, EventArgs e)
{
    string strpath=TextBox1.Text;
    Label1.Text="路径分析结果如下: <br>";
    Label1.Text+="根路径="+Path.GetPathRoot(strpath)+"<br>";
    Label1.Text+="目录名="+Path.GetDirectoryName(strpath)+"<br>";
    Label1.Text+="文件名="+Path.GetFileName (strpath)+"<br>";
    Label1.Text+="文件名（不包含扩展名)
                ="+Path.GetFileNameWithoutExtension(strpath)+"<br>";
    Label1.Text+="扩展名="+Path.GetExtension(strpath)+"<br><br>";
    Label1.Text+="系统临时目录="+Path.GetTempPath()+"<br>";
    Label1.Text+="目录分隔符="+Path.DirectorySeparatorChar.ToString()+"<br>";
    Label1.Text+="目录分隔符的替换字符
                ="+Path.AltDirectorySeparatorChar.ToString()+"<br>";
    Label1.Text+="卷分隔符="+Path.VolumeSeparatorChar.ToString()+"<br>";
    Label1.Text+="非法的路径字符="+HttpUtility.HtmlEncode(new String(Path.
    GetInvalidPathChars()))+"<br>";
    Label1.Text+="非法的文件名字符="+HttpUtility.HtmlEncode(new
    String(Path.GetInvalidFileNameChars()))+"<br>";
}
```

Step 04 按快捷键 Ctrl+F5，运行程序，在页面中输入一个路径，单击"分析路径"按钮，结果如图 8-12 所示。

图 8-12　路径分析器的运行结果

✊ **实例说明**

在本实例中，path 类用于分析当前路径的信息，包括根路径 GetPathRoot()、目录名 GetDirectoryName()、文件名 GetFileName()等与路径有关的参数信息。

① .NET Framework 不支持通过由设备名称构成的路径（如"\\"）直接访问物理磁盘。

② Path 类的大多数成员不与文件系统进行交互，且不验证路径字符串所指定的文件是否存在。修改路径字符串（如 ChangeExtension 方法）的 Path 类对文件系统中的文件名没有任何影响。

8.6 | 上机实训——文件浏览器

为了进一步加深读者对本章所学内容的理解，下面将利用前面所学知识，结合数据绑定控件，编写一个简单的文件浏览器。文件浏览器在网站维护和管理中是非常重要的。

8.6.1 页面设计

Step 01 启动 Visual Studio 2010，新建一个 ASP.NET 项目。

Step 02 在 Default.aspx 页面中添加一个 2 行 2 列的表格。

Step 03 选中表格的第 1 行并单击鼠标右键，在弹出的快捷菜单中选择 "合并单元格" 命令，然后在合并后的单元格内添加一个 Button 控件和一个 Label 控件，将 Button 控件的 Text 属性设置为 "上一级目录"，Label 控件的 Font-Size 属性设置为 10px，并删除其 Text 属性的值。

Step 04 在表格第 2 行第 1 列中添加两个 GridView 控件，分别设置其 ID 属性为 gridDirList 和 gridFileList；两个 GridView 控件的其他属性设置：AutoGenerateColumns="false"，DataKeyNames="FullName"，Font-Size="10px"，GridLines="None"。

Step 05 设置 gridDirList 控件的 Columns，内容如下。

```
<Columns>
    <asp:TemplateField><HeaderStyle Width="20px"/>
        <ItemTemplate><img src=folder.gif/></ItemTemplate>
    </asp:TemplateField>
    <asp:ButtonField CommandName="Select" DataTextField="Name"
                     HeaderText="名称">
        <HeaderStyle HorizontalAlign="Left" Width="200px"/>
    </asp:ButtonField>
    <asp:BoundField HeaderText="大小">
        <HeaderStyle HorizontalAlign="Left" Width="50px"/>
    </asp:BoundField>
    <asp:BoundField DataField="LastWriteTime" HeaderText="最后修改时间">
        <HeaderStyle HorizontalAlign="Left"/>
    </asp:BoundField>
</Columns>
```

Step 06 设置 gridFileList 控件的 Columns，内容如下。

```
<Columns>
    <asp:TemplateField><HeaderStyle Width="20px"/>
        <ItemTemplate><img src=file.gif/></ItemTemplate>
    </asp:TemplateField>
    <asp:ButtonField CommandName="Select" DataTextField="Name"
                     Text="按钮">
        <HeaderStyle Width="200px"/>
    </asp:ButtonField>
    <asp:BoundField DataField="Length"><HeaderStyle Width="50px"/>
        </asp:BoundField>
    <asp:BoundField DataField="LastWriteTime">
        <HeaderStyle Width="100px"/></asp:BoundField>
</Columns>
```

Step 07 在表格第 2 行第 2 列中添加一个 FormView 控件，设置 ID="FormFileDetails"，BackColor="#C0C0FF"，Font-Size="10pt"，设置其 ItemTemplate 属性如下。

```
<ItemTemplate>
    <b>文件: <%#Eval("Name")%></b><br/>
    创建时间: <%#Eval("CreationTime")%><br/>
    最后修改时间: <%#Eval("LastWriteTime")%><br/>
    最后访问时间: <%#Eval("LastAccessTime")%><br/>
    文件属性: <%#Eval("Attributes")%><br/>
    文件类型: <%#Eval("Extension")%><br/>
    文件大小: <%#Eval("Length")%><br/>
</ItemTemplate>
```

页面设计效果如图 8-13 所示。

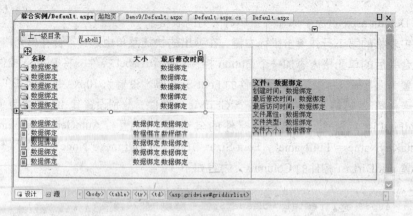

图 8-13　文件浏览器的页面设计

8.6.2　编写程序代码

Step 01 在 Default.aspx.cs 中添加 ShowDirContents 函数，用于读取指定的目录信息，刷新 GridView
控件的内容，其代码如下。

```
private void ShowDirContents(string path)
{
    Label1.Text="当前目录:"+path;
    DirectoryInfo dir=new DirectoryInfo(path);
    FileInfo[] files=dir.GetFiles();
    DirectoryInfo[] dirs=dir.GetDirectories();
    gridDirList.DataSource=dirs;
    gridFileList.DataSource=files;
    Page.DataBind();
    gridFileList.SelectedIndex=-1;
    ViewState["CurrentPath"]=path;
}
```

Step 02 在 Default.aspx.cs 的 Page_Load 方法中添加如下代码。

```
protected void Page_Load(object sender, EventArgs e)
{
    if (!Page.IsPostBack)
        this.ShowDirContents(Server.MapPath("."));
}
```

Step 03 转到 Default.aspx 页面的设计视图，双击 gridDirList 控件，生成其 SelectedIndexChanged
事件处理程序，并添加如下代码，实现选择 gridDirList 控件中的目录时进入相应目录并显
示其内容。

```
protected void gridDirList_SelectedIndexChanged(object sender,
          EventArgs e){
    string dir=
    gridDirList.DataKeys[gridDirList.SelectedIndex].Value.ToString();
                                      //被选目录
    ShowDirContents(dir);             //刷新目录列表和文件列表
}
```

Step 04 转到 Default.aspx 页面的设计视图，双击 gridFileList 控件，生成该控件的
SelectedIndexChanged 事件处理程序，并添加如下代码，实现选择 gridFileList 控件中的文
件时在窗体右边的 FormView 控件中显示该文件的详细信息。

```
protected void gridFileList_SelectedIndexChanged(object sender,
                EventArgs e)
{
    string file=gridFileList.DataKeys[gridFileList.SelectedIndex].
            Value.ToString();                    //被选文件
    System.Collections.ArrayList files=
                            new System.Collections.ArrayList();
    files.Add(new FileInfo(file));
    FormFileDetails.DataSource=files;
    FormFileDetails.DataBind();
}
```

Step 05 转到 Default.aspx 页面的设计视图，双击页面中的"上一级目录"按钮，生成该按钮的单击事件处理程序，并在其中添加如下代码。

```
protected void Button1_Click(object sender, EventArgs e)
{
    string path=ViewState["CurrentPath"].ToString();
    path=Path.Combine(path, "..");
    path=Path.GetFullPath(path);
    ShowDirContents(path); //刷新目录列表和文件列表
}
```

Step 06 按快捷键 Ctrl+F5，运行程序。单击列表中的文件，显示该文件的详细信息，如图 8-14 所示。

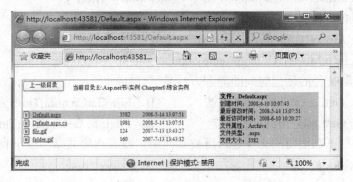

图 8-14　文件浏览器的运行结果

实例说明

① **Step 01** 中，DirectoryInfo(path)的实例定义当前目录，并获取 DirectoryInfo 和 FileInfo 对象。绑定数据对象，并将当前路径存储于 ViewState 数组中。

② **Step 02** 中，调用 ShowDirContents 函数读取当前目录信息并显示在窗体中。

③ **Step 04** 中，files.Add()将文件的 FileInfo 对象添加到动态数组中。

④ **Step 05** 中，Path.Combine()方法将两个路径字符串合并为一个字符串。调用 Path.GetFullPath() 将获得 path 指定的全部路径，并刷新目录和文件列表。

8.7 习题与上机操作

1. 选择题

（1）下列哪个类是.NET 类库的文件操作类？_____

　　A．Directory 类　　　　　　　　　　　　B．DriverInfo 类

C. DirectoryInfo 类　　　　　　　　　D. File 类

（2）下列方法中能够获取本地文件系统上的所有驱动器信息的是_____。

A. Directory.GetLogicalDrives()　　　　B. DriveInfo.GetDrives()

C. Directory.GetFiles()　　　　　　　　D. Directory.GetDirectories()

（3）下列哪个类提供了可以用于创建、移动和删除目录的静态方法？_____

A. Directory 类　　　　　　　　　　　B. DriverInfo 类

C. DirectoryInfo 类　　　　　　　　　D. File 类

（4）使用 File.Delete(string path) 方法删除文件时，如果参数 path 所指定的文件不存在，则_____。

A. 会引发 System.IO.IOException 异常

B. 会引发 System.ArgumentException 异常

C. 会引发 System.IO.DirectoryNotFoundException 异常

D. 不会引发异常

（5）下列代码中能够将位于 "C:\temp" 目录中的 temp.txt 文件重命名为 temp1.txt 的是_____。

A. File.Move("C:\\temp\\temp.txt", "C:\\temp\\temp1.txt");

B. FileInfo.Move("C:\\temp\\temp.txt", "C:\\temp\\temp1.txt");

C. File.Move("C:\\temp\\temp1.txt", "C:\\temp\\temp.txt");

D. FileInfo.Move("C:\temp\temp1.txt", "C:\temp\temp.txt");

（6）用于获取文件的创建时间的静态方法是_____。

A. File.GetLastAccessTime 方法　　　　B. File.GetCreationTime 方法

C. File.GetLastWriteTime 方法　　　　D. FileInfo.GetCreationTime 方法

（7）用于控制正在使用的文件是否可被其他用户或者程序共享的枚举类型是_____。

A. FileMode　　　　　　　　　　　　B. FileAccess

C. FileShare　　　　　　　　　　　　D. FileOption

（8）下列关于文件的操作中不会抛出异常的是_____。

A. Path 指定的文件不存在，而 FileMode 指定的文件打开方式是 Append

B. Path 指定的文件存在，而 FileMode 指定的文件打开方式是 CreateNew

C. Path 指定的文件存在，而 FileMode 指定的文件打开方式是 Create

D. Path 指定的文件不存在，而 FileMode 指定的文件打开方式是 Open

（9）Path 类中能够返回指定的路径字符串的方法是_____。

A. GetExtention　　　　　　　　　　B. GetFileName

C. GetFileNameWithoutExtention　　　D. GetFullPath

2．填空题

（1）在.NET 框架中，提供了_____命名空间用于处理与文件 I/O 相关的功能。

（2）DriverInfo 类中能够获取驱动器上可用空间总量的属性是_____。

（3）创建文件的静态方法和实例方法分别是由_____类和_____类提供的，方法的声明分别是_____和_____。

（4）Path.GetPathRoot("E:\\temp\\temp\\test.txt")的返回值是_____。

3．上机操作题

（1）设计一个磁盘驱动器查询器，用户输入驱动器名称后，单击"查询"按钮，将显示驱动器类型、可用空间、驱动器格式、总容量等驱动器信息。页面的运行效果参考图 8-15。

（2）编写一个程序，在页面的文本框中输入一些内容，然后写入到指定的文件中，如果指定的文件不存在，则新建一个文件。页面运行后显示的效果参考图 8-16。

图 8-15　查询磁盘驱动器信息

图 8-16　向文件写入内容

第9章

ADO.NET 与数据绑定技术

ADO.NET 是一组用于和数据源进行交互的面向对象类库，是 .NET 平台下用于数据操作的一种技术，面向数据层。允许和不同类型的数据源及数据库进行交互。

数据绑定（DataBind）是使页面上控件的属性与数据库中的数据产生对应关系，使得控件的属性值与数据库的变动同步，面向模型，是 ASP.NET 中一种非常重要的技术。

本章将主要讨论 ADO.NET 和数据绑定技术的相关知识。

本章知识点

- ◎ 认识 ADO.NET 技术
- ◎ ADO.NET 的对象
- ◎ 常见的数据库操作
- ◎ 认识数据绑定技术
- ◎ 绑定到简单的数据源
- ◎ 绑定到复杂的数据源
- ◎ 常用控件的数据绑定
- ◎ 数据服务器控件

ASP.NET

9.1 | ADO.NET 概述

ADO.NET 是微软.NET 平台中最常用的数据访问技术。它有着全新的设计理念，兼容各种类型的数据库，不管数据源是什么数据库，ADO.NET 都可以通过它进行高效访问，是应用程序和数据库之间的重要桥梁。

ADO.NET 是一组用于和数据源进行交互的面向对象类库。在一般情况下，ADO.NET 的数据源可以是数据库，也可以是文本文件、Excel 表格或者 XML 文件。ADO.NET 提供了对 Microsoft SQL Server 数据源及 OLE DB、XML 等公开数据源的一致访问。数据共享程序可以使用 ADO.NET 来连接这些数据源，并执行检索、更新和删除操作。

9.2 | ADO.NET 的对象

ADO.NET 的对象模型中有 5 个主要的组件，分别是 Connection 对象、Command 对象、DataReader 对象、DataAdapter 对象和 DataSet 对象。这些组件中负责建立联机和数据操作的部分称为数据操作组件，分别由 Connection 对象、Command 对象、DataReader 对象和 DataAdapter 对象组成。数据操作组件最主要的用途是作为 DataSet 对象及数据源之间的桥梁，负责将数据源中的数据取出后植入 DataSet 对象中，以及将数据存回数据源的工作。

9.2.1 Connection 对象

Connection 对象主要是创建应用程序与数据库之间的连接。对于连接不同的数据源需要使用不同的类。若要连接到 Microsoft SQL Server 7.0 以上版本，则选择 SqlConnection 对象；如果连接的数据源是 OLE DB 或 Microsoft SQL Server 6.x 或以前的版本，则选择 OleDbConnection 对象。

Connection 对象通过设置 ConnectionString 属性来连接数据库，ConnectionString 是 Connection 对象的关键属性。ConnectionString 类似于 OLE DB 中设置的连接字符串，但并不相同。与 OLE DB 或 ADO 不同的是，如果 Persist Security Info 的值设置为 false（默认值），则返回的连接字符串与用户设置的 ConnectionString 相同，但去除了安全信息。除非将 Persist Security Info 设置为 true，否则，SQL Server .NET Framework 数据提供程序将不会保持，也不会返回连接字符串中的密码。

连接字符串的基本格式包括一系列由分号分隔的关键字和值，并使用"="连接关键字和值。下面列举了 ConnectionString 中一些常用关键字和值的说明。

1. Connect Timeout 或 Connection Timeout

这两个关键字的意思相同，表示在终止尝试并产生错误之前，等待与服务器的连接的时间长度（以 s 为单位），默认值是 15。

2. Data Source、Server、Address、Addr 或 Network Address

这几个关键字是相同的意思，表示要连接的 SQL Server 实例的名称或网络地址，还可以在服务器名称后面指定端口号。当指定本地实例时，既可使用 localhost（或写为（local）），也可使用本机服务器的名字或 127.0.0.1。

3. Initial Catalog 或 Database

这两个关键字是相同的意思，指定连接的数据库名字。

4. Integrated Security 或 Trusted_Connection

这两个关键字是相同的意思。当值为 false 时，将在连接中指定用户 ID 和密码；当为 true 时，将使用当前的 Windows 账户进行身份验证。其可识别的值为 true、false、yes、no，以及与 true 等效的 sspi，默认值为 false，推荐使用 true 或 sspi。

5. User ID

SQL Server 登录账户。为了保持高安全级别，推荐不要使用 User ID，强烈建议使用 Integrated Security 或 Trusted_Connection 关键字。

6. Password 或 pwd

SQL Server 账户登录的密码。同样为了保持高安全性，推荐使用 Integrated Security 或 Trusted_Connection 关键字。

7. Workstation ID

连接到 SQL Server 的工作站的名称，默认值为本地计算机名称。

下面是一些典型的连接字符串的例子。

连接本地服务器的 pubs 数据库，使用 Windows 集成安全身份验证：

```
server=(local);database=pubs;Trusted_Connection=yes
```

8. Connection 对象的应用

连接名为 mySQLServer 服务器中的 pubs 数据库，登录账户为 sa，登录密码为 sa，连接超时的设定为 20s，使用 Windows 集成安全身份验证：

```
Data Source=mySQLServer;Initial Catalog=pubs;User ID =sa;Password=sa;
Connect Timeout=20;Integrated Security=SSPI
```

在建立数据库连接的过程中，既可以在 ConnectionString 的属性中指定连接字符串，也可以在类的构造函数中指定。如：

```
string ConnectString= "server=(local);database=BMS;Trusted_Connection=yes";
```

也可以使用连接字符串来创建链接，如下：

```
SqlConnection Conn=new SqlConnection();
Conn.ConnectionString="server=(local);database=BMS;Trusted_Connection=yes";
```

关于 Connection 对象的应用，请参考 9.3.1 中的【随堂演练 9-1】。

9.2.2 Command 对象

Command 对象主要用来对数据库发出一些指令，如可以对数据库下达查询、更新、删除数据等指令，以及调用存在于数据库中的预存程序等。Command 对象架构在 Connection 对象之上，通过连接到数据源的 Connection 对象来下达命令的。常用的 SQL 语句如 SELECT、UPDATE、DELETE、INSERT 等语句都可以在 Command 对象中创建。

Command 对象提供了 3 个基本方法来执行命令。

1. ExecuteNonQuery

ExecuteNonQuery 方法是在.NET Framework 2.0 中新增的。可以使用 ExecuteNonQuery 执行目录操作命令(如查询自己的数据库的结构或创建表等),也可以通过执行 UPDATE、INSERT 或 DELETE 语句更改数据库中的数据。该方法执行 UPDATE、INSERT 或 DELETE 命令时不返回任何行,只返回执行命令所影响到表的行数。对于其他类型的语句,返回值为-1。

2. ExecuteScalar

ExecuteScalar 方法也是在.NET Framework 2.0 中新增的。ExecuteScalar 方法执行查询,返回查询结果集中的第一行第一列,所有其他的行和列将被忽略。因此,该方法主要是从数据库中检索单个值,多用于聚合值,如 count()和 sum()等。下面是应用聚合函数 count()从表 student 中查询年龄小于 20 岁的人数的一个实例。

```
CommandText="select count(*) from student where age<20";
int Num=(int)ExecuteScalar();
```

3. ExecuteReader

如果需要使用 Command 对象来返回多行结果数据,可以使用 ExecuteReader 方法。调用这个方法将返回一个 DataReader 对象,使用该对象可以从数据库中逐行读取数据库的记录。

下面是一个使用 Command 对象来统计客户级别大于 3 的客户人数的实例。本实例是使用 Command 对象的 ExecuteScalar 方法返回查询结果的。

页面的前台代码如下:

```
<html xmlns="http://www.w3.org/1999/xhtml" >
<head runat="server">
    <title>Command 练习</title>
</head>
<body>
    <form id="form1" runat="server">
    <div>
    级别大于 3 的客户一共有
        <asp:Label ID="Label1" runat="server" Text="Label"></asp:Label>个。
    </div>
    </form>
</body>
</html>
```

添加后的后台代码如下:

```
protected void Page_Load(object sender, EventArgs e)
    {
        if (!IsPostBack)
        {
            SqlConnectionOpen();
        }
    }
protected void SqlConnectionOpen()
    {
        string ConnectString="server=(local);database=BMS;Trusted_Connection=yes";
        SqlConnection Conn=new SqlConnection(ConnectString);
        SqlCommand Comm=new SqlCommand("select count(*) from customer
                where CustomerLevel > 3", Conn);
        Conn.Open();

        int count=0;
```

```
Comm.CommandType=CommandType.Text;
count=(int)Comm.ExecuteScalar();

Label1.Text=count.ToString();
Page.DataBind();
}
```

按快捷键 Ctrl+F5 运行程序，效果如图 9-1 所示。

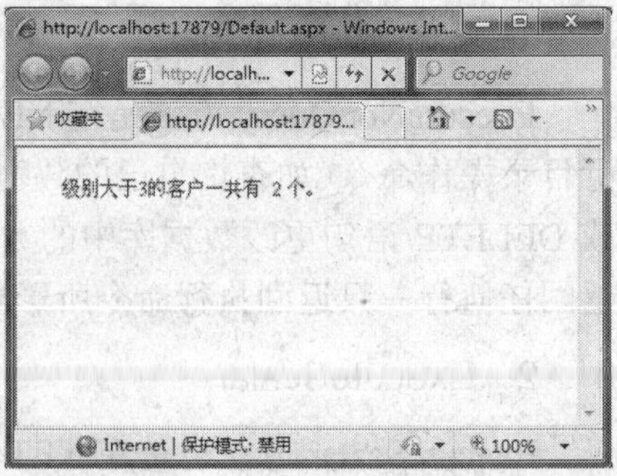

图 9-1   运行结果

9.2.3   DataReader 对象

DataReader 对象可以用来表示数据库查询结果。在创建 Command 对象实例后，调用 Command 对象的 ExecuteReader() 方法来检索数据，并使用一个 DataReader 对象来接受返回的数据行。

DataReader 主要有下面一些方法。

1．Read

通过调用 Read()方法，可以判断 DataReader 对象所表示的查询结果是否包含数据行记录。在任意时刻 DataReader 对象表示的是查询结果集中的某一行记录。在调用 Read()方法时，如果可以使 DataReader 对象所表示的当前数据行向前移动一行，那么它将返回 true。如果读取的是查询结果集中的最后一条记录，调用 Read()方法将返回 false。

2．GetValues

该方法一般用来将当前数据行的数据保存到一个数组中，可以根据应用的需求来设置数组的大小。如果要保存所有的数据，可以使用 DataReader.FieldCount 属性得到当前行中的列数，作为数组容量大小。

3．Close

在每次使用完 DataReader 对象后都要用 Close 方法将其关闭。

9.2.4   DataTable 对象

DataTable 对象用于表示内存中的数据库表，既可以独立创建和使用，也可以被其他对象创建和使用。在通常情况下，DataTable 对象都作为 DataSet 对象的成员存在，可以通过 DataSet 对象的 Tables 属性来访问 DataSet 对象中的 DataTable 对象。

DataTable 包含 DataColumn 对象、DataRow 对象和创建表之间父/子关系的 DataRelation 对象。一个 DataColumn 对象表示表的一个列，每个 DataColumn 对象都有一个 DataType 属性，表示该列的数据类型。一个 DataRow 对象表示 DataTable 对象中的一行数据。DataTable 有两个比较重要的属性，分别表示行状态（RowState）和行版本（DataRowVersion），通过这两个属性能够有效地管理表中的行。DataRelation 对象用来表示 DataTable 对象之间的关系，它返回某特定行的相关子行或父行。

下面介绍 DataTable 对象的创建，以及如何在 DataTable 中添加行、列和定义 DataTable 之间的关系。

1．创建 DataTable 对象

创建 DataTable 一般有 3 种方法：

- 通过 DataTable 类的构造函数来创建，在构造函数中可以指定其名称，例如：

```
DataTable studentTable=new DataTable("student");
```

- 通过 DataSet 对象的 Tables 属性的 Add 方法来创建，具体使用方法见后面的小节。
- 通过 DataAdapter 对象的 Fill 方法或 FillSchema 方法在 DataSet 对象内创建。

2. 在 DataTable 中添加列

DataTable 对象中有一个 Columns 属性，是 DataColumn 对象的集合，每个 DataColumn 对象表示表中的一个列。因此，要添加一个列，就需要创建一个 DataColumn 对象。

可以使用 DataColumn 类的构造函数来创建一个 DataColumn 对象，也可以通过调用 DataTable 的 Columns 属性的 Add 方法实现在 DataTable 内创建 DataColumn 对象。通常，Add 方法带两个输入参数，分别是列名（ColumnName）和列的类型（DataType）。

下面的代码用来创建 DataColumn 对象。创建的过程是：先创建一个 DataTable 对象，然后在 DataTable 中添加一个列，并给这个列的类型、列名、默认值等属性赋值。

```
DataTable studentTable=new DataTable("student");
    //创建一个 DataColumn 对象，并对其属性赋值
    DataColumn sname=new DataColumn();
    sname.DataType=System.Type.GetType("System.String");
    sname.Caption="姓名";
    sname.ColumnName="s_name";
```

下面的代码是使用 Add 方法为 DataTable 添加列：

```
DataTable studentTable=new DataTable("student");
studentTable.Columns.Add("s_ID",typeof(Int32));
studentTable.Columns.Add("s_name",typeof(String));
```

3. 设置 DataTable 的主键

主键用来唯一标识表中的每一行记录，主键可能是一个列或几个列的组合。

通过设置 DataTable 对象的 PrimaryKey 属性可以设置 DataTable 的主键。下面是设置 DataTable 主键的实例代码：

```
DataTable gradeTable=new DataTable("grade");
    //创建 DataColumn 对象数组，分别表示学号和课程号，并设置学号和课程号的组合为主键
    DataColumn[] theKey=new DataColumn[2];
    theKey[0]=gradeTable.Columns["s_ID"];
    theKey[1]=gradeTable.Columns["c_ID"];
    gradeTable.PrimaryKey=theKey;
```

4. 在 DataTable 中添加行

为表添加新行，即创建 DataRow 对象，可以调用 DataTable 对象的 NewRow 方法来实现。创建的 DataRow 对象与表具有相同的结构。之后使用 Add 方法可以将新的 DataRow 对象添加到表的 DataRow 对象集合中。

5. 定义 DataTable 之间的关系

在 DataTable 之间定义关系就是创建一个 DataRelation 对象，使一个表与另一个表相关。

DataRelation 对象关键的参数是 DataRelation 名称和在两个表之间引起相关的列（DataColumn）。

6. 把 DataTable 添加到 DataSet 中

将一个 DataTable 添加到 DataSet 中，其关键代码如下：

```
myDS.Tables.Add("myTable");
```

这里假设已经创建了一个名为 myDS 的 DataSet 对象和一个名为 myTable 的 DataTable 对象。

如果已经将一个 DataTable 添加到一个 DataSet 中，就不能再将其添加到其他的 DataSet 中了。

9.2.5　DataAdapter 对象

DataAdapter 对象在 ADO.NET 中具有极其重要的地位，相当于 DataSet 和数据存储之间的桥梁。在连接 SQL Server 数据库时，使用 SqlDataAdapter 及与它相关的 SqlConnection 和 SqlCommand 对象来提高应用程序整体性能；在连接其他支持 OLE DB 的数据库（如 Access）时，使用 OleDbDataAdapter 及与它相关的 OleDbConnection 和 OleDbCommand 对象来提高应用程序整体性能。

DataAdapter 对象通过其 Fill 方法将数据添加到 DataSet 中。在对数据完成添加、更新、删除操作之后再调用 Update 方法来更新数据源。

1. 创建 DataAdapter

DataAdapter 对象可以使用 DataAdapter 类的构造函数来创建。DataAdapter 类的构造函数的语法有以下两种。

- protected DataAdapter()：初始化 DataAdapter 类的新对象。
- protected DataAdapter(DataAdapter)：从同一类型的现有对象中初始化 DataAdapter 类的新对象。

2. DataAdapter 对象的属性

DataAdapter 对象有以下 4 个重要属性，完成对数据库的查询和更新操作。

- SelectCommand：用于在数据库中执行查询操作的命令。
- InsertCommand：用于向数据源中添加新记录或存储过程的命令。
- UpdateCommand：用于更新数据集中的记录。
- DeleteCommand：用于从数据集中删除记录。

在默认情况下，当 Connection 对象执行 Open 方法的时候，DataAdapter 对象将自动调用 SelectCommand 属性。而且，除了 SelectCommand 属性，其他的 3 个属性都需要使用 ExecuteNonQuery()方法来调用。

9.2.6　DataSet 对象

ADO.NET 数据访问技术的一个突出优点是支持离线访问，即访问数据时，不需要在应用程序和数据库之间保持已打开的数据源连接。DataSet 对象是实现离线访问技术的核心。DataSet 对象是数据的一种内存驻留表示形式，无论其包含的数据来自什么数据源，都会提供一致的关

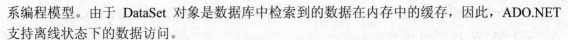
系编程模型。由于 DataSet 对象是数据库中检索到的数据在内存中的缓存，因此，ADO.NET 支持离线状态下的数据访问。

DataSet 对象由一个或多个 DataTable 对象组成，具备存储多个表以及表之间关系的能力。表存储在 DataTable 中，而表的关系则用 DataRelation 对象表示。DataTable 对象中包含了 DataRow 和 DataColumn 对象，分别存储表中行和列的数据信息。另外，DataSet 的 ExtendedProperties 属性用来存储用户自定义的一些与 DataSet 对象相关的信息。

由于 DataSet 的结构与关系型数据库类似，因此，可以像访问关系型数据库那样访问 DataSet，可以对 DataSet 进行添加、删除表的操作，或在表中执行查询、删除数据操作等。

下面将系统地介绍 DataSet 的使用方法。

1. 创建 DataSet

创建 DataSet 对象最直接的方法是调用 DataSet 类的构造函数。创建的时候，用户可以自定义可选的参数作为 DataSet 的名称，也可以不指定，这时，DataSet 会使用 NewDataSet 作为其名称。

此外，也可以将已存在的 DataSet 赋值给一个新的 DataSet 对象来创建 DataSet 对象。

下面的代码演示了两种 DataSet 对象的创建方式：

```
DataSet myDS=new DataSet("myDS");
DataSet myDS2=myDS;
```

2. 填充 DataSet

创建 DataSet 之后，需要把数据导入到 DataSet 中。通常使用 DataAdapter 取出数据，然后调用 DataAdapter 的 Fill 方法，将取出的数据导入到 DataSet 中。

下面的代码是填充 DataSet 的关键代码：

```
SqlDataAdapter myDataAdapter=new SqlDataAdapter(strSQL,myConnection);
```
和
```
myDataAdapter.Fill(myDS,"course");
```

3. 在 ASP.NET 页面中使用 DataSet

为了提高 ASP.NET 页面的响应能力，ASP.NET 提供了数据缓存技术。即使用编程的方式将包含数据的对象存储在服务器内存中，以此减少应用程序在重新创建这些对象时所需的时间。

下面的实例是把商品信息表中的记录显示到页面上，实现了在页面首次加载时将数据缓存到 DataSet 中，以后的使用可以直接从 DataSet 中获取，无须重新访问数据库。

9.2.7　DataView 对象

DataView 对象可以创建 DataTable 中所存储数据的视图。与关系数据库提供的视图相似，DataView 提供了数据的动态视图，可以实现对表中数据的筛选、排序等功能。因此，DataView 是数据绑定应用程序的理想选择。

1. DataView 对象的属性

DataView 对象支持下面 3 个非常重要的属性。

- Sort：用于对 DataView 所表示的数据行进行排序。
- RowFilter：用于对 DataView 所表示的数据行进行过滤。

- RowStateFilter：用于对 DataView 所表示的数据行依照状态进行排序，如 OriginalRows、CurrentRows 和 Unchanged。

2. 创建 DataView

创建 DataView 对象最简单的方法是使用 DataTable 类公开的 DefaultView 属性，创建方法如下：

```
DataView myDataView=myTable.DefaultView;
```

DefaultView 属性返回 DataTable 对象的一个未排序、未过滤的数据视图。

也可以使用 DataView 类的构造函数，并通过传递一个 DataTable 对象、一个过滤条件、一个排序条件和一个 DataViewRowState 过滤条件，来直接实例化一个新的 DataView 对象。创建关键代码如下：

```
DataView stuDataView=new DataView(myTable,"s_age>20","ID ASC",
DataViewRowState.CurrentRows);
```

上面的语句将会从表示学生信息表的 DataTable 对象上创建一个新的 DataView 对象。其中的数据将被过滤为只含年龄大于 20 岁的学生。同时，数据记录将按照学号升序排列。实际的数据行还是存在于 DataTable 中，即未显示的数据行并没有从 DataTable 中删除。

3. 查看 DataView 的内容

可以通过 DataView 对象的 DataRowView 对象集合查看 DataView 的内容，DataRowView 对象将其值公开为 object 类型的数组，通过该数组就可以查看 DataView 的内容。

4. 使用 DataView 修改数据

开发人员可以使用 DataView 在其对应的基础表中添加、修改和删除数据行。DataView 有 3 个属性分别控制着是否允许添加、修改和删除数据行，它们是 AllowNew、AllowEdit 和 AllowDelete。

如果 AllowNew 属性为 true，那么可以使用 DataView 的 AddView 方法在 DataView 中创建新的数据行。如果再调用 DataRowView 的 EndEdit 方法，那么新的数据行就会添加到 DataView 对应的基础表 DataTable 中；否则，新的数据行就只存在于 DataView 中，并不影响基础表。

如果 AllowEdit 属性为 true，那么可以通过 DataRowView 来修改 DataView 中数据行的内容。可以调用 DataRowView 的 EndEdit 方法确认对基础表中数据行的更改，也可以使用 DataRowView 的 CancelEdit 方法拒绝该修改。

如果 AllowDelete 属性为 true，则可以使用 DataView 或者 DataRowView 对象的 Delete 方法删除 DataView 中的数据行，再通过调用 AcceptChanges 或 RejectChanges 来提交或拒绝删除操作。

9.3 常见的数据库操作

9.3.1 创建数据库连接

建立数据库连接是数据库操作中最基本的操作，在 ADO.NET 中可以使用 Connection 对象来实现。根据数据源的不同，使用不同的 Connection 对象。对于 Microsoft SQL Server 7.0 版或更高版本，推荐使用 SQL Server .NET Framework 提供程序的 SqlConnection 对象；对于 Microsoft

SQL Server 6.x 或更早版本，推荐使用 OLE DB .NET Framework 提供程序的 OleDbConnection 对象；若连接 ODBC 数据源，推荐使用 ODBC .NET Framework 提供程序的 OdbcConnection 对象；若连接到 Oracle 数据库，可以使用 Oracle .NET Framework 提供程序的 OracleConnection 对象。

下面通过实例介绍连接不同数据源的方法。

1. 连接 SQL Server 数据源

连接 SQL Server 数据源的代码如下：

```
SqlConnection Conn=new SqlConnection("Data Source=localhost;
            Integrated Security=SSPI; Initial Catalog=student");
Conn.Open();
```

2. 连接 OLE DB 数据源

连接 OLE DB 数据源的代码如下：

```
OleDbConnection Conn=new OleDbConnection("Provider=SQLOLEDB;Data
        Source=localhost; Integrated Security=SSPI; Initial Catalog=student");
Conn.Open();
```

3. 连接 ODBC 数据源

连接 ODBC 数据源的代码如下：

```
OdbcConnection Conn=new OdbcConnection("Driver={SQL Server};
Server=(local);Trusted_Connection=Yes;Database=student");
Conn.Open();
```

4. 连接 Oracle 数据库

连接 Oracle 数据库的代码如下：

```
OracleConnection Conn=new OracleConnection("Data Source=localhost;Integrated
Security=yes");
Conn.Open();
```

> **注意**　连接数据库完成相应的操作后，必须关闭数据库，否则会使应用程序不稳定。关闭数据库连接可以使用 Connection 对象的 Close 或 Dispose 方法来实现。对于上面的数据库连接，关闭数据库连接的代码如下：
> ```
> Conn.Close();或者 Conn.Dispose();
> ```

【随堂演练 9-1】　连接 SQL Server 数据库

下面是连接 SQL Server 数据库的一个简单实例，实现了从数据库中读取某个客户的详细信息。其中，数据库的连接是通过在构造函数中指定连接字符串来实现的。

添加后的前台页面的源代码如下：

```
<html xmlns="http://www.w3.org/1999/xhtml" >
<head runat="server">
    <title>客户详细信息</title>
</head>
<body>
<form id="form1" runat="server">
<p>客户 章宇 信息</p>
<table align="center" width="90%" border="1">
```

```
<tr><td align="right" height="30" width="30%">客户编号: </td><td><asp:Label
ID="label1" runat="server"></asp:Label></td></tr>
<tr><td align="right" height="30">客户姓名: </td><td><asp:Label ID="label2"
runat="server"></asp:Label></td></tr>
<tr><td align="right" height="30">负责人: </td><td><asp:Label ID="label3"
runat="server"></asp:Label></td></tr>
<tr><td align="right" height="30">客户级别: </td><td><asp:Label ID="label4"
runat="server"></asp:Label></td></tr>
<tr><td align="right" height="70">备注: </td><td><asp:Label ID="label5"
runat="server"></asp:Label></td></tr>
</table>
</form>
</body>
</html>
```

添加后的后台代码如下:

```
protected void sqlConnectionOpen()
{
    string ConnectString= "server=(local);database=BMS;
          Trusted_Connection=yes";                           //替代语句见实例说明部分②
    SqlConnection Conn=new SqlConnection(ConnectString);
    SqlCommand Comm=new SqlCommand("select * from customer where
            CustomerName='章宇'", Conn);
    Conn.Open();
    SqlDataReader myReader=Comm.ExecuteReader();

    while (myReader.Read())
    {
        label1.Text=myReader.GetString(0);
        label2.Text=myReader.GetString(1);
        label3.Text=myReader.GetString(2);
        label5.Text=myReader.GetString(3);
        label4.Text=myReader.GetInt32(4).ToString();
    }
}
```

运行结果如图9-2所示。

实例说明

① 因为 SqlConnection 类是属于 System.Data.SqlClient
命名空间下的, 所以在命名空间引用的时候需要加
上 System.Data.SqlClient, 代码如下:

```
using System.Data.SqlClient;
```

② ConnectionString 中关键字不区分大小写。

③ 可使用连接字符串来创建链接, 代码如下:

图9-2　运行结果

```
SqlConnection Conn=new SqlConnection();
Conn.ConnectionString="server=(local);database=BMS;Trusted_Connection=yes";
```

9.3.2　从数据库中读取记录

从数据库中查询数据一般有两种方式: 一种是通过 DataReader 对象直接访问; 另一种是通
过 DataSet 对象和 DataAdapter 对象来访问。

使用 ADO.NET 的 DataReader 对象可以从数据库中检索数据, 检索出来的数据形成一个只
读、只进数据流, 并存储在客户端的网络缓冲区中。DataReader 对象的 Read()方法可以使当前

数据行向前移动一步。在默认情况下，Read()方法一次只在内存中存储一行，因此，对系统的开销很小。

下面是如何从数据库中读取记录，将商品信息表中的内容以指定格式显示到页面上的实例。实现步骤如下。

Step **01** 启动 Visual Studio 2010，新建一个 ASP.NET 站点。

Step **02** 前台页面不需要做任何改动，保持默认状态就可以了。切换到后台代码编辑状态下，并添加如下后台代码：

```
protected void Page_Load(object sender, EventArgs e)
{
    SqlConnection Conn=new SqlConnection("Data Source=localhost;
            Integrated Security=SSPI; Initial Catalog=BMS");
    string strSQL="select ProductID,ProductName from product";
    SqlCommand Comm=new SqlCommand(strSQL, Conn);
    Conn.Open();

    SqlDataReader myReader;
    myReader=Comm.ExecuteReader();

    while (myReader.Read())
    {
        Response.Write("商品编号 "+myReader.GetString(0)+", 商品名称
        "+myReader.GetString(1)+"<br>");
    }
    myReader.Close();
    Conn.Close();
}
```

程序中，将 myReader 读到的每一条记录以指定的字符串格式输出显示。程序运行结果如图 9-3 所示。

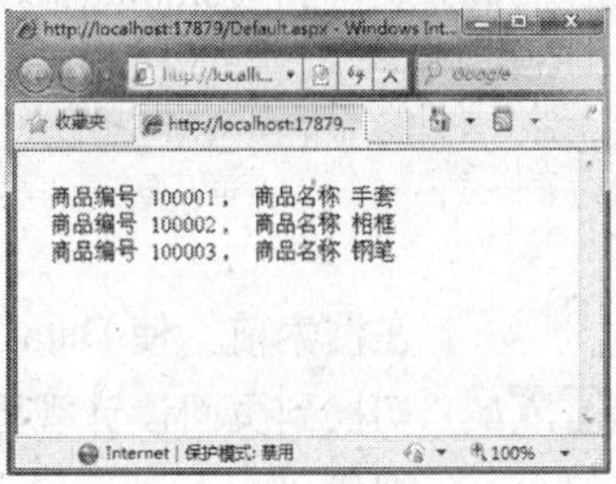

9.3.3 使用带参数的查询

图 9-3　运行结果

在实际应用中，查询的结果往往需要根据输入的条件发生变化，因此，允许用户在执行查询的时候输入参数是很有必要的。在 ADO.NET 中，可以使用 SqlDataAdapter 对象执行带参数的查询。

关于带参数查询的实现方法可以参考下面的"客户信息查询"实例。

【随堂演练 9-2】　客户信息查询

本实例实现了带参数的查询，实现的功能如下：当在页面中的文本框中输入一个客户编号，单击"提交"按钮后，即可把该编号对应的客户基本信息显示出来。运行效果如图 9-4 所示。

实现步骤如下。

图 9-4　运行结果

Step **01** 启动 Visual Studio 2010，新建一个 ASP.NET 站点。

Step **02** 切换到页面的设计视图模式。在页面中输入字符串"请输入一个客户编号："，并添加一个 TextBox 控件 CID，用来接受输入的客户编号，并添加一个 Button 控件 ok，用来提交输入的内容。另外，添加一个 DataGrid 对象，用来显示搜索的结果。

页面的前台代码如下：

```
<html xmlns="http://www.w3.org/1999/xhtml" >
<head runat="server">
    <title>无标题页</title>
</head>
<body>
        <form id="form1" runat="server">
    <p>请输入一个客户编号: <input type="text" size="10" id="CID"
            runat="server"/>
    <input type="button" value="查 询" id="ok" runat="server"
            onserverclick="ok ServerClick"/></p>
<asp:DataGrid ID="myDG" runat="server" BackColor="White"
                BorderColor="#CCCCCC" BorderStyle="None"
                BorderWidth="1px" CellPadding="3">
    <FooterStyle BackColor="White" ForeColor="#000066"/>
    <SelectedItemStyle BackColor="#669999" Font-Bold="true"
                ForeColor="White"/>
    <PagerStyle BackColor="White" ForeColor="#000066"
                HorizontalAlign="Left" Mode="NumericPages"/>
    <ItemStyle ForeColor="#000066"/>
    <HeaderStyle BackColor="#006699" Font-Bold="true" ForeColor="White"/>
</asp:DataGrid>
    </form>
</body>
</html>
```

Step 03 切换到 Default.aspx.cs,进入页面后台代码的编写窗口,编写代码如下:

```
protected void Page Load(object sender, EventArgs e)
{
    myDG.Visible=false;
}
```

在搜索前,使 DataGrid 对象处于隐藏状态。

Step 04 切换到页面设计视图模式,双击按钮 OK,进入按钮事件的代码编写窗口。按钮事件的详细代码如下:

```
protected void ok_ServerClick(object sender, EventArgs e)
{
    string CustomerID=CID.Value.Trim();
    SqlConnection Conn=new SqlConnection("Data Source=localhost;
        Integrated Security=SSPI; Initial Catalog=BMS");
    string strSQL="select * from customer where CustomerID=@cid";
    SqlDataAdapter myAdapter=new SqlDataAdapter(strSQL, Conn);
    DataSet myDS=new DataSet();
    Conn.Open();

    myAdapter.SelectCommand.Parameters.Add(new SqlParameter("@cid",
            SqlDbType.VarChar, 50));
    myAdapter.SelectCommand.Parameters["@cid"].Value=CustomerID;
    myAdapter.Fill(myDS, "customer");
    myDG.DataSource=myDS;
    myDG.DataBind();
    myDG.Visible=true;
    Conn.Close();
}
```

在完成数据的绑定之后,把 DataGrid 对象的 Visible 属性设置为 true。

Step 05 按快捷键 Ctrl+F5 运行程序,即可得到如图 9-4 所示的效果。

9.3.4 添加数据库记录

向数据库中添加记录类似于从数据库中查询记录，只是在最后是调用 SqlCommand 对象的 ExecuteNonQuery()方法来完成插入操作的。

下面的实例是向 customer 表添加一条客户信息，通过参数传递的形式向数据库中插入记录。用户在页面中输入客户编号、客户姓名、负责人、备注，并选择客户等级，单击"添加"按钮，即可向数据库插入一条记录，并弹出"添加成功！"提示信息。

Step 01 启动 Visual Studio 2010，新建一个 ASP.NET 项目。

Step 02 为 Default.aspx 页面添加前台代码，如下：

```
<html xmlns="http://www.w3.org/1999/xhtml" >
<head>
    <title>向数据库中添加数据</title>
</head>
<body>
    <form id="form1" runat="server">
    <div align="center"><h2>添加新客户</h2></div>
    <table width="90%" border="1" bordercolor="green" runat="server">
    <tr><td align="right" width="30%">客户编号: </td><td><input type="text"
        size="15" id="cid" runat="server"/></td></tr>
    <tr><td align="right">客户姓名: </td><td><input type="text" size="15"
        id="cname" runat="server"/></td></tr>
    <tr><td align="right">负责人: </td><td><input type="text" size="15"
        id="ccharge" runat="server"/></td></tr>
    <tr><td align="right">客户等级: </td><td><select id="clevel"
        runat="server">
<option value="0">0</option><option value="1">1</option>
<option value="2">2</option><option value="3">3</option>
<option value="4">4</option><option value="5">5</option>
</select>
</td></tr>
    <tr><td align="right">备注: </td><td><textarea id="cdesc" rows="4"
            cols="30" runat="server"></textarea></td></tr>
    </table>
    <div align="center"><input type="button" id="addbutton" value="添加"
        runat="server" onserverclick="addbutton_ServerClick"/></div>
    </form>
</body>
</html>
```

Step 03 为 Default.aspx 页面添加后台代码，如下：

```
protected void Page_Load(object sender, EventArgs e)
{
}
protected void addbutton_ServerClick(object sender, EventArgs e)
{
    SqlConnection Conn=new SqlConnection("Data Source=localhost;
        Integrated Security=SSPI; Initial Catalog=BMS");
    string insertSQL="insert into customer(CustomerID,CustomerName,
        CustomerCharge,CustomerLevel,CustomerDesc)
        values(@cid,@cname,@ccharge,@clevel,@cdesc)";
    SqlCommand Comm=new SqlCommand(insertSQL, Conn);

    Comm.Parameters.Add(new SqlParameter("@cid",
                        SqlDbType.VarChar, 10));
    Comm.Parameters["@cid"].Value=cid.Value;
```

```
Comm.Parameters.Add(new SqlParameter("@cname",
                     SqlDbType.VarChar, 20));
Comm.Parameters["@cname"].Value=cname.Value;
Comm.Parameters.Add(new SqlParameter("@ccharge",
                     SqlDbType.VarChar, 10));
Comm.Parameters["@ccharge"].Value=ccharge.Value;
Comm.Parameters.Add(new SqlParameter("@clevel", SqlDbType.Int,4));
Comm.Parameters["@clevel"].Value=Convert.ToInt32(clevel.Value);
Comm.Parameters.Add(new SqlParameter("@cdesc",
                     SqlDbType.VarChar, 10));
Comm.Parameters["@cdesc"].Value=cdesc.Value;
Comm.Connection.Open();
Comm.ExecuteNonQuery();
Comm.Connection.Close();
Response.Write("<script lanuage='javascript'>alert('添加成功!');
                </script>");
}
```

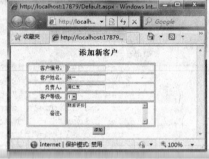

图 9-3 运行结果

Step 04 按快捷键 Ctrl+F5 运行程序，运行结果如图 9-5
所示。

在掌握添加数据库记录后，请读者结合 4.9 上机实训，
将注册信息添加到数据库中。

9.3.5 更新数据库记录

更新数据库记录与添加数据库记录的操作基本一样，
只是 SQL 语句不同而已。读者可以参考添加记录的实例去实现。

9.3.6 删除数据库记录

删除数据库记录相比于添加和更新数据库记录更加简单。

下面的实例实现了如何从数据中删除一条记录。用户从页面中输入一个客户编号，单击"删
除"按钮，即可把该编号对应的客户记录从 customer 表中删除。具体操作步骤如下。

Step 01 启动 Visual Studio 2010，新建一个 ASP.NET 站点。

Step 02 添加页面前台代码，如下：

```html
<html xmlns="http://www.w3.org/1999/xhtml" >
<head runat="server">
  <title>无标题页</title>
</head>
<body>
  <form id="form1" runat="server">
  <p>请输入要删除客户的编号：</p>
  <input type="text" id="CusID" size="10" runat="server"/>
  <input type="button" id="ok" value="删 除" runat="server"
         onserverclick="ok_ServerClick"/>
  </form>
</body>
</html>
```

Step 03 添加页面后台代码，如下：

```csharp
protected void Page_Load(object sender, EventArgs e)
{
}
```

```
protected void ok_ServerClick(object sender, EventArgs e)
{
    SqlConnection Conn=new SqlConnection("Data Source=localhost;
                Integrated Security=SSPI; Initial Catalog=BMS");
    string deleteSQL="delete from customer where CustomerID=@cid";
        SqlCommand Comm=new SqlCommand(deleteSQL, Conn);
    Comm.Parameters.Add(new SqlParameter("@cid", SqlDbType.VarChar,10));
    Comm.Parameters["@cid"].Value=CusID.Value;
    Comm.Connection.Open();
    Comm.ExecuteNonQuery();
    Comm.Connection.Close();
    Response.Write("<script
        lanuage='javascript'>
        alert('删除成功!');
</script>");
    }
```

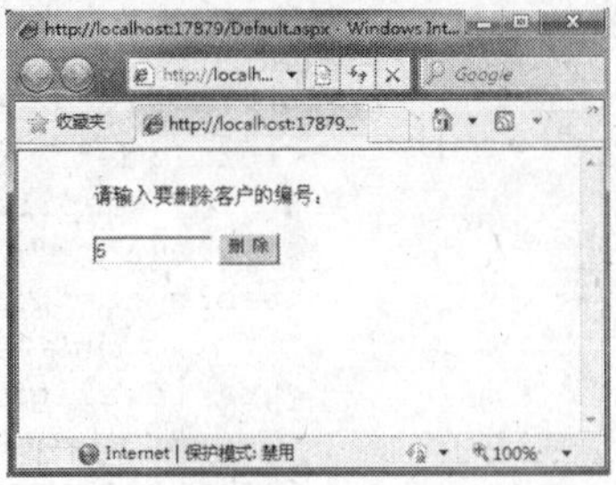

Step 04 按快捷键 Ctrl+F5 运行程序，运行结果如图 9-6 所示。

图 9-6 运行结果

9.3.7 调用存储过程

存储过程是 SQL 语句和可选控制流语句的预编译集合，使用存储过程可以极大地简化管理数据库及显示关于数据库信息的工作。

下面的实例实现了通过输入参数给存储过程传递数据的方法和获取输出参数作为返回值，通过调用存储过程来添加客户记录。

具体操作步骤如下。

Step 01 为 BMS 数据库创建一个存储过程 InsertCustomer，编写代码如下：

```
Create Procedure InsertCustomer
(
  @CustomerID char(10),
  @CustomerName char(10),
  @CustomerCharge char(10),
  @CustomerLevel int,
  @CustomerDesc char(100)
)
AS
INSERT INTO customer
(
  CustomerID,
  CustomerName,
  CustomerCharge,
  CustomerLevel,
  CustomerDesc
)
VALUES
(
  @CustomerID,
  @CustomerName,
  @CustomerCharge,
  @CustomerLevel,
  @CustomerDesc
)
```

下面调用此存储过程。调用存储过程和使用普通的 SQL 语句差别不大，需要指定 Command 对象的 CommandType 属性为 StoreProcedure。

Step 02 启动 Visual Studio 2010，新建一个 ASP.NET 站点。

Step 03 切换到页面的设计视图模式，在前台页面中定义 4 个 input 控件和一个 select 控件，用于接收用户页面输入的值。

页面前台代码如下：

```html
<html xmlns="http://www.w3.org/1999/xhtml" >
<head runat="server">
    <title>无标题页</title>
</head>
<body>
    <form id="form1" runat="server">
        <asp:Label ID="info" runat="server"></asp:Label>
    <div align="center"><h2>添加新客户</h2></div>
    <table id="Table1" width="90%" border="1" bordercolor="green"
            runat="server">
    <tr><td align="right" width="30%">客户编号：</td><td><input type="text"
            size="15" id="cid" runat="server"/></td></tr>
    <tr><td align="right">客户姓名：</td><td><input type="text" size="15"
            id="cname" runat="server"/></td></tr>
    <tr><td align="right">负责人：</td><td><input type="text" size="15"
            id="ccharge" runat="server"/></td></tr>
    <tr><td align="right">客户等级：</td><td><select id="clevel"
            runat="server">
<option value="0">0</option><option value="1">1</option>
<option value="2">2</option><option value="3">3</option>
<option value="4">4</option><option value="5">5</option>
</select>
</td></tr>
    <tr><td align="right">备注：</td><td><textarea id="cdesc" rows="4"
            cols="30" runat="server"></textarea></td></tr>
    </table>
    <div align="center"><input type="button" id="OK" value="添加"
            runat="server" onserverclick="OK_ServerClick"/></div>
    </form>
</body>
</html>
```

Step 04 双击页面空白处，切换到页面后台代码的编写窗口。添加函数 InsertCustomer，函数所带的参数分别用来传递从页面获得的值。

```csharp
public void InsertCustomer(string customerid, string customername,
    string customercharge, int customerlevel, string customerdesc)
{
    SqlConnection Conn=new SqlConnection("Data Source=localhost;
        Integrated Security=SSPI; Initial Catalog=BMS");
    SqlCommand Comm=new SqlCommand();
    Comm.CommandType=CommandType.StoredProcedure;
    Comm.Connection=Conn;
    Comm.CommandText="InsertCustomer";
    SqlParameter pID=new SqlParameter("@customerid",SqlDbType.NChar, 10);
    pID.Value=customerid;
    Comm.Parameters.Add(pID);
    SqlParameter pName=new SqlParameter("@customername",SqlDbType.NChar, 10);
    pName.Value=customername;
    Comm.Parameters.Add(pName);
    SqlParameter pCharge=new SqlParameter("@customercharge",
                            SqlDbType.NChar, 10);
    pCharge.Value=customercharge;
    Comm.Parameters.Add(pCharge);
    SqlParameter pLevel=new SqlParameter("@customerlevel",SqlDbType.Int);
    pLevel.Value=customerlevel;
```

```
Comm.Parameters.Add(pLevel);
SqlParameter pDesc=new SqlParameter("@customerdesc",
                                  SqlDbType.NChar, 10);
pDesc.Value=customerdesc;
Comm.Parameters.Add(pDesc);

try
{
    //打开数据库连接
    Conn.Open();
    Comm.ExecuteNonQuery();
    Conn.Close();
    info.Text="插入成功! ";
}
catch (Exception ex)
{
    info.Text=ex.ToString();
}
}
```

Step 05 返回到 Default.aspx 页面，双击 OK 按钮控件，进入按钮单击事件函数编写窗口，添加如下代码：

```
protected void OK_ServerClick(object sender, EventArgs e)
{
    string customerID=cid.Value;
    string customerName=cname.Value;
    string customerCharge=ccharge.Value;
    string temp=clevel.Value;
    int customerLevel=int.Parse(temp);
    string customerDesc=cdesc.Value;
    InsertCustomer(customerID,
        customerName,customerCharge,
        customerLevel,customerDesc);
}
```

图 9-7　运行结果

Step 06 按快捷键 Ctrl+F5 运行程序，运行结果如图 9-7
所示。

🤜 **实例说明**

① 首先在 **Step 01** 中，在数据库中创建了一个存储过程，用于插入一个用户信息。给存储
过程添加输入参数也和普通的 SQL 语句一样。另外，存储过程还可以指定输出参数将
值返回给存储过程的调用者。

② **Step 02** 中，CommandType.StoredProcedure 语句用于指明 SQL 命令的操作类型是使用
存储过程。new SqlParameter()方法用于给存储过程添加参数。

9.4 简单的数据源绑定

9.4.1　数据绑定概述

在 ASP.NET 中既可以绑定到简单的数据源，如变量、表达式、属性、集合等，也可以绑
定到复杂的数据源，如数据集、数据视图等。下面先来了解一下如何实现数据源的绑定，然后
介绍如何实现不同数据源的绑定。

在 ASP.NET 中，引入了数据绑定语法，使用该语法可以轻松将 Web 控件的属性绑定到数据源，语法如下：

```
<%# DataSource %>
```

这里的 **DataSource** 表示各种数据源，可以是变量、表达式、属性、列表、数据集、视图等。

在指定了绑定数据源之后，通过调用控件的 DataBind()方法或者该控件所属父控件的 DataBind()方法来实现页面所有控件的数据绑定，从而在页面中显示出相应的绑定数据。DataBind()方法将控件及其所有子控件绑定到 DataSource 属性指定的数据源。当在父控件中调用 DataBind()方法时，该控件及其所有的子控件都会调用 DataBind()方法。

DataBind()方法是 ASP.NET 的 Page 对象和所有 Web 控件的成员方法。由于 Page 对象是该页面中所有控件的父控件，所以在该页面中调用 DataBind()方法将会使页面中的所有数据绑定都被处理。通常情况下，Page 对象的 DataBind()方法都在 Page_Load 事件响应函数中调用。调用的方法如下：

```
protected void Page_Load(object sender, EventArgs e)
{
    Page.DataBind();
}
```

DataBind()方法通常是在数据源中的数据更新后调用，用于同步数据源和数据控件中的数据，使得数据源中的任何更改都可以在数据控件中反映出来。

简单的数据源包括变量、表达式、集合、属性等。下面通过实例介绍如何绑定到简单的数据源。

9.4.2　绑定到变量

绑定到变量是最简单的数据绑定。绑定到变量的基本语法是：

```
<%# 简单变量 %>
```

下面是一个绑定到变量的简单实例。添加后的前台页面代码如下：

```
<html xmlns="http://www.w3.org/1999/xhtml" >
<head>
    <title>数据绑定技术</title>
    <script language="c#" runat="server">
        string s_ID="10001";
        string s_name="Lucy";
        void Page_Load(object sender, EventArgs e){
            Page.DataBind();
        }
    </script>
</head>
<body>
    <form id="form1" runat="server">
      <b><%#s_ID%><br><%#s_Name%>
    </form>
</body>
</html>
```

运行程序，页面的运行结果如图 9-8 所示。

图 9-8　绑定到变量

9.4.3　绑定到表达式

绑定到表达式类似于绑定到变量，只是把变量替换成表达式，基本语法如下：

```
<%# 表达式 %>
```

下面是一个绑定到表达式的简单实例。添加后的前台页面代码如下：

```
<html xmlns="http://www.w3.org/1999/xhtml" >
<head runat="server">
    <title>绑定到表达式</title>
</head>
<body>
<b>绑定到表达式示例：</b><br/>
    <form id="form1" runat="server"><b><%# number%>+20=<%# number+20 %></b>
    </form>
</body>
</html>
```

添加后的后台代码如下：

```
protected int number=1000;
protected void Page_Load(object sender,
        EventArgs e){
    DataBind();
}
```

运行效果如图 9-9 所示。

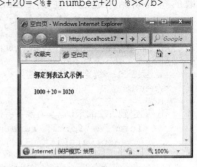

图 9-9　绑定到表达式

9.4.4　绑定到集合

如果绑定的数据源是一个集合，如数组、DataTable 对象等，那么需要把这些数据绑定到支持多值绑定的 Web 控件上。绑定到简单集合的基本语法如下：

```
<%# 简单集合 %>
```

下面是将一个数组绑定到 DataGrid 对象上的实例。

添加后的前台页面代码如下：

```
<html xmlns="http://www.w3.org/1999/xhtml" >
<head runat="server">
    <title>绑定到集合</title>
</head>
<body>
<b>绑定到集合：</b><br/>
    <form id="form1" runat="server">
        <asp:DataGrid ID="myDG" DataSource=<%# myData %> runat=server/>
    </form></body>
</html>
```

添加后的后台代码如下：

```
protected ArrayList myData=new ArrayList();
protected void Page_Load(object sender, EventArgs e){
    myData.Add("苹果");
    myData.Add("香蕉");
    myData.Add("桔子");
    myData.Add("西瓜");
    myDG.DataBind();
}
```

运行结果如图 9-10 所示。

9.4.5 绑定到方法的结果

很多情况下，在控件上显示数据之前需要经过复杂的处理和加工。通过定义方法先对数据进行复杂的处理，然后把控件绑定到返回处理结果的方法就可以了。同时根据需要可以定义无参数或有参数的方法。绑定到方法的基本语法如下：

```
<%# 方法([参数]) %>
```

图 9-10 绑定到集合

下面的实例中定义了一个判断传入的数是正、负或零的方法，并定义了包含 3 个数的数据，最后将判断结果通过绑定到 DataList 控件显示出来。

添加后的前台页面代码如下：

```html
<html xmlns="http://www.w3.org/1999/xhtml" >
<head runat="server">
    <title>绑定到方法的结果</title>
</head>
<body>
<b>绑定到方法的示例：</b>
    <form id="form1" runat="server">
        <asp:DataList ID="myList" runat=server>
            <ItemTemplate>数字：<%# Container.DataItem %>
正负：<%# IsPositiveOrNegative((int) Container.DataItem) %>
            </ItemTemplate>
        </asp:DataList>
    </form>
</body>
</html>
```

添加后的后台代码如下：

```csharp
protected ArrayList myData=new ArrayList();
protected void Page_Load(object sender, EventArgs e)
{
        myData.Add(-1);
        myData.Add(2);
        myData.Add(0);
        myList.DataSource=myData;
        myList.DataBind();
}
protected string IsPositiveOrNegative(int number)
{
        if (number > 0)
            return "正数";
        else if (number < 0)
            return "负数";
        else
            return "零";
}
```

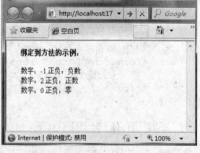

运行结果如图 9-11 所示。

图 9-11 绑定到方法的结果

【随堂演练 9-3】 产品销售情况

本实例利用简单数据绑定来实现产品销售情况统计。本实例中只实现了简单变量的绑定、表达式的绑定及绑定到方法的结果。程序中提供了 4 个文本框供用户输入铅笔的销售数量和单价，钢笔的销售数量和单价，然后单击"计算"按钮，就能够在网页上显示出铅笔和钢笔的销售情况，以及它们各自的销售金额，最后还统计了销售产品的总数量，程序运行效果如图 9-12 所示。

图 9-12　产品销售情况

Step 01 启动 Visual Studio 2010，新建一个 ASP.NET 项目。

Step 02 在 Default.aspx 页面中输入"产品销售情况"，并在页面中添加 4 个文本框，用来输入铅笔和钢笔的销售数量及各自单价。另外，在页面中添加一个按钮，ID 设为 ok_button，将其 Text 属性值设为"计算"。最后在页面中输入计算后将要显示的信息（参见图 9-12 中下面部分），将它们放在一个 div 标签内，div 的 ID 为 div1，并设置其 Visible 属性为 false，即默认运行的页面，这些信息不可见。

Step 03 在 Default.aspx.cs 文件中添加 4 个变量，分别表示两个销售数量和两个单价。

```
protected int saleNum1;
protected int saleNum2;
protected double unitPrice1;
protected double unitPrice2;
```

Step 04 切换到 Default.aspx 页面设计模式，双击"计算"按钮，添加如下的按钮事件处理程序：

```
protected void ok_button_Click(object sender, EventArgs e)
{
    saleNum1=System.Convert.ToInt32(productsale1.Text);
    saleNum2=System.Convert.ToInt32(productsale2.Text);
    unitPrice1=System.Convert.ToDouble(productprice1.Text);
    unitPrice2=System.Convert.ToDouble(productprice2.Text);
    Page.DataBind();
    div1.Visible=true;
}
```

Step 05 在 Default.aspx.cs 中添加一个函数 total()，用来计算一种商品的销售总额，代码如下：

```
protected double total(int num, double unitprice)
{
    return (num * unitprice);
}
```

Step 06 在 Default.aspx 页面的 HTML 代码的<body>中添加下面绑定数据的代码：

```
<div id="div1" visible="false" runat="server">
    <p>铅笔销售了<%#saleNum1 %>，单价是<%#unitPrice1 %>元，铅笔一共是
<%#total(saleNum1,unitPrice1) %>元</p>
    <p>钢笔销售了<%#saleNum2 %>，单价是<%#unitPrice2 %>元，钢笔一共是
<%#total(saleNum2,unitPrice2)  %>元</p>
    <p>铅笔和钢笔一共销售了<%#saleNum1+saleNum2 %>支</p>
 </div>
```

Step 07 按快捷键 Ctrl+F5 运行程序，在 4 个文本框中输入相应值，单击"计算"按钮，可以得到如图 9-12 所示的结果。

实例说明

① **Step 03** 中，声明 4 个内部成员变量。

② **Step 04** 中，当单击"计算"按钮时，程序从页面获取 4 个输入框中的值，分别赋值给 4 个变量，并将显示计算结果部分的 div 的 Visible 属性设置为 true。

9.5 绑定到复杂的数据源

相对于 9.4 提到的简单数据源，ASP.NET 还可以将数据绑定到复杂的数据源上。复杂的数据源有 DataView、DataSet 和各种类型的数据库等。下面逐个介绍如何绑定到这些复杂的数据源上。

9.5.1 绑定到 DataView

DataView 对象表示对 DataSet 中的数据表的一种查看方式。系统默认的方式是将数据以表格的形式排列，并且数据是根据从数据表中读取数据时行排列的顺序排列的。DataView 可以实现对 DataTable 的可绑定数据的自定义视图，使其具有排序、过滤、搜索、编辑和导航的功能。

下面的实例实现了将数据绑定到 DataView，具体操作步骤如下。

Step 01 启动 Visual Studio 2010，新建一个 ASP.NET 项目。

Step 02 从左侧的工具箱中拖动一个 DataGrid 控件到 Default.aspx 页面中，其 HTML 代码如下：

```
<asp:DataGrid ID="mydg" runat=server HeaderStyle-BackColor="#aaaadd">
          </asp:DataGrid>
```

Step 03 在 Default.aspx 的页面初始化程序 Page_Load 中添加如下代码：

```
protected void Page_Load(object sender, EventArgs e)
{
        DataTable myTable=new DataTable();
        DataRow dr;
        myTable.Columns.Add(new DataColumn("编号"));
        myTable.Columns.Add(new DataColumn("用户名"));
        myTable.Columns.Add(new DataColumn("登录时间"));
        for (int i=0; i < 8; i++){
            dr=myTable.NewRow();
            dr[0]="1000"+i;
            dr[1]="ASPuser_"+i;

        dr[2]=DateTime.Now.AddHours(i).ToString();
            myTable.Rows.Add(dr);
        }
        mydg.DataSource=myTable;
        mydg.DataBind();
}
```

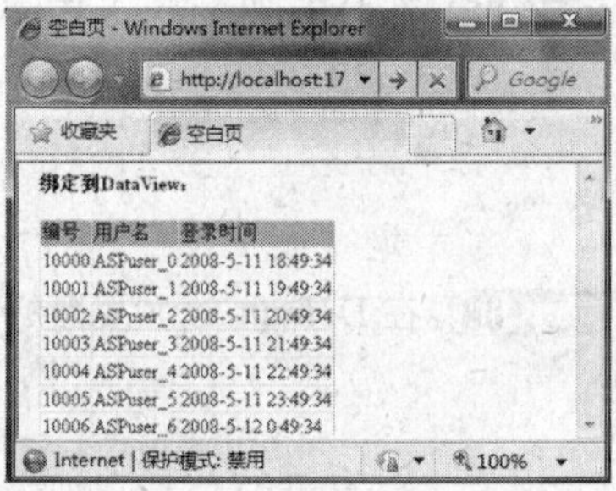

Step 04 按快捷键 Ctrl+F5 运行程序，运行结果如图 9-13 所示。

图 9-13   绑定到 DataView

9.5.2 绑定到 DataSet

DataSet 是 ADO.NET 的主要组件，是应用程序从数据源中检索到的数据在内存中的缓存。DataSet 中包含的数据可以来自多种数据源，如数据库、XML 文档、界面输入等。

下面的实例实现了将控件绑定到 DataSet 对象，具体操作步骤如下。

Step 01 启动 Visual Studio 2010，新建一个 ASP.NET 项目。

Step 02 从左侧的工具箱中拖动一个 DataGrid 控件到 Default.aspx 页面中，其 HTML 代码如下：

```
<asp:DataGrid ID="myDG" runat=server HeaderStyle-BackColor="#aaaadd">
          </asp:DataGrid>
```

Step 03 在 Default.aspx 页面初始化程序 Page_Load 中添加如下代码：

```
private DataSet myDS=new DataSet();

protected void Page_Load(object sender, EventArgs e)
{
    if (!Page.IsPostBack){
        string strSQL="select * from student";
        string connStr="Data Source=localhost; Integrated Security=SSPI;
            Initial Catalog=student";
        SqlConnection Conn=new SqlConnection(connStr);
        SqlDataAdapter myAdapter=new SqlDataAdapter(strSQL,Conn);
        Conn.Open();
        myAdapter.Fill(myDS,"students");
        myDG.DataSource=myDS;
        myDG.DataBind();
        Conn.Close();
    }
}
```

Step 04 按快捷键 Ctrl+F5 运行程序，运行结果如图 9-14 所示。

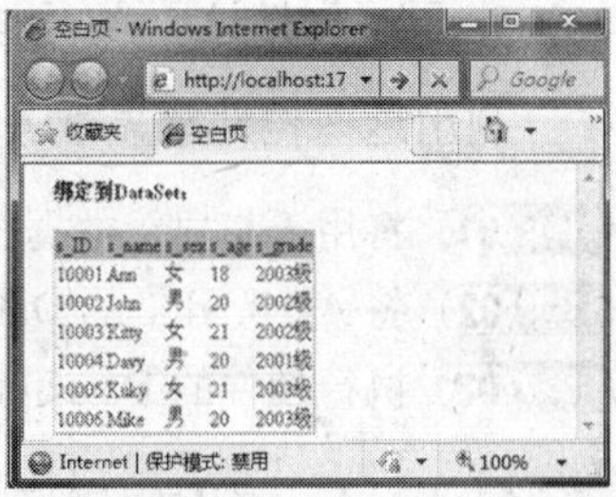

图 9-14　绑定到 DataSet

9.5.3　绑定到数据库

在 ASP.NET 中经常需要把数据库中的某些数据显示出来。前面的实例是把数据库中的数据读取到 DataSet 对象中，然后再把控件绑定到 DataSet 对象。除此之外，还可以直接把控件绑定到数据库。

把控件直接绑定到数据库的方法是：首先创建连接到数据库的 Connection 对象和执行 SQL 语句的 Command 对象，然后执行 Command 对象的 ExecuteReader 方法，并把控件绑定到 ExecuteReader 方法返回的结果。

下面的实例是把 ListBox 控件绑定到 SqlCommand 对象执行 SQL 查询结果。

Step 01 启动 Visual Studio 2010，新建一个 ASP.NET 项目。

Step 02 从左侧的工具箱中拖动一个 ListBox 控件到 Default.aspx 页面中，其 HTML 代码如下：

```
<asp:ListBox ID=myList runat=server BackColor=#cccccc></asp:ListBox>
```

Step 03 在 Default.aspx 的页面初始化程序 Page_Load 中添加如下代码：

```
protected void Page_Load(object sender, EventArgs e)
{
    if (!Page.IsPostBack){
        string strConn="Data Source=localhost; Integrated Security=SSPI;
            Initial Catalog=student";
        SqlConnection Conn=new SqlConnection(strConn);
        string strSQL="select s_ID,s_name from student";
        Conn.Open();
        SqlCommand Comm=
                new SqlCommand(strSQL,Conn);
        myList.DataSource=Comm.ExecuteReader();
        myList.DataTextField="s_ID";
        myList.DataValueField="s_name";
        myList.DataBind();
        Conn.Close();
    }
}
```

Step 04 按快捷键 Ctrl+F5 运行程序，运行结果如图 9-15 所示。

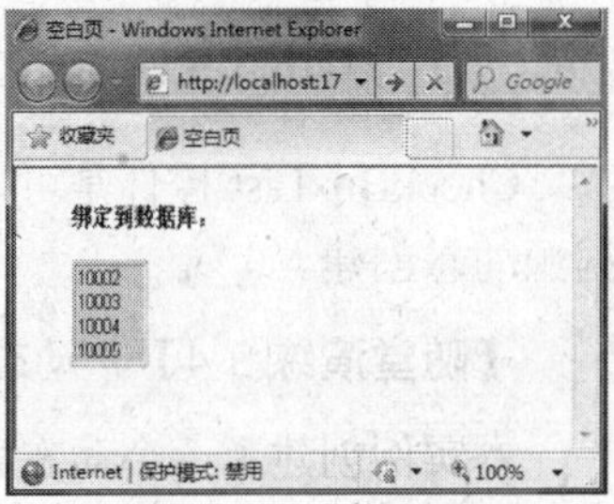

图 9-15　绑定到数据库

9.6 常用控件的数据绑定

本节将讨论 4 个与数据有关的控件，通过数据绑定这些控件可以显示多个数据值。

- 下拉列表框：DropDownList。
- 列表框：ListBox。
- 复选控件：CheckBoxList。
- 单选控件：RadioButtonList。

利用这些控件来显示 ADO.NET 中的数据，具体可分为 3 个步骤。

Step 01 将用于与显示数据相关的 Web 控件添加到 ASP.NET 页面中。

Step 02 将 ADO.NET 的 DataReader、DataSet 或者是 DataTable 对象赋给控件的 DataSource 属性。

Step 03 执行控件的 DataBind()方法。

9.6.1　DropDownList 控件的数据绑定

DropDownList 控件是一个下拉列表框，其功能是提供在一组选项中选择单一的值。DropDownList 控件实际上是列表项的容器，这些列表项都属于 ListItem 类型，因此，在编程中处理列表项时，可以使用 Items 集合。当将数据源绑定在 DropDownList 控件上，在下拉列表框事件被触发时，数据在 DropDownList 的下拉列表框中显示出来。

> **注意**　当用户选择 DropDownList 控件下拉列表框中的一项时，该控件将引发一个 SelectedIndexChanged 事件。默认情况下，此事件不会导致将页发送到服务器，但可以通过设置 AutoPostBack 为 true 强制控件立即发送。因此，在使用的时候，应注意将 DropDownList 控件的 AutoPostBack 属性设置为 true。

9.6.2　ListBox 控件的数据绑定

ListBox 控件允许用户从预定义列表中选择一项或多项。ListBox 控件与 DropDownList 控件类似，不同之处在于它可以允许用户一次选择多项。

ListBox 控件的数据绑定与 DropDownList 一样，都是通过将数据源赋给 DataSource 属性，然后再执行 DataBind()方法。

```
MyListBox.DataSource=myArrayList;
MyListBox.DataBind();
```

9.6.3　CheckBoxList 控件的数据绑定

ChcckBoxList 控件是可以选择单项或多项的复选框组，该复选框组可以通过控件绑定到数据源动态创建。

【随堂演练 9-4】　动态显示客户信息

本实例创建了一个动态列出客户信息的页面（数据来自 BMS 数据库中的 Customers 表），

页面中每个客户姓名的旁边都有一个复选框，当选择一个或多个复选框时，会在 GridView 控件中显示所选客户的相关信息。页面效果如图 9-16 所示。

创建动态显示客户信息页面的具体操作步骤如下。

Step 01 启动 Visual Studio 2010，新建一个 ASP.NET 项目。

Step 02 在 Default.aspx 页面中添加一个 CheckBoxList 控件，设置其属性如下：

图 9-16　程序运行效果

```
<asp:CheckBoxList ID="ckbCustomers"
    runat="server" AutoPostBack="true"
    CellPadding="9" CellSpacing="9"
    RepeatColumns="5" >
</asp:CheckBoxList>
```

Step 03 在页面中添加一个 GridView 控件 dgCustomers，并设置其显示样式为"自动套用格式"中的"彩色型"。

Step 04 在 Default.aspx 页面初始化程序中添加如下代码，主要是用来从数据库中获取客户编号和客户姓名，并绑定到 CheckBoxList 控件中。

```
protected void Page_Load(object sender, EventArgs e)
{
    if (!IsPostBack)
    {
        string strconn="Data Source=localhost; Integrated Security=SSPI;
                Initial Catalog=BMS";
        string strSql="SELECT CustomID,CustomName FROM customer ORDER BY
                CustomID ASC";
        SqlConnection objconn=new SqlConnection(strconn);
        SqlCommand objcmd=new SqlCommand(strSql, objconn);
        objconn.Open();
        ckbCustomers.DataSource=objcmd.ExecuteReader();
        ckbCustomers.DataTextField="CustomName";
        ckbCustomers.DataValueField="CustomID";
        ckbCustomers.DataBind();
        objconn.Close();
    }
}
```

Step 05 添加 CheckBoxList 控件的 SelectIndexChanged 事件处理程序，主要是用来获取选择的雇员，并将从数据库中查询出选择出来的客户信息显示到 DataGrid 控件中。

```
protected void ckbCustomers_SelectedIndexChanged(object sender,EventArgs e)
{
    string strWhereClause="";
    foreach (ListItem li in ckbCustomers.Items)
    {
        if (li.Selected)
            strWhereClause+=" CustomID='"+li.Value+"' OR";
    }
    if (strWhereClause.Length > 0)
    {
        dgCustomers.Visible=true;
        string str=strWhereClause.Substring(0, strWhereClause.Length - 2);
        strWhereClause=" WHERE "+str;
        string strconn="Data Source=localhost; Integrated Security=SSPI;
                Initial Catalog=BMS";
        string strsql="SELECT * FROM customer"+strWhereClause;
        SqlConnection objconn=new SqlConnection(strconn);
```

```
        SqlCommand objcmd=new SqlCommand(strsql, objconn);
        objconn.Open();
        dgCustomers.DataSource=objcmd.ExecuteReader();
        dgCustomers.DataBind();
        objconn.Close();
    }
    else
        dgCustomers.Visible=false;
    }
```

添加了 SelectIndexChanged 事件后的 CheckBoxList 的 HTML 代码如下：

```
<asp:CheckBoxList ID="ckbCustomers" runat="server" AutoPostBack="true"
CellPadding="9" CellSpacing="9" RepeatColumns="5"
OnSelectedIndexChanged="ckbCustomers_SelectedIndexChanged" >
</asp:CheckBoxList>
```

Step 06 按快捷键 Ctrl+F5，编译并运行程序，运行结果如图 9-16 所示。

✊ **实例说明**

① SqlCommand.ExecuteReader ()方法用于将 CommandText 发送到 Connection 并生成一个 SqlDataReader。SqlDataReader 提供一种从 SQL Server 数据库读取行的只进流的方式。无法继承此类。

② 程序中，首先依次获取被选中复选框的 CustomID 值，当有多个 CustomID 时，SQL 语句中间用 OR 连接。变量 su 是截取 strWhereClause 使句中一个字符串，去除最后一个 CustomID 后面的 OR 字符串。

9.6.4 RadioButtonList 控件的数据绑定

RadioButtonList 是封装了一组单选按钮控件的列表控件。将数据源绑定到 RadioButtonList 控件后，通过选择可以获取其中某一个值。

RadioButtonList 控件的数据绑定基本上和 CheckBoxList 控件类似，读者可以参照 CheckBoxList 控件的实例练习使用。

9.7 数据服务器控件

ASP.NET 中常用的数据服务器控件为 DataGrid 控件、DataList 控件、Repeater 控件和 GridView 控件。通常将指定的数据源绑定到这些控件上，通过这些控件显示数据源中的数据。

9.7.1 DataGrid 控件

在所有可以显示数据源的 ASP.NET 控件中，DataGrid 控件功能最强大。它除了可以采用表格的方式显示表之外，还具有分页显示，创建"选择"、"编辑"、"更新"和"取消"按钮，以及添加排序等功能。

1. 在 DataGrid 控件中显示数据

DataGrid 控件以表格的形式显示数据，通过编辑 DataGrid 控件的属性可以实现对其中显示的数据进行选择、编辑、更新及添加排序、分页等。

在 DataGrid 控件中显示数据比较简单，将 DataGrid 控件绑定到一个数据源，绑定的基本步骤是：

Step 01 创建数据库连接，并把从数据库中取出的数据存放在一个 DataSet 对象中。

Step 02 设置 DataGrid 控件的 DataSource 属性为该 DataSet。

Step 03 调用 DataGrid 控件的 DataBind 方法。

具体实例请参考 9.5.2 节绑定到 DataSet 的实例。

2．在 DataGrid 中创建列

在 DataGrid 控件中可以使用"属性生成器"向控件中添加列。

3．对 DataGrid 控件中的记录进行分页

DataGrid 控件的一个突出功能就是支持记录的分页显示。下面通过实例详细介绍实现 DataGrid 控件分页显示的步骤和方法。

【随堂演练 9-5】 DataGrid 控件的数据绑定

本实例介绍如何在 DataGrid 控件上绑定数据。实例中数据来自随书光盘中 BMS 数据库 customer_sale 表。将查询出来的数据绑定到 DataGrid 控件上，并实现分页显示的效果。

需要注意的是，在 Visual Web Developer 2010 的工具箱中没有提供 DataGrid 控件，使用 DataGrid 时需要手工输入以下代码：

```
<asp:DataGrid ID="DataGrid1" runat="server"></asp:DataGrid>
```

在 DataGrid 控件上绑定数据的具体实现步骤如下。

Step 01 启动 Visual Studio 2010，新建一个 ASP.NET 项目，并对项目命名。

Step 02 在 Default.aspx 页面中添加一个 DataGrid 控件 myDG，并设置其显示样式为"自动套用格式"中的"彩色型"，HTML 代码如下：

```
<asp:DataGrid ID="myDG" runat="server"></asp:DataGrid>
```

Step 03 在 Visual Studio 2010 的设计界面中选中 DataGrid 控件，在"属性"对话框中单击 Columns 后面的（集合）后的 ... 按钮链接，显示如图 9-17 所示的"DataGrid1 属性"对话框。

Step 04 在"DataGrid1 属性"对话框中，选择"列"选项卡，并把"可用列"列表框中的"绑定列"添加到"选定的列"列表框中，并设置"绑定列"的属性，单击"应用"按钮，即添加了"客户编号"列，如图 9-18 所示。

Step 05 重复 **Step 03** 和 **Step 04**，再创建"产品编号"、"销售数量"、"单价"和"销售时间"列。完成后，单击"确定"按钮，保存创建的结果，并退出"绑定列"的设置。
创建完成后，回到页面，查看 DataGrid 控件，如图 9-19 所示。

创建完成后，DataGrid 控件部分的代码如下：

```
<asp:DataGrid ID="myDG" runat="server" CellPadding="4" ForeColor="#333333"
        GridLines="Both" AutoGenerateColumns="false">
    <FooterStyle BackColor="#990000" Font-Bold="true"
        ForeColor="White"/>
    <SelectedItemStyle BackColor="#FFCC66" Font-Bold="true"
        ForeColor="Navy"/>
    <PagerStyle BackColor="#FFCC66" ForeColor="#333333"
```

```
                    HorizontalAlign="Center"/>
        <AlternatingItemStyle BackColor="White"/>
        <ItemStyle BackColor="#FFFBD6" ForeColor="#333333"/>
        <HeaderStyle BackColor="#990000" Font-Bold="true" ForeColor="White"/>
        <Columns>
            <asp:BoundColumn DataField="CustomerID" HeaderText="客户编号">
                </asp:BoundColumn>
            <asp:BoundColumn DataField="ProductID" HeaderText="产品编号">
                </asp:BoundColumn>
            <asp:BoundColumn DataField="ProductSale" HeaderText="销售数量">
                </asp:BoundColumn>
            <asp:BoundColumn DataField="ProductPrice" HeaderText="单价">
                </asp:BoundColumn>
            <asp:BoundColumn DataField="ProductDate" HeaderText="销售时间">
                </asp:BoundColumn>
        </Columns>
    </asp:DataGrid>
```

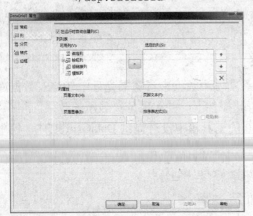

图 9-17　"DataGrid1 属性"对话框

图 9-18　选定"绑定列"

> **注意**
>
> 在设置 DataGrid 控件属性的时候，还需要把 AutoGenerateColumns 属性设置为 false，否则，DataGrid 控件上显示的数据不仅仅是创建的绑定列，还会显示 Select 语句中选中的那些列。

图 9-19　创建了"绑定列"后的 DataGrid

Step 06 在 Default.aspx 的页面初始化处理程序 Page_Load 中添加如下代码，从数据库中查询数据，并绑定到 DataGrid 控件上。

```
protected void Page_Load(object sender, EventArgs e)
    {
        if (!Page.IsPostBack)
        {
            string strConn="Data Source=localhost; Integrated Security=SSPI;
                        Initial Catalog=BMS";
            SqlConnection Conn=new SqlConnection(strConn);
            string strSQL="SELECT CustomID,ProductID,ProductSale,
                        ProductPrice,ProductDate FROM customer_sale";
            SqlDataAdapter myAdapter=new SqlDataAdapter(strSQL, Conn);
            Conn.Open();
            DataSet myData=new DataSet();
            myAdapter.Fill(myData, "customer");
            myDG.DataSource=myData;
            myDG.DataBind();
```

```
                    Conn.Close();
            }
        }
```

Step 07 在 "DataGrid1 属性" 对话框中选择 "分页" 选项卡，选中 "允许分页" 复选框，然后设置分页显示属性，如图 9-20 所示，单击 "应用" 按钮，保存创建的结果，并单击 "确定" 按钮退出 "分页" 的设置。

Step 08 在 "属性" 对话框中单击 ⚡ 按钮显示事件处理视图，双击 PageIndexChanged 事件，则在 Visual Studio 2010 开发环境自动为 DataGrid 控件的 PageIndexChanged 事件创建一个响应分页请求的事件处理函数。在该处理函数中，首先使用 e.NewPageIndex 来更新 DataGrid 控件的 CurrentPageIndex 属性，然后使用 DataBind 方法重新把 DataGrid 控件绑定到数据源中。PageIndexChanged 事件处理函数代码如下：

```
protected void myDG_PageIndexChanged(object source,
                                 DataGridPageChangedEventArgs e)
    {
        myDG.CurrentPageIndex=e.NewPageIndex;
        myDG.DataBind();
    }
```

Step 09 按快捷键 Ctrl+F5，编译并运行程序，添加分页处理后的页面运行效果，如图 9-21 所示。

图 9-20　"分页" 属性设置

图 9-21　运行结果

9.7.2　DataList 控件

DataList 控件用于显示绑定在控件上的数据源中的数据。DataList 控件没有固定的外形，在使用前需要编辑模板。用户可以根据自己的需要通过编辑提供的样式生成器来设计样式，DataList 控件比 DataGrid 更灵活。编辑好模板后，在页面后台代码中将数据源绑定在 DataList 上，并指定好在 DataList 中显示的字段名称就可以了。

1. 编辑 DataList 控件模板

编辑器中提供了项模板、页脚和页眉模板及分隔符模板。3 种模板中比较常用的是项模板，这里将详细介绍如何编辑项模板。

Step 01 在 Visual Studio 2010 设计界面中，选中 DataList 控件后单击鼠标右键，在弹出的快捷菜单中，选择 "编辑模板" | "项模板" 命令，如图 9-22 所示。

Step 02 进入 "项模板" 编辑状态，如图 9-23 所示。

项模板有 4 种类型：ItemTemplate（普通项）、AlternatingItemTemplate（交叉项）、SelectedItemTemplate（选中项）和 EditItemTemplate（可编辑项）。可以分别对这些项进行项设计。

ItemTemplate 控制的是一般情况下 DataList 中每一项的外观；AlternatingItemTemplate 控制的是交替项的外观，当上下两项具有不同的外观时，使用该项来设置，奇数项显示由 ItemTemplate 控制的外观，偶数项显示由 AlternatingItemTemplate 控制的外观；

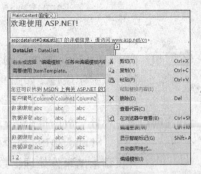

图 9-22　编辑模板图

SelectedItemTemplate 控制的是被选中项的外观；EditItemTemplate 控制 DataList 控件中为进行编辑而选定的项的内容，在需要进行编辑时，将外观从 ItemTemplate 切换到 EditItemTemplate，然后可以修改项中的内容。

Step 03 编辑设计 DataList 的 ItemTemplate 和 SelectedItemTemplate。分别在 ItemTemplate 和 SelectedItemTemplate 中，添加一张图片和一个链接按钮。这两个链接按钮各自设置一种颜色，这样，在单击按钮的时候，链接按钮因为背景颜色的不同，就很容易和未被选中的状态区别开来了。编辑完项模板后的 DataList 如图 9-24 所示。

图 9-23　编辑状态的 DataList

图 9-24　编辑后的项模板

Step 04 模板编辑结束后，在模板上单击鼠标右键，在弹出的快捷菜单中选择"结束模板编辑"命令，DataList 模板进入不可编辑状态。

2. 对 DataList 控件使用属性编辑器

除了使用模板来设计 DataList 控件的外观，也可以使用属性编辑器来修改外观。选中 DataList 控件，在"属性"对话框中单击 按钮，弹出属性生成器对话框。在"DataList1 属性"对话框中，打开"格式"选项卡，在"对象"列表框中选择"项"|"选定项"选项，并设置"背景色"为 Yellow，如图 9-25 所示。

设置完成后，切换到 DataList 的项模板编辑状态，可以发现 SelectedItemTemplate 模板的背景颜色已经被改为黄色。

图 9-25　DataList 属性编辑器

3. 在 DataList 控件中显示数据

DataList 控件的外观设计完成之后，就可以向控件中添加数据了。在 DataList 控件中显示数据的方法和在 DataGrid 控件中显示数据的方法类似。

4. DataList 控件中的事件处理

DataList 控件也包含了各种事件，包括 SelectedIndexChanged、CancelCommand、EditCommand、UpdateCommand 等。SelectedIndexChanged 事件是当 DataList 控件中选择了不同的项时触发；CancelCommand 事件是当 DataList 控件中的某个项单击 Cancel 按钮时触发；同理，EditCommand 事件或 UpdateCommand 事件是当 DataList 控件中的某个项单击 Edit 按钮或 Update 按钮时触发。此外，DataList 还有很多其他事件，读者可以从 MSDN 上查阅或参阅其他书籍。

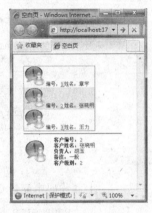

图 9-26　运行结果

【随堂演练 9-6】　DataList 控件的数据绑定

本实例将 BMS 数据库中的 Customer 表查询出客户的编号绑定到 DataList 控件中，当用户选中某个客户编号时，可在下面显示该客户的详细信息。效果如图 9-26 所示。

Step 01 启动 Visual Studio 2010，新建一个 ASP.NET 项目。

Step 02 在 Default.aspx 页面中添加一个 DataList 控件，按下面的 HTML 代码编辑 DataList 控件模板，从而实现将 LinkButton 绑定到 Customer ID。

```
<asp:DataList ID="myDL" runat="server" BackColor="Transparent"
        Font-Bold="false" Font-Italic="false" Font-Overline="false"
        Font-Strikeout="false" Font-Underline="false"
        OnSelectedIndexChanged="myDL_SelectedIndexChanged"
        BorderColor="Gray" GridLines="Both" DataKeyField="CustomID">
    <ItemTemplate>
        <img src="images/tu.gif" style="width: 66px; height: 61px"/>
        编号: <asp:LinkButton ID="LinkButton3" runat="server"
          BackColor="#C0FFC0" Text=<%# DataBinder.Eval
          (Container.DataItem, "CustomID") %>
          CommandName="Select" >LinkButton</asp:LinkButton>
        姓名: <%# DataBinder.Eval(Container.DataItem,"CustomName")%>
    </ItemTemplate>
    <SelectedItemTemplate>
        <img src="images/tu.gif" style="width: 66px; height: 61px"/>
        编号: <asp:LinkButton ID="LinkButton1" runat="server"
            BackColor="#FFFFC0" Text=<%# DataBinder.Eval
            (Container.DataItem, "CustomID") %> >LinkButton
            </asp:LinkButton>
        姓名: <%# DataBinder.Eval(Container.DataItem,"CustomName")%>
    </SelectedItemTemplate>
    <SelectedItemStyle BackColor="Yellow" Font-Bold="false"
      Font-Italic="false" Font-Overline="false"
      Font-Strikeout="false" Font-Underline="false"/>
</asp:DataList>
```

Step 03 在 Default.aspx 页面中添加一个表格，用来显示选中客户的详细信息，并设置表格的 Visible 属性为 false。代码如下：

```
<table width="300" runat="server" id="table1" visible="false">
    <tr>
```

```
<td style="width: 90px"> <img src="images/tu.gif" width="70"/></td>
<td>
<asp:Label ID="CustomerID" runat="server"></asp:Label>
<asp:Label ID="CustomerName" runat="server"></asp:Label>
<asp:Label ID="CustomerCharge" runat="server"></asp:Label>
<asp:Label ID="CustomerDesc" runat="server"></asp:Label>
<asp:Label ID="CustomerLevel" runat="server"></asp:Label>
</td>
</tr>
</table>
```

Step 04 在 Default.aspx 页面初始化程序中添加如下代码，实现对 DataList 控件的数据绑定。

```
protected void Page_Load(object sender, EventArgs e)
{
    DataSet myDS=new DataSet();
    string connectionString="Data Source=localhost;
    Integrated Security=SSPI; Initial Catalog=BMS";
    Conn=new SqlConnection(connectionString);
    string strSQL="SELECT top 3 * FROM customer";
    Conn.Open();
    SqlDataAdapter myAdapter=new SqlDataAdapter (strSQL, Conn);
    myAdapter.Fill(myDS, "customer");
    myDL.DataSource=myDS;
    myDL.DataBind();
    Conn.Close();
}
```

上面代码中变量 Conn 定义的代码如下。

```
protected SqlConnection Conn;
```

Step 05 为 DataList 控件添加 SelectedIndexChanged 事件处理程序，选中 DataList 控件，选中 "属性" 窗口中的事件按钮，双击 SelectedIndexChanged 事件，添加如下代码。

```
protected void myDL_SelectedIndexChanged(object sender, EventArgs e)
{
    string cid=myDL.DataKeys[myDL.SelectedItem.ItemIndex].ToString();
    string getMoreInfo="SELECT * FROM customer WHERE
            CustomID='"+cid+"'";
    Conn.Open();
    SqlDataAdapter moreInfo=new SqlDataAdapter(getMoreInfo, Conn);
    DataSet moreDS=new DataSet();
    moreInfo.Fill(moreDS, "客户详细信息");
    DataRowView rowview=moreDS.Tables["客户详细信息"].DefaultView[0];
    CustomerID.Text="<b>客户编号: </b>"+rowview["CustomID"].ToString()+
        "<br>";
    CustomerName.Text="<b>客户姓名: </b>"
            +rowview["CustomName"].ToString()+"<br>";
    CustomerCharge.Text="<b>负责人: </b>"
            +rowview["CustomCharge"].ToString()+"<br>";
    CustomerLevel.Text="<b>客户级别: </b>"
            +rowview["CustomLevel"].ToString()+"<br>";
    CustomerDesc.Text="<b>备注: </b>"
            +rowview["CustomDesc"].ToString()+"<br>";
    myDL.DataBind();
    Conn.Close();
    table1.Visible=true;
}
```

Step 06 把显示客户详细信息的表格 table1 的 Visible 属性设置为 true。

Step 07 按快捷键 Ctrl+F5，编译并运行程序，即可得到如图 9-26 所示的结果。

① **Step 04** 中，在 DataSet 中添加或刷新行以匹配使用 DataSet 和 DataTable 名称的数据源中的行。继承自 DbDataAdapter。

② **Step 04** 中，由于 Customer 表中记录比较多，这里只选出前面 3 条客户信息。

9.7.3 Repeater 控件

Repeater 控件比 DataGrid、DataList 控件使用起来更复杂，它没有可视化工具套用模板，只能通过手动编码来使用模板。另外，Repeater 控件没有属性生成器，因此，不能通过属性生成器来进行属性设置。虽然这些加大了 Repeater 控件使用的复杂度，但是另一方面也体现了 Repeater 的灵活性，用户可以根据自己的需要决定如何显示数据。

使用 Repeater 控件要创建模板，如果未定义模板或模板中不包含元素，则应用程序在运行时，Repeater 控件不显示在页面上。

1. Repeater 控件的模板

Repeater 控件支持的模板有 ItemTemplate（普通项）、AlternatingItemTemplate（交叉项）、HeaderTemplate（页眉项）和 FooterTemplate（页脚项）、SeparatorTemplate（分隔符项）。ItemTemplate 控制普通情况下每一项的外观显示，若要显示 ItemTemplate 中的数据，需要事先声明一个或多个 Web 服务器控件并设置其数据绑定表达式以使其为 DataSource 中的字段；AlternatingItemTemplate 控制着交替项的外观显示，如指定一种与 ItemTemplate 中指定的颜色不同的背景色；HeaderTemplate 控制列表的开始处外观显示，HeaderTemplate 的一个典型的用途是开始一个容器元素；FooterTemplate 控制列表的结束处外观显示，其典型的用途是关闭在 HeaderTemplate 项中打开的元素；SeparatorTemplate 控制各行之间的外观显示，如一条直线。其中，ItemTemplate 是必须进行设计的，其他的模板都是可选择的。

下面是一个 Repeater 控件模板的 HTML 代码：

```
<asp:Repeater ID="studentRepeater" runat="server">
    <HeaderTemplate>
        <table width="60%" style="font-size:x-small">
            <tr style="background-color:#DFA894">
                <th>学号</th><th>姓名</th><th>性别</th><th>年龄</th>
            </tr>
    </HeaderTemplate>
    <ItemTemplate>
        <tr>…</tr>
    </ItemTemplate>
    <FooterTemplate></table></FooterTemplate>
</asp:Repeater>
```

这是一个空的 Repeater 控件，目前还没有绑定数据源。

> **注意**
>
> HeaderTemplate 和 FooterTemplate 不能是数据绑定的。

2. 对 Repeater 控件进行数据绑定

Repeater 控件的数据绑定同样需要设置 DataSource 属性和调用 DataBind 方法。另外，为了将数据显示在页面上，需要对 HTML 代码进行一些修改。

【随堂演练 9-7】　Repeater 控件的数据绑定

本实例是将从随书光盘中的 BMS 数据库 product 表中查询到的数据填充在一个 DataSet 中,然后将这个 DataSet 对象绑定到 Repeater控件上以显示商品的信息。程序执行的效果如图9-27所示。

图 9-27　运行结果

Step 01 启动 Visual Studio 2010,新建一个 ASP.NET 项目。

Step 02 在 Default.aspx 页面中添加一个 Repeater 控件,按下面的 HTML 代码编辑 Repeater 控件模板:

```
<asp:Repeater ID="customerRepeater" runat="server">
    <HeaderTemplate>
        <table width="60%" style="font-size:x-large" border=1>
            <tr style="background-color:#DFA894">
                <th>商品编号</th><th>名称</th><th>备注</th>
            </tr>
    </HeaderTemplate>
    <ItemTemplate>
        <tr>
            <td align=center><%# DataBinder.Eval(Container.DataItem,
                "ProductID") %></td>
            <td align=center><%# DataBinder.Eval(Container.DataItem,
                "ProductName") %></td>
            <td align=center><%# DataBinder.Eval(Container.DataItem,
                "ProductDesc")%></td>
        </tr>
    </ItemTemplate>
    <AlternatingItemTemplate>
        <tr style="background-color:#cccccc">
            <td align=center><%# DataBinder.Eval(Container.DataItem,
                "ProductID") %></td>
            <td align=center><%# DataBinder.Eval(Container.DataItem,
                "ProductName") %></td>
            <td align=center><%# DataBinder.Eval(Container.DataItem,
                "ProductDesc")%></td>
        </tr>
    </AlternatingItemTemplate>
    <FooterTemplate></table></FooterTemplate>
</asp:Repeater>
```

Step 03 添加 Default.aspx 页面的初始化处理程序,实现对 DataList 控件的数据绑定。

```
protected void Page_Load(object sender, EventArgs e)
{
    if (!IsPostBack)
    {
        DataSet myDS=new DataSet();
        string strConn="Data Source=localhost; Integrated Security=SSPI;
                        Initial Catalog=BMS";
        SqlConnection Conn=new SqlConnection(strConn);
        string strSQL="SELECT * FROM product";
        Conn.Open();
        SqlDataAdapter myAdapter=new SqlDataAdapter(strSQL, Conn);
        myAdapter.Fill(myDS, "product");
        customerRepeater.DataSource=myDS;
        customerRepeater.DataBind();
        Conn.Close();
    }
}
```

Step 04 按快捷键 Ctrl+F5，编译并运行程序，运行结果如图 9-27 所示。

9.7.4　GridView 控件

GridView 控件是 ASP.NET 控件中增强的 DataGrid 控件，用来在网页中显示表格的数据。使用 GridView 控件，可以显示、更新和删除多种不同的数据源（如数据库、XML 文档等）中的数据。

GridView 控件提供了两个绑定到数据的选项：DataSourceID 属性和 DataSource 属性。建议使用 DataSourceID 属性进行数据绑定，因为它允许 GridView 控件利用数据源控件的功能并提供了内置的排序、分页和更新功能。如果使用 DataSource 属性进行数据绑定，则需要为所有附加功能（如排序、分页、更新）编写代码。

下面的实例实现了将 GridView 控件绑定到数据库中的数据。具体操作步骤如下。

Step 01 启动 Visual Studio 2010，新建一个 ASP.NET 项目。

Step 02 在 Default.aspx 页面中添加一个 GridView 控件 myGV，并设置其显示样式，这里采用"自动套用格式"中的"彩色型"。

Step 03 添加 Default.aspx 页面的初始化程序，用来查询数据库表，将查询到的数据填充到一个 DataSet 对象中，然后将这个 DataSet 对象绑定到 GridView 控件上，具体的程序代码如下所示：

```
protected void Page_Load(object sender, EventArgs e)
{
    if (!IsPostBack)
    {
        DataSet myDS=new DataSet();
        SqlConnection Conn=new SqlConnection("Data Source=localhost;
          Integrated Security=SSPI; Initial Catalog=BMS");
        Conn.Open();
        SqlDataAdapter myAdapter=new
          SqlDataAdapter("SELECT * FROM
          customer_sale", Conn);
        myAdapter.Fill(myDS);
        myGV.DataSource=myDS;
        myGV.DataBind();
    }
}
```

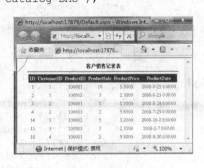

图 9-28　运行结果

Step 04 按快捷键 Ctrl+F5，编译并运行程序，运行结果如图 9-28 所示。

9.8　上机实训——产品查询

在电子商务网站中一般都会提供产品查询的功能，以便用户从众多的产品中尽快地找到自己需要的商品进行购买。一般来说产品查询提供了不同的方式进行查询，其中按产品的类别进行查询和按产品的价格范围进行查询是两类使用最多的查询方式。

本实例实现了按产品类别和产品价格范围的产品查询。本例将显示 NorthWind 公司的所有产品，并允许通过其类别和价格范围来查询。

实例将从数据库中查询出 NorthWind 公司所有的商品类别，然后将其绑定到一个 DropDownList 控件中，同样将一个价格范围分为 Any Price、Cheap、Moderate、Expensive 绑定到另一个 RadioButtonList 控件上，然后将查询的结果用一个 DataGrid 控件显示出来。

程序运行的效果如图 9-29 所示。可以从 Category 后面的下拉列表中选择 Confections 选项来查看糖果，再从 Price Range 单选按钮组中选择 Cheap 单选按钮，即可显示出所有 NorthWind 公司的比较便宜的糖果，其结果如图 9-30 所示。

图 9-29　程序运行默认界面效果

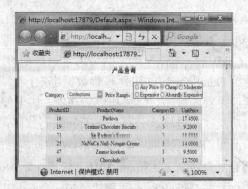

图 9-30　"查询结果"界面

9.8.1　界面设计

Step 01 启动 Visual Studio 2010，新建一个 ASP.NET 项目。

Step 02 在 Default.aspx 页面中输入"产品查询"，然后在页面中输入"Category："，并在后面添加一个 DropDownList 控件，设置其属性如下。

```
<asp:DropDownList ID="ddlCategoryFilter" runat="server"
        AutoPostBack="true" OnSelectedIndexChanged="FilterChange">
</asp:DropDownList>
```

Step 03 在 DropDownList 控件的后面输入"Price Range："，并在后面添加一个 RadioButtonList 控件，设置其属性如下：

```
<asp:RadioButtonList ID="rdbtPrice" runat="server" AutoPostBack="true"
        RepeatColumns="3"
RepeatDirection="Horizontal" RepeatLayout="Flow" BorderColor="Black"
        BorderStyle="Solid" BorderWidth="1px"
        OnSelectedIndexChanged="FilterChange">
    <asp:ListItem Value="0">Any Price</asp:ListItem>
    <asp:ListItem Value="1">Cheap</asp:ListItem>
    <asp:ListItem Value="2">Moderate</asp:ListItem>
    <asp:ListItem Value="3">Expensive</asp:ListItem>
    <asp:ListItem Value="4">Absurdly Expensive</asp:ListItem>
</asp:RadioButtonList>
```

Step 04 再添加一个 DataGrid 控件。具体代码如下：

```
<asp:DataGrid ID="dgProducts" runat=server
        HeaderStyle-BackColor="#C0C0FF" ItemStyle-BackColor="#f1f1f1"
        AlternatingItemStyle-BackColor="#E8E6E6" >
    <AlternatingItemStyle BackColor="#E8E6E6"/>
    <ItemStyle BackColor="#F1F1F1"/>
    <HeaderStyle BackColor="#C0C0FF"/>
</asp:DataGrid>
```

9.8.2　添加功能函数

设计好页面中的各种控件及显示格式后，下面为要实现的功能添加后台代码。

Step 01 在 Default.aspx.cs 中添加两个私有变量 strCategory 和 strPrice，分别用来存储 SQL 语句的查询条件部分。

```
string strCategory="CategoryID=1";        //类别查询条件
string strPrice="UnitPrice>0";            //价格查询条件
```

Step 02 添加一个函数 FillDropDownList，用来对 DropDownList 控件进行数据绑定。该函数从 NorthWind 数据库的 Categories 表中查询出所有的数据，并将其读入到一个 DataReader 对象中，然后将这个 DataReader 对象绑定到 DropDownList 控件上。具体代码如下：

```
private void FillDropDwonList()
{
    SqlConnection Conn=new SqlConnection("Data Source=localhost;
        Integrated Security=SSPI; Initial Catalog=Northwind");
    string strSqlCategories="SELECT CategoryName,CategoryID FROM
        Categories";
    SqlCommand cmd=new SqlCommand(strSqlCategories, Conn);
    Conn.Open();
    ddlCategoryFilter.DataSource=cmd.ExecuteReader();
    ddlCategoryFilter.DataTextField="CategoryName";
    ddlCategoryFilter.DataValueField="CategoryID";
    ddlCategoryFilter.DataBind();
    Conn.Close();
}
```

Step 03 添加一个函数 FilterByPrice，用来获取 Price Range 单选按钮组上的选择，并根据选择构造价格查询条件字符串 strPrice。具体代码如下：

```
private void FilterByPrice(string strChoice)
{
    switch (strChoice){
        case "Any Price":
            strPrice="UnitPrice>0";break;
        case "Cheap":
            strPrice="UnitPrice<20";break;
        case "Moderate":
            strPrice="UnitPrice>19 AND  UnitPrice<50";break;
        case "Expensive":
            strPrice="UnitPrice>=50";break;
        case "Absurdly Expensive":
            strPrice="UnitPrice>100";break;
    }
}
```

Step 04 同样添加一个 FilterByCategory 函数，用来获取 Category 下拉列表的选择，并根据选择构造类别查询条件字符串 strCategory。具体代码如下：

```
private void FilterByCategory(string strChoice)
{
    strCategory="CategoryID ="+strChoice;
}
```

Step 05 最后添加一个 DataFiller 函数，用来根据查询条件在 Products 表中查询数据，并将查询的数据填充到一个 DataSet 对象中，然后再绑定到 DataGrid 控件上去。具体代码如下：

```
private void DataFiller()
{
    SqlConnection Conn=new SqlConnection("Data Source=localhost;
        Integrated Security=SSPI; Initial Catalog=Northwind");
    string strSql="SELECT ProductID,ProductName,CategoryID,UnitPrice FROM
        Products";
    SqlDataAdapter da=new SqlDataAdapter(strSql, Conn);
```

```
Conn.Open();
DataSet ds=new DataSet();
da.Fill(ds, "dtProducts");
DataView dvUK=new DataView(ds.Tables["dtProducts"]);
dvUK.RowFilter=strCategory+" AND ("+strPrice+")";
dgProducts.DataSource=dvUK;
dgProducts.DataBind();
}
```

实例说明

① **Step 03** 中，调用 switch 语句判断提交的参数值，根据参数值的不同构造不同的 sql 语句条件，break 用于退出本次循环。

② **Step 04** 中，将从分类下拉列表选择的值传递到 sql 构造语句中。

9.8.3　添加事件处理程序

下面为页面添加加载函数并为某些控件添加事件处理程序。

Step 01 为页面添加初始化处理程序。在 Default.aspx.cs 中的 page_Load 函数中添加调用 FillDropDownList 和 DataFiller 函数的代码。具体代码如下：

```
protected void Page_Load(object sender, EventArgs e)
{
    if (!Page.IsPostBack){
        FillDropDownList();
        DataFiller();
    }
}
```

Step 02 添加 DropDownList 和 RadioButtonList 控件的 SelectIndexChanged 事件处理函数。这两个控件的事件处理函数都是 FilterChange 函数，该函数的主要功能是将 DropDownList 和 RadioButtonList 上选择的值作为参数调用 FilterByCategory 和 FilterByPrice 函数来构造查询条件，然后调用 DataFiller 函数实现产品的查询和显示。具体代码如下：

```
protected void FilterChange(object sender, EventArgs e)
{
    FilterByCategory(ddlCategoryFilter.SelectedItem.Value.ToString());
    FilterByPrice(rdbtPrice.SelectedItem.Text.ToString());
    DataFiller();
}
```

至此，本实例就完成了，在浏览器中打开该页面，就能得到如图 9-29 和图 9-30 所示的结果。

9.9 习题与上机操作

1. 选择题

（1）ADO.NET 数据访问技术的一个突出优点是支持离线访问，_____对象是实现离线访问技术的核心。

  A. DataGrid B. DataView   C. DataTable   D. DataSet

（2）如果想使用 DataReader 把当前数据行的数据保存到一个数组中，可以使用 DataReader 的_____方法。

  A．Read   B．ExecuteReader   C．GetValues   D．GetValue

（3）下列_____模板用来控制交替项的外观显示。

  A．HeaderTemplate   B．FooterTemplate

  C．ItemTemplate   D．AlternatingItemTemplate

（4）对数据绑定型控件，主要设置其_____属性。

  A．Control   B．DataSource   C．Value   D．Equals

（5）下面不是 Repeater 控件支持的模板的是_____。

  A．ItemTemplate

  B．AlternatingItemTemplate 和 SeparatorTemplate

  C．HeaderTemplate 和 FooterTemplate

  D．SelectedItemTemplate

（6）关于 ASP.NET 数据绑定的数据源，下列说法最确切的是_____。

  A．可以是来自数据库中的数据

  B．可以是来自 XML 文档或其他控件的信息

  C．可以是来自其他进程的信息或者计算的结果

  D．以上都正确

（7）将一个文本框与数据控件绑定，需设置_____属性。

  A．ConnectionString B．CommandType C．DataField D．DataSource

（8）将一个 ADO 数据控件与数据库关联，需要设置_____属性。

  A．ConnectionString B．CommandType C．DataField D．DataSource

2．填空题

（1）在 ADO.NET 的对象模型中，数据操作组件包括_____、_____、_____和_____。

（2）Command 对象提供的 3 个 Execute 方法是_____、_____和_____。

（3）DataAdapter 对象可以通过它的_____方法将数据添加到 DataSet 中。

（4）DataTable 包含_____对象、_____对象和创建表之间父/子关系的_____对象。

（5）数据库的关闭可以使用 Connection 对象的_____方法或_____方法。

（6）DataList 控件模板编辑状态中，项模板的 4 种类型分别是_____、_____、_____和_____。

（7）_____控件可以用来实现对记录的分页显示。

（8）绑定到 DataSet 对象的数据源可以是_____、_____和_____等。

（9）SQL Server 服务器名为 test，数据库为 student，用户名为 sa 和密码为 123，数据库的连接字符串是_____。

3．上机操作题

（1）使用 DataGrid 控件显示 NorthWind 数据库 Customers 表中的数据，并且提供查看 Customers 详细信息、添加 Customers 数据、修改 Customers 数据和删除 Customers 数据的功能。页面运行主界面如图 9-31 所示，单击"添加"按钮，跳转到添加 Customers 信息页面；选中一

条记录，单击"修改"按钮，跳转该 Customers 记录的信息修改页面；选中一条记录，单击"删除"按钮，即从数据库中删除该 Customers 记录。

图 9-31　站点运行主界面

（2）用 GridView 控件显示 NorthWind 数据库中的 Products 数据表，要求能排序，每页显示 10 条记录，记录隔行改变底色，运行结果如图 9-32 所示。

（3）将 NorthWind 数据库中的 Products 表的数据用 DataGrid 控件进行显示，其中 Discontinued 列用模板列显示，在模板列中放置 CheckBox 控件，当库中值为 1 时选中 CheckBox，为 0 时不选中。（提示：利用 DataGrid 控件的 ItemDataBound 事件，在该事件对应的函数中，根据库中 Discontinued 列的值，设置 CheckBox 控件的 Checked 属性。）运行效果如图 9-33 所示。

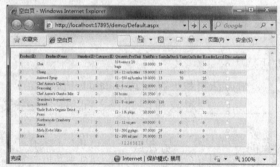

图 9-32　使用 GridView 控件显示 Products 表中数据　　图 9-33　使用 DataGrid 控件显示 Products 表数据

第10章

项目实训——企业业务管理系统

　　企业业务管理是一项烦琐而复杂的工作，每天都有大量的单据要处理，如果使用人工的方式来管理企业业务，将会使效率很低，且错误率高，而且日积月累会产生大量的文件和数据，这给查找、更新和维护都带来了很人的困难。随着计算机技术、网络技术的成熟和普及，使用计算机对企业业务进行信息化、系统化的管理，具有查找方便、存储量大、成本低等优势。

　　本章设计开发了一个基于 B/S 架构的企业业务管理系统，该系统根据企业业务管理的特点进行开发，利用现代电子技术来提高企业业务管理工作的质量和效率。下面我们将按照软件设计的基本步骤来讲解如何设计并实现一个企业业务管理系统。

本章知识点

◎　系统预览

◎　系统的需求分析与功能划分

◎　数据库设计

◎　系统的实现

ASP.NET

10.1 系统预览

企业业务管理系统主要实现系统用户管理、企业合同管理、企业销售管理、企业客户和产品信息的管理功能。

本系统是供企业内部各部门员工使用的，所以在进入本系统之前必须先登录，系统首先会进入如图 10-1 所示的登录页面。不同类型的用户使用的权限不同，对应不同的登录页面。例如，管理员登录后会进入用户管理模块（默认管理员账户和密码均为 admin），客户部的用户登录后会进入客户信息管理页面，销售部的用户登录后会进入销售统计页面。

图 10-1 系统登录页面

这里以系统管理员（admin）的身份登录后会进入如图 10-2 所示的用户管理页面，此页面中列出了系统当前所有的用户，每个用户的后面有两个选项——"编辑"和"删除"，单击这两个超链接可以实现对用户信息的编辑和删除功能。

在用户管理页面的下面有一个"添加新用户"的超链接，单击这个链接就会进入添加用户页面，如图 10-3 所示。

图 10-2 用户管理页面

图 10-3 添加用户页面

在添加用户的页面中输入用户名等信息后，单击"确定"按钮即可实现新用户的添加，进入如图 10-4 所示的用户管理页面，从图中可以看到新添加的用户（测试账户）。

在用户管理页面中单击某一用户，其后面对应的"编辑"链接会出现如图 10-5 所示的页面，用户的各个信息（密码除外）都变成了可编辑项。修改用户信息后，单击"更新"链接即可实现对用户的更新。

图 10-4 成功添加新用户

系统除登录页面外，其他的页面左侧都有一个导航栏，单击导航栏就可以进入不同的管理模块。其他模块的操作与用户管理模块类似，这里就不再一一演示了。

图 10-5　编辑用户信息

10.2 系统的需求分析与功能划分

需求分析是指理解用户需求，就软件功能与客户达成一致，估计软件风险和评估项目代价，最终形成开发计划的一个复杂过程。下面我们就来了解企业业务管理系统的需求，为后面的开发做好准备。

10.2.1 需求分析

在信息技术不断普及的今天，传统的企业业务管理模式已经不能适应现代企业的需求，随着计算机技术、网络技术的成熟和普及，使用计算机信息技术对企业业务进行信息化、系统化的管理显得相当重要。本例采用 ASP.NET 4.0 开发了一个基于 Web 的企业业务管理系统。

本系统的主要目的是帮助企业内部人员对企业的业务进行更加有效的管理。根据管理系统的基本要求，本系统需要完成以下任务。

- 不同部门的员工在系统中有不同的管理功能，通过"用户信息维护"功能维护员工信息。
- 企业需要面对很多客户，因此必须对这些客户进行管理。
- 对企业的产品信息进行维护。
- 能够查询某客户的销售情况。
- 能够统计企业的销售情况。
- 能够添加和维护企业的合同。

在企业页面管理系统中，涉及企业中以下几个部门的用户。

- 系统管理员：指整个系统的管理员，是系统中最高级别的用户，拥有系统中所有功能模块的使用权限。
- 合同部：能够使用系统的合同管理模块，对企业的合同信息进行维护。
- 销售部：能够使用系统的销售管理模块，对企业的销售情况进行统计和维护。
- 客户部：能够使用系统的客户信息管理模块，对企业的客户信息进行维护。

10.2.2 功能模块的划分

根据上面的需求分析，将系统分为 4 个大的功能模块，分别为用户管理、合同管理、销售

管理和信息管理。其功能结构如图 10-6
所示。

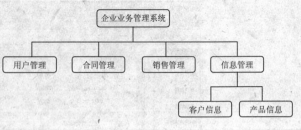

图 10-6　系统功能结构

- 用户管理：该模块负责管理使用本
系统的用户。主要功能包括添加、
删除、修改和浏览用户的信息。
- 合同管理：该模块负责合同信息的
管理。主要功能包括添加、修改合
同。此模块需要记录合同的签署、执行和完成状态，是进行销售统计的基础。
- 销售管理：该模块提供对本公司日、月、年销售情况的统计，同时也提供了对其客户每
月、每年的销售情况的统计。
- 信息管理：该模块负责管理本公司所有的客户、产品信息。主要功能包括添加、删除、
修改和浏览信息。不同权限的用户所能做的操作不同。

10.3 数据库设计

数据库作为数据的一个容器，不仅对程序的性能有很大的影响，而且也影响应用程序的扩
展性。对应用程序来说，一个具有良好设计的数据库是非常重要的。我们先来了解企业业务管
理系统的数据库设计情况，以确保开发工作能够顺利进行。

10.3.1　数据库的需求分析

根据企业业务管理的需求，需要在数据库中存储以下几类数据信息。

- 用户信息表：存放管理员和员工的信息，包括用户编号、用户名、密码和权限等。
- 客户信息表：存放企业客户的信息，包括客户编号、名称、负责人、描述等。
- 产品信息表：存放企业的产品信息，包括产品编号、产品名称和特征等。
- 销售情况表：存放企业的销售情况信息，包括销售情况编号、客户编号、产品编号、销
售数量等。
- 合同信息表：存放企业合同的状态信息，包括合同编号、客户编号、执行状态、签署日
期和负责人等。
- 合同明细表：存放企业合同的明细信息，包括合同编号、产品编号、订货数量等。

10.3.2　数据库的逻辑设计

根据上述对企业业务管理系统的需求分析，下面对数据库进行逻辑设计。数据库的逻辑设
计是应用程序开发的一个重要阶段，主要是指在数据库中创建需要的表。如果有需要还可以设
计视图、储存过程及触发器。

根据数据库的需求分析，本系统包括 6 张表，即用户信息表（users）、客户信息表（customer）、
产品信息表（product）、合同信息表（contract）、合同明细表（contract_detail）、销售情况表
（customer_sale）。

下面列出这几张表的详细结构。

1. 用户信息表

用户信息表（users）用来存储系统使用者的信息，表的字段说明如表 10-1 所示。

表10-1 用户信息表

字段名称	数据类型	长度	描述
UserID	char	10	用户编号，主键
UserName	vchar	50	用户名
UserPassword	char	10	用户密码
UserType	int	4	用户类型：0——管理员、1——合同部、2——销售部、3——客户部

2. 客户信息表

客户信息表（customer）用于存放客户的基本信息，表的字段说明如表 10-2 所示。

表10-2 客户信息表

字段名称	数据类型	长度	描述
CustomID	char	10	客户编号，主键
CustomName	char	10	客户名称
CustomCharge	char	10	负责人
CustomDesc	varchar	100	备注说明
CustomLevel	int	4	客户级别

3. 产品信息表

产品信息表（product）用于记录本公司产品的主要信息，表的字段说明如表 10-3 所示。

表10-3 产品信息表

字段名称	数据类型	长度	描述
ProductID	char	10	产品编号，主键
ProductName	varchar	50	产品名称
ProductDesc	varchar	100	对产品的描述

4. 合同信息表

合同信息表（contract）用来存储本公司的所有合同信息，表的字段说明如表 10-4 所示。

表10-4 合同信息表

字段名称	数据类型	长度	描述
ContractID	char	10	合同编号，主键
CustomID	char	10	客户编号
ContractState	int	4	合同执行的状态
ContractStart	datetime	8	合同签署日期
ContractSend	datetime	8	合同执行日期
ContractFinish	datetime	8	合同完成日期
ContractPerson	char	10	合同的负责人
ContractPrice	money	8	总金额

5. 合同明细表

合同明细表（contract_detail）记录合同中有关产品的订购信息。之所以将合同信息设计成两张表，是因为在进行销售统计时，只涉及表 contract 的内容，在实际情况中有可能一个合同订购多种产品，为了扩展，系统将合同中与产品相关的内容拿出来单独设计成一张合同明细表，表的字段说明如表 10-5 所示。

表10-5 合同明细表

字段名称	数据类型	长度	描述
ContractID	char	10	合同编号，主键
ProductID	char	10	产品编号
ProductBook	int	4	订货数量
ProductSend	int	4	已发货数量
ProductPrice	money	8	产品单价

6. 销售情况表

每一个客户的销售情况都必须有记录，且一个客户可能会订购本公司的多种商品，因此必须包括客户编号和产品编号。销售情况表（customer_sale）用来记录以上信息，表的字段说明如表 10-6 所示。

表10-6 销售情况表

字段名称	数据类型	长度	描述
ID			销售情况唯一的 ID 号，主键，自动编号
CustomID	char	10	客户编号
ProductID	char	4	产品编号
ProductSale	int	4	销售数量
ProductPrice	money	8	产品单价
ProductDate	Datetime	8	销售日期

10.3.3 存储过程设计

构建了数据库的表结构后，接下来创建负责表中信息添加和更新的相关存储过程。

1. insert_users 存储过程

insert_users 存储过程用于插入用户信息，系统在往数据库中插入用户信息时将调用该存储过程，用户类型主要有管理员、合同部人员、销售部人员和客户部人员 4 种。存储过程中涉及的表中各字段的含义都已在表字段分析中描述过。以下代码表示了这一存储过程：

```
ALTER PROCEDURE insert_users
(@userid [char] (10),
 @userpassword [char] (10),
 @username [varchar](50) ,
 @usertype [int] )
AS insert into [BMS].[dbo].[users]
([UserID],
 [UserPassword],
 [UserName],
```

```
[UserType])
values
(@userid,
@userpassword,
@username,
@usertype)
    RETURN
```

2. insert_customer 存储过程

insert_customer 存储过程用于向客户信息表中添加新的客户信息，系统在向数据库中添加客户信息时将调用该存储过程。在添加新客户时，系统将自动把客户的级别设为最低一级——4 级，客户的级别会随着合同的内容而发生改变。此存储过程将会被两种用户执行操作时调用，分别是管理员和客户部人员。以下代码表示了这一存储过程：

```
ALTER PROCEDURE insert_customer
(@customid [char] (10),
@customname [varchar] (50),
@customcharge [char] (10),
@customdesc [varchar] (100),
@customlevel [int])
AS insert into [BMS].[dbo].[customers]
([CustomID],
[CustomName],
[CustomCharge],
[CustomDesc],
[CustomLevel])
values
(@customid ,
@customname ,
@customcharge,
@customdesc ,
@customlevel)
    RETURN
```

3. insert_product 存储过程

insert_product 存储过程用于向产品信息表中添加新产品信息，产品信息包括产品编号、产品名称和产品的介绍。系统在向数据库中添加产品信息时将调用此存储过程。以下代码表示了这一存储过程：

```
ALTER PROCEDURE insert_product
(@ProductID [char] (10),
@ProductName [varchar](50),
@ProductDesc [varchar](100))
AS insert into [BMS].[dbo].[products]
([ProductID],
[ProductName],
[ProductDesc])
values
(@ProductID ,
@ProductName ,
@ProductDesc )
    RETURN
```

4. insert_contract 存储过程

insert_contract 存储过程用于向合同信息表中添加新合同信息，具体内容包括合同编号、客户编号、合同状态、负责人、签署时间、执行时间、完成时间和总金额。该存储过程在管理员和合同部门人员执行操作将数据写入数据库时由系统调用。以下代码表示了这一存储过程：

```
ALTER PROCEDURE insert_contract
(@ContractID [char](10),
 @CustomID [char](10),
 @ContractState [int],
 @ContractStart [datetime],
 @ContractSend [datetime],
 @ContractFinish [datetime],
 @ContractPerson [char] (10),
 @ContractPrice [money])
AS insert into [BMS].[dbo].[contract]
([ContractID],
 [CustomID],
 [ContractState],
 [ContractStart],
 [ContractSend],
 [ContractFinish],
 [ContractPerson],
 [ContractPrice])
 values
 (@ContractID,
 @CustomID ,
 @ContractState,
 @ContractStart,
 @ContractSend,
 @ContractFinish ,
 @ContractPerson,
 @ContractPrice)
     RETURN
```

5. insert_contract_detail 存储过程

insert_contract_detail 存储过程用于插入合同的具体信息，具体内容包括合同编号、产品编号、订货数量、已发货数量和单价等。当系统向数据库中添加新的合同信息时将调用该存储过程。此存储过程与添加合同基本信息的存储过程类似，也是在管理员和合同部人员两种用户执行操作时由系统调用。以下代码表示了这一存储过程：

```
ALTER PROCEDURE insert_contract_detail
(@ContractID [char](10),
 @ProductID [char](10),
 @ProductBook [int],
 @ProductSend [int],
 @ProductPrice [money])
AS insert into [BMS].[dbo].[contract_detail]
([ContractID],
 [ProductID],
 [ProductBook],
 [ProductSend],
 [ProductPrice])
 values
 (@ContractID,
 @ProductID,
 @ProductBook,
 @ProductSend,
 @ProductPrice)
     RETURN
```

6. update_users 存储过程

update_users 存储过程用于更新用户信息表中的相应用户信息。系统在进行用户信息更新时将调用该存储过程，更新的内容包括用户 ID、用户密码、用户姓名和用户权限等。该存储过程可被两部分数据库操作调用，首先是管理员对用户信息的修改，由于管理员无权操作用户密码信息，所以在修改过程中系统做了一部分特殊处理，在外部程序控件中锁定密码信息不可修改。以下代码表示了这一存储过程：

```
ALTER PROCEDURE update_users
(@userid [char] (10),
 @olduserid [char] (10),
 @userpassword [char] (10),
 @username [varchar](50) ,
 @usertype [int] )
AS update [BMS].[dbo].[users]
set
 [UserID]=@userid ,
 [UserName]=@username,
 [UserPassword]=@userpassword,
 [UserType]=@usertype
 where
 ([UserID]=@olduserid)
    RETURN
```

7. update_contract 存储过程

update_contract 存储过程用于更新合同信息表中的合同信息，具体内容包括客户编号、合同状态、负责人、签署时间、执行时间、完成时间和总金额。合同编号是一个合同的唯一标识，系统将不会对其进行修改。此存储过程与添加合同的存储过程类似，也是在管理员和合同部人员两种用户执行操作或写入数据库时由系统调用。以下代码表示了这一存储过程：

```
ALTER PROCEDURE update_contract
(@ContractID [char](10),
 @CustomID [char](10),
 @ContractState [int],
 @ContractStart [datetime],
 @ContractSend [datetime],
 @ContractFinish [datetime],
 @ContractPerson [char] (10),
@ContractPrice [money])
AS update [BMS].[dbo].[contract]
set
[CustomID]=@CustomID,
[ContractState]=@ContractState,
[ContractStart]=@ContractStart,
[ContractSend]=@ContractSend ,
[ContractFinish]=@ContractFinish,
[ContractPerson]=@ContractPerson,
[ContractPrice]=@ContractPrice
where
([ContractID]=@ContractID)
    RETURN
```

8. update_contract_detail 存储过程

update_contract_detail 存储过程用于更新合同信息表中相应合同的信息,具体内容包括产品编号、订单货数量、已发货数量和单价。此存储过程与更新合同基本信息的存储过程类似,是在管理员和合同部人员两种用户执行操作或写入数据库时由系统调用。以下代码表示了这一存储过程：

```
ALTER PROCEDURE update_contract_detail
(@ContractID [char](10),
 @ProductID [char](10),
 @ProductBook [int],
```

```
@ProductSend [int],
@ProductPrice [money])
AS update [BMS].[dbo].[contract_detail]
set
[ProductID]=@ProductID,
[ProductBook]=@ProductBook,
[ProductSend]=@ProductSend,
[ProductPrice]=@ProductPrice,
where
([ContractID] =@ContractID)
    RETURN
```

10.4 系统的实现

从系统的功能模块分析中可以知道，企业业务管理系统包括系统登录模块、用户管理模块、客户信息管理模块、产品信息管理模块、合同管理模块、销售统计模块和客户销售情况统计模块。下面将针对各个模块的界面设计和代码实现进行具体分析。

10.4.1 连接数据库

本系统的数据库连接字符串是在 web.config 配置文件中设置的，文件的代码如下所示。其中，粗体部分是数据库连接字符串部分，其他为程序配置文件自动生成的。

```
<?xml version="1.0"?>
<!--
    注意：除了手动编辑此文件以外，您还可以使用
    Web 管理工具来配置应用程序的设置。可以使用 Visual Studio 中的
    "网站" | "Asp.Net 配置"选项。
    设置和注释的完整列表在
    machine.config.comments 中，该文件通常位于
    \Windows\Microsoft.Net\Framework\v2.x\Config 中。
-->
<configuration>
    <appSettings/>
    <connectionStrings>
    <add name="sqlconn" connectionString="Data Source=localhost;
    Integrated Security=SSPI;Initial Catalog=BMS;"
    providerName="System.Data.SqlClient"/>
    </connectionStrings>
    <system.web>
        <!--
            设置 compilation debug="true" 将调试符号插入
            已编译的页面中。但由于这会
            影响性能，因此只在开发过程中将此值
            设置为 true。
        -->
        <compilation debug="true"/>
        <!--
            通过 <authentication> 节可以配置 ASP.NET 使用的
            安全身份验证模式，以标识传入的用户。
        -->
        <authentication mode="Windows"/>
        <!--
            如果在执行请求的过程中出现未处理的错误，
            则通过 <customErrors> 节可以配置相应的处理步骤。具体说来，
            开发人员通过该节可以配置要显示的 html 错误页以代替错误堆栈跟踪。
        -->
        <customErrors mode="RemoteOnly"
```

```
                         defaultRedirect="GenericErrorPage.htm">
          <error statusCode="403" redirect="NoAccess.htm"/>
          <error statusCode="404" redirect="FileNotFound.htm"/>
      </customErrors>
      -->
  </system.web>
</configuration>
```

其中，connectionString 表示连接字符串，该字符串命名为 sqlconn。字符串中 Data Source 代表数据源，本系统中使用本地数据库，所以为 localhost，这与 sqlServer 的配置有关。SSPI 代码为 Windows 集成身份认证。Initial Catalog=BMS 表示数据库名称为 BMS。providerName 为数据库提供者，本系统使用 System.Data.SqlClient。

10.4.2 系统登录模块

登录页面（Login.aspx）使用了 TextBox 控件、Button 控件和 Label 控件，其页面如图 10-7 所示。

系统的登录页面具有自动导航功能，当用户登录时，系统根据其身份的不同，将进入不同的系统功能页。在用户身份验证通过后，利用 Session 变量来记录用户的身份，伴随用户对系统进行操作的整个生命周期，实现的代码如下：

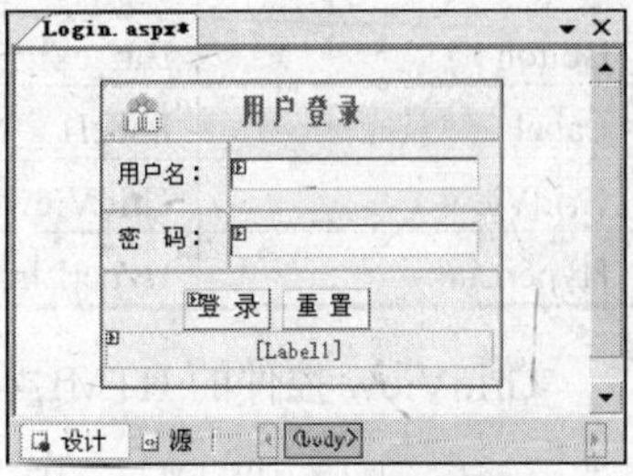

图 10-7 系统登录页面

```
protected void BtnLogin_Click(object sender,
    EventArgs e)
{
    string connString =
     Convert.ToString(ConfigurationManager.ConnectionStrings["sqlconn"]);
    SqlConnection conn=new SqlConnection(connString);  //创建数据库连接
    conn.Open();
    string strsql="select * from users where
         UserID='"+tbx_id.Text+"'and UserPassword='"+tbx_pwd.Text+"'";
    SqlCommand cmd=new SqlCommand(strsql, conn);
    SqlDataReader dr=cmd.ExecuteReader();
    if (dr.Read())
    {
        Session["UserType"]=dr["UserType"];
        switch (Session["UserType"].ToString())  //根据用户身份自动导航
        {
            case "0":
                Response.Redirect("users.aspx");
                break;
            case "1":
                Response.Redirect("contract.aspx");
                break;
            case "2":
                Response.Redirect("contract_stat.aspx");
                break;
            default:
                Response.Redirect("customers.aspx");
                break;
        }
    }
    else
        Label1.Text="登录失败，请检测输入!";
}
```

10.4.3 用户管理模块

用户管理模块包含两个页面，一个是用户管理主页面，该页面列出了当前的系统用户及其详细信息，在该页面上还可以对系统已有的用户进行更新和删除；另一个页面是添加用户的页面。这两个页面只有系统管理员才可以进入。

1 用户管理主页面

用户管理主页面（users.aspx）是管理员登录后首先进入的页面，主要用于用户信息的浏览和更新。此页面主要使用的控件及属性设置如表 10-7 所示。

表10-7 用户管理页面的控件

控件	ID	属性
Button	Btn_exit	Onclick="Btn_exit_Click"
Label	Label1	ForeColor="red"
GridView	GridView1	见下面的 HTML 代码
HyperLink	HyperLink1	Text="添加用户" NavigateUrl="adduser.aspx"

GridView 控件的 HTML 代码如下：

```
<asp:  GridView  ID="GridView1"  runat="server"  AutoGenerateColumns="false"
    OnRowDeleting="GridView1_RowDeleting" AllowPaging="true"
    AllowSorting="true" OnRowCancelingEdit="GridView1_RowCancelingEdit"
    OnRowEditing="GridView1_RowEditing"
    OnRowUpdating="GridView1_RowUpdating" DataKeyNames="UserID"
    OnPageIndexChanging="GridView1_PageIndexChanging" PageSize="6">
<Columns>
    <asp:BoundField DataField="UserID" HeaderText="用户名">
        <HeaderStyle HorizontalAlign="Center" Width="130px"/>
    </asp:BoundField>
    <asp:BoundField DataField="UserPassword" HeaderText="密码"
        ReadOnly=true>
        <HeaderStyle HorizontalAlign="Center" Width="130px"/>
    </asp:BoundField>
    <asp:BoundField DataField="UserName" HeaderText="姓名">
        <HeaderStyle HorizontalAlign="Center" Width="130px"/>
    </asp:BoundField>
    <asp:BoundField DataField="UserType" HeaderText="用户类型">
        <HeaderStyle HorizontalAlign="Center" Width="100px"/>
    </asp:BoundField>
    <asp:CommandField ShowEditButton="true" >
        <HeaderStyle HorizontalAlign="Center" Width="60px"/>
    </asp:CommandField>
    <asp:CommandField
        ShowDeleteButton="true" >
        <HeaderStyle HorizontalAlign=
            "Center" Width="60px"/>
    </asp:CommandField>
</Columns>
    <HeaderStyle BackColor="WhiteSmoke"/>
</asp:GridView>
```

页面设计的效果如图 10-8 所示。

GridView 控件的初始数据绑定在 Page_Load()

图 10-8 用户管理页面

事件中，GridView 控件具有编辑和删除的功能，可以直接在控件上对数据进行操作，其后台的主要代码如下。

① 页面初始化函数，判断登录用户是否合法（只能是系统管理员），如果合法就调用函数来绑定数据。

```
protected void Page_Load(object sender, EventArgs e)
{
    try
    {
        if (Session["UserType"].ToString().Trim() !="0")
            Response.End();
    }
    catch
    {
        Response.Write("您不是合法用户，请登录后再操作,<a href='Login.aspx'>返回</a>");
        Response.End();
    }
    if (!IsPostBack)
            BindGrid();
}
```

② 帮助函数，绑定 GridView 上的数据。

```
private void BindGrid()
{
    string strconn=Convert.ToString(ConfigurationManager.
                    ConnectionStrings ["sqlconn"]);
    SqlConnection conn=new SqlConnection(strconn);        //创建数据库连接
    conn.Open();
    SqlDataAdapter da=new SqlDataAdapter("select * from users", conn);
    DataSet ds=new DataSet();
    da.Fill (ds);
    GridView1.DataSource=ds;
    GridView1.DataBind();                                 //绑定数据源
    conn.Close ();
}
```

③ "退出"按钮的单击事件处理函数，返回到 Login.aspx 页面。

```
protected void btn_exit_Click(object sender, EventArgs e)
{
    Response.Redirect ("Login.aspx");
}
```

④ GridView1 的"删除"按钮单击事件处理程序，用于删除用户。

```
protected void GridView1_RowDeleting(object sender, GridViewDeleteEventArgs e)
{
    string strconn=Convert.ToString(ConfigurationManager.ConnectionStrings
                    ["sqlconn"]);
    SqlConnection conn=new SqlConnection(strconn);
    conn.Open ();
    string strsql="delete from users where UserID=@userid";
    SqlCommand cmd=new SqlCommand (strsql, conn);
    SqlParameter param=new SqlParameter ("@userid", GridView1.Rows
                                        [e.RowIndex].Cells[0].Text);
    cmd.Parameters.Add (param);
    try
    {
        cmd.ExecuteNonQuery ();
        Label1.Text="删除成功";
    }
```

```
catch (SqlException ex)
    Label1.Text="删除失败"+ex.Message;
cmd.Connection.Close ();
BindGrid ();          //调用函数重新绑定数据
}
```

⑤ GridView1 的 "编辑" 按钮单击事件处理程序，使得当前记录可编辑。

```
protected void GridView1_RowEditing(object sender, GridViewEditEventArgs e)
{
    if (Session["UserType"].ToString().Trim()=="0")
    {
        GridView1.EditIndex=e.NewEditIndex;
        BindGrid ();                        //调用函数重新绑定数据
    }
}
```

⑥ GridView1 的 "取消" 按钮单击事件处理程序，用于取消当前记录的编辑。

```
protected void GridView1_RowCancelingEdit(object sender,
            GridViewCancelEditEventArgs e)
{
    GridView1.EditIndex=-1;
    BindGrid();                            //调用函数重新绑定数据
}
```

⑦ GridView1 的 "更新" 按钮单击事件处理程序，用于将当前记录的更新写入数据库。

```
protected void GridView1_RowUpdating(object sender, GridViewUpdateEventArgs e)
{
    string strconn=Convert.ToString(ConfigurationManager.ConnectionStrings
                                                        ["sqlconn"]);
    SqlConnection conn=new SqlConnection (strconn);
    conn.Open();
    SqlCommand cmd=new SqlCommand("update_users", conn); //调用存储过程
    cmd.CommandType=CommandType.StoredProcedure;
    cmd.Parameters.Add (new SqlParameter ("@userid",
        ((TextBox)GridView1.Rows[e.RowIndex].Cells[0].Controls[0]).Text));
    cmd.Parameters.Add (new SqlParameter("@username",
        ((TextBox)GridView1.Rows[e.RowIndex].Cells[2].Controls[0]).Text));
    cmd.Parameters.Add (new SqlParameter("@usertype",
        ((TextBox)GridView1.Rows[e.RowIndex].Cells[3].Controls[0]).Text));
    cmd.Parameters.Add (new SqlParameter("@olduserid",
        GridView1.DataKeys[e.RowIndex].Value.ToString()));
    try
    {
        cmd.ExecuteNonQuery();
        Label1.Text="更新成功";
        GridView1.EditIndex=-1;
    }
    catch (SqlException ex)
        Label1.Text="更新失败"+ex.Message;
    conn.Close();
    BindGrid();
}
```

⑧ GridView1 的 PageIndexChanging 事件处理程序。

```
protected void GridView1_PageIndexChanging(object sender,
            GridViewPageEventArgs e)
{
    GridView1.PageIndex=e.NewPageIndex;
    BindGrid(); //调用函数重新绑定数据
}
```

2. 添加用户页面

添加用户页面主要用于管理员添加新的系统用户，需要添加用户名、姓名和用户类型，新添加的用户密码与用户名相同。该页面用到的控件如表10-8所示。

表10-8 添加用户页面使用的控件

控件	ID	属性
TextBox	tbx_id	默认
TextBox	tbx_name	默认
DropDownList1	DropDownList1	见下面的 HTML 代码
Button	Button1	Text="确定" OnClick="Button1_Click"
Button	Button2	Text="取消" OnClick="Button2_Click"
Label	Label1	ForeColor="red"
HyperLink	HyperLink1	Text="返回"，NavigateUrl="users.aspx"

DropDownList1 的 HTML 代码：

```
<asp:DropDownList ID="DropDownList1" runat="server">
    <asp:ListItem Value="0">管理员</asp:ListItem>
    <asp:ListItem Value="1">合同部</asp:ListItem>
    <asp:ListItem Value="2">销售部
        </asp:ListItem>
    <asp:ListItem Value="3">客户部
        </asp:ListItem>
</asp:DropDownList>
```

页面设计的效果如图 10-9 所示。
添加用户页面后台的主要代码如下。

① "取消" 按钮的单击事件处理程序。

```
protected void Button2_Click(object
            sender, EventArgs e)
{
    Response.Redirect("users.aspx");
}
```

图 10-9 添加用户页面

② "确定" 按钮的单击事件处理程序，用于添加一个用户到数据库中。

```
protected void Button1_Click(object sender, EventArgs e)
{
    string strconn=Convert.ToString(ConfigurationManager.ConnectionStrings
                ["sqlconn"]);
    SqlConnection conn=new SqlConnection(strconn);
    conn.Open();
    SqlCommand cmd=new SqlCommand("insert_user", conn);
    cmd.CommandType=CommandType.StoredProcedure;
    cmd.Parameters.Add(new SqlParameter("@userid", tbx_id.Text.Trim()));
    cmd.Parameters.Add(new SqlParameter("@username", tbx_name.Text.Trim()));
    cmd.Parameters.Add(new SqlParameter("@userpassword", tbx_id.Text.Trim()));
    cmd.Parameters.Add(new SqlParameter("@usertype",DropDownList1.Text.Trim()));
    try
    {
        cmd.ExecuteNonQuery();
        Response.Redirect("users.aspx");
    }
```

```
catch (SqlException ex)
    Label1.Text="添加失败: "+ex.Message;
conn.Close();
}
```

10.4.4 合同管理模块

只有系统管理员和合同部的用户才能使用合同管理模块。该模块包含两个页面；一个是合同管理主页面（浏览和更新合同信息）；另一个是添加合同信息的页面。

1. 合同管理主页面

合同管理主页面只有管理员和合同部人员才有权限进入，主要用于合同信息的维护。合同管理主页面主要使用了表10-9所列出的控件。

表10-9　合同管理主页面的控件

控件	ID	属性
Button	btn_exit	OnClick="btn_exit_Click"
Label	Label1	ForeColor="red"
GridView	GridView1	见下面的 HTML 代码
HyperLink	HyperLink1	NavigateUrl="addcontract.aspx"

GridView 控件的 HTML 代码如下：

```
<asp:GridView ID="GridView1" runat="server" AutoGenerateColumns="false"
    AllowPaging="true" AllowSorting="true"
    OnPageIndexChanging="GridView1_PageIndexChanging" PageSize="6"
    Width="648px">
<Columns>
    <asp:HyperLinkField DataNavigateUrlFormatString=
        "contract_ info.aspx?ContractID={0}"
        DataTextField="ContractID" DataTextFormatString="{0}细节"
        HeaderText="合同编号" Target="_blank"/>
    <asp:BoundField DataField="CustomID" HeaderText="客户编码" >
        <HeaderStyle HorizontalAlign="Center" Width="70px"/>
    </asp:BoundField>
    <asp:BoundField DataField="ContractState" HeaderText="执行状态">
        <HeaderStyle HorizontalAlign="Center" Width="60px"/>
    </asp:BoundField>
    <asp:BoundField DataField="ContractStart" HeaderText="签署日期">
        <HeaderStyle HorizontalAlign="Center" Width="70px"/>
    </asp:BoundField>
    <asp:BoundField DataField="ContractSend" HeaderText="发货日期">
        <HeaderStyle HorizontalAlign="Center" Width="70px"/>
    </asp:BoundField>
    <asp:BoundField DataField="ContractFinish" HeaderText="完成日期">
        <HeaderStyle HorizontalAlign="Center" Width="70px"/>
    </asp:BoundField>
    <asp:BoundField DataField="ContractPerson" HeaderText="经办人">
        <HeaderStyle HorizontalAlign="Center" Width="70px"/>
    </asp:BoundField>
    <asp:BoundField DataField="ContractPrice" HeaderText="总金额">
        <HeaderStyle HorizontalAlign="Center" Width="60px"/>
    </asp:BoundField>
    <asp:HyperLinkField DataNavigateUrlFormatString=
        "contract_ edit.aspx?ContractID={0}" DataTextField="ContractID"
        DataTextFormatString="修改"/>
</Columns>
```

```
<HeaderStyle BackColor="WhiteSmoke"/>
</asp:GridView>
```

页面设计的效果如图 10-10 所示。

合同管理主页面是合同部人员登录后首先进入的页面，该页面显示了合同的基本信息。DataGrid 控件提供"合同编号"和"修改"两个超链接，分别链接到合同详细信息页面和合同修改页面。下面是合同管理主页面的后台代码：

图 10-10　合同管理主页面

① 页面初始化，判断登录用户是否有权使用合同管理主页面。

```
protected void Page_Load(object sender, EventArgs e)
{
    try //判断用户是否为合法用户
    {
        if (Session["UserType"].ToString() != "0" && Session["UserType"] != "1")
            Response.End();
    }
    catch
        Response.Write("您不是合法用户，请先登录，<a href='Login.aspx'>返回</a>");
    if (!IsPostBack)
        BindGrid();
}
```

② 帮助函数，在 GridView 上绑定合同信息。

```
private void BindGrid()
{
    string strconn=Convert.ToString(ConfigurationManager.ConnectionStrings
        ["sqlconn"]);
    SqlConnection conn=new SqlConnection(strconn);
    conn.Open();
    SqlDataAdapter da=new SqlDataAdapter("select * from contract", conn);
    DataSet ds=new DataSet();
    da.Fill(ds);
    GridView1.DataSource=ds;
    GridView1.DataBind();
    conn.Close();
}
```

③ 更新合同信息。

```
protected void GridView1_RowUpdating(object sender, GridViewUpdateEventArgs e)
{
    string strconn=Convert.ToString(ConfigurationManager.ConnectionStrings
        ["sqlconn"]);
    SqlConnection conn=new SqlConnection(strconn);
    conn.Open();
    SqlCommand cmd=new SqlCommand("update_customer", conn);
    cmd.CommandType=CommandType.StoredProcedure;
    cmd.Parameters.Add(new SqlParameter("@customid",
        ((TextBox)GridView1.Rows[e.RowIndex].Cells[0].Controls[0]).Text));
    cmd.Parameters.Add(new SqlParameter("@customname",
        ((TextBox)GridView1.Rows[e.RowIndex].Cells[1].Controls[0]).Text));
    cmd.Parameters.Add(new SqlParameter("@customcharge",
        ((TextBox)GridView1.Rows[e.RowIndex].Cells[2].Controls[0]).Text));
    cmd.Parameters.Add(new SqlParameter("@customlevel",
        ((TextBox)GridView1.Rows[e.RowIndex].Cells[3].Controls[0]).Text));
    cmd.Parameters.Add(new SqlParameter("@oldcustomid",
    GridView1.DataKeys[e.RowIndex].Value.ToString()));
```

```
try
{
    cmd.ExecuteNonQuery();
    Label1.Text="更新成功";
    GridView1.EditIndex=-1;
}
catch (SqlException ex)
    Label1.Text="更新失败"+ex.Messaqe;
conn.Close();
BindGrid();   //调用函数重新绑定数据
}
```

④ 换页。

```
protected void GridView1_PageIndexChanging(object sender,
             GridViewPageEventArgs e)
{
    try           //判断用户是否合法
    {
        string UserType=Session["UserType"].ToString().Trim();
        if (UserType!= "0" && UserType != "3")
            Response.End();
    }
    catch
        Response.Write("您不是合法用户，请登录后再操作,
                 <a href='Login.aspx'>返回</a>");
    GridView1.PageIndex=e.NewPageIndex;
    BindGrid();
}
```

⑤ 取消编辑。

```
protected void GridView1_RowCancelingEdit(object sender,
             GridViewCancelEditEventArgs e)
{
    GridView1.EditIndex=-1;
    BindGrid();
}
```

⑥ 删除合同信息。

```
protected void GridView1_RowDeleting(object sender, GridViewDeleteEventArgs e)
{
    string strconn=Convert.ToString(ConfigurationManager.ConnectionStrings
             ["sqlconn"]);
    SqlConnection conn=new SqlConnection(strconn);
    conn.Open();
    string strsql="delete from customers where CustomID=@customid";
    SqlCommand cmd=new SqlCommand(strsql, conn);
    SqlParameter param=new SqlParameter("@customid",
                    GridView1.DataKeys[e.RowIndex].Value);
    cmd.Parameters.Add(param);
    try
    {
        cmd.ExecuteNonQuery();
        Label1.Text="删除成功";
    }
    catch (SqlException ex)
        Label1.Text="删除失败"+ex.Message;
    cmd.Connection.Close();
    BindGrid();
}
```

⑦ 编辑合同信息。

```
protected void GridView1_RowEditing(object sender, GridViewEditEventArgs e)
{
    string UserType=Session["UserType"].ToString().Trim();
    if (UserType!= "0" && UserType != "3")
    {
        GridView1.EditIndex=e.NewEditIndex;
        BindGrid();
    }
}
```

⑧ "退出"按钮的单击事件响应程序如下。

```
protected void btn_exit_Click(object sender,EventArgs e)
{
    Response.Redirect("Login.aspx");
}
```

2. 添加合同页面

从合同管理主页面的超链接"添加新合
同"跳转到添加合同页面，该页面是供系统管
理员和合同部人员添加新的合同。该页面的设
计效果如图 10-11 所示。

图 10-11　添加合同页面

页面中主要使用了 TextBox 和
DropDownList 控件来收集信息，并使用 CustomValidator 控件来验证合同编号和客户名称，以
确保合同编号的唯一性及所选的客户名称在客户信息表中是存在的。页面上各控件的属性设置
如表 10-10 所示。

表10-10　添加合同页面的控件

控件	ID	属性
Button	btn_ok	OnClick="btn_exit_Click"
TextBox（9个）	txb_ctcid 等	默认
DropDownList（2个）	dpd_custom、dpd_product	默认
DropDownList	dpd_state	见下面的 HTML 代码
Label	Label1	ForeColor="red"
CustomValidator	CustomValidator1	ErrorMessage="此合同已存在" ControlToValidate="txb_ctcid"
CustomValidator	CustomValidator2	ErrorMessage="此客户不存在" ControlToValidate="dpd_custom"

DropDownList 控件 dpd_state 的 HTML 代码如下：

```
<asp:DropDownList ID="dpd_state" runat="server">
    <asp:ListItem Value="0">签署状态</asp:ListItem>
    <asp:ListItem Value="1">发货状态</asp:ListItem>
    <asp:ListItem Value="2">完成状态</asp:ListItem>
</asp:DropDownList>
```

在页面加载时首先要绑定 dpd_custom 和 dpd_product 上的数据，在添加时需要通过
CustomValidator 控件来判断合同编号是否存在及所选的客户是否存在。同时在添加合同信息的

245

时候需要在contract表和contract_detail表中插入数据,另外添加合同后还需要更新客户的级别。
添加合同页面的后台代码如下所示:

① 私有变量。

```
SqlConnection cn;              //数据库连接
double x;                      //客户销售总金额
```

② 页面初始化函数,绑定客户名称和产品名称下拉列表框。

```
protected void Page_Load(object sender, EventArgs e)
{
    string strconn=Convert.ToString(ConfigurationManager.ConnectionStrings
        ["sqlconn"]);
    if (!IsPostBack)
    {
        SqlConnection conn=new SqlConnection(strconn);
        conn.Open();
    //客户名称下拉列表框绑定
        string mysql="select CustomID,CustomName from customers";
        SqlCommand cmd=new SqlCommand(mysql, conn);
        SqlDataReader dr=cmd.ExecuteReader();
        while (dr.Read())
            DropDownList2.Items.Add(new ListItem(dr[1].ToString(),
            dr[0].ToString()));
    //产品名称下拉列表框绑定
        dr.Close();
        mysql="select ProductName ,ProductID from products";
        cmd.CommandText=mysql;
        SqlDataReader dr1=cmd.ExecuteReader();
        while (dr1.Read())
            DropDownList1.Items.Add(new ListItem(dr1[0].ToString(),
            dr1[1]. ToString()));
        conn.Close();
    }
    cn= new SqlConnection(strconn);
}
```

③ "确定"按钮单击事件处理程序,添加合同信息,即合同详细信息,并更新用户等级。

```
protected void Button1_Click(object sender, EventArgs e)
{
    cn.Open();
    //添加合同详细信息
    SqlCommand cmd=new SqlCommand("insert_contract_detail", cn);
    cmd.CommandType=CommandType.StoredProcedure;
    try
    {
        cmd.Parameters.Add("@ContractID",SqlDbType.Char,10);
        cmd.Parameters["@ContractID"].Value=tbx_ctcid.Text;
        cmd.Parameters.Add("@ProductID", SqlDbType.Char,10);
        cmd.Parameters["@ProductID"].Value=DropDownList2.SelectedValue;
        cmd.Parameters.Add("@ProductBook", SqlDbType.Int,4);
        cmd.Parameters["@ProductBook"].Value=txb_book.Text;
        cmd.Parameters.Add("@ProductSend",SqlDbType.Int,4);
        cmd.Parameters["@ProductSend"].Value=txt_sendcount.Text;
        cmd.Parameters.Add("@ProductPrice", SqlDbType.Money,8);
        cmd.Parameters["@ProductPrice"].Value=txb_price.Text;
        cmd.ExecuteNonQuery();
        Label1.Text="添加成功";
```

```
            cmd.Parameters.Clear();
        }
        catch(SqlException ex)
            Label1.Text="添加失败，请检查输入！"+ex.Message;
    //添加合同基本信息
        cmd.CommandText="insert_contract";
        try
        {
            cmd.Parameters.Add("@ContractID", SqlDbType.Char, 10);
            cmd.Parameters["@ContractID"].Value=tbx_ctcid.Text;
            cmd.Parameters.Add("@CustomID", SqlDbType.Char,10);
            cmd.Parameters["@CustomID"].Value=DropDownList2.SelectedValue;
            cmd.Parameters.Add("@ContractState", SqlDbType.Int,4);
            cmd.Parameters["@ContractState"].Value=DropDownList3.SelectedValue;
            cmd.Parameters.Add("@ContractStart", SqlDbType.DateTime,8);
            cmd.Parameters["@ContractStart"].Value=txb_statr.Text;
            cmd.Parameters.Add("@ContractSend", SqlDbType.DateTime, 8);
            cmd.Parameters["@ContractSend"].Value=txb_send.Text;
            cmd.Parameters.Add("@ContractFinish",SqlDbType.DateTime,8);
            cmd.Parameters["@ContractFinish"].Value=txb_finish.Text;
            cmd.Parameters.Add("@ContractPerson",SqlDbType.Char,10);
            cmd.Parameters["@ContractPerson"].Value=txb_person.Text;
            cmd.Parameters.Add("@ContractPrice", SqlDbType.Money,8);
            cmd.Parameters["@ContractPrice"].Value=txb_price.Text;
            cmd.ExecuteNonQuery();
            cmd.Parameters.Clear();
        }
        catch(SqlException ex)
            Label1.Text="添加失败，请检查输入！";
    //更新客户等级
        string sql="select sum(ContractPrice) from contract where CustomID='"+
                DropDownList2.SelectedValue+"'";
        cmd.CommandText=sql;
        cmd.CommandType=CommandType.Text;
        SqlDataReader dr=cmd.ExecuteReader();
        if (dr.Read())
            x=Convert.ToDouble(dr[0].ToString());
        dr.Close();
        cmd.Parameters.Clear();
        sql="update customers set CustomLevel=@CustomLevel where CustomID='"+
            DropDownList2.SelectedValue+"'";
        cmd.CommandText=sql;
        cmd.Parameters.Add(new SqlParameter("@CustomLevel", SqlDbType.Int, 4));
        if (x >= 500000)
            cmd.Parameters["@CustomLevel"].Value=3;
        else if (x >= 1500000)
            cmd.Parameters["@CustomLevel"].Value=2;
        else if (x >= 3500000)
            cmd.Parameters["@CustomLevel"].Value=1;
        else
            cmd.Parameters["@CustomLevel"].Value=4;
        try
            cmd.ExecuteNonQuery();
        catch(SqlException ex)
            Label1.Text="添加失败，请检查输入！";
        cn.Close();
}
```

④ 判断输入的合同编号是否合法。

```
protected void CustomValidator1_ServerValidate(object source,
                ServerValidateEventArgs args)
{
    cn.Open();
```

```
SqlCommand cmd=new SqlCommand("select * from contract where
            ContractID=@ContractID", cn);
cmd.Parameters.Add("@ContractID", SqlDbType.Char, 10);
cmd.Parameters["@ContractID"].Value=tbx_ctcid.Text;
SqlDataReader dr=cmd.ExecuteReader();
if (dr.Read())
    args.IsValid=false;
else
    rgs.IsValid=true;
cn.Close();
}
```

⑤ 判断输入的客户编号是否合法。

```
protected void CustomValidator2_ServerValidate(object source,
            ServerValidateEventArgs args)
{
    cn.Open();
    SqlCommand cmd=new SqlCommand("select * from customers where
                CustomID=@CustomID", cn);
    cmd.Parameters.Add("@CustomID", SqlDbType.Char, 10);
    cmd.Parameters["@CustomID"].Value=DropDownList2.SelectedValue;
    SqlDataReader dr=cmd.ExecuteReader();
    if (dr.Read())
        args.IsValid=true;
    else
        args.IsValid=false;
    cn.Close();
}
```

修改合同信息的页面和添加合同信息的页面完全相同，只是后台的实现代码有所不同，因为篇幅有限，在此就不再列出。读者可以在本书所配的光盘上获取修改合同信息的页面设计和代码实现，也可以自行设计完成该页面。

10.4.5 销售管理模块

销售管理模块包括 3 个页面，分别是销售统计、客户销售统计、添加客户销售情况。下面分别介绍这 3 个页面的设计和功能。

1. 销售统计页面

销售统计页面是销售部人员登录后首先进入的页面，其功能是进行销售统计。

销售统计页面主要使用了 DropDownList 控件、TextBox 控件、Button 控件和 Label 控件，各控件的属性见表 10-11。

表10-11　销售统计页面的控件

控件	ID	属性
DropDownList	dpd_static	<asp:ListItem Value="0">日销售统计</asp:ListItem>
		<asp:ListItem Value="1">月销售统计</asp:ListItem>
		<asp:ListItem Value="2">年销售统计</asp:ListItem>
DropDownList	dpd_customer	默认
DropDownList	dpd_product	默认

（续表）

控件	ID	属性
DropDownList	dp_kind	`<asp:ListItem Value="-1">所有</asp:ListItem>`
		`<asp:ListItem Value="0">签署状态</asp:ListItem>`
		`<asp:ListItem Value="1">发货状态</asp:ListItem>`
		`<asp:ListItem Value="2">完成状态</asp:ListItem>`
TextBox（3 个）	txb_year	默认
	txb_month	
	txb_day	
Label	lbl_money	ForeColor="red"
Label	lbl_count	ForeColor="red"
Button	btn_ok	OnClick=" btn_ok _Click"

页面的设计效果如图 10-12 所示。

销售统计页面主要用于统计本公司销售给客户的产品的情况，主要依据是所签署的合同信息。可以按照每天、每月或者每年为时间单位进行统计，统计时间是合同签署时间，可以统计总金额和订货数量。

客户名称下拉列表框 dpd_customer、产品名称下拉列表框 dpd_product 中的数据在页面初始化事件中绑定，单击"统计"按钮

图 10-12　销售统计页面

将会根据输入对销售情况进行综合统计，结果显示在两个 Label 控件中，其中 lbl_money 显示销售总金额，lbl_count 显示产品销售总量。下面是销售统计页面的后台代码：

```
SqlConnection cn;     //数据连接字符串
```

① 页面初始化，绑定客户名称和产品名称下拉列表框。

```
protected void Page_Load(object sender, EventArgs e)
{
    string strconn=
        ConfigurationManager.ConnectionStrings["sqlconn"].ToString();
    cn=new SqlConnection(strconn);
    try
    {
        if (Session["UserType"].ToString() == "0" ||
            Session["UserType"].ToString() == "2") ;
        else
            Response.End();
    }
    catch
        Response.Write("您不是合法用户,请先登录,<a href='Login.aspx'>返回</a>");
    if (!IsPostBack)
    {
        //客户名称下拉列表框数据绑定
        cn.Open();
        string strsql="select * from customers";
        SqlCommand cmd=new SqlCommand(strsql, cn);
        SqlDataReader dr0=cmd.ExecuteReader();
        dpd_customer.Items.Add(new ListItem("所有","-1"));
```

```
            while(dr0.Read())
                dpd_customer.Items.Add(
                    new ListItem(dr0["CustomName"].ToString(),dr0["CustomID"].
                    ToString()));
            dr0.Close();

            //产品名称下拉列表框数据绑定
            strsql="select * from products ";
            cmd.CommandText=strsql;
            SqlDataReader dr1=cmd.ExecuteReader();
            dpd_product.Items.Add(new ListItem("所有", "-1"));
            while (dr1.Read())
                dpd_product.Items.Add(new
                    ListItem(dr1["ProductName"].ToString(), dr1["ProductID"].
                    ToString()));
            dr1.Close();
            cn.Close();
        }
    }
```

② "统计" 按钮单击事件处理程序，按类型统计销售情况。

```
protected void Button1_Click(object sender, EventArgs e)
{
    string sql="select sum(ContractPrice),sum(ProductBook) from contract,
                contract_detail
    where contract.ContractID=contract_detail.ContractID and ";
    if (dpd_static.SelectedValue == "0")   //按日统计
    {
        sql+=" datepart(yy,ContractStart)='"+txb_year.Text+"'";
        sql+=" and datepart(mm,ContractStart)='"+txb_month.Text+"'";
        sql+=" and datepart(dd,ContractStart)='"+txb_day.Text+"'";
    }
    else if (dpd_static.SelectedValue == "1") //按月统计
    {
        sql+=" datepart(yy,ContractStart)='"+txb_year.Text+"'";
        sql+=" and datepart(mm,ContractStart)='"+txb_month.Text+"'";
    }
    else//按年统计
        sql+=" datepart(yy,ContractStart)='"+txb_year.Text+"'";
    if (dpd_customer.SelectedValue != "-1")
        sql+=" and contract.CustomID='"+dpd_customer.SelectedValue+"'";
    if (dpd_product.SelectedValue != "-1")
        sql+=" and contract_detail.ProductID=
                                        '"+dpd_product.SelectedValue+"'";
    if (dpd_kind.SelectedValue != "-1")
        sql+=" and contract.ContractState='"+dpd_kind.SelectedValue+"'";
    SqlCommand cmd=new SqlCommand(sql, cn);
    cn.Open();
    SqlDataReader dr=cmd.ExecuteReader();
    string stype=dpd_static.SelectedItem.Text.Substring(0, 1);
    if (dr.Read())
    {
        string money="0";
        string count="0";
        money=dr[0].ToString();
        count=dr[1].ToString();
        Lbl_money.Text="本" +stype+"总金额为: " +money;
        Lbl_count.Text="本"+stype+"销售量为:"+count;
    }
    else
    {
        Lbl_money.Text="本"+stype+"总金额为: 0";
```

```
        Lbl_count.Text="本"+stype+"销售量为：0";
    }
    dr.Close();
    cn.Close();
}
```

③ "退出"按钮单击事件处理程序。

```
protected void btn_exit_Click(object sender, EventArgs e)
{
    Response.Redirect("Login.aspx");
}
```

④ 统计类型下拉列表框的 SelectedIndexChanged 事件处理程序，按类型显示不同的输入框。

```
protected void dpd_static_ SelectedIndexChanged (object sender, EventArgs e){
    if (dpd_static.SelectedValue == "2")          //只显示年输入框
    {
        Label2.Visible=false;
        txb_month.Visible=false;
        Label3.Visible=false;
        txb_day.Visible=false;
    }
    else if (dpd_static.SelectedValue=="1")        //只显示年、月输入框
    {
        Label2.Visible=true;
        txb_month.Visible=true;
        Label3.Visible=false;
        txb_day.Visible=false;
    }
    else                                          //显示年、月、日输入框
    {
        Label2.Visible=true;
        txb_month.Visible=true;
        Label3.Visible=true;
        txb_day.Visible=true;
    }
}
```

2. 客户销售统计页面

客户销售统计页面主要用来对客户的销售情况进行跟踪，从而了解市场，并且通过对市场的了解，知道公司对客户的销售方针，进而调整本公司的生产及产品外销价格。

客户销售统计页面主要使用了 GridView 控件、DropDownList 控件、TextBox 控件、Label 控件和 Button 控件等，各控件的属性如表 10-12 所示。

表10-12　客户销售统计页面使用的控件及属性设置

控件	ID	属性
DropDownList	dpd_static	<asp:ListItem Value="1">月销售统计</asp:ListItem>
		<asp:ListItem Value="2">年销售统计</asp:ListItem>
DropDownList	dpd_customer	默认
DropDownList	dpd_product	默认
	txb_month	默认
Label	lbl_money	ForeColor="red"
Label	lbl_count	ForeColor="red"

控件	ID	属性
Button	btn_ok	OnClick=" btn_ok _Click"
GridView	GridView	见下面的 HTML 代码

GridView 控件的 HTML 代码如下：

```
<asp:GridView ID="GridView1" runat "Server" AutoGenerateColumns="false"
AllowPaging="true" AllowSorting="true"  OnPageIndexChanging="GridView1_
PageIndexChanging" PageSize="6" Width="648px" OnRowCancelingEdit="GridView1_
RowCancelingEdit" DataKeyNames="ID" OnRowDeleting="GridView1_RowDeleting"
OnRowEditing="GridView1_RowEditing" OnRowUpdating="GridView1_RowUpdating">
    <Columns>
        <asp:BoundField DataField="ID" HeaderText="编码" ReadOnly="true" >
            <HeaderStyle HorizontalAlign="Center" Width="70px"/>
        </asp:BoundField>
        <asp:BoundField DataField="CustomID" HeaderText="客户编码" >
            <HeaderStyle HorizontalAlign="Center" Width="70px"/>
        </asp:BoundField>
        <asp:BoundField DataField="CustomName" HeaderText="客户名称" ReadOnly="true">
            <HeaderStyle HorizontalAlign="Center" Width="60px"/>
        </asp:BoundField>
        <asp:BoundField DataField="ProductID" HeaderText="产品编码">
            <HeaderStyle HorizontalAlign="Center" Width="70px"/>
        </asp:BoundField>
        <asp:BoundField DataField="ProductName" HeaderText="产品名称" ReadOnly="true">
            <HeaderStyle HorizontalAlign="Center" Width="70px"/>
        </asp:BoundField>
        <asp:BoundField DataField="ProductSale" HeaderText="销售数量">
            <HeaderStyle HorizontalAlign="Center" Width="70px"/>
        </asp:BoundField>
        <asp:BoundField DataField="ProductPrice" HeaderText="单价">
            <HeaderStyle HorizontalAlign="Center" Width="70px"/>
        </asp:BoundField>
        <asp:BoundField DataField="ProductDate" HeaderText="销售月份">
            <HeaderStyle HorizontalAlign="Center" Width="60px"/>
        </asp:BoundField>
        <asp:CommandField ShowEditButton="true"/>
        <asp:CommandField ShowDeleteButton="true"/>
    </Columns>
    <HeaderStyle BackColor="WhiteSmoke"/>
</asp:GridView>
```

页面设计的效果如图 10-13 所示。

客户销售统计页面主要用于浏览、编辑和删除客户的销售情况，以及客户销售情况的统计，可以统计某个用户对于某个商品的月销售量和月销售单价，也可以统计某个用户对某种商品的年销售量和年销售最高单价。客户名称和产品名称下拉列表框的数据在页面初始化时被绑定。销售日期的输入会根据不同的统计类型而变化。页面的后台代码如下：

```
SqlConnection cn;    //数据连接字符串
```

图 10-13　客户销售统计页面

```
string mysql;            //sql 字符串
```

① 页面初始化，绑定客户名称和产品名称下拉列表框。

```
protected void Page_Load(object sender, EventArgs e)
{
    try
    {
        if (Session["UserType"].ToString() != "0" &&
                Session["UserType"].ToString() != "1")
        Response.End();
    }
    catch
        Response.Write("您不是合法用户请登录后再操作<a href='Login.aspx'>
        返回</a>");
    string strsql=
            ConfigurationManager.ConnectionStrings["sqlconn"].ToString();
    cn=new SqlConnection(strsql);
    if (!IsPostBack)
    {
        mysql="select customer_sale.*,customers.CustomName,
                products.ProductName from customer_sale,customers,
                products where customer_sale.CustomID= customers.
                CustomID and customer_sale.ProductID=products.ProductID";

        //绑定客户名称下拉列表框的数据
        string sql="select * from customers";
        SqlCommand cmd=new SqlCommand(sql, cn);
        cn.Open();
        SqlDataReader dr=cmd.ExecuteReader();
        while (dr.Read())
            dpd_customer.Items.Add(new ListItem(dr["CustomName"].ToString(),
            dr["CustomID"].ToString()));
        dr.Close();

        //绑定产品名称下拉列表框的数据
        sql="select * from products ";
        cmd.CommandText=sql;
        SqlDataReader dr1=cmd.ExecuteReader();
        while (dr1.Read())
            dpd_product.Items.Add(new ListItem(dr1["ProductName"].ToString(),
                dr1["ProductID"].ToString()));
        dr1.Close();
        cn.Close();
        BindGrid();
    }
}
```

② 私有函数将客户的销售情况绑定到 GridView 控件上。每次数据库中的内容发生变化后就会调用此函数来更新 GridView 上的显示。

```
private void BindGrid()
{
    cn.Open();
    SqlDataAdapter da=new SqlDataAdapter(mysql, cn);
    DataSet ds=new DataSet();
    da.Fill(ds);
    GridView1.DataSource=ds;
    GridView1.DataBind();
    cn.Close();
}
```

③ "统计" 按钮单击事件处理函数，按条件统计客户的销售情况。

```
protected void Button1_Click(object sender, EventArgs e)
{
    mysql="select customer_sale.*,customers.CustomName,products. ProductName
        from customer_sale,customers,products where customer_sale.
        CustomID= customers.CustomID and customer_sale.
        ProductID=products.ProductID";
    mysql+=" and customer_sale.CustomID='"+dpd_customer.SelectedValue+"'";
    mysql+=" and customer_sale.ProductID='"+dpd_product.SelectedValue+"'";
    if (dpd_static.SelectedValue == "0")
    {
        string sql="select ProductSale,ProductPrice from customer_sale where
                CustomID='"+ dpd_customer.SelectedValue+"' and ProductID='"+
                dpd_product.SelectedValue+"' and ";
        sql+=" datepart(yy,ProductDate)='"+txb_year.Text+"'";
        sql+=" and datepart(mm,ProductDate)='"+txb_month.Text+"'";
        mysql+=" and datepart(yy,customer_sale.ProductDate)=
                '"+txb_year.Text+"'";
        mysql+=" and datepart(mm,customer_sale.ProductDate)=
                '"+txb_month.Text+"'";
        SqlCommand cmd=new SqlCommand(sql, cn);
        cn.Open();
        SqlDataReader dr=cmd.ExecuteReader();
        if (dr.Read()
        {
            lbl_count.Text="本月的销售量为："+dr[0].ToString();
            lbl_money.Text="本月销售单价为："+dr[1].ToString();
        }
        else
        {
            lbl_count.Text="本月销售量为：0";
            lbl_money.Text="本月无销售单价";
        }
        dr.Close();
        cn.Close();
    }
    else
    {
        string sql="select sum(ProductSale),Max(ProductPrice) from
            customer_sale whereCustomID='"+dpd_customer.SelectedValue+"'
            and  ProductID='"+dpd_product.SelectedValue+"' and ";
        sql+=" datepart(yy,ProductDate)='"+txb_year.Text+"'";
        mysql+=" and datepart(yy,customer_sale.ProductDate)='"+
            txb_year.Text+"'";
        SqlCommand cmd=new SqlCommand(sql, cn);
        cn.Open();
        SqlDataReader dr=cmd.ExecuteReader();
        if (dr.Read())
        {
            lbl_count.Text="年销售量为："+dr[0].ToString();
            lbl_money.Text="本年最高单价为："+dr[1].ToString();
        }
        else
        {
            lbl_count.Text="本年销售量为：0";
            lbl_money.Text="无年销售单价";
        }
        dr.Close();
        cn.Close();
    }
    BindGrid();
}
```

④ 换页。

```
protected void GridView1_PageIndexChanging(object sender,
        GridViewPageEventArgs e)
{
    GridView1.PageIndex=e.NewPageIndex;
    mysql="select customer_sale.*,customers.CustomName,
        products.ProductName from customer_sale,customers,
        products where customer_sale.CustomID=customers.
        CustomID and customer_sale.ProductID=products.ProductID";
    BindGrid();
}
```

⑤ 取消编辑。

```
protected void GridView1_RowCancelingEdit(object sender,
            GridViewCancelEditEventArgs e)
{
    GridView1.EditIndex=-1;
    mysql="select customer_sale.*,customers.CustomName,
        products.ProductName from customer_sale,customers,
        products where customer_sale.CustomID=customers.
        CustomID and customer_sale.ProductID=products.ProductID";
    BindGrid();
}
```

⑥ 退出。

```
protected void btn_exit_Click(object sender, EventArgs e)
{
    Response.Redirect("Login.aspx");
}
```

⑦ DropDownList 的 SelectedIndexChanged 事件处理程序，根据类别显示不同的输入框。

```
protected void dpd_static_SelectedIndexChanged(object sender, EventArgs e)
{
    if (dpd_static.SelectedValue=="1")              //只显示年输入框
    {
        Label3.Visible=false;
        txb_month.Visible=false;
    }
    else if (dpd_static.SelectedValue=="0")         //显示年、月输入框
    {
        Label3.Visible=true;
        txb_month.Visible=true;
    }
}
```

⑧ 更新客户销售情况。

```
protected void GridView1_RowUpdating(object sender, GridViewUpdateEventArgs e)
{
    string sql="update customer_sale set ProductID=@ProcustID,
        ProductSale=@ProductSale,ProductPrice=@ProductPrice,
        ProductDate=@ProductDate,CustomID=@CustomID,where ID=@ID";
    SqlCommand cmd=new SqlCommand(sql, cn);
    cn.Open();
    try
    {
        cmd.Parameters.Add("@ID", SqlDbType.Char, 10);
        cmd.Parameters["@ID"].Value=GridView1.DataKeys[0].Value;
        cmd.Parameters.Add("@CustomID", SqlDbType.Char, 10);
```

```
        cmd.Parameters["@CustomID"].Value=
        ((TextBox)GridView1.Rows[e.RowIndex].Cells[1].Controls[0]).Text;
        cmd.Parameters.Add("@ProductSale", SqlDbType.Int, 4);
        cmd.Parameters["@ProductSale"].Value=
        ((TextBox)GridView1.Rows[e.RowIndex].Cells[5].Controls[0]).Text;
        cmd.Parameters.Add("@ProductID", SqlDbType.Char, 10);
        cmd.Parameters["@ProductID"].Value=
        ((TextBox)GridView1.Rows[e.RowIndex].Cells[3].Controls[0]).Text;
        cmd.Parameters.Add("@ProductPrice", SqlDbType.Money, 8);
        cmd.Parameters["@ProductPrice"].Value=
        ((TextBox)GridView1.Rows[e.RowIndex].Cells[6].Controls[0]).Text;
        cmd.Parameters.Add("@ProductDate", SqlDbType.DateTime, 8);
        cmd.Parameters["@ProductDate"].Value=
        ((TextBox)GridView1.Rows[e.RowIndex].Cells[7].Controls[0]).Text;
        cmd.ExecuteNonQuery();
        Label1.Text="编辑成功";
    }
    catch (SqlException ex)
        Label1.Text="编辑失败,原因: "+ ex.Message;
    finally
        cn.Close ();
    BindGrid ();
}
```

⑨ 编辑客户销售情况。

```
protected void GridView1_RowEditing(object sender, GridViewEditEventArgs e)
{
    if (Session["UserType"].ToString() == "0" ||
                                Session["UserType"].ToString() == "2")
    {
        GridView1.EditIndex=e.NewEditIndex;
        mysql="select customer_sale.*,customers.CustomName,products.
            ProductName from customer_sale,customers,products where
            customer_sale.CustomID=customers.
            CustomID and customer_sale.ProductID=products.ProductID";
        BindGrid();
    }
}
```

⑩ 删除客户销售信息。

```
protected void GridView1_RowDeleting(object sender, GridViewDeleteEventArgs e)
{
    string sql="delete from customer_sale where ID=@ID";
    SqlCommand cmd=new SqlCommand(sql, cn);
    cn.Open();
    try
    {
        cmd.Parameters.Add("@ID", SqlDbType.Char, 10);
        cmd.Parameters["@ID"].Value=GridView1.DataKeys[0].Value;
        cmd.ExecuteNonQuery();
        Label1.Text="删除成功";
    }
    catch (SqlException ex)
        Label1.Text="删除失败,原因:"+ex.Message;
    finally
        cn.Close();
    mysql="select customer_sale.*,customers.CustomName,
        products.ProductName from customer_sale,customers,
        products where customer_sale.CustomID=customers.
        CustomID and customer_sale.ProductID=products.ProductID";
```

```
    BindGrid();
}
```

3. 添加客户销售情况

添加客户销售情况页面主要会用到 DropDownList 控件、CustomValidator 控件、TextBox 控件、Label 控件和 Button 控件，各控件的属性设置如表 10-13 所示。

表10-13 添加客户销售情况页面所用控件

控件	ID	属性
TextBox	txb_id	默认
CustomValidator	CustomValidator1	ErrorMessage="此编号已存在"ControlToValidate="txb_id"
DropDownList	dpd_customer	默认
DropDownList	dpd_product	默认
TextBox	txb_date	默认
TextBox	txb_sale	默认
TextBox	txb_price	默认
Label	Label1	ForeColor="red"
Button	btn_ok	OnClick=" btn_ok _Click"

添加客户销售情况的页面设计效果如图 10-14 所示。

添加客户销售记录是通过"确定"按钮的单击响应来实现的。在添加客户销售情况之前使用 CustomValidator 控件来判断所输入的 ID 是否已经存在，以确保编号的唯一性。客户名称和产品名称同样是在页面加载时进行数据绑定的。添加客户销售情况的后台代码如下：

图 10-14 添加客户销售记录的页面

```
SqlConnection cn;
```

① 页面初始化，绑定客户名称和产品名称下拉列表框。

```
protected void Page_Load(object sender, EventArgs e)
{
    string strsql=
        ConfigurationManager.ConnectionStrings["sqlconn"].ToString();
    cn=new SqlConnection(strsql);
    if (!IsPostBack)
    {
        //绑定客户名称下拉列表框的数据
        string sql="select * from customers";
        SqlCommand cmd=new SqlCommand(sql, cn);
        cn.Open();
        SqlDataReader dr=cmd.ExecuteReader();
        while (dr.Read())
        {
            dpd_custom.Items.Add(new ListItem(dr["CustomName"].ToString(),
            dr["CustomID"].ToString()));
        }
```

```
        dr.Close();
        //绑定产品名称下拉列表框的数据
        sql="select * from products ";
        cmd.CommandText=sql;
        SqlDataReader dr1=cmd.ExecuteReader();
        while (dr1.Read())
        {
            dpd_product.Items.Add(new ListItem(dr1["ProductName"].
            ToString(),dr1["ProductID"].ToString()));
        }
        dr1.Close();
        cn.Close();
    }
}
```

② "确定"按钮单击事件处理程序，添加客户销售情况到数据库中。

```
protected void Button1_Click(object sender, EventArgs e)
{
    string sql="insert into customer_sale (ID,CustomID,ProductID,
        ProductSale, ProductPrice,ProductDate) values ( @ID,@CustomID,
        @ProductID,@ProductSale, @ProductPrice,@ProductDate)";
    SqlCommand cmd=new SqlCommand(sql, cn);
    cmd.Parameters.Add("@ID", SqlDbType.Char, 10);
    cmd.Parameters["@ID"].Value=tbx_id.Text;
    cmd.Parameters.Add("@CustomID", SqlDbType.Char, 10);
    cmd.Parameters["@CustomID"].Value=dpd_custom.SelectedValue;
    cmd.Parameters.Add("@ProductSale", SqlDbType.Int, 4);
    cmd.Parameters["@ProductSale"].Value=txt_sale.Text;
    cmd.Parameters.Add("@ProductID", SqlDbType.Char, 10);
    cmd.Parameters["@ProductID"].Value=dpd_product.SelectedValue;
    cmd.Parameters.Add("@ProductPrice", SqlDbType.Money, 8);
    cmd.Parameters["@ProductPrice"].Value=txb_price.Text;
    cmd.Parameters.Add("@ProductDate", SqlDbType.DateTime, 8);
    cmd.Parameters["@ProductDate"].Value=txb_date.Text;
    cn.Open();
    try
    {
        cmd.ExecuteNonQuery();
        Label1.Text="添加成功";
    }
    catch (SqlException ex)
        Label1.Text="添加失败"+ex.Message;
    finally
        cn.Close();
}
```

③ 判断输入的 ID 是否合法。

```
protected void CustomValidator1_ServerValidate(object source,
    ServerValidateEventArgs args)
{
    string sql="select * from customer_sale where ID='"+tbx_id.Text+"'";
    SqlCommand cmd=new SqlCommand(sql, cn);
    cn.Open();
    SqlDataReader dr= cmd.ExecuteReader();
    if (dr.Read())
        args.IsValid=false;
    else
        args.IsValid=true;
    cn.Close();
}
```

10.4.6 信息管理模块

信息管理模块包含两部分，分别是客户信息管理和产品信息管理。下面分别介绍这两个页面的设计和实现。

1. 客户信息管理

客户管理页面（customers.aspx）主要负责客户信息的管理和维护，由客户部人员负责。该页面使用的控件及属性设置如表 10-14 所示。

表10-14　客户管理页面的控件

控件	ID	属性
Button	Btn_exit	Onclick="Btn_exit_Click"
Label	Label1	ForeColor="red"
GridView	GridView1	见下面的 HTML 代码
HyperLink	HyperLink1	Text="添加客户"　　NavigateUrl="addcustomer.aspx"

GridView 控件的 HTML 代码如下：

```
<asp: GridView ID="GridView1" runat="server" AutoGenerateColumns="false"
    OnRowDeleting="GridView1_RowDeleting" AllowPaging="true"
    AllowSorting="true" UnRowCancelingEdit="GridView1_RowCancelingEdit"
    OnRowEditing="GridView1_RowEditing" OnRowUpdating=
    "GridView1_RowUpdating" DataKeyNames="CustomID" OnPageIndexChanging=
    "GridView1_PageIndexChanging" PageSize="6">
<Columns>
    <asp:BoundField DataField="CustomID" HeaderText="客户编码">
        <HeaderStyle HorizontalAlign="Center" Width="100px"/>
    </asp:BoundField>
    <asp:BoundField DataField="CustomName" HeaderText="客户名称" >
        <HeaderStyle HorizontalAlign="Center" Width="100px"/>
    </asp:BoundField>
    <asp:BoundField DataField="CustomCharge" HeaderText="负责人">
        <HeaderStyle HorizontalAlign="Center" Width="100px"/>
    </asp:BoundField>
    <asp:BoundField DataField="CustomLevel" HeaderText="客户级别">
        <HeaderStyle HorizontalAlign="Center" Width="90px"/>
    </asp:BoundField>
    <asp:HyperLinkField HeaderText="简介" DataNavigateUrlFormatString=
        "custmor_infor.aspx?CustomID={0}" DataTextField="CustomID"
        DataTextFormatString="{0}简介"
        NavigateUrl="custmor_infor.aspx?CustomID={0}">
        <HeaderStyle HorizontalAlign="Center" Width="100px"/>
    </asp:HyperLinkField>
    <asp:CommandField ShowEditButton="true" >
        <HeaderStyle HorizontalAlign="Center" Width="60px"/>
    </asp:CommandField>
    <asp:CommandField ShowDeleteButton="true" >
        <HeaderStyle HorizontalAlign="Center" Width="60px"/>
    </asp:CommandField>
</Columns>
</asp:GridView>
```

页面设计的效果如图 10-15 所示。

客户部人员登录后首先进入此页面，该页面主要负责客户信息浏览和维护。GridView 的第 5 列

为超链接列,该超链接列链接向客户信息
显示页 customer_info.aspx。以下是客户信
息页的主要代码:

① 页面初始化代码,调用函数绑定
数据。

图 10-15 客户管理页面

```
protected void Page_Load(object
sender, EventArgs e)
{
    if (!IsPostBack)
        BindGrid();
}
```

② 帮助函数,用于在 GridView 上绑定数据。

```
private void BindGrid()
{
    string strconn=Convert.ToString
            (ConfigurationManager.ConnectionStrings["sqlconn"]);
    SqlConnection conn=new SqlConnection(strconn);
    conn.Open();                          //打开数据连接
    SqlDataAdapter da=new SqlDataAdapter("select * from customers", conn);
    DataSet ds=new DataSet();
    da.Fill(ds);                          //填充 DataSet
    GridView1.DataBind();                 //绑定数据
    conn.Close();
}
```

③ 更新客户信息。

```
protected void GridView1_RowUpdating(object sender,GridViewUpdateEventArgs e)
{
    string strconn=Convert.ToString
                (ConfigurationManager.ConnectionStrings ["sqlconn"]);
    SqlConnection conn=new SqlConnection(strconn);
    conn.Open();
    SqlCommand cmd=new SqlCommand("update_customer", conn);
    cmd.CommandType=CommandType.StoredProcedure;
    cmd.Parameters.Add(new SqlParameter("@customid",((TextBox)GridView1.
        Rows[e.RowIndex].Cells[0].Controls[0]).Text));
    cmd.Parameters.Add(new SqlParameter("@customname",
        ((TextBox)GridView1.Rows[e.RowIndex].Cells[1].
        Controls[0]).Text));
    cmd.Parameters.Add(new SqlParameter("@customcharge",
        ((TextBox)GridView1.Rows[e.RowIndex].Cells[2].
        Controls[0]).Text));
    cmd.Parameters.Add(new SqlParameter("@customlevel",
        ((TextBox)GridView1.Rows[e.RowIndex].Cells[3].
        Controls[0]).Text));
    cmd.Parameters.Add(new SqlParameter("@oldcustomid",
        GridView1.DataKeys[e.RowIndex].Value.ToString()));
    try
    {
        cmd.ExecuteNonQuery();
        Label1.Text="更新成功";
        GridView1.EditIndex=-1;
    }
    catch (SqlException ex)
```

```
            Label1.Text="更新失败"+ex.Message;
        conn.Close();
        BindGrid();
}
```

④ 换页。

```
protected void GridView1_PageIndexChanging(object sender,
        GridViewPageEventArgs e)
{
    try
    {
        string UserType= Session["UserType"].ToString().Trim();
        if (UserType!= "0" && UserType != "3")
            Response.End();
    }
    catch
        Response.Write("您不是合法用户，请登录后再操作，
                        <a href='Login.aspx'>返回</a>");
        GridView1.PageIndex=e.NewPageIndex;
        BindGrid();
}
```

⑤ 取消编辑。

```
protected void GridView1_RowCancelingEdit(object sender,
            GridViewCancelEditEventArgs e)
{
    GridView1.EditIndex=-1;
    BindGrid();
}
```

⑥ 删除客户信息。

```
protected void GridView1_RowDeleting(object sender,
                        GridViewDeleteEventArgs e)
{
    string strconn=
        Convert.ToString(ConfigurationManager.ConnectionStrings
        ["sqlconn"]);
    SqlConnection conn=new SqlConnection(strconn);
    conn.Open();
    string strsql="delete from customers where CustomID=@customid";
    SqlCommand cmd=new SqlCommand(strsql, conn);
    SqlParameter param=new SqlParameter("@customid",
                            GridView1.DataKeys[e.RowIndex].Value);
    cmd.Parameters.Add(param);
    try
    {
        cmd.ExecuteNonQuery();
        Label1.Text="删除成功";
    }
    catch (SqlException ex)
        Label1.Text="删除失败"+ex.Message;
    cmd.Connection.Close();
    BindGrid();
}
```

⑦ 编辑客户信息。

```
protected void GridView1_RowEditing(object sender, GridViewEditEventArgs e)
{
    string UserType= Session["UserType"].ToString().Trim();
    if (UserType!= "0" && UserType != "3")
    {
        GridView1.EditIndex=e.NewEditIndex;
```

```
        BindGrid();
    }
}
```

⑧ 退出客户管理页面。

```
protected void btn_exit_Click(object sender, EventArgs e)
{
    Response.Redirect("Login.aspx");
}
```

添加客户页面的设计和实现与添加用户页面类似，在此不再赘述，读者可以参照 10.4.3 小节完成此页面的制作。

2．产品信息管理

产品信息管理页面和客户管理页面类似。但是除管理员以外，其他用户只能在页面中对产品信息进行浏览，不能对产品信息进行添加、编辑和删除等操作。

该页面使用的控件及其属性设置如表 10-15 所示。

表 10-15　产品管理页面的控件

控件	ID	属性
TextBox	tbx_id	默认
CustomValidator	CustomValidator1	ControlToValidate="tbx_id" ErrorMessage="此产品已存在"
TextBox	tbx_nam	默认
TextBox	txb_desc	默认
Button	btn_ok	OnClick="btn_ok_Click"
Button	btn_csl	OnClick=" btn_csl_Click"
Button	btn_exit	OnClick="btn_exit_Click"
Label	Label1	ForeColor="red"
GridView	GridView1	见下面的 HTML 代码

GridView 控件的 HTML 代码如下：

```
<asp:GridView ID="GridView1" runat="server" AutoGenerateColumns="false"
    OnRowDeleting="GridView1_RowDeleting" AllowPaging="true"
    AllowSorting="true" OnRowCancelingEdit="GridView1_RowCancelingEdit"
    OnRowEditing="GridView1_ RowEditing"
    OnRowUpdating="GridView1_RowUpdating"
    DataKeyNames="ProductID" OnPageIndexChanging=
    "GridView1_PageIndexChanging" PageSize="6">
    <Columns>
        <asp:BoundField DataField="ProductID" HeaderText="产品编号"
            ReadOnly=true>
            <HeaderStyle HorizontalAlign="Center" Width="150px"/>
        </asp:BoundField>
        <asp:BoundField DataField="ProductName" HeaderText-"产品名称" >
            <HeaderStyle HorizontalAlign="Center" Width="150px"/>
        </asp:BoundField>
        <asp:BoundField DataField="ProductDesc" HeaderText="描述">
            <HeaderStyle HorizontalAlign="Center" Width="150px"/>
        </asp:BoundField>
        <asp:CommandField ShowEditButton="true" >
```

```
        <HeaderStyle HorizontalAlign="Center" Width="60px"/>
    </asp:CommandField>
    <asp:CommandField ShowDeleteButton="true" >
        <HeaderStyle HorizontalAlign="Center" Width="60px"/>
    </asp:CommandField>
</Columns>
<HeaderStyle BackColor="WhiteSmoke"/>
</asp:GridView>
```

产品管理页面的设计效果如图 10-16 所示。

图 10-16 产品管理页面

系统通过 Session["UserType"]来确定用户的身份，在整个页面事件中对用户的身份进行验证。当页面初始化时，如果是管理员，则系统设置 Panel1 的 Visible 属性为 true，即可以添加产品。

在添加新产品时，使用 CustomValidator 控件来进行验证，确保 ProductID 的唯一性。页面的主要后台代码如下所示：

```
private SqlConnection cn;
```

① 页面初始化，判断用户的权限，如果不是管理员就隐藏添加产品信息的面板。

```
protected void Page_Load(object sender, EventArgs e)
{
    string strconn=
        (ConfigurationManager.ConnectionStrings["sqlconn"]).ToString();
    cn=new SqlConnection(strconn);
    if (!IsPostBack)
        BindGrid();
    if (Session["UserType"].ToString() != "0")
        Panel1.Visible=false;
}
```

② 帮助函数，用于在 GridView 上绑定产品数据。

```
private void BindGrid()
{
    cn.Open();
    string strsql="select * from products";
    SqlDataAdapter da=new SqlDataAdapter(strsql, cn);
    DataSet ds=new DataSet();
    da.Fill(ds);
    GridView1.DataSource=ds;
    GridView1.DataBind();
    cn.Close();
}
```

```
protected void btn_exit_Click(object sender, EventArgs e)
{
    Response.Redirect("Login.aspx");
}
```

③ "取消"按钮单击事件处理程序，隐藏 Panel1。

```
protected void Button2_Click(object sender, EventArgs e)
{
    Panel1.Visible=false;
}
```

④ "确定"按钮单击事件处理程序，添加产品信息到数据库中。

```
protected void Button1_Click(object sender, EventArgs e)
{
    SqlCommand cmd=new SqlCommand("insert_product", cn);
    cmd.CommandType=CommandType.StoredProcedure;
    cmd.Parameters.Add("@ProductID", SqlDbType.Char, 10);
    cmd.Parameters["@ProductID"].Value=tbx_id.Text;
    cmd.Parameters.Add("@ProductName", SqlDbType.VarChar, 50);
    cmd.Parameters["@ProductName"].Value=tbx_name.Text;
    cmd.Parameters.Add("@ProductDesc", SqlDbType.VarChar, 100);
    cmd.Parameters["@ProductDesc"].Value=txb_desc.Text;
    cn.Open();
    try
    {
        cmd.ExecuteNonQuery();
        Response.Redirect("products.aspx");
    }
    catch (SqlException ex)
        Label1.Text="添加失败"+ex.Message+cmd.CommandText;
    finally
        cn.Close();
}
```

⑤ 换页。

```
protected void GridView1_PageIndexChanging(object sender,
        GridViewPageEventArgs e)
{
    GridView1.PageIndex=e.NewPageIndex;
    BindGrid();
}
```

⑥ 取消编辑。

```
protected void GridView1_RowCancelingEdit(object sender,
                                      GridViewCancelEditEventArgs e)
{
    GridView1.EditIndex=-1;
    BindGrid();
}
```

⑦ 删除产品信息。

```
protected void GridView1_RowDeleting(object sender, GridViewDeleteEventArgs e)
{
    if (Session["UserType"].ToString()=="0")
    {
        string strsql="delete from products where ProductID=@ProductID";
        SqlCommand cmd=new SqlCommand(strsql, cn);
        cmd.Parameters.Add("@ProductID", SqlDbType.Char, 10);
        cmd.Parameters["@ProductID"].Value=
                    GridView1.DataKeys[e.RowIndex].Value.ToString();
```

```
        cn.Open();
        try
        {
            cmd.ExecuteNonQuery();
            Label1.Text="删除成功";
        }
        catch (SqlException ex)
            Label1.Text="删除失败"+ex.Message;
        finally
            cn.Close();
        BindGrid();
    }
}
```

⑧ 编辑产品信息。

```
protected void GridView1_RowEditing(object sender, GridViewEditEventArgs e)
{
    if (Session["UserType"].ToString() == "0")
    {
        GridView1.EditIndex=e.NewEditIndex;
        BindGrid();
    }
}
```

⑨ 更新产品信息。

```
protected void GridView1 RowUpdatinq(object sender,
        GridViewUpdateEventArgs e)
{
    string update_product="update products set ProductName
        =@productname,ProductDesc
        =@productdesc where ProductID=@productID";
    SqlCommand cmd=new SqlCommand(update_product, cn);
    cmd.Parameters.Add("@productID", SqlDbType.Char, 10);
    cmd.Parameters["@productID"].Value=
            dnosoftsword GridView1.DataKeys[e.RowIndex].ToString();
    cmd.Parameters.Add("@productname", SqlDbType.Char, 50);
    cmd.Parameters["@productname"].Value=
        ((TextBox)GridView1.Rows[e.RowIndex].Cells[1].Controls[0]).Text;
    cmd.Parameters.Add("@productdesc", SqlDbType.Char, 100);
    cmd.Parameters["@productdesc"].Value=
        ((TextBox)GridView1.Rows[e.RowIndex].Cells[2].Controls[0]).Text;
    cn.Open();
    try
    {
        cmd.ExecuteNonQuery();
        Label1.Text="更新成功";
        GridView1.EditIndex=-1;
    }
    catch (SqlException ex)
        Label1.Text="更新失败"+ex.Message;
    finally
        cn.Close();
    BindGrid();
}
```

⑩ 验证输入的产品编号是否合法。

```
protected void CustomValidator1_ServerValidate(object source,
        ServerValidateEventArgs args)
{
    string strsql="select * from products where
            ProductID='"+tbx_id.Text+"'";
```

```
SqlCommand cmd=new SqlCommand(strsql, cn);
cn.Open();
SqlDataReader dr=cmd.ExecuteReader();
if (dr.Read())
    args.IsValid=false;
else
    args.IsValid=true;
cn.Close();
}
```

10.4.7 密码修改模块

密码修改页面供当前用户修改自己的密码。该页面用到的控件如表 10-16 所示。

表 10-16 密码修改页面的控件

控件	ID	属性
Button	btn_ok	OnClick="btn_ok_Click"
TextBox	txb_id	ReadOnly="true"
TextBox（3 个）	txb_olpwd	TextMode="Password"
	txb_newpwd	
	txb_newpwda	
Label	Label1	ForeColor="red"

该页面的设计效果如图 10-17 所示。

在密码修改时是不能修改用户名的，所有 TextBox 控件 txb_id 是只读的，并且在 Page_Load 中加载其值。在修改密码的时候要求用户先输入原来的密码以确保安全性，只有当原来的密码正确之后才能进行下一步操作。密码的后台代码如下所示：

图 10-17 密码修改页面

```
SqlConnection cn;
```

① 页面初始化，创建数据库连接字符串，并获取当前登录的用户。

```
protected void Page_Load(object sender, EventArgs e)
{
    string strconn =
            ConfigurationManager.ConnectionStrings["sqlconn"].ToString();
    cn=new SqlConnection(strconn);
    if (Session["UserID"] != null)
            x_id.Text=Session["UserID"].ToString();
}
```

② "确定" 按钮单击事件处理函数，更新当前用户的密码。

```
protected void btn_ok_Click(object sender, EventArgs e)
{
    string strsql="select * from users where UserID='"+Session["UserID"].
                    ToString()+"'";
    SqlCommand cmd=new SqlCommand(strsql, cn);
    cn.Open();
    SqlDataReader dr=cmd.ExecuteReader();
    string oldpassword="";
    if (dr.Read())
```

```
        oldpassword=dr["UserPassword"].ToString().Trim();
    dr.Close();
    if (oldpassword==tbx_oldpwd.Text)
    {
        if (txb_newpwd.Text==txt_newpdwa.Text)
        {
            strsql="update users set UserPassword='"+txb_newpwd.Text+"' where
                    UserID='"+Session["UserID"].ToString();
            cmd.CommandText=strsql;
            try
            {
                cmd.ExecuteNonQuery();
                Label1.Text="修改成功!您的新密码是: "+txb_newpwd.Text+"!";
            }
            catch (SqlException ex)
                Label1.Text="修改失败!原因: "+ex.Message;
        }
        else
        {
            Label1.Text="您两次输入的新密码不一致! 请检查! ";
        }
    }
    else
    {
        Label1.Text="旧密码输入错误! 请检查后重新输入! ";
    }
    cn.Close();
}
```

10.5 实训总结

本系统的功能并不完整，在实际应用中，企业业务管理系统会更加复杂。本系统的权限管理部分只是简单设计了管理员、合同部人员、销售部人员和客户部人员 4 种用户，而在实际中的要求会更复杂，例如，对销售人员进行区域管理，某些销售人员只能操作某区域的数据，此时要添加一个角色表以便灵活设置权限。还有合同管理部分，当删除合同时，只是简单地使用 delete 语句把对应的合同号删除，而在实际应用中数据是不能随便删除的，一般会做一个状态标记，以便误操作时恢复或者最终查账用。有兴趣的读者可以在此基础上自行设计，增加相关的功能。

第11章

课程设计

为了配合 ASP.NET 程序设计课程教学，提高学生的动手能力，加强编程技巧的训练，同时适应软件开发项目管理的流程，我们根据教学及项目开发经验，设计了 3 个完整的项目开发案例，给出了系统需求、模块划分、数据库设计、主要界面情况。读者根据这些要求，独立完成项目的开发，这样可以对 ASP.NET 编程有更深层的认识，掌握项目开发的过程及项目管理流程，为今后的职业生涯做好准备。

本章知识点

◎ 在线投票系统

◎ 网上书店

◎ BBS 论坛

ASP.NET

11.1 在线投票系统

目前，网络投票系统应用十分广泛。例如，大部分网站中都采用了网络投票的形式来获取用户对该网站的评价；对一些热点的事件、新闻也采用网络投票的方式来了解大众的看法。

本课程设计要求读者设计实现一个网络投票系统，该系统必须包括以下两个功能模块。

1. 前台显示模块

该模块是用来让用户投票的页面，在这里应该显示出投票的主题、内容，然后给出选项及每个选项已经有的票数，用户在清楚了投票的意义后，就可以开始投票了。在用户投票之后，如果需要修改，页面中也应该提供修改选票的功能。

2. 后台管理模块

后台管理模块只有管理员可以使用，在这个模块中可以实现的功能包括修改投票的主题和内容、添加新投票。这个模块包括了以下 4 个子模块。

- 查看投票列表。在这个部分，管理员可以查看所有的投票列表，在每个投票的后面都有两个选项，一个是查看该投票的详细内容，另一个是删除该投票。
- 查看投票详细内容。在这个部分，管理员可以查看某个投票的详细资料，包括以下方面。

  - 题目：投票主题的题目。
  - 内容：投票主题的具体内容。
  - 是否显示：即是否在前台显示页面中显示该投票主题。
  - 投票方式：表示一个人一次针对这个主题可以投几票，有很多投票是多选的。
  - 总投票的人数：表示共有多少人参与了这一主题的投票。
  - 选项列表：即这个投票主题中提供给各浏览者进行投票的选项列表。

- 修改投票详细内容。在这个页面中可以修改投票的详细内容，当管理员觉得哪个地方有问题时可以在此进行修改。
- 添加投票。在这里管理员可以添加需要的新的投票。

下面介绍在线投票系统的数据库设计。

假设建立的数据库名为 ballotDB。该数据库中有 3 个表：ballotInfo（记录投票主题和该主题对应的选项信息）、subjectInfo（记录某主题对应的支持票数）和 userInfo（记录登录者的权限）。3 个表的字段结构分别如表 11-1、表 11-2、表 11-3 所示。

表 11-1　ballotInfo 表结构

字段	中文描述	数据类型	是否为空	备注
optionID	投票选项的 ID	int	否	主键
subjectID	投票主题的 ID	int	否	
optionName	投票选项的名字	Varchar(50)	否	
countNumber	该选项的票数	int	是	默认是 0

表 11-2 subjectInfo 表结构

字段	中文描述	数据类型	是否为空	备注
subjectID	投票主题的 ID	int	否	自增长，主键
subjectName	主题名	Varchar(50)	否	
sumNumber	该主题的总共票数	int	是	默认是 0

表 11-3 userInfo 表结构

字段	中文描述	数据类型	是否为空	备注
ID	描述登记信息的 ID	int	否	自增长，主键
name	登录用户名	Varchar(50)	否	
password	登录密码	Varchar(50)	否	
role	用户权限	int	是	0：管理员 1：一般用户

试根据上面的描述，完成系统的界面设计及后台代码实现。

下面给出各模块的主要页面供读者参考。图 11-1 和图 11-2 分别是前台显示模块和后台管理模块的主页面参考图。

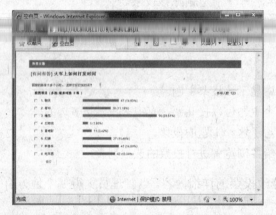

图 11-1 前台显示页面

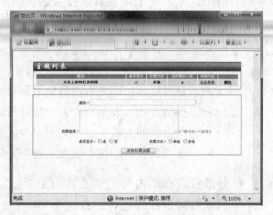

图 11-2 后台管理页面

11.2 网上书店

对于电子商城，读者应该都比较了解，并且可能有在网上购买商品的体验。国内著名的 China-puB、淘宝网等都是很好的例子。

本课程设计要求读者设计实现一个网上书店，主要用于图书销售，该系统要求可以完成以下任务。

- 会员管理功能：包括会员登录、注册和用户信息修改等模块，会员可以享受不同等级的优惠。
- 购物车功能：当用户对某本图书感兴趣的时候，就可以通过该功能将其放入自己的购物车，用户可以添加图书到购物车中，也可以从购物车里删除图书。

- 订单查询功能：通过订单查询，会员可以查找到自己的所有订单信息。
- 图书查找功能：输入要查询图书的名称即可查询该图书的详细信息（注：这里为读者预留了功能练习，如可以增加高级查询功能，读者可以发挥自己的主观想象力来完善系统）。
- 图书分类功能：通过分类图书列表，用户可以方便地在某类图书列表中查看该类所有的图书。

下面介绍网上书店系统的数据库设计。

假设建立的数据库名为 bookStore，包含以下 4 个表格：userInfo（描述用户的信息）、orderInfo（描述订单信息表）、sortInfo（描述图书分类信息）和 commodityInfo（描述图书信息）。4 个表的字段结构分别如表 11-4～表 11-7 所示。

表 11-4　userInfo 表结构

字段	中文描述	数据类型	是否为空	备注
userID	用户的 ID	int	否	主键，自动编号
loginName	用户的登录名	Varchar(50)	否	
userName	用户名	Varchar(50)	是	
password	登录密码	Varchar(50)	否	
E-mail	邮件地址	Varchar(50)	是	
address	用户地址，供送货用	Varchar(200)	是	
telePhone	用户电话	Varchar(20)	是	
regionDate	注册时间	datetime	否	
lastLoginDate	上次登录时间	datetime	否	

表 11-5　orderInfo 表结构

字段	中文描述	数据类型	是否为空	备注
orderID	订单的 ID	int	否	主键，自动编号
userID	用户的 ID 表示该订单的所有者	int	否	
commodityID	本订单里包含的图书 ID	int	否	
unitPrice	本订单里包含的图书单价	numeric(18,2)	是	
number	本订单包含的图书数量	int	是	
orderDate	订单生成的日期	datetime	否	
sum	本订单里包含的图书总金额	numeric(18,2)	否	
orderState	订单状态	int	否	

表 11-6　sortInfo 表结构

字段	中文描述	数据类型	是否为空	备注
sortID	图书种类的 ID	int	否	主键，自动编号
sortName	图书种类名称	Varchar(50)	否	

表 11-7　commodityInfo 表结构

字段	中文描述	数据类型	是否为空	备注
commodityID	图书 ID	int	否	主键，自动编号
commodityName	图书名称	Varchar(100)	否	
produceArea	出版社	Varchar(50)	是	
unitPrice	图书单价	numeric(18,2)	是	
issueDate	出版日期	datetime	否	
description	图书描述	ntext	是	
url	图书图片的 url 地址	Varchar(500)	是	
sortID	图书的种类	int	是	

试根据上面的描述，完成系统数据库的设计及系统的界面和代码实现。

下面给出系统的部分参考界面。首先是网站的首页，如图 11-3 所示。

登录用户购买了一本书后，进入的购物车界面如图 11-4 所示。

图 11-3　网上书店首页　　　　　　　图 11-4　购物车界面

11.3　BBS 论坛

本课程设计要求创建一个 ASP.NET 的 BBS 论坛，其中要求实现 BBS 论坛的如下主要功能。

1．用户管理

论坛具有用户管理功能，提供用户注册、用户资料修改、用户密码修改、删除用户等功能，其中删除用户是系统管理员具有的权限。系统需要记录用户的用户名、用户密码、用户电子邮件、发帖数量、被删帖子数量和精华帖数量。

2．帖子管理

帖子管理功能包括发表新帖子、阅读帖子、回复帖子，版主和管理员可以删除帖子、删除回复，并把帖子加为精华和取消精华。系统记录帖子的标题、帖子的内容、发帖时间，如有回复，则要记录回复数量和最后回帖时间、发帖用户、是否为精华帖等信息。

3. 论坛管理

论坛管理模块主要是由管理员来执行的，包括新增版区、修改版区、删除版区、增加版区等功能。系统记录版区名称、版区描述信息、版主用户名和该版区最后发帖时间。需要注意的是，在删除版区的时候，该版区下面的帖子和回复也会自动被删除。

下面给出 BBS 论坛的参考数据库设计，读者可以参照给出的设计来设计本题所要求的数据库。针对需求，数据库中的表有 4 个，即 users（用于存储注册用户信息）、Forum（用于存储论坛版区信息）、ForumPost（用于存储用户发帖信息）、ForumReply（用于存储用户对主贴的回复信息）。这 4 张表的参考结构如表 11-8～表 11-11 所示。

表 11-8 users 表结构

字段名	数据类型	备注
userID	int	主键，自动编号
userName	nvarchar(20)	用户名，不能为空、也不能重复
Password	nvarchar(20)	用户密码，不能为空
E-mail	nvarchar(50)	用户的 E-mail 地址，不能为空
PostedCount	int	该用户的发帖数量，默认值为 0，不能为空
DeletedCount	int	被删除帖子数量，默认值为 0，不能为空
MarkedCount	int	被加为精华的帖子数量，默认值为 0，不能为空

表 11-9 Forum 表结构

字段名	数据类型	备注
ForumID	int	主键，自动编号
ForumName	nvarchar(50)	版区名称，不能为空
ForumDesc	nvarchar(MAX)	版区描述，可以为空
ForumAdmins	nvarchar(MAX)	版主名称
LastPostDate	datetime	版区最后发帖时间

表 11-10 ForumPost 表结构

字段名	数据类型	备注
ID	int	主键，自动编号
ForumID	nvarchar(50)	版区标号，外键，不能为空
Title	nvarchar(500)	帖子标题
Body	text	帖子内容
UserID	int	发帖用户的编号，外键
userName	nvarchar(20)	发帖用户的姓名
CreateDate	datetime	发帖时间，自动获取发帖时间
LastReplyDate	datetime	最后回复时间
ClickCount	int	帖子被浏览的次数，默认值为 0
ReplyCount	int	帖子被回复的次数，默认值为 0
IsMark	bit	是否为精华帖，默认值为 0（不是精华帖）

表 11-11　ForumReply 表结构

字段名	数据类型	备注
ID	int	主键，自动编号
PostID	int	主帖编号，外键，不能为空
ReplyBody	text	回复内容
UserID	int	回复用户的编号，外键
userName	nvarchar(20)	回复用户的姓名
ReplyDate	datetime	回复时间

要求读者用 ASP.NET 和 SQL Server 数据实现具有上述功能的 BBS 论坛。

下面给出系统的参考界面。首先是用户登录的界面，如图 11-5 所示。

用户登录系统后，可以进入到如图 11-6 所示的界面，左侧是论坛的板块，右侧是所选栏目的帖子列表，单击帖子的标题，就可以浏览或回复该帖子。

图 11-5　系统登录界面

图 11-6　论坛主界面

> **注意**　上面 3 个题目中的功能描述都是最基本的，读者可以发挥自己的想象，进行适当的增加，使得各题的功能更加完善。

附录 参考答案

第1章

1. 选择题

（1）B　（2）A　（3）B
（4）B　（5）B

2. 填空题

（1）Browser/Server、Client/Server
（2）交互性、自动更新、因时因人而变
（3）开发工具集
（4）CLR、.NET Framework 类库、ASP.NET
（5）C#、VB.NET、J#

3. 上机操作题

略

第2章

1. 选择题

（1）D　·（2）C　（3）A
（4）D　（5）B

2. 填空题

（1）<%...%>
（2）<%-- 注释的内容或代码 --%>
（3）内联代码分离、代码隐藏分离
（4）关闭打开的文件、关闭打开的数据库连接、完成日志、完成其他特定的任务
（5）OutputStream

3. 上机操作题

略

第3章

1. 选择题

（1）D　（2）C　（3）D　（4）C
（5）A　（6）C　（7）A　（8）D
（9）A

2. 填空题

（1）Application
（2）Session
（3）Cookie
（4）Response.Cookie("Name").Value=表达式
（5）Lock

3. 上机操作题

略

第4章

1. 选择题

（1）B　（2）C　（3）A　（4）A
（5）C　（6）B　（7）A　（8）A
（9）B　（10）A

2. 填空题

（1）HyperLink
（2）OnClick
（3）带有 runat=server 属性的<form>和</form>之间
（4）设置图像上热区位置及链接文件
（5）SaveAs
（6）Text、HyperLink、LinkButton

3. 上机操作题

略

第5章

1. 选择题

（1）D　（2）C　（3）A　（4）A
（5）D　（6）B　（7）A

2. 填空题

（1）客户端验证
（2）能快速地响应终端用户
（3）服务器端验证
（4）MaximumValue、MinimumValue
（5）将控件的 CausesValidation 属性设置为 false、将该控件的 EnableClientScript 属性设置为 false

3．上机操作题

略

第6章

1．选择题

（1）B　（2）C　（3）D　（4）D

2．填空题

（1）.master

（2）ContentPlaceHolder

（3）MasterPageFile、@ Page

（4）选择母版页、使用"添加内容页"命令

（5）根节点、父节点和子节点

3．上机操作题

略

第7章

（1）Global.asax 文件包含响应 ASP.NET 或 HTTP 模块所引发的应用程序级别和会话级别事件的代码。Web.config 文件是设置应用程序中的各种设置（Setting），这些设置包含如何显示网页、如何编译网页应用程序、会话状态（Session State）的管理和安全（Security）的控制等。

（2）略。

（3）%Windir%\Microsoft.NET\Framework\v2.0.50727\CONFIG\machine.config。

（4）configuration。

第8章

1．选择题

（1）B　（2）B　（3）A　（4）C

（5）A　（6）B　（7）C　（8）C

（9）D

2．填空题

（1）System.IO

（2）TotalSize

（3）File、FileInfo、Create、Create

（4）E:\

3．上机操作题

略

第9章

1．选择题

（1）D　（2）C　（3）D　（4）B

（5）D　（6）D　（7）C　（8）A

2．填空题

（1）Connection、Command、DataReader、DataAdapter

（2）ExecuteNonQuery、ExecuteScalar、ExecuteReader

（3）ExecuteNonQuery

（4）DataColumn、DataRow、DataRelation

（5）Close、Dispose

（6）项模板、页脚模板、页眉模板、分隔符模板

（7）DataGrid

（8）数据库、XML 文档、界面输入

（9）Data Source=test;Initial Catalog=student;User Id=sa;Password=123

3．上机操作题

略